김수영 시학

김 윤 배 지음

국학자료원

이 도서의 국립중앙도서관 출판시도서목록(CIP)은 서지정보유통지원시스템 홈페이지(http://seoji.nl.go.kr)와 국가자료공동목록시스템(http://www.nl.go.kr/kolisnet)에서 이용하실 수 있습니다. (CIP제어번호: CIP2014004853)

서 문

김수영은 해방 직후부터 1960년대 말까지 한국사회의 전환기적 삶을 경험하면서 치열한 시작 활동을 펼쳤던 시인입니다. 김수영에 대한 논란의 핵심은 김수영이 진정한 모더니스트인가, 아니면 진정한 리얼리스트인가의 문제입니다. 이와 같은 이분법적 논란에 대한 탐구적 접근이 이 책의 핵심입니다. 김수영의 시세계는 모더니즘과 리얼리즘으로 양분될 수 없습니다. 모더니즘과 리얼리즘은 그의 초기 시부터 화해롭게 공존해 있었던 것은 아닐까 하는 것을 밝혀 보자는 것이 집필 의도입니다. 김수영의 탁발한 시편들은 모더니즘과 리얼리즘을 극복하는 순간에 놓인 작품들일 것이라는 생각은 이 책을 끌고 가는 추동력이기도 합니다.

김수영은 '언어의 서술'과 '언어의 작용'을 미학의 중요 개념으로 상정하고 있습니다. '언어의 서술'은 리얼리즘의 시와 루카치의 총체성을, '언어의 작용'은 모더니즘의 시와 아도르노의 미메시스를 아우르는 개념으로 보입니다.

자유와 속도는 김수영 시에서 '언어의 작용'에 값하는 중요한 핵심어입니다. 자유는 김수영의 시에서 비애, 말과 죽음, 혁명과 사랑으로 치환되기도 하며 운동성과 변화성, 가치에 대한 혼란과 절대적 가치부여, 살아 있음의 근거와 죽음에의 초월로 나타나면서 그의 시세계의 모더니티 지향성을 이룹니다.

속도는 김수영에게 선이며 동시에 악입니다. 근대의 역사는 속도의 역사이며 속도를 거스르는 일은 역사를 거스르는 일입니다. 그러므로 김수영에게 속도는 비애이자 환희이며, 흠모이자 경원의 대상이고, 거부이자 수용의 대상입니다. 속도에 대한 그의 흠모는 시의 속도로 나타나기도 합니다.

혁명과 사랑은 김수영 시에서 '언어의 서술'에 값하는 중요한 핵심어입니다. 김수영은 4월 혁명이라는 역사적 사건을 통해 내적 자아의 긴장과 사회적 모순을 함께 끌어안고 시적 모험을 감행합니다. 4·19를 기점으로 그의 시는 지사적 발언을 하게 되고 리얼리티를 강화하면서 시적 미메시스로부터 시적 총체성으로의 경사를 보입니다. 김수영은 우리 역사 속에 면면히 흐르고 있는 4·19정신을 읽어냅니다. 혁명의 좌절은 김수영에게 퇴행과 자기부정의 모습을 갖게 합니다.

김수영의 사랑은 4·19혁명의 실패와 좌절, 5·16군사 쿠데타를 겪으면서 얻게 되는 사회적 자아의 다른 이름입니다. 그러므로 그의 사랑은 자기 안의 사랑이 아니라 공동체적 사랑입니다. 김수영의 공동체적 사랑은 서민적 삶을 긍정하고 사랑하는 세계긍정의 계기를 이룹니다. 사랑은 그에게 좌절과 억압을 극복하는 힘의 원천입니다.

김수영의 삶에 대한 사랑은 죽음의 형식을 빌려 완성에 이릅니다. 죽음은 김수영 문학에서 삶의 완성입니다. 김수영의 죽음은 사랑과 충돌하면서 생성의 동력을 얻습니다. 죽음과 사랑이 충돌하지 않으면 새로운 시가 열리지 않는다는 일깨움으로 그는 죽음과 사랑이 대극을 이루게 합니다. 현실생활의 완성으로서의 사랑과 사랑의 완성으로서의 죽음 사이에 김수영은 휴식을 놓습니다. 그러므로 휴식은 죽음에 이르는 도정이며 삶의 되돌아봄입니다.

김수영은 당대의 모더니즘의 시와 리얼리즘의 시의 한계를 극복하여 만나는 지점의 시세계를 꿈꾸며 그 지난한 길을 가고자 했습니다. 그 길이 '온몸의 시학'의 길이었으며 시의 형식과 내용의 합일을 위해 치열한 투신의 과정을 거칩니다. ‘온몸의 시학’의 정신은 모든 기존의 질서를 거부하려는 부정의 정신, 끊임없이 전진하려는 지성, 온몸으로 정직을 밀고 나가는 염결성, 양심을 시로 전화시키는 시정신으로 빛납니다. 그 결과 ‘언어의 작용’과 ‘언어의 서술’의 회통과 극복의 시편들을 선보입니다.

김수영 시에서 ‘언어의 작용’과 ‘언어의 서술’의 회통과 초월은 어느 시점을 통해서 일어나는 것이 아니라 그의 시력의 순간순간에 고투와 투신의 결과로 이루어지고 있습니다. 모더니티와 리얼리티의 회통과 초월의 공간에서 이루어진 시편들은 강한 서정성을 드러내는 특징을 가집니다.

이 책이 나오기까지 학문적인 도움을 주셨던 인하대학교 최원식 교수님, 홍정선 교수님, 한신대학교 최두석 교수님께 감사드리며 정신적인 힘이 되어주셨던 황동규 시인께도 고마움을 표합니다.

2014년 2월

詩景齋에서 김 윤 배

목 차

서문

1장 - 김수영 시학

Ⅰ. 논의의 방향_ 11
1. 무엇이 문제인가_ 11
2. 그간의 논의_ 17
3. 새로운 탐색의 길_ 24

Ⅱ. '자유'와 '속도'의 모더니티_ 40
1. '자유'의 바로 보기와 역사성_ 40
2. '속도'의 바로 보기와 현대성_ 73

Ⅲ. '혁명'과 '사랑'의 리얼리티_ 101
1. '혁명'의 좌절과 자기부정_ 101
2. '사랑'의 완성과 자기긍정_ 131

Ⅳ. 모더니티와 리얼리티의 언어 극복_ 154
1. 휴식과 죽음의 내면 풍경_ 154
2. '언어의 작용'과 '언어의 서술'의 회통으로서의 시세계_ 181

Ⅴ. 온몸의 시학 추구_ 204

2장 – 김수영 시의 수용미학

Ⅰ. 모더니티와 리얼리티의 수용미학_ 211

Ⅱ. 김수영 시의 기대지평과 기대환멸_ 217
1. '자유'와 '속도'의 기대지평과 기대환멸_ 217
2. '혁명'과 '사랑'의 기대지평과 기대환멸_ 240

Ⅲ. 지평변동이 가능한 시세계_ 254

▌참고문헌_ 255
▌작가의 생애와 작품 연보_ 262
▌찾아보기_ 276

1장

김수영 시학

Ⅰ. 논의의 방향

1. 무엇이 문제인가

김수영은 해방 직후부터 1960년대 말까지 전환기적 한국사회의 삶을 경험하면서 치열한 시작 활동을 펼쳤던 시인이다. 그는 1921년 11월 27일, 서울 종로구 종로 2가 158번지에서 태어났다. 부친 金泰旭은 지주로 정3품 통정대부 중추원의관을 지냈으나 중인 출신이었다. 김수영이 서울 종로에서 출생했다는 것은 중요한 의미를 갖는다. 당시 종로는 중인들이 살던 곳이어서 그는 유년 시절부터 중인적 감각을 지니게 되었을 것이다. 도시적 삶을 영위할 줄 아는 중인 계급의 체질적 특성이 그로 하여금 젊은 날, 모더니즘에 경도되게 작용했을 것이라는 추정을 가능하게 한다.

김수영은 1938년, 선린상업학교 전수과를 마치고 본과 2학년에 편입하여 졸업하면서 1941년, 일본으로 유학하여 미즈시나하루키 연극연구소에 들어가 연극 공부를 했으며 1943년, 태평양 전쟁이 발발하자 귀국하여 연극 활동을 펼친다. 이듬해 만주 길림에서 일시 귀국한 모친을 따라 길림으로 가서 조선 청년들과 연극을 무대에 올리기도 한다.

1945년, 해방과 함께 김수영은 만주에서 서울로 돌아와 朴寅煥이 경영하는 서점 茉莉書舍를 중심으로 金起林, 金光均, 金秉旭, 林虎權, 梁秉植, 朴一英 등과 교우를 갖게 되면서 모더니즘 시 운동에 관심을 가져 1948년, 동인 <新詩論>을 결성하고 이듬해 동인지 『새로운 都市와 市民들의 合唱』을 발간하게 되며 여기에 「아메리카 타임誌」, 「孔子의 生活難」을 발표한다. 이 무렵 林和에 매료되어 사회주의와 리얼리즘에도 관심을 갖게 된다. 1950년 6 · 25전쟁이 발발하면서 서울에 남아 있었던 그는 의용군에 입대한다. 6 · 25는 그에게 비극적인 역사의 체험으로 레드컴플렉스를 갖게 하는 계기가 되며, 이 레드컴플렉스는 후에 5 · 16군사 쿠데타가 일어나자 숨어 지내다가 「新歸去來」 연작을 쓰게 되는 동기로 작용하게 된다.

1960년 4 · 19혁명이 일어나자 김수영은 직설적인 화법의 시편들을 폭포처럼 쏟아낸다. 이때의 시편들은 임화의 화법의 영향을 받은 듯이 보인다. 1961년 5 · 16군사 쿠데타로 4월 혁명이 실패로 돌아가자 그는 좌절을 겪는다. 김수영의 6 · 25, 4 · 19, 5 · 16의 역사적 체험은 그의 시세계를 결정짓는 중요한 계기가 된다. 이처럼 김수영의 시는 그가 역사적 현장을 뚫고 나간 체험의 시편들로 가열성을 특징으로 한다.

김수영에 대한 연구는 깊이와 넓이를 더해가고 있음에도 불구하고 아직도 논란의 소지를 상당히 지니고 있다. 논란의 핵심은, 김수영은 진정한 모더니스트인가? 모더니스트라면 그의 시세계는 성공한 모더니티의 시세계인가의 문제이고, 김수영은 진정한 리얼리스트인가? 리얼리스트라면 그의 시세계는 성공한 리얼리티의 시세계인가의 문제이다. 그리고 또 다른 논란은 김수영은 모더니스트이며 동시에 리얼리스트인가? 그렇다면 그의 모더니스트로서의 시세계는 4 · 19를 기점으로, 그 이전으로 보아야 하는가의 문제이며, 그의 참여시는 4 · 19 이후의 모든 시세계를 말하는가라는 문제라 하겠다. 이와 같은 이분법적 논란에 대한 탐구적 접근이 이번 논의의 핵심이다. '김수영의 시세계는 모더니즘과 리얼리즘으로 양분될 수 없으며 모더니즘과 리얼리즘은 그의 초기 시세계부터 화해롭게 공존하고 있었던 것은 아닐까' 하는 전제에서 이 논의는 출발하고 있다.

1930년대의 모더니즘 운동은 온전히 내발적인 것이 아니어서 당대의 모더니스트들은 부박한 모더니티 찬미로부터 서서히 선회하여 모더니즘의 자기비판에 이르기까지 그 정체성에 대한 논의가 활발해진다. 해방 후, 1950년대의 모더니스트들에게도 시대적 상황에 대한 분열적 인식이 나타나 정신적 근대지향이 물질적 근대지향과 괴리를 빚게 한다. 6 · 25 이후, 남한에서는 1930년대의 모더니즘에서 기원하여 해방 직후 반 좌파 투쟁과 결합하면서 매우 독특한 이념적 성격을 갖춘 채 구성된 순수문학론이 지배 이데올로기를 형성했다. 이러한 문학의 탈이념화는 자본주의와 사회주의를 동시에 넘어서는 새로운 세계관에 대한 탐색이었으나 해방 직후 순수문학론의 진지성이 약화되는 계기가 되기도 했다.[1] 1960년대의 참여문학과 1970년대의 민족문학론의 연결고리로서의 핵심적인 역할을 담당하기도 했던, 모더니스트로서의 김수영이 새로운 시대의 도래와 이에 따른 현실과의 갈등을 겪으면서 자기비판의 고뇌를 시에서 어떻게 반영하는가는 문학사에서 중요한 의미를 갖는다. 이는 아마도 맹목적인 근대 추종과 낭만적인 근대 부정을 넘어서, 자본주의와 일국 사회주의를 넘어서, 근대성의 쟁취와 근대의 철폐를 자기 안에서 통일할 것을 모색해야 한다는 주장[2]과 만나는 일이기도 할 것이다.

김수영은 모더니스트이면서 한국 모더니즘의 위대한 비판자로, 도시

---

1) 최원식, 『문학의 귀환』, 창작과비평사, 2001, 45~46쪽.
2) 최원식, 『생산적 대화를 위하여』, 창작과비평사, 38쪽.

적 지식인으로서의 모더니즘을 청산하고 민중문학을 수립하는 데까지 나가지 못한 시인[3]이라는 비판을 받기도 했다. 김수영이 모더니즘을 극복하기 위한 고투의 흔적과 시적 리얼리티를 획득하기 위한 고뇌의 흔적은 그의 시론에서 어렵지 않게 확인할 수 있다. 그럼에도 불구하고 모더니즘을 극복하지 못했다기보다는 그 극복의 실천에서 우리 역사의 현장에 풍부히 주어진 민족과 민중의 잠재 역량을 등한시했다는 비판[4]도 진정한 민중문학 또는 리얼리즘의 시각에서 되짚어 보아야 할 대목이다.

모더니스트로서 김수영 텍스트는 전근대적 한국인을 근대적 한국인으로 변모하지 못하게 하는 모든 권력, 모든 지배 담론, 그리고 점점 더 자본주의적 근대로 이행해가면서 초기 부르주아 주체의식에 사로잡혀가는 자기 자신조차 부정하는 모습을 보여준다.[5] 특히 자유에 대한 그의 담론은 운동성, 개인주의 성향, 혼란, 새로움과 젊음, 살아 있음의 근거, 절대 가치 부여, 정치적 자유의지, 비애와의 결합, 변화성 등으로 노정되면서[6] 전통과 권위의 기성에 대한 도전에서 생겨나는 반 시적인 해방 형식을 보이고 있으며 '온몸의 시학'이나 '불온 시론'에서 밝히고 있는 것처럼 정치적 자유와 현실적 자유, 그리고 형식적 자유로서의 실험을 계속한다.

문학이 사회적 갈등이나 모순에 끊임없이 반성적 물음을 제기함으로써 그 사회에 결핍된 것이 무엇이고 그 사회가 지닌 꿈이 무엇인지를 드러내는 것이라고 한다면 김수영의 시편들은 리얼리즘적인 요소가 크다

---

3) 염무웅, 「김수영론」, 황동규 편, 『김수영의 문학』 별권, 민음사, 1992, 165쪽.
4) 백낙청, 「참여시와 민족문제」, 황동규 편, 위의 책, 168쪽.
5) 김승희, 「끝없는 비평적 도전을 허용하는 김수영 문학의 잉여」, 김승희 편, 『김수영 다시 읽기』, 프레스21, 2000, 8쪽.
6) 김혜순, 「김수영 시 연구-담론의 특성 연구」, 건국대학교 대학원 박사학위논문, 127쪽.

고 말할 수 있을 것이다. 그러나 김수영은 시에 대한 사변을 파산시키고 '온몸의 시학'을 실천해갔던 모더니스트였으며 리얼리즘과 모더니즘 또는 순수시와 참여시를 넘나들었던 시인이다. 1930년대의 모더니즘문학과 리얼리즘문학의 논쟁이 예술성과 사상성의 대립이라면, 해방 이후의 순수문학과 참여문학의 논쟁은 현실적 공간과 문학적 공간 속에서의 예술성과 사상성의 논쟁으로 1968년의 김수영과 이어령의 논쟁은 순수·참여 논쟁 중 가장 주목할 만한 것이었다.[7] 20세기 한국문학은 리얼리즘과 모더니즘 및 이 두 담론이 기원한 변형담론의 단속적인 전쟁상태로 돌입하였으며, 해방 이후 분단과 6·25를 거치면서 좌우파 투쟁과 직간접으로 연계된 두 담론 사이의 대립은 격화되어 갔다.[8]

이와 같은 대립적 시각 때문에 "김수영은 모더니즘 시인이면서 리얼리즘 시인으로 두 세계를 공유했다고 보는 견해는 타당할 것인가? 그렇다면 개별 시편에도 리얼리즘과 모더니즘은 공존하는가?"에 대한 논의는 그간의 연구자들에게서는 제기되지 않았다. 김수영의 시세계는 언어의 형식 실험이나 내면적 주체성을 중시하는 모더니즘적 경향으로부터

---

7) 홍정선, 『역사적 삶과 批評』, 문학과지성사, 1986, 128쪽. 홍정선은 이 논쟁에서 초점이 된 것은 유형·무형으로 가해지는 검열의 형태가 문화에 대해 치명적 악영향을 미치는가 그렇지 않은가 하는 문제라고 보았다. 그는 "이 문제에 대해 김수영은 '오늘날의 문화적 침묵은 문화인의 소심증과 무능'에서 오기보다는 '유상 무상의 정치권력의 탄압에 더 큰 원인'이 있다고 진단한다. 김수영은 이어령과의 논쟁을 통해 권력에 의해 침묵 당한 문화를 불온하다고 스스로 규정짓는다. (……) 이어령은 '참여를 하지 않은 것이나 타의에 의해 못한 것이나 똑같다'고 말했다. 이어령은 권력의 음성적 억압으로 인해 야기된 작가의 자기 검열도 결과적으로는 작가 자신이 전적으로 책임을 져야 하는 문제라고 주장하고 있는 것이다. 이어령의 이 같은 논지는 어떤 시대와 상황이든 오직 개인의 결단만이 의미 있고 그것에 궁극적 책임이 물어져야 한다는 것으로 귀착된다. 이런 점에서 볼 때 김수영이 비록 문화 검열이 개인의 태도에 미치는 영향과 그 개인의 양심적 결단에 대해 섬세한 고찰을 하지 않았다 하더라도 이어령보다는 훨씬 진실에 접근해 있다"고 밝히고 있다.

8) 최원식, 『문학의 귀환』, 45쪽.

외부세계의 실재성을 추구하는 리얼리즘적 경향으로 변모해 간 것이 아니라는[9] 전제를 바탕으로 본고는 출발한다. 김수영을 참여파 시인으로 보기에는 그의 창작 수법은 너무나도 흡사하게 예술파 시인들과 같은 기교를 발휘하고 있으며 예술파 시인들에게서는 찾아볼 수 없는 참여 정신이 농후했던 것도 사실이다. 그가 발표한 어떤 시는 예술파에 속하는 양 보이고 다른 어떤 시는 참여파에 속하는 것처럼 보이지만 그의 시론은 분명히 참여파를 옹호하고 있다.[10]

본고는 김수영의 시를 관류하고 있는 모더니즘과 리얼리즘의 영향을 구명하고 이를 어떻게 극복하여 자신의 독창적인 문학세계를 열어갔나를 밝히려고 한다. 김수영이 당대의 시사를 어떻게 파악하고 있었는가는, '4 · 19를 경계로 해서 그 이전의 10년 동안을 모더니즘의 도량기라고 볼 때 그 후 10년간을 소위 참여시의 그것이라고 볼 수 있을 것 같다'[11]고 한 그의 시론에 잘 드러나 있다. 그러나 김수영에게 모더니즘과 리얼리즘 정신이 이처럼 순차적으로 작용했다고 볼 수는 없을 것이다. 김수영 시와 시론의 과제가 참다운 모더니즘 시와 진정한 리얼리즘 시의 추구[12]였다고 볼 때, 모더니즘과 리얼리즘의 초월과 극복을 통해 최량의 작품을 산출하기 위해 그는 모더니즘과 리얼리즘의 회통의 경지에 다다르려 했을 것이다. 리얼리즘/모더니즘의 창안된 정체성을 떠나 작품의 실상으로 직핍하면, 리얼리즘의 최량의 작품들은 리얼리즘을 넘어서는 순간 산출되었으며 모더니즘의 최량의 작품들도 통상적인 모더니즘을 비월하는 찰나에 생산되었다는 것에 주목한다면,[13] 김수영의 탁발한 시

---

9) 김기중, 「윤리적 삶의 밀도와 시의 밀도」, 김승희 편, 앞의 책, 197쪽.
10) 김현승, 「김수영의 시적 위치」, 황동규 편, 앞의 책, 1992, 35~36쪽.
11) 김수영, 「참여시의 정리」, 『창작과비평』, 1976 겨울호, 633쪽.
12) 최두석, 「현대성론과 참여시론」, 『한국현대 시론사 연구』, 문학과지성사, 1998, 302쪽.
13) 최원식, 『문학의 귀환』, 57~58쪽.

편들은 모더니즘과 리얼리즘을 극복하는 순간에 놓인 작품들일 것이다.[14] 이처럼 개별 시편 속에 용해되어 있어 이념적으로는 충돌하고 있으나 시편 속에서 화해로운 모더니즘과 리얼리즘 정신의 회통과 초월의 경지를 탐색하는 일은 의미 있는 일일 것이다.

2. 그간의 논의

김수영에 대한 연구는 1968년 6월 16일 불의의 교통사고로 그가 세상을 떠난 후부터 본격적으로 나타나기 시작한다. 생전에 활발했던 그의 문학 활동에 비해 그의 시세계에 대한 조명이 소략했던 것은 당대의 평단이 그의 시세계를 충분히 알고 있지 못했던 때문이었을 것이다. 김수영 생전 유종호는 『세대』 1963년 1, 2월호에 발표한, 「현실 참여의 시–수영, 봉건, 동문의 시」라는 평문에서 김수영의 시를 '다채로운 레퍼토리 수영'이라고 칭하고 「달나라의 장난」과 「國立圖書館」을 두고 도시인의 페이소스가 있는 반속정신의 시라고 평가한다. 이 평문에서 반속정신은 우아한 에피그람으로 나타나기도 하고 우화의 전개로 나타나기도 하며, 자조적 분노로 나타나는 경우도 있고 예리한 사회 비평으로 나타나는 경

14) 최원식은 「리얼리즘과 모더니즘의 회통」이라는 글에서, "김수영의 최량의 작품들 속에서 우리는 모더니즘에 충실하면서 그를 넘어서는 목숨을 건 도약의 순간, 최고의 시가 탄생하고 그 운명적 장소의 혼을 목격하게 되는 것이다. 김수영이야말로 최량의 작품들에서 통상적 모더니즘과 통상적 리얼리즘을 가로질러 그 회통에 도달하는 경지를 보여준 드문 시인이었던 것이다"라고 말한바 있다(최원식, 『문학의 귀환』, 51~52쪽).

우도 있다고 지적한 뒤, 저항과 참여의 시는 무엇보다 먼저 상징적이고 암시적인 수법으로보다도 민중의 직접 언어로 쓰여야 하는데 김수영의 「하……그림자가 없다」는 이러한 시의 방향을 암시하는 수작이라고 평가한다.[15]

한편 김현승은 『현대문학』 1967년 8월호에 「김수영의 시적 위치」를 1960년대의 순수파와 참여파의 양 진영 중 참여파의 총수격으로 지목되는 것 같다고 말하고 그의 시는 예술파 시인들처럼 기교적이지만 참여정신이 농후하다고 평가하면서 사상성과 예술성을 한 작품 속에 조화 집결시키라고 주문한다.[16] 김수영 사후, 본격적인 비평이 이루어진 것은 백낙청에 의해서이다. 백낙청은 『현대문학』 1968년 8월호에 「김수영의 시세계」를 조명하면서, 김수영은 1948년 박인환 등과의 5인 시집 『새로운 都市와 市民들의 合唱』이 나오면서 시단의 소위 모더니즘파로 처음 각광을 받았다고 쓰고 있다. 이어서 김수영 자신은 1959년에 나온 첫 시집 『달나라의 장난』에서 이미 모더니즘적 실험의 유산과 자신의 서정적 자질을 하나의 독자적 스타일로 발전시키는 데 성공하고 있다고 평가하고, 그의 언어 구사에 나타나는 현대적 감각과 지성의 작용은 모더니즘의 실험을 통해서 얻은 유산임이 분명하다고 말한다. 백낙청은 김수영의 언어가 다른 서정시인들의 그것에 비하면 일상어에 가깝고 지적 복잡성을 포용하는 힘이 크기는 하지만 아직도 너무 곱고 너무 약하다고 평가한다.

그러나 김수영의 시는, 우리의 최고의 행동이 우리 몸뚱이와 의지와 정신과 경험 전체의 움직임으로 쓰여지고 읽혀지는 시라는 뜻에서 '행동의 도구'로서의 시가 아니라 '행동의 시'라고 지적하면서, 구태여 흠을 잡으란다면 그의 시가 산문적이라는 것이 아니라 차라리 지나치게 재기발

15) 유종호, 「다채로운 레퍼토리-수영」, 황동규 편, 앞의 책, 30~31쪽.
16) 김현승, 「김수영의 시적 위치」, 황동규 편, 위의 책, 35~36쪽.

랄하다는 점을 들겠다고 평가한다.[17)]

1970년대에 이르러 김수영 관련 논문[18)]들이 발표되면서 시 선집『거대한 뿌리』(1974)와『달의 행로를 밟을지라도』(1976)가 민음사에서 발간되고 산문 선집『시여, 침을 뱉어라』(1975)와『퓨리턴의 초상』(1976) 등이 역시 같은 출판사에서 발간된다.

1980년대에 들어 김수영에 대한 관심이 고조되면서『김수영 시선』(1981)이 지식산업사에서,『김수영 전집』1(1981)과『김수영 전집』2(1981)가 민음사에서 출간되었으며『김수영 평전』(1982)[19)]이 문학세계사에서 출간되었고, 이어서『김수영의 문학』(1983)이 김수영 전집 별권으로 민음사에서 출간되었다.

1990년대에 들어서도 김수영 문학에 대한 탐구 열기는 이어져 서거 30주기가 되는 1998년에 집중적인 재조명[20)]이 이루어졌으며『작가연구』

---

17) 백낙청,「김수영의 시세계」, 황동규 편, 위의 책, 39~44쪽.
18) 김규동,「모더니즘의 역사적 의의」,『월간문학』, 1975, 2월호.
김병택,「시인의 현실과 자유」,『현대문학』, 1978, 7월호.
김윤식,「시에 대한 질문 방식의 발견」,『시인』, 1970, 8월호.
김종철,「시적 진리와 시적 성취」,『문학사상』, 1973, 9월호.
김지하,「풍자냐 자살이냐」,『시인』, 1970, 8월호.
김　현,「시와 시인을 찾아서-김수영편」,『심상』, 1974, 5월호.
김훙규,「김수영론을 위한 메모」,『심상』, 1978, 1월호.
백낙청,「역사적 인간과 시적 인간」,『창작과비평』, 1977 여름호.
서우석,「시와 리듬-김수영 : 리듬의 희열」,『문학과 지성』, 1978 봄호.
염무웅,「김수영론」,『창작과비평』, 1976 가을호.
이유경,「김수영의 시」,『현대문학』, 1973, 6월호.
최하림,「60년대 시인의식」,『현대문학』, 1974, 10월호.
홍기삼,「자유와 갈증」,『한국문학전집 : 평론선집』, 어문각, 1978.
황동규,「절망 후의 소리-김수영의 <꽃잎>」,『심상』, 1974, 9월호.
19) 최하림,『자유인의 초상』, 문학세계사, 1982.
20) 김명인,「그토록 무모한 고독, 혹은 투명한 비애」,『실천문학』, 1998 봄호.
김상환,「김수영의 역사 존재론-교량술로서의 작시에 대하여」,『세계의 문학』,

5호에서는 <김수영 문학의 재인식>으로 특집을 꾸며 문학사적 위치, 주요 시어들에 대한 탐색, 김수영 문학 연구사의 흐름과 방향에 대한 정리가 이루어졌다.

2000년대에 들어 『김수영 다시 읽기』[21]가 출간되면서 김수영의 시세계가 모더니즘의 한계를 뛰어넘어선 시인으로 자리매김 하고 있으며, 김수영의 삶과 문학 전체를 꿰뚫고 있는 사고 원리를 혁명으로 보고 자아완성, 사회 완성, 시의 완성을 혁명의 완성으로 간파하고 있는가 하면, 문학적 장자와 김수영의 시 담론 비교를 통해 장자의 자유담론과 김수영의 자유담론이 어떤 상호테스트성을 갖는지 분석하고 있다. 같은 해에 출간된 『풍자와 해탈, 혹은 사랑과 죽음』[22]은 철학적 시각에서의 김수영 시 읽기이며 황무지를 견디는 반성으로서의 시인과 초월적 성찰이 담긴 시라는 판단으로, 본질적 낙후성을 건너는 교량으로서의 작시와 작시에 대한 형이상학적 접근을 꾀하고 있다. 김수영의 문학적 삶을 조명한 『김수영 평전』[23] 증보판이 실천문학사에서 출간되어 김수영의 일생이 사실에 가깝게 복원되었다.

1998 여름호.

유중하, 「달나라에 내리는 눈」, 『실천문학』, 1998 여름호.

이경덕, 「사물과 시선과 알리바이」, 『실천문학』, 1998 가을호.

정남영, 「바꾸는 일, 바뀌는 일, 그리고 김수영의 시」, 『실천문학』, 1998 겨울호.

21) 김승희 편, 『김수영 다시 읽기』, 프리즈21, 2000.

22) 김상환, 『풍자와 해탈 혹은 사랑과 죽음』, 민음사, 2000.

23) 최하림, 『김수영 평전』 실천문학사, 2001. 김수영 평전은 <문학세계사>에서 1993년에 최하림에 의해 출간되었으나 이를 보완하여 실천문학사에서 재출간한 것이다. 재출간된 평전은 김수영의 시편들에 대한 저자의 해석이 강화되었으며 박인환 시인에 대한 부분이 상당히 축소되어 시사 속에서의 박인환에 대한 재평가가 저자에 의해 이루어지고 있다는 느낌이 있으며 임화와의 교류를 좀 더 비중을 두고 서술하고 있다. 아마도 김수영의 시가 구체성을 획득하기 위한 고투가 계속된 것은 임화의 영향이 아닐까 하는 저자의 판단 때문인 것 같다.

김수영의 문학에 대한 담론은 크게 세 방향에서 논의되었다. 시정신과 모더니즘의 영향에 대한 접근, 시정신과 리얼리즘의 영향에 대한 접근, 근대성과 김수영 시의 근대성에 대한 접근 등의 내용적 논의와, 김수영 시의 언어학적 접근, 시의 기법적 접근 등 형식과 구조에 대한 논의, 시론과 시의 관계에 대한 논의 등으로 나눌 수 있다.

첫째, 내용적 논의로는 ① 김수영 시정신과 모더니즘의 영향에 대한 접근으로, 키워드가 되는 자유 · 설움 · 사랑 · 죽음 · 양심 · 정직 등을 주제로 그의 시를 해명하고자 한다. 이 접근 방법은 김수영의 시 의식과 연관되며 미흡한 대로 그의 현실인식이 역사의식으로 이행되고 있음을 밝히고 있다.[24] ② 김수영 시정신과 리얼리즘의 영향에 대한 접근으로, 김수영을 한국 모더니즘의 위대한 비판자라고 평가한 김현승을 필두로 모더니즘에 대해 비판적인 시각을 지닌 일군의 평자들이 있다. 그들의 지적은 김수영이 모더니즘에 대한 비판적인 시각을 지니고 있었던 것은 사실이지만 그것이 곧 리얼리즘으로의 전환을 의미하지는 않으며 모더니즘을 극복하여 새로운 지평으로서의 리얼리즘에 이르지 못하고 있음

24) 구모룡, 「도덕적 완전주의」, 『조선일보』, 1981.1.13~21.
김규동, 「인환의 화려한 자질과 수영의 소외의식」, 『현대시학』, 1978, 11월호.
김우창, 「예술가의 양심과 자유」, 『궁핍한 시대의 시인』, 민음사, 1978.
김종철, 「시적 진리와 시적 성취」, 『문학사상』, 1973, 9월호.
김　현, 「자유의 꿈」, 김수영, 『거대한 뿌리』, 민음사, 1974.
염무웅, 「김수영론」, 『창작과비평』, 1976 가을호.
유종호, 「시의 자유와 관습의 굴레」, 『세계의 문학』, 1982 봄호.
이승원, 「김수영론」, 『시문학』, 1983, 4월호.
정과리, 「현실과 절망의 긴장이 끝 간 데」, 『문학, 존재의 변증법』, 문학과지성사, 1985.
정현종, 「시와 행동, 추억과 역사」, 『숨과 꿈』, 문학과지성사, 1982.
최동호, 「김수영의 문학사적 위치」, 『작가연구』 5호, 새미, 1998.
황동규, 「정직의 공간」, 『달의 행로를 밟을지라도』, 민음사, 1976.

을 지적한다.[25] ③ 근대성과 김수영 시의 근대성에 대한 접근은, 주로 식민지 지식인의 근대 인식의 갈등과 이의 극복으로서의 김수영의 시를 평가하는 논문들로, 김수영의 모더니즘과 리얼리즘이 근대성 혹은 근대의 경험과의 투철한 대결의식의 소산이라는 평가로 모아진다.[26)]

둘째, 형식과 구조에 대한 논의로는 ① 김수영 시의 언어학적 접근으로, 그의 시가 일상어를 과감하게 시어로 차용하고 있고 부정어사와 반복어사들이 시의 이미지 공간을 확장한다고 평가한다. 특히 「풀」에 대한 통사론적 분석과 의미론적 분석이 돋보인다.[27] ② 시의 기법적 측면에서의 접근으로는 은유와 환유, 반복과 속도, 반어와 풍자, 암시와 폭로 등 김수영이 구사했던 모든 시적 기법에 대한 평가가 이루어졌으나 더 발전되지 못하고 있는 것으로 보인다.[28]

---

25) 김현승, 「김수영의 시사적 위치와 업적」, 『창작과비평』, 1968 가을호.
김명인, 「그토록 무모한 고독, 혹은 투명한 비애」, 『실천문학』, 1998 봄호.
김영무, 「시에 있어서의 두 겹의 시각」, 『세계의 문학』, 1982 봄호.
김정환, 「벽의 변증법」, 『김수영 다시 읽기』, 프레스21, 2000.
백낙청, 「역사적 인간과 시적 인간」, 『창작과비평』, 1977 여름호.
정남영, 「바꾸는 일, 바뀌는 일, 그리고 김수영의 시」, 『실천문학』, 1998 겨울호.
26) 하정일, 「김수영, 근대성 그리고 민족문학」, 『실천문학』, 1998 봄호.
송주성, 「전통과 근대성」, 정찬범 편, 『전후시대 우리문학의 인식』, 박이정, 1997.
이기성, 「1960년대의 시와 근대적 주체의 두 양상」, 『1960년대 문학연구』, 깊은샘, 1998.
김오영, 「김수영론」, 연세대학교 교육대학원 석사학위논문, 1992.
27) 강웅식, 「김수영 시 「풀」 연구」, 경희대대학원 석사학위논문, 1985.
김치수, 「「풀」의 구조와 분석」, 『한국 대표시 평설』, 문학세계사, 1983.
김　현, 「김수영의 풀 : 웃음의 체험」, 『한국 현대시 작품론』, 문장, 1981.
노대규, 「시의 언어학적 분석–김수영의 「눈」을 중심으로」, 『매지논총』 3집, 연세대학교 매지학술연구소, 1987.
이경희, 「김수영 시의 언어학적 구조와 의미」, 『이화어문논집』 8집, 이화여자대학교 한국어연구소, 1986.
28) 권오만, 「김수영 시의 기법론」, 『한양어문연구』 13집, 한양대학교한양어문연구회, 1995.

셋째, 시론과 시의 관계에 대한 논의로는, ① 김수영의 시론과 시의 관계에 대한 접근으로 탁월한 시론이 그의 시에 어떻게 반영되고 있는가를 밝히는 논문이 대부분이다. ② 모더니즘과 리얼리즘의 시각에 따른 접근으로 모더니즘시론의 측면에서 김수영의 시를 분석하기도 하고 리얼리즘 시론의 측면에서 그의 시의 불온성을 살펴보기도 한다. 그러나 시론과 시의 관련성에 대한 논의는 좀 더 정치한 연구가 계속되어야 할 영역이다.[29]

김수영의 시세계에 대한 논의는 다양한 측면에서 깊이 있게 이루어져 있는 영역도 있으며 좀 더 정치한 연구가 필요한 영역도 있다. 예컨대 김수영의 문학적 삶과 시정신, 시정신이 용해되어 나타나는 주제 등의 논의는 다양하고 폭넓게 이루어져 있으나 그의 삶과 일치시키려던 시론과 시의 관계를 밝히거나 창작 과정을 시론에 비추어 탐색한 논의는 미흡하다. 김수영의 시를 모더니티와 리얼리티의 회통과 극복이라는 측면에서 접근한 논의는 없었다.

모더니즘과 리얼리즘의 영향을 밝히는 논의는, 대부분 김수영 시를 전기는 모더니즘의 영향으로, 후기는 리얼리즘의 영향으로 파악하거나 순수시와 참여시로 양분하고 있는바 이러한 이분법적 접근방법은 그의 시세계를 온전하게 이해하는 데 오히려 장애가 된다. 김수영의 시를 참되

김효곤, 「김수영의 사랑의 변주곡 연구」, 『국어국문학』 33집, 부산대학교국문학과, 1996.
한명희, 「김수영 시의 기법」, 『전농어문연구』 10집, 서울시립대학교국어국문학과, 1998.2.
황혜경, 「김수영 시의 아이러니 연구」, 이화여자대학교대학원 박사학위논문, 1998.

29) 김준오, 「한국모더니즘 시론의 사적 개관」, 『현대시 사상』, 1991 가을호.
이승훈, 「김수영 시론」, 『심상』, 1983, 4월호.
정효구, 「이어령과 김수영의 불온시 논쟁」, 『20세기 한국시와 비평정신』, 새미, 1997.
최두석, 「현대성과 참여시론」, 『한국 시론사 연구』, 문학과지성사, 1998.

게 이해하는 길은 모더니즘과 리얼리즘, 또는 순수와 참여라는 이분법을 극복하는 데 있으며, 모더니티와 리얼리티가 개별 시편에서 어떻게 용해되고 극복되는가를 밝히면 김수영의 시세계가 더욱 선명하게 드러날 것이다.

3. 새로운 탐색의 길

본고는 비평적 지평을 끝없이 허용하는 김수영 문학의 잉여성에 다시 접근하려는 시도의 일환으로 모색된 평문이다. 여기서 잉여성이란 그의 시세계에 대한 다층적 독법과 해석의 가능성을 말한다. 그동안 수많은 논문들이 김수영의 시세계를 총체적으로 조명해 왔지만 그에 대한 작가론이나 작품론은 완성에 이르지 못한 것이어서 또 다른 도전을 허용하며 기다리는 것이다.

본 논의는 그간의 김수영 시에 대한 모더니즘 또는 리얼리즘적 분석이라는 이분법적 접근에서 벗어나 김수영 시에 일관되게 흐르고 있는 시정신을 모더니즘과 리얼리즘의 회통과 극복이라는 시각에서 분석하고자 했다. 김수영의 시정신을 분석하는 이론의 틀은 미적 가상의 경험이라는 모더니즘 시의 미학이론[30]과 문학적 총체성의 경험이라는 리얼리즘 시

30) 아도르노의 미학은 미적 가상과 미메시스의 연관성 위에 놓인다. 미적 가상은 아도르노 미학의 핵심용어이며 현실에서는 불가능한 미메시스적 경험을 위한 문학적 체험공간이다. 미메시스란 주체와 대상 또는 객체 사이의 비억압적이고 화합적인 교감을 말한다. 자연 상태에서의 화해에 이르는 모든 존재의 소통방식은 미메시스적이어서 신화시대 이전부터 미메시스는 주술단계의 반응 방식이기도 했으나

의 미학이론[31])을 근간으로 삼고자 했다.

합리적 이성과 계몽이 나타나면서, 혹은 이성과 계몽적 사고가 타자를 억압하는 힘으로 나타나면서 점차 화해와 교감이 약화된다. 예술은 미메시스적 반응의 도피처이며 예술 속에서 주체는 자율성의 각 단계에서 자신의 타자와 분리된 채, 그러나 완전히 분리되지 않은 채로 이 타자와 맞선다.
예술은 합리적으로 관리되는 세계의 잘못된 비합리성에 대한 반응이다. 자본주의 사회는 비합리성을 은폐하고 부인한다. 그러나 예술은 합리성으로 인해 불순해진 진리의 목적에 대한 형상을 확고하게 포착한다는 점에서, 그리고 기존 상황의 비합리성이나 모순을 보여준다는 점에서 진리를 나타낸다. 비합리성의 문제는 결국 주체와 객체의 문제이며 갈등이다. 동양에서와는 달리 주체 중심적 이성주의가 발달한 서양에서는 미메시스적 충동이 주체의 내면에 나타나 자연에의 충동을 스스로 이끌어내게 된다. 이때 주체의 내면에서 일어나는 미메시스적 경험은 현실의 매개로는 불가능한 것이어서 문학적 가상을 통하게 된다. 문학적 가상을 통해서 경험하게 되는 미메시스는 내면에서 일어나는 것이므로 정신적이고 주관적이다. 이 주관적 미메시스를 객관화하기 위해서 소재와 기법이 융합하는 합리적 계기가 필요하게 된다. 아도르노는 이처럼 문학 작품을 미적 가상으로 이해함으로써 문학을 정신적이고 주관적인 것으로 보며 미메시스적 계기와 합리적 계기가 결합한 것이라고 파악한다. 이렇게 볼 때 실제 대상과의 소통이 아닌 정신적인 경험으로서의 미메시스는 주체 내면에서의 미메시스로 가상의 경험이 된다(나병철, 『모더니즘과 포스트모더니즘을 넘어서』, 소명출판사, 2001, 39~55쪽).

31) 루카치의 미학은 총체성의 개념 위에 있다. 총체성은 초주관적이고 선험적이며 일종의 게시이자 은총이다. 루카치의 총체성이란 삶이 본질로 가득 차 있는 상태를 말한다. 여기서 본질이란 삶의 원래적인 것으로, 총체성이 존재하는 시대는 삶 속에서 본질을 경험할 수 있는 시대이며 주체와 객체가 화해된 진정한 삶의 상태를 말한다. 루카치의 총체성의 시대가 아도르노의 미메시스의 시대와 다른 것은 주체와 객체의 지배에 따른 이성적 계몽의 작용 여부 때문이다. 루카치는 그리스의 서사시를 총체성으로 가득 찬 시기에 총체성의 삶을 옮겨 담음으로써 만들어진 것으로 설명하는데 비해 아도르노는 그리스의 서사시에 이미 계몽의 변증법이 나타나고 있다고 말한다. 계몽이란 주체의 이성적 사고를 뜻하며 주체가 대상으로부터 거리를 두고 지배의 힘을 행사하는 작용을 의미한다. 서양에서의 인간의 문화는 계몽이 수행된 이후의 산물이며 인간 주체가 타자를 지배해온 역사이다. 아도르노는 이처럼 미메시스를 계몽 이전의 자연적인 삶을 말하는 반면 루카치의 총체성은 계몽이 시작된 후에도 진정한 삶을 살 수 있었음을 전제로 하는 것이다. 이 말은 아도르노의 시대가 그 이전의 시대와 함께 루카치의 삶이 본질로 가득 찬 시대라는 뜻이기도 한 것이다. 이를 바탕으로 루카치는 서정시에 대해 삶에서 더 이상 화합할 수 없는 시대에 자아가 영혼의 내면성을 통해 총체성의 순간을 경험

이를 위해 문학적 참여로서의 '언어의 작용'을 밝힐 이론을 아도르노의 미학을 중심으로 살펴보고, 현실적 참여로서의 '언어의 서술'을 밝힐 이론을 루카치의 미학을 중심으로 살펴보았다.

II장에서는 '자유'와 '속도'의 '언어의 작용'과 '언어의 서술'의 혼재 양상을 알아보기 위해 '자유'의 바로 보기와 역사성을 논하고 '속도'의 바로 보기와 현대성을 천착하였다.

III장에서는 '혁명'과 '사랑'의 '언어의 작용'과 '언어의 서술'의 혼재 양상을 알아보기 위해 '혁명'의 좌절과 자기부정의 시편들을 분석하고, '사랑'의 완성과 자기긍정의 시편들을 분석하였다.

IV장에서는 모더니티와 리얼리티의 언어 극복으로 '휴식'과 '죽음'의 내면 풍경을 살펴보고 '언어의 작용'과 '언어의 서술'의 극복으로서의 시세계를 모더니즘과 리얼리즘의 회통과 극복이라는 시각에서 조명하고자 했다.

본고의 텍스트는 『金洙暎 全集』 1 · 詩(민음사, 1990), 『金洙暎 全集』 2 · 散文(민음사, 1990), 黃東奎 編 『金洙暎의 文學』 · 別卷(민음사, 1992)이며 전집에 수록되지 않은 「參與詩의 整理」(『창작과비평』, 1967년 겨울호)다. 그러나 민음사 본이 몇 곳에서 오류를 범하고 있어 텍스트로서의 안정성과 신뢰성에 문제가 있는 것은 사실이다.

한다고 말한다. 내면을 통한 총체성의 순간의 형상화는 현실의 삶에서는 자아와 세계와의 화합, 즉 총체성의 획득이 불가능해졌음을 뜻하는 것이다. 루카치의 이 총체성의 개념은 그가 마르크스주의자가 되면서 사회학적 개념으로 변화된다. 이 개념에 따르면 총체성이란 사회현실의 발전 과정을 나타내는 주체와 객체의 본질적 연관관계를 의미하며 여기서 본질이란 사회 발전의 역사적 합법칙성을 의미하는 것으로 문학이 총체성을 얻는다는 것은 사회 현실을 그리면서 그 속에 숨어 있는 역사적 발전의 핵심적인 관계를 드러내는 것이다(나병철, 위의 책, 42~55쪽).

1) '언어의 작용'과 '언어의 서술'로서의 시 읽기

김수영은 문학적 참여로서의 '언어의 작용'과 현실적 참여로서의 '언어의 서술'을 장일우의 평문을 문제 삼은 「生活現實과 詩」[32]라는 글에서 언급하고 있다.

> (……) 이렇게 말하면 張一宇의 요점과 나의 요점이 서로 중복되는 것이 상당히 많은 것을 나도 모르는 것은 아니다. 그가 난해한 시라고 욕하는 것이 사실은 <시가 아니다>라는 말과 같은 뜻일 것이라는 것, 양심 있는 시인이라면 오늘의 한국 현실이 그의 시에 반영되지 않을 수 없다는 점, 그러한 시가 독자를 갖고 있지 않은 것은 너무나 당연하다는 것—이런 점들을 위시해서 내가 공감할 수많은 그의 요점이 나의 요점과 떠불되고 있다. 그러면서 내가 아까부터 회의를 느끼는 것은 다시 말을 바꾸어 하자면 이러한 현실을 이기는 시인의 방법을 서술에서뿐만 아니라 (시 작품 속에 숨어 있는) 언어의 작용에서도 찾아져야 한다고 생각하는 것이다. 이러한 언어의 서술과 언어의 작용은 시의 본질에서 볼 때는 당연히 동일한 비중을 차지해야 할 것이

---

32) 김수영은 「生活 現實과 詩」에서 『漢陽』지에 실린 장일우의 평문을 읽고 다음과 같이 정리한다.
(……) 그가 말하는 것은 대체로 이렇다. "우리 시는 우리 생활 현실과 너무 동떨어진 소리를 하고 있다. —이 엄청나게 난해한 시들은 누구를 위해서 쓰는 것이며, 너무나 독자를 무시한 무책임한 소리를 하고 있다— 한국의 시들은 현실 도피를 하지 말고 현실을 이기고 일어서라." 이러한 그의 누차의 발언에 내가 느낀 것은 아무래도 시의 본질보다도 시의 사회적인 공리성에 더 많은 강조를 하고 있다는 점이다. 나는 시를 쓰는 사람으로서 그의 발언에 대해서 실제로 이런 상상을 해보게 된다. 우리나라의 현실을 가장 잘 대변할 수 있는 시는 어떤 시인가? 가장 밑바닥에서 우러나오는 가장 절박한 시를 쓰려면 어떻게 하면 되는가? 그러나 그의 요청에 따른 나의 想像上의 표본은 항상 선명하지 않은 채로 끝나고는 한다. 그렇게 볼 때 내 생각으로는 그의 발언은 두 가지 면에서 바라볼 수 있다. 하나는 志士的 발언이며 하나는 기술자적 발언이다(『김수영전집』 2 · 산문, 민음사, 1990).

> 다. 그런데 전 자의 가치에 치우친 두둔에서 실패한 프로레타리아 시가 많이 나오고 후자의 가치에 치우친 두둔에서 사이비 난해시가 많이 나오는 것을 볼 때 비평가의 임무는 전자의 경향의 시인에게 후자의 경향을 강매하거나 후자의 경향의 시인에게 전자의 경향을 강매하는 일보다 오히려 제각기 가진 경향 속에서 그 시인의 양심이 실려져 있는지 아닌지를 식별하는 일에 있는 것이라고 믿어진다. (……) 내가 보기에 우리시단의 시는 시의 언어의 서술면에서나 시의 언어의 작용면에서나 다같이 미숙하다. 쉽게 말하자면 우리의 생활 현실도 제대로 담겨 있지 않고 난해한 시라고는 하지만 제대로 난해한 시도 없다. 이 두 가지 시가 통할 수 있는 최대공약수가 있다면 그것은 사상인데 이 사상이 어느 쪽에도 없으니까 그럴 수밖에 없다.[33]

김수영은 '언어의 서술'과 '언어의 작용'을 미학의 중요한 개념으로 설정하고 있다. '언어의 서술'은 생활 현실과 관계 짓고 있으며 '언어의 작용'은 난해시와 관계 짓고 있는 것으로 보아, '언어의 서술'은 리얼리즘의 시를, '언어의 작용'은 모더니즘의 시를 아우르는 개념으로 읽힌다. '언어의 서술'에 경도된 시 중에 실패한 프롤레타리아의 시가 많으며 '언어의 작용'에 경도된 시 중에 사이비 난해시가 많이 나온다고 질타하는 것으로 보아 '언어의 서술'과 '언어의 작용'의 평형감각이 중요하다는 뜻일 것이다.

김수영이 우리나라 현실을 가장 잘 대변할 수 있는 시는 어떤 시인가? 라는 자신의 질문의 답으로 '지사적 발언'을, 가장 밑바닥에서 우러나오는 가장 절박한 시를 쓰려면 어떻게 하면 되는가? 라는 자신의 질문의 답으로 '기술자적 발언'을 제시하고 있다. '언어의 서술'은 '지사적 발언'과 관련되며 '언어의 작용'은 '기술자적 발언'과 관련된다고 보는 것이 타당한 것은 '지사적 발언'이 생활 현실과 닿아 있고 '기술자적 발언'이 난해

---

33) 김수영, 위의 책, 193쪽.

시와 닿아 있기 때문이다. 김수영의 생각으로는 장일우가 '언어의 서술'을 지나치게 중시하여 '언어의 작용'을 간과하고 있다고 판단하고 '언어의 작용'도 중요하게 고려되어야 한다고 주장하고 있는 것이다.

'언어의 서술'과 '언어의 작용' 문제는 현대 예술의 성립과 전개의 역사에 제기되었던 민감한 문제이다. '언어의 서술'은 시인이 자신이 속해 있는 현실 사회 집단에의 직접적인 참여로 자기 작업을 해석하는 것과 연결된다. 반면에 '언어의 작용'은 시인이 자신의 내면적 문제들을 해결하고 미학을 성취할 때 비로소 예술의 사회적 목적에 부응하는 것이라고 자기 작업을 해석하는 것과 연결된다. 이는 예술의 사회적 본질과 자율적 본질이라는 대각의 문제를 이끌어내는 첨예한 문제이기도 한 것이다.

지난 1930년대와 1960년대의 '내용과 형식' 또는 '순수와 참여'의 논쟁들은 결국 모더니즘과 리얼리즘의 옹호에 대한 논쟁에 다름 아니다. 이러한 논쟁들은 예술 작품 속에 내재되어 있는 핵심적이면서도 서로 대립하는 예술적 본질에 대한 이해와 수용을 방해해 왔다. 문학에 관한 '언어의 서술'이냐 '언어의 작용'이냐 하는 대각적인 입장은 서로 긴장관계를 유지하며 상보적인 역할을 하고 있었다. 林和, 吳章煥, 白石, 李庸岳에서 申庚林, 金芝河로 이어지는 리얼리즘 시와 鄭芝溶, 金起林, 李箱, 金光均에서 김수영으로 이어지는 모더니즘 시는 서로 배타적으로 존재하는 것이 아니라 개별 시인의 시세계에서 얼마든지 합류할 수 있으며 개별 시 속에서 서로 만나고 있을 것이라는 접근 방법은 한국문학사가 열어 보이는 창조적 지평일 수 있을 것이다.

한 시인이 이러한 두 입장을 동시에 견지한다는 것이 논리적으로 불가능한 것이어서 어느 한쪽의 입장을 택할 수밖에 없었다면 이는 강요지 선택의 문제는 아닌 것이다. 김수영이, 우리에게는 진정한 참여시가 없는 반면에 진정한 포멀리스트의 절대시나 초월시도 없다고 보는 것이 타당할 것이다. 브레히트와 같은 참여시 속에 범용한 포멀리스트가 따라갈 수 없는 기술화된 형식의 축도를 찾아볼 수 있고, 전형적인 포멀리스트의 한 사람인 앙리 미쇼의 작품에서 예리하고 탁월한 문명비평의 훈시를 받을 수 있는 것을 생각할 때, 참여시와 포멀리즘의 관계는 결코 간단하게 구별할 수 있는 문제도 아니고 고정된 정의를 내릴 수 있는 문제도 아니라고 한 말 속에는 참여시와 절대시 또는 초월시 사이의 독립적 색채와 삼투로서의 혼합적 색채를 지적하고자 한 뜻이 담겨 있는 것이다. 이러한 그의 생각에 따라 그 자신의 개별 시 속에는 '언어의 서술'과 '언어의 작용'이 독립적인 색채로 확연히 구별되면서도 서로 삼투하고 있어 구별이 용이하지 않은 혼합적인 색채가 드러나고 있는 것이다.

김수영이 이러한 '언어의 서술'과 '언어의 작용'을 가리켜 시의 본질에서 볼 때 당연히 동일한 비중을 차지해야 할 것이라고 말한 것은 현실을 가장 잘 반영한 절박한 시와 통하는 것이며 '지사적 발언'과 '기술자적 발언'과도 통하는 것이다. 그러나 '지사적 발언'과 '기술자적 발언' 모두가 '언어의 윤리'와 걸린다는 것을 김수영은 지적한다. 그는 독일 시에서 고드프리드 벤이나 알바트 아놀드 숄 같은 언어의 마술과 형태의 우위를 주장하는 시인들이 사회적 윤리나 인간적 윤리는 고사하고라도 언어의 윤리를 얼마나 준엄하게 적극적으로 지키고 있는가를 우리나라 포멀리스트들은 모르고 있다고 질책한다.

그가 말하는 '언어의 윤리'는 언어의 순수성이다. 그는 "언어의 윤리라면 좀 이상하게 들릴지 모르지만 현대시에 있어서의 언어의 순수성이 현대사회에 있어서의 시인의 순수 고독과 동의어의 관계에 있다는 것은 두말할 것도 없이 현대적인 시인이 이행하고 있는 언어의 순수성이 사회적 윤리와 인간적 윤리를 포함할 수 있을 만한(혹은 배제할 수 있을 만한) 적극적인 것이어야 한다는 말이 된다"[34]고 주장한다. 언어의 순수성이 시인의 순수 고독과 동의어라는 것은 존재의 순수성과 존재의 절대성을 말하는 것이다. 고독은 존재자와 사물들과의 거리를 말하는 것이므로 세계 내에서의 존재며 그것은 실존을 의미한다.

하이데거는 인간은 존재자의 한가운데에 존재하는 존재자로서 그에게는 그와 같지 않은 존재자와 그 자신과 같은 존재자가 동시에 항상 이미 개방되어 있다며, 인간의 이러한 존재방식을 우리는 실존이라고 부른다[35]고 말한다. 하이데거는 현존재의 존재를 이해하는 존재방식을 실존이라 칭하는 것이다. 현존재는 존재와의 관계에서 자기 자신을 이해하며 이러한 존재 관계에서 존재를 이해하는 존재이다. 하이데거에 의하면 실존은 현존재에 있어서의 존재의 '열어 밝혀져 있음'이다. 이러한 '열어 밝혀짐'은 현존재가 실존에서 존재의 전체와 맺는 개방된 관련의 '열어 밝혀짐'이다. 그러므로 순수고독은 닫힘이 아니라 존재 전체를 향한 열림이며 '관계 지음'이다. 그 '관계 지음'에서 언어의 윤리가 필요해지는 것이다.

이 '관계 지음'의 세계는 일상성의 세계며 생활 세계다. 하이데거는 손안의 것과의 사용과 다룸의 왕래 속에서, 더불어 있음과 함께 존재함 속에서, 처해 있음과 이해와 말 속에서 실존적이며 일상적인 존재를 확인하고자 하는 것이다. 일상은 주체가 그 안에 들어가서 그것의 진리치를 열어 젖혀야만 하는 세계이다. 현존재로서의 인간은 이처럼 세계를 드러내면서 거주한다.

이때 드러나는 세계가 훗설이 말하는 생활 세계인 것이다.[36] 훗설의 생활 세계의 개념을 근대의 세계관이 봉착한 위기에 철학적으로 대응한 정치한 학문이라는 시각에서 볼 때 일상에 주목하는 학문 행위의 진정한 의미를 간과할 수는 없을 것이다. 훗설이 과학적 세계관이 불러온 실체

34) 김수영, 위의 책, 400쪽.
35) 이상기, 『하이데거의 실존과 언어』, 문예출판사, 1993, 64쪽.
36) 박수연, 「김수영 시 연구」, 충남대박사학위논문, 1999, 165쪽.

없는 관념적 무한 세계를 극복하기 위해 설정한 개념이 생활세계였다.

훗설이 일상에 주목하는 것은 관념으로서의 근대를 주체로서의 근대로 치환하는 일이었다. 이 행위가 곧 세계에 대한 인간 현존재의 해석 행위이며 하이데거는 이 해석을 통해 세계는 자신을 개진하는 것이라고 말한다. 이 개진이 주체를 통해 가능한 것이고 주체는 구체적인 일상성의 세계에서 세계－내－존재가 되는 것이다. 곧 주체가 일상인 것이다.

김수영의 시세계에서 다양하게 변주되는 일상성은 세계－내－존재로서의 김수영의 모습이며 곧 그의 일상의 아픔이며 좌절이고 절망이다. 김수영은 "시의 스승은 현실"이라고 설파한다. 그는 우리의 현실이 시대에 뒤떨어진 것을 부끄럽고 안타깝게 생각하지만, 그보다 더 안타깝고 부끄러운 것은 뒤떨어진 현실을 직시하지 못하는 시인의 태도라고 질타한다. 그리고 오늘날 우리의 현대시의 양심과 작업은 이 뒤떨어진 현실에 대한 자각의 모체가 되어야 할 것이라고 지적한다. 우리의 현대시의 모체는 이 자각의 밀도이고 이 밀도는 우리의 비애, 우리만의 비애를 가리켜준다[37]고 말한다. 그가 현실을 올바르게 인식하지 못하는 시인의 태도를 문제 삼으면서 현실에 대한 자각이 비애라고 말했을 때의 비애는 시대와 역사를 바르게 인식하는 양심의 비애이며 시대와 역사를 올바르게 인식하지 못하는 비양심의 비애이다. 세계－내－존재로서의 비애인 것이다.

2) 문학적 공간에서의 가상의 체험과 현실의 체험

아도르노의 '미메시스'와 루카치의 '총체성'은 주체와 객체가 분리되

---

37) 김수영, 앞의 책, 223쪽.

기 이전의 화해의 경험을 말한다는 점에서 유사성이 있다. 그러나 아도르노의 미메시스는 모더니즘의 벼리로, 루카치의 총체성은 리얼리즘의 벼리로 작용한다는 점에서 그 지향점은 크게 다르다 할 것이다.

루카치는 총체성의 시대를 말하면서 별이 빛나는 창공을 보고 갈 수가 있고 또 가야만 하는 길의 지도를 읽을 수 있던 시대는 얼마나 행복했던가? 그리고 별빛이 그 길을 훤히 밝혀 주던 시대는 얼마나 행복했던가? 라고 찬탄한다. 이런 시대에 있어서 모든 것은 새로우면서도 친숙하며 또 모험으로 가득 차 있으면서도 결국은 자신의 소유로 되는 것이다. 그리고 세계는 무한히 광대하지만 마치 자기 집에 있는 것처럼 아늑한데, 왜냐하면 영혼 속에서 타오르는 불꽃은 별들이 발하고 있는 빛과 본질적으로 동일하기 때문이라고 말하고, 이렇게 해서 영혼의 모든 행위는 의미로 가득 차게 된다[38]고 갈파한다. 이러한 시대는 자아와 객체, 영혼과 별빛이 하나인 통합의 시대이며 화해의 시대로 총체성이 확보된 시대이다. 총체성이 삶의 본질로 가득 차 있는 상태를 말한다면 갈등이 없는 시대의 모든 영혼은 총체성을 이루는 삶을 살아가고 있고 삶 하나하나는 의미로 가득 찬 축복의 삶인 것이다.

루카치는 오늘의 시대는 총체성을 상실한 시대이며 상실된 총체성의 회복을 위해 만들어진 문학적 형식이 서정시며 소설이라는 것이다. 문학은 총체성이 실현된 사회를 그리는 것이 아니라 실현되어야 하는 목표를 향해 전진하는 모습의 과정을 그림으로써 총체성을 실현하는 것이다. 그러므로 문학에서의 총체성의 획득 공간은 주체와 객체의 화해가 실현된 곳이 아니라 실현을 추구하는 과정으로서의 공간이다.

현실의 본질적 연관관계로서의 총체성은 본질 그 자체를 드러내지 않

---

38) 루카치, 반성완 역, 『루카치의 소설 이론』, 심설당, 1998, 25쪽.

고 수많은 삶의 현상들에 매개시켜 문학적으로 형상화되는데 이는 생생한 삶의 모습 즉, 현상을 그리는 동시에 그 속에서 현실의 본질적 연관관계로서의 총체성을 드러내기 위한 것이다. 이것이 바로 리얼리즘의 현상과 본질의 변증법이다.[39] 이처럼 형식을 통한 총체성의 획득 과정을 그리는 것이 루카치의 반영론적 미학의 핵심으로 현실 내용을 형상화한다는 점에서 진리 내용을 형상화하는 아도르노의 미적 가상을 통한 미메시스의 경험과 크게 다른 점이다.

아도르노의 미학은 미적 가상의 경험을 통해서 미메시스에 이르고자 하지만 현실 경험을 일차적인 목표로 삼지 않으며 현실 내용보다 진리 내용을 중시하고 있다. 아도르노는 모든 예술 작품은 현존재에 대한 안티테제라는 점에서 가상일 뿐 아니라 작품 자체가 원하는 바에 비추어 볼 때도 가상이라고 말한다.[40] 미메시스적 화해가 불가능한 현실을 가상의 공간을 통해 화해에 이르고자 하는 주체는 현실에서는 화해가 불가능하다는 것을 깨닫는다. 이 인식은 중요한 것으로 가상을 통해서 얻게 되는 진리 내용이 되는 것이다.

이때의 진리 내용은 미메시스적 화해 혹은 유토피아에 대한 주체의 갈망의 객관화와 그것을 통한 분열된 현실과의 가상을 통한 화해, 그리고 실제 현실과는 화해할 수 없다는 현실에 대한 부정적인 인식을 포함한다. 이처럼 화해의 열망과 가상을 통한 분열된 현실과의 화해, 그리고 실제 현실과 화해할 수 없다는 부정적 인식이 동시적으로 작용하여 예술의 진리 내용이 된다.[41] 이는 현실의 본질적 연관관계라는 현실 내용의 반영에서 총체성, 즉 예술의 진리 내용을 찾으려는 루카치의 반영론[42]과는

---

39) 나병철, 앞의 책, 44쪽.
40) T. W. 아도르노, 홍승용 역, 『미학이론』, 문학과지성사, 1997, 171쪽.
41) 나병철, 앞의 책, 45쪽.

다른 미학적 전개이다. 루카치의 반영론은 현실인식의 계기를 중시하는 반면 서정시론을 반영한 총체성의 개념은 자기인식의 계기를 중시하기 때문에 미적 가상을 통한 내면적 미메시스를 경험케 하려는 아도르노의 미학은 루카치의 총체성에 더 가깝다.

현실의 예술적 반영의 객관성은 총체적 연관 관계의 올바른 반영에 근거한다. 문학 작품에서의 예술적 정확성은 현실 속에서의 그러한 개별성과 일치하는가와는 무관하다. 예술 작품 속에서의 개별성은 그것이 예술가에 의해서, 삶 속에서 관찰되었든 아니면 예술적 상상력에 의해서 직접적인 혹은 간접적인 생활 체험으로부터 창조되었던 것이든 상관없이 객관적 현실 전체 과정의 올바른 반영의 하나의 필연적인 계기일 때, 그것은 하나의 현실의 올바른 반영인 것이다.[43]

김수영의 시에는 가상을 통한 분열된 현실에 대한 부정적인 인식과 문학적 공간에서의 총체성의 경험이 주류를 이룬다. 그의 시가 사회성을

---

42) <반영>의 문제는 사실과 허구의 관계에서 문학의 본질을 규정하는 문학이론의 기본 테마이다. 철학자이거나 예술가이거나 인식하는 인간으로서 모두 현실인식의 문제에 결부된다. 이는 객관적 현실이 인간의 의식을 통한 반영에 의해서 이루어지기 때문이다. 루카치의 반영이론 또한 그의 인식이론과 문학이론을 바탕으로 하고 있다. 루카치에 있어 현실인식과 문학적 형상화의 문제는 그의 전 생애에 걸친 문학적 주제였다. 특히 그의 초기 문학관에서 주축을 이룬 삶의 총체성의 구현으로서 문학적 형태의 문제로 이끌어지면서 그의 문학관은 예술적 형태, 또는 문학적 형상화의 유대범주를 이탈하지 않았다. 루카치 문학관으로 보면 반영이론은 초기문학관에서의 형태의 문제와 깊이 관련된다. 즉 삶과 예술의 관계, 예술의 형식과 내용의 관계, 전체와 부분의 변증법적 관계는 후기 문학관에서 반영이라는 다른 표현으로 등장하는 것이다. 삶과 예술의 딜레마에서 추구된 총체성 구현의 가능성으로서 문학적 형태에 대한 초기 루카치의 관심은 현실인식의 문제가 총체성의 학문적 예술적 형상화의 문제와 깊이 관련 있듯이 총체성의 올바른 구현은 어떤 것이며 어떻게 이루어져야 하는가? 하는 데에, 즉 객관적 현실의 올바른 반영에 집중되어 있는 것이다.

43) 루카치 외, 이춘길 편역, 『리얼리즘 미학의 기초 이론』, 한길사, 1986, 60쪽.

떨 때 그의 시는 반영론의 시를 이루며 그의 시에 반영론이 담보됨으로써 「우선 그놈의 사진을 떼어서 밑씻개로 하자」, 「祈禱」, 「六法全書와 革命」, 「晩時之歎은 있지만」과 같은 사회성 짙은 발언이 기능했던 것이다. 그러나 가상공간을 통한 화해의 시도나 문학적 공간에서의 총체성의 경험은 그를 스스로 반성케 하며 부정정신에 놓임으로써 자기부정을 통한 스스로에 대한 투철한 인식에 이르게 한다. 김수영에 있어서 자기 인식은 두 가지로 나타나는데 그 하나는 현실에 대한 인식이고 다른 하나는 자기 자신에 대한 인식이었다.

루카치의 예술관은 현대적 총체성의 문제와 그 해결책에 결부되어 오직 예술 작품만이 참다운 총체성으로서 세계의 의미상이 될 수 있으며 예술가의 과제는 세계의 의미상을 창조하는 것이다. 그러므로 한 예술가의 창작품은 그 자체로 파악될 수 없는 삶의 구체적인 내용에 대한 의미상으로서 세계와 작가의 내면성을 상징적으로 연결시킨다. 이처럼 초기 루카치의 미학에 있어서 총체성과 문학의 관계는 혼란스러운 삶과 형태[44]의 절대적인 것으로서의 예술 간의 직접적인 총체성의 상실과 현대

44) 루카치에게서 <형태>란 절대적인 것이 우리의 삶에서 가능한 것으로 변화되는 순간 우리가 취하는 유일한 도약으로 해석된다. 삶의 구체적인 내용, 즉 총체성은 혼란스럽고 다양한 상태의 것이며 전체적인 삶에 하나의 방향 제시를 할 수 있는 것은 철학적 체계가 아니라 예술적 형태뿐이다. 이 형태는 삶과 예술이 또는 삶의 총체성과 형태가 팽팽히 맞서고 있는 긴장 관계 속에서 또는 그 힘 앞에서 유일하게 표출되는 동작에 불과하지만 이것이 인간의 영혼으로부터 창조되기 때문에 형태는 그 자체가 흘러나온 원천에 다시 도달할 수 있으며 동시에 거기서부터 뛰쳐나올 수 있는 도약을 가능케 하는 것이다. 루카치는 이와 같이 삶의 구체적인 내용과 형태간의 상호 대립된 관계를 그대로 유지하면서 동시에 통합을 가능케 하는 형태야말로 참다운 삶의 총체성을 구체화 할 수 있다고 본다. 루카치는 인간의 영혼 속에 내재한 혼란과 법칙성, 인간과 운명, 삶과 추상, 분위기와 윤리 등이 함께 들끓고 있는 인간 영혼, 즉 예술가에게서만 삶의 총체성이 풍부하게 피어날 수 있다고 본다. 이 혼란스럽고 다양한 모든 것이 현존하며 생동하는 통일성으로 나가려 할 때 참다운 총체성이 예술작품 속에 구현되는 것이며 이러한 질서의 창조가

의 이중적인 총체성에 따른 심오한 긴장 관계에서, 오직 예술이 총체성의 유일한 보증인이며 대리인의 역할을 하게 된다는 예술관으로 구체화된다.[45)]

루카치에 있어 마르크시즘은 부르주아 사회에 의해 결과된 그리하여 주체와 객체, 고립된 사실과 추상적 법칙들 간의 극단적인 분리로 유도하는 이데올로기적 왜곡이 아니라 주체와 객체의 변증법에 기초한 분석 방법론이며 '구체적 총체성'의 관점, 즉 모든 개별성이 전체성에 의해 역사적으로 매개되는 성질의 인식인 것이다.[46)] 그가 평생 동안 자본주의를 비판한 것은 사회 경제적 불평등이 아니라 미학적 윤리적 휴머니즘과 관념주의 시각 때문이었다. 그에게 자본주의란 개인의 노예화와 단편화, 이 진전 과정에 따른 불가피하고 점증적인 삶의 전율적인 추악성을 드러내는 것이었다. 이러한 사회 체제 아래서는 아름답고 조화로운 것으로 향한 인간의 모든 열망이 사회에 의해 가차 없이 깨어져 나간다[47)]고 본 것이다.

카오스로부터 질서의 세계로 나가는 형태의 유일한 원칙이라는 것이다. 이처럼 영혼이 형태라는 영원한 불확실성에 도달하기 위해서 현실의 상대적인 사실들을 떠나가야 이루어지는 도약이 <형태>일 때 영혼, 즉 예술가에게 주어진 길은 오직 '내면으로의 길'이 있을 뿐이다. 그 이유는 형태와 절대적인 것의 관계에서 절대성은 형태가 개인적이며 일반적으로 요청되는 가운데 오직 영혼을 통해서만 전달 될 수 있기 때문이다. 우리의 삶에서 절대적인 것의 유일한 길로서 형태를 창조하는 예술가에게는 오직 내면으로의 길이 열려 있을 뿐이라는 게 루카치의 생각이다. 영혼의 형태 전반에 걸쳐 드러나는 루카치의 이와 같은 형태관으로 볼 때 형태가 삶에서 부서져 나가든지 아니면 삶이 형태에서 부서져 나가든지 어쨌든 간에 이러한 과정에서 인간 영혼에는 오직 '내면으로의 길' 만이 열려져 있으며 이것은 심미적일 수밖에 없다는 '순수한 내면성의 표현으로서의 형태'를 규정하고 있으며 이러한 의미에서 참다운 총체성의 구현은 오직 예술적 형태에서 기대된다(차봉희 편저, 『루카치의 변증-유물론적 문학이론』, 한마당, 1987, 39~46쪽).

45) 차봉희 편저, 『루카치의 변증-유물론적 문학이론』, 한마당, 1987, 45~46쪽.

46) 유진 런, 김병익 역, 『마르크시즘과 모더니즘』, 문학과지성사, 2000, 117쪽.

47) 김병익 역, 위의 책, 130쪽.

총체성의 미학은 이와 같은 현실적 삶의 형상화로 나타난다. 그러나 현실적 삶의 내용은 예술적으로 형식화된 것이다. 이 예술적 형식화는 선택과 구성 원리로서의 '전망'[48]에 따라서 미학적 형식으로 형상화된 것이다. 예술적 전망에 관한 문제는 리얼리즘 시학의 중심 문제 중의 하나이다. 현실에 대한 작가의 접근 방법과 묘사되는 현실이 일반적인 의미와 현실의 개별적인 현상들의 의미에 대해 작가가 내리는 정확하거나 부정확한 평가와 해석은 현실과 맺고 있는 작가의 실천적이고 이론적인 관계의 폭과 연관되어 있고 결과적으로 작가의 묘사 속에서 현실의 개별적인 하나하나의 현상과 요소들이 합류하는 일반적인 전망의 넓이와 깊이에 관련된다.

이러한 관점에서 볼 때 작가에게 나타나는 창조적 개성의 존재뿐만 아니라 현실에 대한 작가의 태도와 넓이, 다면성, 그리고 깊이에 의하여 규정되는 개성의 중요성이 리얼리즘 예술과 문학의 법칙이라고 말할 수 있다.[49] 전술한 바와 같이 총체성을 드러내는 예술에서는 삶의 내용을 투시하는 전망이 진리의 중요한 요건이 되는 것은 확실하다.

아도르노는 미메시스의 개념에 따른 진리에 더 비중을 두고 있으므로 루카치가 주장하는 삶의 내용이나 전망보다는 주체와 객체가 화해 불가능함을 전제하는 인식의 부정적 계기에 의미를 둔다. 아도르노에게는 현

48) 전망(perspective)이란 현실을 올바로 투시함으로써 앞으로 나갈 방향성을 암시하는 원리를 말한다. 전망은 내용적으로는 세계관에 상응하며 형식적으로는 본질적인 것을 선택해서 구성하는 원리에 해당된다. 선택원리로서의 전망은 본질적인 것과 비본질적인 것, 핵심적인 것과 주변적인 것을 선별하게 한다. 그러므로 전망은 현실의 반영이나 예술형식 양자에 있어 방향성을 결정함으로써 예술작품의 내용에 인과율과 형식적 질서를 부여한다(루카치, 황석천 역, 『현대리얼리즘』, 열음사, 1986, 53~57쪽).

49) G. M. 프리들렌제르, 이항재 옮김, 『러시아 리얼리즘의 시학』, 문원출판사, 2000, 91~92쪽.

실의 삶을 반영하는 소위 닫힌 예술로써의 주체와 객체의 화해로움을 지향하는 역동적 상호관계보다는 부정적 인식을 통한 가상의 구제와 유토피아의 지향에 관심이 집중된다. 이 경우 시편들은 주체가 현실 사회로부터 소외되거나 불화하면서 쓰여진다.

사회에 대한 강력한 지배의 현상을 드러낼 때, 그것이 사회 권력이든 사회 의식이든 소외된 주체는 현실과 화해로울 수 없으며 상호작용할 수 없는 것이다. 김수영이 삶에 대한 모멸과 연민을 드러낸 「달나라의 장난」, 「너는 언제부터 세상과 배를 대고 서기 시작했느냐」, 「國立圖書館」, 「더러운 香爐」 등은 부정적 인식을 통한 가상의 구제인 것이다. 김수영은 현실에 대한 부정 인식 또는 자기부정에 의해 시적 미메시스를 경험함으로써 가상을 통한 화해에 다다를 수 있었을 것이다. 이는 아도르노가 미메시스라는 실현될 수 없는 유토피아 지향의 경험을 제시함으로써 가상을 통해서만 미메시스적 구원에 이를 수 있다는 주장과 일치하는 것이다.

보이지 않는 힘 또는 권력에 의해 지배되는 사회에서의 주체는 객체와 화해로울 수 없으므로 시편들은 주체와 객체 간의 상호연관 혹은 총체성을 그리지 못하고 현실은 파편화되어 그려진다. 그러므로 현실적인 삶의 반영으로는 주체와 객체의 화해에 이를 수 없는 것이며 시적 미메시스만이 가상의 구제가 가능한 것이다. 이는 주체가 현실로부터 철저하게 소외되어 있는 통제된 사회에서는 리얼리즘에서 보여주는 주체와 객체간의 화해는 불가능함을 뜻하는 것이어서 김수영의 모더니즘을 이해하는 중요한 열쇠가 된다.

Ⅱ. '자유'와 '속도'의 모더니티

1. '자유'의 바로 보기와 역사성

김수영의 시세계는 자유를 위한 길항의 과정이라고 말할 수 있다. 김현은 "김수영의 시적 주제는 자유이다. 그것은 그의 초기 시편에서부터 그가 죽기 직전에 발표한 시들에 이르기까지 그의 끈질긴 탐구 대상을 이룬다. 그는 그러나 엘뤼아르[50]처럼 자유 그것 자체를 그것 자체로 노

50) 엘뤼아르(1895~1952)의 시 「자유」: 나의 학습 노트 위에/나의 책상과 나무 위에/모래 위에/눈 위에/나는 너의 이름을 쓴다//내가 읽은 모든 책장 위에/모든 백지 위에/돌과 피와 종이와 재 위에/나는 너의 이름을 쓴다//밀림과 사막 위에/새둥우리 위에 금작화 나무 위에/내 어린 시절 메아리 위에/나는 너의 이름을 쓴다//밤의 경이 위에/일상의 흰 빵 위에/나는 너의 이름을 쓴다//들판 위에 지평선 위에/새들의 날개 위에/그리고 그늘진 풍차 위에/나는 너의 이름을 쓴다//새벽의 입김 위에/바다 위에 배 위에/미친 듯한 산 위에/너의 이름을 쓴다//구름의 거품 위에/폭풍의 땀방울 위에/굵고 멋없는 빗방울 위에/나는 너의 이름을 쓴다//반짝이는 모든 것 위에/여러 빛깔의 종들 위에/구체적인 진실 위에/나는 너의 이름을 쓴다//살포시 깨어난 오솔길 위에/곧게 뻗어나간 큰 길 위에/넘치는 광장 위에/나는 너의 이름을 쓴다//불켜진 램프 위에/불꺼진 램프 위에/모여 앉은 나의 가족들 위에/나는 너의 이름을 쓴다//게걸스럽고 귀여운 나의 강아지 위에/그의 곤두선 양쪽 귀 위에/그의 뒤뚱거리는 걸음 위에/나는 너의 이름을 쓴다//내 문의 발판 위에/낯익은 물건 위에/축복된 불길 위에/나는 너의 이름을 쓴다//놀라운 소식이 담긴 창가에/긴장된 입술 위에/침묵을 초월한 곳에/나는 너의 이름을 쓴다//파괴된 내 안식처 위에/

래하지 않는다. 그는 자유를 시적, 정치적 이상으로 생각하고, 그것의 실현을 불가능케 하는 여건들에 대해 노래한다. 그의 시가 노래한다 라고 쓰는 것은 옳지 않다. 그는 절규한다"[51]고 평가한다.

김현은 김수영의 자유가 세 번의 변모과정을 거친다고 지적하는바 첫 작품을 발표한 1946년부터 4 · 19혁명이 일어난 1960년에 이르기까지 자유는 '설움과 비애'라는 소시민적 감정을 통해 역설적으로 표현되며, 1960년부터 1961년에 이르는 사이, 그것은 '사랑과 혁명'으로 설명되고 1961년 이후는 자유가 자유를 불가능케 하는 적에 대한 '증오'와, 그 적을 그대로 수락할 수밖에 없는 자신에 대한 '연민과 탄식'으로 설명한다.[52] 김현의 이와 같은 진단은 대체로 옳은 것이기는 하지만 좀 더 정치한 분석이 필요한 것도 사실이다. 다만 김수영의 시세계에 있어 자유가 일관된 주제가 되었다는 사실을 분명하게 밝힌 것에 대해 연구자는 동의하며 이제 김수영 시의 키워드인 '자유'에 대해 구체적으로 살펴보고자 한다.

김수영은 '우리나라의 시단은 자고로 완전한 자유를 누려본 일이 없다'고 진단하고 '자유가 없는 곳에 무슨 시가 있는가?'라고 묻는다. '4월 혁명 당시 위대했던 것은 한국 시인이 아니라 자유였으며 혁명 후 1년간은 자유는 급제를 했지만 시인은 낙제를 했다'고 선언한다. 그리고 그가 시를 보는 기준은 이 '자유의 회복'의 신앙[53]이라고 말한다.

무너진 내 등대불 위에/내 권태의 벽 위에/나는 너의 이름을 쓴다//욕망 없는 부재 위에/벌거벗은 고독 위에/죽음의 계단 위에/나는 너의 이름을 쓴다//회복된 건강 위에/사라진 위험 위에/회상 없는 희망 위에/나는 너의 이름을 쓴다//그 한마디 말의 힘으로/나는 내 일생을 다시 시작한다/나는 태어났다 너를 알기 위해서/너의 이름을 부르기 위해서/자유여(엘뤼아르, 오생근 역, 『이 곳에 살기 위하여』, 민음사, 2002).

51) 김수영, 『거대한 뿌리』, 민음사, 2001, 143쪽.

52) 김수영, 『거대한 뿌리』, 민음사, 1994, 143쪽.

김수영은 또 오늘날의 시가 가장 골몰해야 할 가장 큰 문제는 '인간의 회복'이라고 지적한다. 오늘날 우리들은 인간의 상실이라는 가장 큰 비극으로 통일되어 있고 이 비참의 통일을 영광의 통일로 이끌어 가야 하는 것이 시인의 임무라며 '언어를 통해서 자유를 읊고 또 자유를 사는 것'이라고 말한다. 여기에 '시의 새로움'이 있고 또 그 새로움이 문제되는 것이라며 모든 시의 기준은 새로움에 있는 것이므로 '새로움은 자유'이고 '자유는 새로움'[54]이라고 규정한다.

김수영은 계속해서 자유에 대해 새로운 개념을 말한다. 그의 탁발한 시론인 「시여, 침을 뱉어라」에서 그는 '이 시론은 아직도 시로서의 충격을 못주고 있는 것'이라며 그 이유는 '여직까지의 자유의 서술이 자유의 서술로 그치고 자유의 이행을 하지 못한 데 있다'고 자책한다. '모험은 자유의 서술도 자유의 주장도 아닌 자유의 이행이며 자유의 이행에는 전후좌우의 설명이 필요 없으며 자유에 대한 설명은 援軍일 뿐이며 원군은 비겁한 것'이라고 말하고, 자유는 '고독한 것'이며 그처럼 시는 '고독하고 장엄한 것'이라고 규정한다. 그리고 그는 비장하게 선언하는 것이다. "내가 지금—바로 이 순간에—해야 할 일은 이 지루한 횡설수설을 그치고, 당신의, 당신의, 당신의 얼굴에 침을 뱉는 일이다. 당신이, 당신이, 당신이 내 얼굴에 침을 뱉기 전에 (……) 자아 보아라, 당신도, 당신도, 당신도 나도 새로운 문학에 용기가 없다. 이러고서도 정치적 금기에만 다치지 않는 한, 얼마든지 새로운 문학을 할 수 있다는 말을 할 수 있겠는가. 정치적 자유를 인정하지 않는 사회에서는 개인의 자유도 인정하지 않는다."[55]

---

53) 김수영, 앞의 책, 125쪽.
54) 김수영, 위의 책, 196쪽.
55) 김수영, 위의 책, 252쪽.

이제 김수영이 말한 자유는 '설움과 비애' 혹은 '사랑과 혁명'의 역설적 표현뿐만이 아니라 정치적 자유를 직설적으로 말하고 있다는 것을 알 수 있는 것이다. 정치적 자유가 없는 사회에는 개인의 자유도 보장되지 않으며 개인의 자유가 담보되지 않으면 문학, 특히 시에서의 자유를 노래할 수 없는 것이어서 '설움과 비애' 혹은 '사랑과 혁명'까지도 노래할 수 없는 것이다. 그리고 김수영이 '자유는 새로움이고 새로움은 자유'라고 말했을 때의 자유는 의식의 자유로움이며 의식의 깨어 있음과 동의어이자 사물에 대한 참된 인식을 말하는 것이다. 의식의 자유로움은 모든 전위문학을 불온한 것으로 만든다. 그리고 모든 살아 있는 문화는 본질적으로 불온한 것이다. 그것은 두말할 것도 없이 문화의 본질이 꿈을 추구하는 것이고 불가능을 추구하는 것이기 때문이다.56)

자유는 이처럼 김수영의 시에서 설움과 비애, 혹은 말과 죽음, 혹은 혁명과 사랑으로 나타나면서 그의 시세계의 지향을 드러낸다. 반면 정치적 사회적 자유를 노래한 시들은 4 · 19를 전후한 시기에 나타난다. 김수영의 시편에서 자유는 운동성, 개인주의적 성향, 새로움과 젊음, 살아 있음의 근거, 절대적 가치부여, 정치적 자유의지, 비애와의 결합, 변화성57)으로 나타난다.

그러나 김수영의 자유는 염무웅에 의해서 다른 평가를 받는다. 예컨대 김수영 시의 매력과 활력은 그가 어떤 이데올로기에 묶여 있지 않기에 얻을 수 있는 미덕으로 말하고 있는 것이다. 염무웅은 그의 문학적 주제로 지적하는 '자유'의 문제만 하더라도, 그것이 하나의 정립된 가치개념으로서 처음부터 그에게 주어져 있었던 것은 아니며, 오히려 그의 문학에 활력과 매력을 주었던 것은 자유라든지 정의라든지 하는 어떤 이름

56) 김수영, 위의 책, 159쪽.
57) 김혜순, 앞의 논문, 127쪽.

붙여진 목표가 그에게 확정되어 있지 않아서 가능한 것이었고, 타협과 정체, 도취와 집착은 언제나 그의 적이었던 것[58]이라고 지적하여, 자유의 개념이 김수영 시의 처음부터의 지향이 아니며 목표도 아니었을 뿐 아니라 오히려 목표에 의해 김수영의 시의식이 고정의 틀을 가지는 것보다 미확정의 열려 있음이 그의 시를 더 풍요롭게 하고 있다고 진단하고 있는 것이다. 염무웅의 이러한 진단은 설득력이 있는 것이어서 자유는 김수영 시편에서 설움과 비애, 혹은 혁명과 사랑, 혹은 말과 죽음으로 치환되기도 하며 운동성과 변화성으로, 가치에 대한 혼란과 절대적 가치 부여로, 개인주의적 성향과 정치적 자유의지로, 살아 있음의 근거와 죽음에의 초월로 나타나는 것이다.

김수영의 자유의지가 직접적으로 드러난 시편으로는 「푸른 하늘을」, 「여름뜰」, 「死靈」, 「달나라의 장난」, 「巨大한 뿌리」, 「사랑의 變奏曲」, 「헬리콥터」, 「記者의 熱情」, 「瀑布」 등이다. 이 시편들 중 「푸른 하늘을」에서의 자유의지를 확인하고 '언어의 작용'과 '언어의 서술'의 혼재 양상을 밝히고자 한다.

> 푸른 하늘을 制壓하는
> 노고지리가 自由로왔다고
> 부러워하던
> 어느 詩人의 말은 修正되어야 한다
>
> 自由를 위하여
> 飛翔하여본 일이 있는
> 사람이면 알지
> 노고지리가

---

58) 황동규 편, 앞의 책, 145쪽.

무엇을 보고
노래하는가를
어째서 자유에는
피의 냄새가 섞여있는가를
혁명은
왜 고독한 것인가를

―「푸른 하늘을」(1960.6.15) 전문

이 시는 자유와 혁명에 대한 직설적인 시이다. 1960년, 4·19혁명의 해에 쓰인 작품으로 매개항으로 쓰인 노고지리는 시인 자신의 투사이며 언어작용과 언어서술이 대각을 이루고 있다. 노고지리가 푸른 하늘을 비상하는 이유는 자유와 혁명을 노래하기 위해서이다. 노고지리는 자유에 섞여 있는 피 냄새를 알고 자유를 노래하는 것이므로 여기서 김수영이 말하는 자유는 저항과 희생으로서의 자유이다.

'언어의 작용'이라는 시각에서 이 작품을 보면 이 시는 분명 모더니즘 계열의 작품이다. 모더니스트로서의 김수영이 보여준 1950년대적 특성은 전통의 부정, 계몽 이성의 자율성 부정, 인문주의적 허위에 대한 비판이었으며 이런 비판은 이성의 아이러니로 노래되고 이런 아이러니 정신 혹은 태도가 그의 현대성[59]이다.

이는 영미 모더니즘 시론과 크게 다르지 않아서 김수영이 영미 모더니즘의 영향을 받은 것으로 이해된다. 영미 모더니즘 운동 역시 과거의 낡은 전통과 단절하고 새로운 문학세계를 열고자 하는 열망으로부터 시작되었으며 흄은 새 시대의 사유는 19세기의 시대정신인 '연속'의 개념을 타파하는 것으로부터 시작하지 않으면 안 된다고 주장했고 유럽의 모더니즘을 미국에 전파한 파운드는 '새롭게 하라'라는 문학적 구호를 제창

59) 이승훈, 『한국 모더니즘 시사』, 문예출판사, 2000, 222~223쪽.

한바 있다.

초기 모더니스트들이 타파하고 새롭게 하고자 했던 것은 '언어'였다. 감상적이고 과장된 빅토리아조의 수사가 문학의 본질을 왜곡한다고 믿었던 것이다. 그들은 새 시대의 삶의 비전은 이와 같은 인습적인 언어로 표현할 수 없다는 자각에서 언어의 순화를 제일의적 과제로 삼았던 것이며 흄이 표현력을 상실한 산술적 언어를 삶의 실재를 선명하게 드러내는 직관적 언어로 대체하고자 한 것이나, 파운드가 빅토리아조의 물렁한 시 대신 사물을 선명하게 제시하는 단단한 시를 지향한 것[60] 등은 모두 같은 맥락이다.

김수영에게 시론의 영향을 주었을 것으로 추측되는 김기림은 과거의 시와 새로운 시를 극명하게 대비시켜 모더니즘을 설명하고 있다. 그에 의하면 과거의 시와 새로운 시를 '독단적－비판적', '형이상학적－즉물적', '국부적－전체적', '순간적－경과적', '감정의 편중－정의와 지성의 종합', '유심적－유물적', '상상적－구성적', '자기중심적－객관적'[61]인 것으로 오늘의 시와 내일의 시를 명료하게 대척한다. 그의 시론은 결국 로맨티시즘과 센티멘탈리즘의 극복이며 새로운 말의 발견에 닿아 있는 것을 알 수 있다.

시 「푸른 하늘을」의 혁파된 언어로서의 키워드는 '피의 냄새'와 '고독'이다. '피의 냄새'는 '자유'와 결합하여 더욱 비장미를 띠고 '고독'은 '혁명'과 결합하면서 강인한 고독으로 읽힌다. 김수영은 1960년 6월 16일 일기에서 "<4월 26일>(이승만의 하야 일: 인용자 주) 후의 나의 정신의 변이 혹은 발전이 있다면, 그것은 강인한 고독의 감득과 인식이다. 이 고독이 이제로부터 나의 창조의 원동력이 되리라는 것을 나는 너무나도 뚜렷하

---

60) 심명호, 『영미 모더니즘 문학의 전개』, 서울대학교 출판부, 2000, 2~3쪽.
61) 『김기림 전집』 2 · 詩論, 심설당, 1988, 84쪽.

게 느낀다. 혁명도 이 위대한 고독이 없이는 되지 않는다"고 쓰고 있다. 그리고 그는 혁명이란 위대한 창조적 추진력의 복본(counterpart)이며 「푸른 하늘을」이 약간의 비관미를 지니고 있는 것은 '격려의 의미'에서 오는 것이라고 쓰고 있는 것이다.

여기서 '격려의 의미'란 자유를 쟁취하기 위해 흘린 피에 대한 격려이며 강인한 고독으로서의 혁명에 대한 격려이다. 자유의 이행과 혁명의 개진으로서의 격려는 그러므로 노고지리에 대한 격려이고 자유를 위하여 비상해본 사람에 대한 격려이며 김수영 자신에 대한 격려인 것이다. 격려는 스스로를 위무하며 용기를 갖게 한다. 그 용기가 이행이고 개진이며 시적 미메시스를 경험하는 서정적 자아이다.

'언어의 서술'이라는 측면에서 보면 총체성의 경험은 리얼리즘 시정신과 맞닿아 있다. 리얼리즘 시정신은 '세상에 대한 진실된 마음', '현실인식의 정당성 여부', '바람직한 창작적 실천', '사회현실의 핍진한 형상화'[62] 등으로 나누어 볼 수 있으며 이는 시가 얼마나 세상을 바로 보고 바로 살려는 마음과 결부되는가의 문제와 정당한 현실인식이 시장르 속성에 호응하면서 어떻게 구현될 수 있는가의 문제로 귀결된다. 4 · 19를 몸소 경험한 김수영에게 자유는 피의 냄새일 수밖에 없었을 것이며 이는 이미 불란서 혁명을 통해서 깨달은 것이기도 하지만 이승만 독재정권을 타도한 학생과 시민들의 거룩한 피의 냄새이기도 한 것이다. 4 · 19는 이승만 권위주의체제를 붕괴시킨 정치학상 시민 민주 혁명의 카테고리에 속한다고 볼 수 있다. 아렌트H. Arendt가 "혁명은 정치 과정에의 시민 참여를 중심으로 하여 정치적 자유를 부여하는 헌법을 형성케 하는 사회정치적 변화를 의미한다"고 혁명을 정의했을 때 4 · 19는 이 정의에 합당

62) 최두석, 『시와 리얼리즘』, 창작과비평사, 1999, 9쪽.

한 시민혁명이었던 것이다. 이 시민 혁명의 주체는 학생이었으며 동시에 시민이었다. 시민혁명의 현장을 지켜본 김수영이 이승만 권위주의 체제를 붕괴시키고 얻은 자유에서 피의 냄새를 맡은 것은 너무나 당연한 일이다.

김수영의 자유에서 나는 피 냄새는 연원을 좀 더 거슬러 올라가야 한다. 그의 6 · 25 참전과 이념적 갈등도 피 냄새의 일부인 것이다. 6 · 25 당시의 지식인들이 겪어야 했던 정치적 이념의 혼돈은 김수영에게도 마찬가지여서 후에 완전 중립이라고 고백하지만 사회주의 이념에 상당히 경도되어 있었던 듯하다.

> 나는 아직도 나의 신변 얘기나 문학경력 같은 지난날의 일을 써낼만한 자신이 없다. 그러한 내력 이야기를 거침없이 쓰기에는, 나의 수치심도 수치심이려니와, 세상은 나에게 있어서 아직도 암흑이다. 나의 처녀작의 애기를 쓰려면 해방 후의 혼란기로 소급해야 하는데 그 시대는 더우기나 나에게 있어선 텐더 포인트다. 당시의 나의 자세는 좌익도 아니고 우익도 아닌 그야말로 완전 중립이었지만, 우정관계가 주로 작용해서, 그리고 그보다도 줏대가 약한 탓으로 본의 아닌 우경좌경을 하게 되었다고 생각된다. 돌이켜 생각해보면 지금도 그렇지만, 그때는 더한층 지독한 치욕의 시대였던 것 같다.[63]

김수영이 치욕의 시대라고 말한 해방 후의 이념적 혼돈과 갈등의 시기에 그는 스스로 좌익도 우익도 아니었다고 술회하지만 그는 좌익이자 동시에 우익이었을 것이다. 이념적으로 좌익에 경도되었던 흔적을 소설 「義勇軍」[64]은 보인다. 소설 속의 주인공 순오는 김수영 자신이며 존경해

---

63) 김수영, 앞의 책, 226쪽.

64) 순오는 마루방에서 밥만 한 덩이 얻어먹었다. 순오는 건너편 벽에 기대어 양다리를 쭉 뻗고 앉은 사나이의 얼굴을 보고 순오는 자기가 존경하는 시인 임동은 같다

마지않는 임동은은 임화이다. 그가 치욕의 시대라고 말한 해방 후의 혼란기는 암흑기였기에 치욕이었으며 혼란은 시대적인 것이기도 했지만 김수영 자신의 정체성의 혼란기여서 좌익도 우익도 기웃거렸던 것이며 그러한 정체성의 혼란은 지금도 계속되어서 그는 오늘도 치욕의 시대를 견디고 있다는 고백이다.

그의 시를 관통하고 있는 어둠은 그의 정체성의 혼란으로 오는 치욕과 관련이 깊다. 그가 자신의 정체성의 문제를 얼마나 뼈아프게 반성하고 있는가는 「茉莉書舍」라는 산문에서 다음과 같이 밝히고 있다.

> 나에게는 아직도 해결하지 못하고 있는, 그리고 앞으로도 좀체 해결하지 못할 것 같은 세 가지 문제가 있다. 죽음과 가난과 매명이다. 죽음의 구원. 아직도 나는 시를 통한 구원을 받지 못하고 있는 것처럼 죽음에 대한 구원을 못 하고 있다. 그런 의미에서 40년을 문자 그대로 헛산 셈이다. 가난의 구원. 길가에서 매일 같이 만나는 신문 파는 불쌍한 아이들을 볼 때마다 느끼는 자책감에서 헤어날 길이 없다. 역사를 긴 눈으로 보라고 하지만, 그들의 천진난만한 모습을 볼 때마다 왜

고 생각하였다. 좁으면서도 양편이 모가진 이마, 호수 같이 고요하고 검은 눈동자, 이쁘게 닫혀진 입, 그 얼굴 모습이 쌍둥이라 하여도 좋을 만큼 비슷하였다. 순오는 자기도 모르게 자꾸 임동은과 비슷한 얼굴의 사나이에게로 시선이 간다. 어쩔 수 없는 일이었다……만주에서 소인극단을 조직하여 가지고 이리저리 지방을 순회하여 다니던 순오는 해방이 되자 서울로 돌아왔다. 임동은은 순오를 ㅇㅇㅇ동맹에 소개하였다. 순오는 전평 선전부에서 외신번역을 맡아보기도 하였고 동대문 밖 어느 세포에 적을 놓고 정치 강의 같은 회합에는 빠짐없이 출석하였다.……6 · 25가 터지자 임동은은 서울에 나타났다. 옛날의 임동은이가 아니었다. 그는 좌익 문화인들의 지도자적 역할을 맡아보고 있었다. 순오는 임동은을 만나보니 부끄러워 얼굴이 들어지지 않았다. 월북도 하지 않고 그렇다고 이남에 남아 그동안에 혁혁한 투쟁도 한 것이 없는 순오는 의용군에 나옴으로써 자기의 미약한 과거를 사죄하는 수밖에 없다고 생각하였다. 임동은은 순오가 의용군에 나오기 일주일 전에 대전 전선으로 중대한 사명을 띠고 내려갔다(김수영의 미완성 소설 「義勇軍」 도입 부분 발췌).

저 애들은 내 자식만큼도 행복하지 못한가 하는 막다른 수치감에서 헤어날 길이 없다. 나는 40년 동안 문자 그대로 피해 살기만 한 셈이다. 매명의 구원. 지난 1년 동안에만 하더라도 나의 산문 행위는 모두가 원고료를 벌기 위한 매문 · 매명 행위였다. 그리고 지금 이 순간에 하고 있는 것도 그것이다.[65]

김수영의 수치스러움은 그의 의식을 덮고 있는 암흑이었다. 그가 뼈아픈 참회를 한 1966년이 그의 작품 세계에 어떤 의미를 갖게 되는지에 대한 천착이 이루어지지 않았지만 참회록을 남긴 1966년을 전후한 시기에 쓰인 「제임스 띵」, 「敵(1)」, 「絶望」, 「어느날 古宮을 나오며」, 「식모」, 「巨大한 뿌리」, 「現代式 橋梁」, 「잔인의 초」, 「설사의 알리바이」, 「사랑의 變奏曲」, 「꽃잎(3)」, 「먼지」, 「性」, 「의자가 많아서 걸린다」 등은 참회와 반성의 시편들이며 그가 알게 모르게 쓰고 있던 가면을 벗으려는 고투의 시편들이다. 자유하고자 했으나 자유할 수 없었던 이 심리적 억압 기제를 극복하기 위해 그는 뼈아프게 자책했으며 통열한 자기 반성의 내출혈을 감당했다.

한번 잔인해봐라
이 문이 열리거든 아무 소리도 하지 말아봐라
태연히 조그맣게 인사 대꾸만 해두어봐라
마루바닥에서 하든지 마당에서 하든지
하다가 가든지 공부를 하든지 무얼 하든지
말도 걸지 말고— 저놈은 내가 말을 걸줄 알지
아까 점심때처럼 그렇게 나긋나긋할 줄 알지
시금치 이파리처럼 부드러울줄 알지
암 지금도 부드럽기는 하지만 좀 다르다

65) 김수영, 앞의 책, 73쪽.

초가 쳐있다 잔인의 초가
요놈— 요 어린 놈— 맹랑한 놈— 6학년 놈—
에미 없는 놈— 생명
나도 나다— 잔인이다— 미안하지만 잔인이다—
콧노래를 부르더니 그만두었구나— 너도 어지간한 놈이다— 요놈 죽
어라

—「잔인의 초」(1965.10.9) 전문

「잔인의 초」는 왜소해져가는 그 자신의 모습을 적나라하게 드러낸다는 점에서 아이러니를 내장한 작품이다. 잔인하고자 하나 잔인해지지 않는 아이러니가 그것이다. 김수영 자신의 시작노우트를 보면 이 시는 좀 복잡한 과정을 거쳐 완성에 이르고 있다.

포기의 소리가 들린 뒤에 시작된다. "한번 잔인해봐라"의 첫 글자, "한" 이전에 포기의 소리가 들렸다. 죽음의 총성과 함께 스타트한 詩. 요시초의 계시가 들리기 전에, 다음과 같은 글이 나의 초고에 적혀 있는 것이 있다.

(……)
잔인의 末端— 용케 내가 서 있다
그럼 그렇지
敵은 벌써 저렇게 죽어 있다— 콧노래를 부르고 있다
殘忍도 絶望처럼 끝까지 그 자신을 반성하지 않는다

말하자면, "한번 잔인해봐라" 이전의 말살된 부분이다. 말살의 직접적인 원인은 "敵"이라는 낱말과 "잔인도 절망처럼 끝까지 그 자신을 반성하지 않는다"이다.[66]

김수영의 시작노우트를 통해서 알 수 있는 것은 잔인과 적과 절망이 동의어라는 것이다. 적을 죽이는 것은 잔인한 일이며 절망스런 일이다. 그 절망의 끝에 아니, 잔인의 말단에 화자가 서 있다는 것이 초고의 메시지이다. 잔인의 끝에 서 있는 김수영은 이 시기에 정체성의 혼란을 겪고 있었는지도 모른다. 혁명의 좌절과 군사정부의 횡포와 경제적 궁핍이 그를 왜소하게 만들고 있었으며 가장으로서의 역할을 하지 못하고 있었던 것이다. 잔인함이 "포기의 뒤에 시작된다"고 한 것으로 미루어 무엇을 포기했는지를 짐작하기는 어렵지 않다. 잔인하지 않음의 포기는 인간관계의 포기이며 인간성의 포기이며 부권의 포기이며 선의지에 대한 포기이다. 포기한다는 것을 알고 포기하는 것은 위악이며 그의 말대로 "포기의 포기의, 또 포기도 되고 그 뒤에…… 또 포기가 무수히 계속될 수 있는 마지막 포기"인 것이다. 마지막 포기는 인간성에 대한 포기일 수밖에 없는 것이다. 그런데 이처럼 비장한 의미의 포기가 겨우 이웃집에서 공부하러 오는 6학년 놈에 대해 "문이 열리거든 아무소리도 하지 말아"보는 것이며 "태연히 조그맣게 인사대꾸만 해두"는 것이며 "공부를 하든지 무얼 하든지 말도 걸지 말고" 있는 일이다. 잔인함을 위해 화자가 포기한 것이 인간관계이고 나아가 인간성일 때 화자의 이러한 행위는 애교스런 위악이라고 밖에 읽히지 않는 것이다.

그런데 이 시에서 요령부득인 것은 '생명'과 '죽어라'이다. 김수영은 "이 작품은 지옥에서 천사를 만난 것처럼 일사천리로 써 갈겼다. 약간 막힌 곳은 12행의 '에미 없는 놈—생명'의 '생명'에서 하고 맨 끝줄의 '죽어라' 뿐이"라고 밝힌바 있다. '생명'과 '죽어라'를 대치시킨 것은, 이것으로 리얼리즘의 빽 본을 삼으려는 음흉한 내심이 있었다고 말한 것으로 보아

---

66) 김수영, 위의 책, 295~296쪽.

지나친 공리주의를 스스로 경계하려 했다는 것을 알 수 있다. 그렇다 하더라도 '생명'은 느닷없는 돌출이며 '죽어라' 역시 시적 문법을 뛰어넘는 표현임에 틀림없다. 그러나 이 모든 행위는 김수영의 위악에 대한 반성이며 왜소해지는 자신에 대한 정직한 고백이다. 이제 그는 좀 더 정직하고 뼈아픈 자기반성을 다음 시에서 보인다.

왜 나는 조그만 일에만 분개하는가
저 왕궁 대신에 왕궁의 음탕 대신에
50원짜리 갈비가 기름덩어리만 나왔다고
옹졸하게 분개하고 설렁탕집 돼지 같은 주인년한테 욕을 하고
옹졸하게 욕을 하고

……(중략)……

아무래도 나는 비켜서 있다 絶頂 위에는 서 있지
않고 암만해도 조금쯤 옆으로 비켜서 있다
그리고 조금쯤 옆에 서 있는 것이 조금쯤
비겁한 것이라고 알고 있다!

그러니까 이렇게 옹졸하게 반항한다
이발쟁이에게
땅주인에게는 못하고 이발쟁이에게
구청직원에게는 못하고 동회직원에게도 못하고
야경꾼에게 20원 때문에 10원 때문에 1원 때문에

우습지 않느냐 1원 때문에
모래야 나는 얼마큼 적으냐
바람아 먼지야 풀아 나는 얼마큼 적으냐

정말 얼마큼 적으냐…….

―「어느날 古宮을 나오면서」(1965.11.14) 부분

이 시는 소시민적 고백으로 읽히는 작품이다. 당당하지 못한 시적 화자의 모습이 사실적으로 그려지고 있다. "왜 나는 조그만 일에만 분개하는가"라는 첫 행에 모든 의미가 담겨 있는 이 시는 "한 번 정정당당하게/붙잡혀간 소설가를 위해서/언론의 자유를 요구하고 越南파병에 반대하는/자유를 이행하지 못하고/20원을 받으러 세 번씩 네 번씩/찾아오는 야경꾼들만 증오하고 있는가"라고 자유의 이행을 시도하지 못한 것에 대한 자괴감을 드러낸다. 분개해야 할 역사와 분개하지 말아야 할 일상을, 증오해야 할 억압과 증오하지 말아야 할 자유를, 반항해야 할 권력과 반항하지 말아야 할 봉사를 김수영은 의도적으로 도치시켜 우리들이 얼마나 야비하고 비겁한가를 깨닫게 한다.

이 시의 핵심은 마지막 연이다. 김수영은 이 말을 하기 위해 자신의 비겁함을 적나라하게 까발린 것이며 그 정직함이 독자를 고통스런 시 읽기로 이끌고 가는 것이다. "모래야 나는 얼마큼 적으냐/바람아 먼지야 풀아 나는 얼마큼 적으냐/정말 얼마큼 적으냐……."라는 마지막 연의 자탄은 자탄이 아니라 우리들이 얼마나 작은가를 깨닫는 우주론적 시각의 드러냄이다.

우주적 자아에 대한 각성은 그의 시가 초월로, 혹은 죽음으로, 혹은 피안으로 치명적인 도약을 준비하는 도정이다. 우리 모두가 원초적으로 경험했듯이 이 세상에 태어나려면 태아로서의 죽음을 거쳐야 한다. 이런 인간 탄생의 신비적 체험을 재현하는 것이 각종 제의들이다. 우리들의 가장 심오한 행위는 새 생명이 태아로서는 죽고 이 세상에는 살아서 탄생하는 그 일을 반복하는 것인지도 모른다. 피안의 경험인 치명적 도약

은 한 번 죽고 한 번 사는 일로서 본성의 변화를 수반한다고 결론지을 수 있다.

그러나 그 피안은 바로 우리 속에 있다[67]. 김수영은 치명적 도약으로서의 체험을 자신에 대한 부정과 우주적 깨달음을 통해서 얻었던 것이다. 그러므로 "모래야 나는 얼마큼 적으냐/바람아 먼지야 풀아 나는 얼마큼 적으냐/정말 얼마큼 적으냐……."고 스스로에게 묻고 있는 것이다. 깨달은 자만이 자신에게 던질 수 있는 질문이 '너는 얼마큼 적은 존재인가' 일 것이다. 이러한 깨달음 위에 김수영은 진정한 자유를 얻는다. 자유와 숙명은 인간 속에서, 다시 말하면 인간의 의지 속에서 만난다. 옥타비오 빠스는 '자유는 하나의 신비인데, 왜냐하면 자유는 신의 은총이며 인간은 신의 의지를 헤아릴 수 없기 때문'이라고 말한다. 그러나 그의 말은 부분적으로만 옳다. 자유가 하나의 신비라는 말은 옳지만 신의 은총이라는 말은 옳지 않다. 자유는 인간의 의지에 의해 획득되는 것이며 투쟁과 출혈의 결과로 오는 것이기 때문이다. 자유가 신비인 것은 그것을 위해 수많은 사람들이 목숨을 건다는 사실이며 치명적 도약을 경험한다는 사실이다.

김수영이 자유를 찾기 위해 어떤 도정을 걸었는지를 확인할 수 있는 시편이 「祖國에 돌아오신 傷病捕虜 同志들에게」이다. 이 시에는 자유에 대한 그의 열망이 고스란히 담겨 있어 감동을 준다.

> 그것은 自由를 찾기 위해서의 旅程이었다.
> 家族과 愛人과 그리고 또 하나 부실한 妻를 버리고
> 捕虜收容所로 오려고 집을 버리고 나온 것이 아니라
> 捕虜收容所보다 더 어두운 곳이라 할지라도

---

67) 옥타비오 빠스, 김홍근 · 김은중 역, 『활과 리라』, 솔출판사, 1998, 161쪽.

自由가 살고 있는 永遠한 길을 찾아
나와 나의 벗이 안심하고 살 수 있는
現代의 天堂을 찾아 나온 것이다.

나는 원래가 약게 살 줄 모르는 사람이다.
眞實을 찾기 위하여 眞實을 잊어버려야 하는
來日의 逆說 모양으로
나는 自由를 찾아서 捕虜收容所에 온 것이고
自由를 찾기 위하여 有刺鐵網을 脫出하려는 어리석은 動物이 되고 말
았다.

……(중략)……

내가 6 · 25 후에 价川野營訓鍊所[68]에서 받은 말할 수 없는 虐待를 생

---

68) 최하림은 김수영의 개천훈련소의 모습을 평전에서 다음과 같이 묘사하고 있다. "그들이 개천에 도착한 다음날 아침부터 미군기들은 날아들었다. 때와 장소를 가리지 않고 폭격이 계속되었다. 묘향산맥의 끝자락에 위치한 개천은 군단 규모의 인민군이 자리 잡고 있는 곳이어서 날마다 수십 대의 폭격기들이 날아와 폭탄을 퍼부었다. 개천은 그야말로 폐허 그것이었다. 그들이 거쳐 온 다른 지역과 확연히 구별되었다. 의용군들은 개천에서 북쪽으로 7킬로미터쯤 떨어진 북원의 옥수수밭 가운데 설치된 야영 훈련장에 배속되었다. 청천강을 끼고 있는 그 야영훈련장은 3만 평 규모로, 가장자리에 볏짚으로 지붕을 해 이은 병사가 늘어서 있었다. 큰 움막들과 같았다. 그곳에서 의용군들은 비로소 12명 단위의 분대, 30~40명 단위의 소대, 120명 단위의 중대로 편대지어지고, 분대장은 17, 18세의 소년병, 소대장은 23, 24세 정도의 청년장교, 중대장도 30세 정도의 그곳 출신들이 임명되었다. 한 소대의 실총은 4, 5자루, 목총은 40여 자루 배분되고, 실총의 경우 극소량이기는 하지만 실탄도 주어졌는데, 그 실탄과 실총은 물론 공산주의 이념교육을 철저히 받은 소년병들에게 돌아갔다.
그곳에서 강제 훈련을 받았던 문인들의 증언을 종합해 보면, 소년병들은 원칙에 철저한데다, 미제국주의를 물리칠 전사들을 조속하게 양성하기 위하여 광분하고 있었던 것 같다. 소년병들은 그들보다 나이가 훨씬 많고 경륜이 높은 의용군들을 아침부터 저녁 늦게까지 달리고, 기고, 구르고, 대피하는 훈련을 강도 높게 시키는가 하면 연병장 공사에 동원하기도 했다. 늙은이고 허약자고 가리지 않았다. 그들

각한다.
北院訓鍊所를 탈출하여 順川邑內까지도 가지 못하고
惡鬼의 눈동자보다도 더 어둡고 무서운 밤에 中西面內務省軍隊에게
포로된 일을 생각한다
그리하여 달아나오던 날 새벽에 파묻었던 총과 러시아 군복을 사흘
을 걸려서 찾아내고 겨우 銃殺을 免하던 꿈같은 일을 생각한다.
그리고 나는 平壤을 넘어서 南으로 오다가 捕虜가 되었지만
내가 만일 포로가 아니되고 그대로 거기서 죽어버렸어도
아마 나의 영혼은 부지런히 일어나서 苦生하고 돌아오는
大韓民國 傷病捕虜와 UN傷病捕虜들에게 한마디 말을 하였을 것이다
「수고 하셨습니다.」

……(중략)……

나는 이것을 眞正한 自由의 노래라고 부르고 싶어라!
反抗의 自由
眞正한 反抗의 自由조차 없는 그들에게
마즈막 부르고 갈
새 날을 向한 勝戰의 노래라고 부르고 싶어라!

그것은 自由를 향한 永遠한 旅程이었다.
나직이 부를 수도 소리높이 부를 수도 있는 그대들만의 노래를 위하여
마즈막에는 울음으로 밖에 변할 수 없는
崇高한 犧牲이여!

나의 노래가 거치렵게 되는 것을 辱하지 마라!

의 눈에 거슬린 대원이 있을 적에는 가차없이 욕하고 발길질을 했다." 아마도 김수영은 이처럼 처절한 당시의 훈련 경험을 "개천 훈련소에서 받은 말할 수 없는 학대를 생각한다"고 기술하게 했을 것이다(최하림, 『김수영 평전』, 실천문학사, 2001, 158~159쪽).

지금 이 땅에는 온갖 形態의 犧牲이 있거니
나의 노래가 없어진들
누가 나라와 民族과 靑春과
그리고 그대들의 英靈을 위하여 잊어버릴 것인가!

自由의 길을 잊어버릴 것인가!

—「祖國에 돌아오신 傷病捕虜 同志들에게」(1953.5.5) 부분

자유에 대한 김수영의 열망은 자유가 살고 있는 영원한 길 위에 포로수용소를 놓는다. 그가 자유를 찾아 포로수용소에 온 것이라고 노래할 수 있는 것은 자유가 얼마나 소중한 것인가에 대한 역설이다. 그는 의용군 도망병으로, 평양을 점령하고 북으로 진격을 계속하는 연합군을 등에 두고 서울을 향하던 중 굶주림과 피로에 지쳐 있던 상황에서 흑인 병사의 스리쿼터를 얻어 타고 서울 근교까지 이동할 수 있었다. 김수영은 충무로 4가 파출소 옆을 지나가다 순경의 검문에 걸려 체포되고 의용군에 입대했다는 것이 알려져 죽을 만큼 구타를 당한다.[69] 그의 포로수용소

---

69) 그는 원남동을 지나고 종로5가를 거쳐 충무로4가로 들어섰다. 파출소 앞을 돌아서는데 "누구야" 소리와 함께 경찰이 문을 밀고 나왔다. 김수영이 머뭇거리자 경찰이 뒷덜미를 잡고 끌고 들어갔다. 파출소로 들어선 경찰은 덮어놓고 의자를 들어 내리쳤다. 김수영은 책상다리에 부딪치며 넘어졌다. 그는 책상을 오른손으로 붙잡고 일어섰다. 다시 경찰이 의자로 내리쳤다. 김수영이 피를 흘리며 바닥에 쓰러졌을 때야 경찰은 "어디서 도망오는 길이야, 이 빨갱이 새끼! 어서 말해, 어디서 오는 길이야!" 소리쳤다. 김수영이 의용군으로 끌려갔다가 순천에서 탈출해서 오는 길이라고 사실대로 말했음에도 경찰은 다시 의자를 들고 내리치기 시작했다. 김수영이 숨을 헐떡거리다 못해 정신을 잃었다. ……김수영은 얼마동안 중부서에 갇혀 있다가 다른 사람들과 함께 3톤 트럭에 실려 인천으로 옮겨졌다. ……며칠 뒤 김수영과 포로들은 다시 LST에 실렸다. 그들은 며칠 동안인지 모를 긴 항해를 했다. 어떤 사람은 제주도를 거쳐 거제도로 갔다고 하고 어떤 사람은 곧장 거제도로 갔다고 하나 어느 것이 정확한 것인지 헤아리기 어렵다(최하림, 위의 책, 167~169쪽).

생활의 단면을 엿보게 하는 3연과 4연의 표현은 비극미와 긴장미가 압축되어 나타난다.

"자유가 항상 싸늘한 것이라면 나는 당신과 더 이야기하지 않겠어요. 그러나 이것은 살아 있는 捕虜의 哀願이 아니라,/이미 대한민국의 하늘을 가슴으로 등으로 쓸고 나가는/저 조그만 飛行機같이 煙氣도 餘韻도 없이 살아진 몇몇 捕虜들의 英靈이/너무나 알기 쉬운 말로 아무도 듣지 못하게 당신의 뺨에다 대고 비로소 始作하는 귓속이야기지요"라는 표현과 "그것은 본 사람만이 아는 일이지요./누가 巨濟島 第61收容所에서 檀紀 4284年3月16日 午前5時에 바로 鐵網 하나 둘 셋 네 겹을 隔하고 불 일어나듯이 솟아나는 第62赤色收容所로 돌을 던지고 돌을 받으며 뛰어들어 갔는가"라는 표현이 그것이다.

자유가 언제나 싸늘한 죽음이라면 더는 말하고 싶지 않겠지만, 두려워 차마 다른 사람이 듣지 못하게 귓속말로 전할 수밖에 없는 포로들의 자유와 평등을 위한 처절한 투쟁, 그 피비린내 나는 살육의 현장은, 이를 목격한 사람만이 알 수 있는 것이라는 김수영의 고백은 비극적인 긴장미가 넘친다.

이 사건은 1951년 3월 16일 새벽 5시, 봄이라고는 하지만 한기가 뼈골을 파고드는 신새벽의 미명을 기해 제61포로수용소의 포로들이 제62포로수용소를 습격하는 장면을 묘사하고 있다. 제62포로수용소에는 친공포로들이 수용되어 있었으며 제61포로수용소에는 반공포로들이 수용되어 있었다. 의용군포로는 60단위에 수용되어 있었으며 인민군 포로는 70, 80, 90단위에 수용되어 있었다.[70] 60단위에 수용되어 있던 의용군

70) "<살륙전의 서막> 의용군은 60단위, 인민군 출신은 70, 80, 90단위에 완전히 분리 수용됨으로써, 북한 사람들끼리만 모여 있던 막사 위에는 먹구름이 덮이기 시작했다. 북에서부터 간직되어온 사상대립의 불씨가 서서히 번져나가기 시작한 것

포로들은 반공포로와 친공포로로 나뉘어져 서로 적대적인 행동을 서슴지 않았으며 70, 80, 90단위에 수용된 인민군 포로들은 공공연하게 인공기를 내걸기도 했다. 이들의 적대감은 5월이 되면서 심화되어 과격한 행동으로 나타난다.[71] 이 연에서 김수영은 가치중립적인 태도를 보이고 있

이다. 나는 거제도의 제77수용소에 배치되었는데 여단장 이하 모든 간부가 인민군 장교로 편성되었다. 여단 감찰은 정치보위부 근무자들이고 각 소대장은 인민군 소위 또는 특무장들이었는데 이들은 자리를 잡자마자 북한에서 하던 공산당놈들의 방식을 그대로 재현하기 시작했다. 밤만 되면 소위 반동분자라고 지목된 반공청년들을 잡아다가 출신성분을 비롯해서 포로가 된 날짜와 장소, 그리고 국방군 북진 시에 무엇을 하였는가를 캐묻고 어지간하면 반은 죽여서 내보내고 그 자리에서 죽은 사람도 허다했다.

<9 · 17 폭동> 1951년 9월 17일 밤, 대표적인 좌익수용소인 76, 77, 78 수용소가 합작을 하여 대대적인 반공분자 숙청을 실시한 것이 바로 9 · 17 폭동 사건이다. ……사건이 일어난 9월 17일은 초저녁부터 열성 공산분자들이 철조망 부근에서 구호를 외치며 시위를 벌렸다. '김일성 원수 만세', '조선민주주의인민공화국 만세'로 시작하여 '미국놈은 물러가라', '악질반동 타도하자'는 등의 구호소리가 퍼져나가자 미리 약속이 되어 있었는지 77수용소와 76수용소에서도 일제히 보조를 맞추어 격렬한 시위를 벌렸다. 새벽 한시경이 되자 "반동분자 척결하자"라는 함성을 신호로 반공청년 30여 명을 1대대에서 끌어내어 인민재판이 진행되었다. 놈들은 사전에 준비한 창과 칼로 재판이 끝나는 대로 즉석에서 처형했다. ……더욱 의기양양해진 빨갱이들은 주야로 9월 20일까지 인민재판이라는 이름으로 76, 77, 78의 3개 수용소에서 무려 400여 명의 반공청년을 처형했다"(백응태, 『거제도에서 판문점까지』, 대원출판사, 1987, 82~138쪽).

71) "신록이 우거진 5월이 되자 수용소는 회오리가 일기 시작했다. 9호 막사 안에 소위 조선노동당 거제지부란 것이 조직되고 '용광로'라 이름한 '해방동맹'이 각 막사에 생겨나면서 거제도 포로수용소는 용틀임을 하기 시작했다. 친공포로들은 각 동에 적기를 올리고 노동가를 부르며 막사 안을 행진했다. 반공포로들도 가만있지 않았다. 그들도 반공청년단을 결성해 가지고 대한민국 군가를 부르며 막사를 돌아다녔다. ……그리하여 거제도 포로수용소는 74동과 81동, 82동, 83동이 반공포로의 진지가 되었고 62동이 친공포로의 진지가 되었다. 밤이면 양진영은 서로 적대 막사의 철조망을 부수고 습격하였다. 하루에 15명의 포로들이 인민재판의 형식으로 처형되어 시체가 토막토막 잘려 나가는가 하면 미군측이 15일 간격으로 실시하여온 포로들의 성향선별심사를 거부함에 따라 미군에 의해 친공포로들이 77명 사살되고 140명이 부상당한 대불상사가 일어나기도 했다. ……습격과 린치

어 그가 이념의 충돌과 대치에 한 발 비켜 있음을 알 수 있다. 이러한 태도는 그가 산문에서 밝힌 것처럼 좌익도 우익도 아닌, 다시 말하면 좌익이기도 하고 우익이기도 한 그의 사상적 정체성의 혼돈과 관련이 있는 것으로 보인다.

그러나 김수영이 반공포로와 친공포로들 간의 투쟁과 살육을 객관적인 시각으로 묘사하고 있다고 해서 그가 이념의 정체성을 확립하고 있지 못한 것이라고 말하는 것은 지나친 예단일 수 있다. 그는 억울하게 죽어 넘어진 반공포로들을 마음으로 깊이 애도하고 있는 것이다.

애도의 표현은 "그러니 天堂이 있다면 모두다 거기서 만나고 있을 것입니다./억울하게 너머진 反共捕虜들이/다같은 大韓民國의 以北反共捕虜와 巨濟島反共捕虜들이/무궁화의 노래를 부를 것입니다"로, 자유를 위해 투쟁하다 지하에 묻힌 반공포로들이, 이북 반공포로와 거제도 반공포로들이 천당에서 만나 무궁화의 노래, 다시 말하면 대한민국의 노래를 부를 것이라고 노래하고 있는 것이다. 무궁화의 노래야말로, 대한민국의 노래야말로 진정한 자유의 노래이며 새 날을 향한 승전의 노래인 것이다. 그들의 죽음은 자유를 위한 영원한 여정이었으며 마지막에는 울음으로 변할 수밖에 없는 숭고한 희생이라고 노래한다. 그리고 그는 절규하는 것이다. "나의 노래가 없어진들/누가 나라와 민족과 청춘과/그리고 그대들의 영령을 위하여 잊어버릴 것인가!//자유의 길을 잊어버릴 것인가!"라고. 마침내 김수영은 나라와 민족과 청춘과 자유를 등가로 놓고 무참히 죽어간 포로들의 투쟁과 희생을 역사적으로 평가하는 것이다. 그렇다면 김수영은 좌경에서 우경으로 경도되고 드디어 포로의 과정을 거치면서 극우의 시각까지 드러낸 것이다. 「祖國에 돌아오신 傷病捕虜 同志들

와 난자, 살인은 더 극심했고 이와 같은 사건은 5월 이전부터 발생했던 듯하다"(최하림, 위의 책, 173쪽).

에게」는 김수영의 우경화의 전형을 보여주고 있는 작품이며 '언어의 작용'보다는 '언어의 서술'에 기울어진 작품이다.

김수영의 역사 의식이 깊어지면서 쓰인 작품이 「헬리콥터」이다. 헬리콥터는 6 · 25전쟁과 함께 우리나라의 하늘을 풍선보다 가볍게 상승하여 적에게 기총소사를 퍼부었던 첨단의 장비였다. 김수영은 「헬리콥터」가 풍선보다 더 가볍게 상승하는 것을 보고 설움을 느낀다. 그의 설움은 역사적인 설움으로 소시민의 설움과는 의미가 다른 설움이다.

> 사람이란 사람이 모두 苦憫하고 있는
> 어두운 大地를 차고 離陸하는 것이
> 이다지도 힘들지 않다는 것을 처음 깨달은 것은
> 愚昧한 나라의 어린 詩人들이었다
> 헬리콥터가 風船보다도 가벼웁게 상승하는 것을 보고
> 놀랄 수 있는 사람은 설움을 아는 사람이지만
> 또한 그것을 보고 놀라지 않는 것도 설움을 아는 사람일 것이다
> 그들은 너무나 오랫동안 自己의 말을 잊고
> 남의 말을 하여왔으며
> 그것도 간신히 떠듬는 목소리로 밖에는 못해왔기 때문이다
> 설움이 설움을 먹었던 時節이 있었다
> 이러한 젊은 시절보다도 더 젊은 것이
> 헬리콥터의 永遠한 生理이다
>
> 1950년 7월 以後에 헬리콥터는
> 이나라의 비좁은 山脈위에 姿態를 보이었고
> 이것이 처음 誕生한 것은 勿論 그 以前이지만
> 그래도 제트機나 카아고보다는 늦게 나왔다
> 그렇지만 린드버그가 헬리콥터를 타고서
> 大西洋을 橫斷하지 않았기 때문에

우리는 지금 東洋의 諷刺를 그이 機體안에서 느끼고야 만다
悲哀의 垂直線을 그리면서 날아가는 그의 설움 모양을
우리는 좁은 뜰안에서뿐만 아니라
심지어는 항아리 속에서부터라도 내어다볼 수 있고
이러한 우리의 순수한 痴情을
헬리콥터에서도 내려다볼 수 있을 것을 짐작하기 때문에
「헬리콥터여 너는 설운 짐승이다」

—自由
—悲哀

더 넓은 展望이 必要없는 無制限의 時間 우에서
山도 없고 바다도 없고 진흙도 없고 진창도 없고 未練도 없이
앙상한 肉體의 투명한 骨格과 細胞와 神經과 眼球까지
모조리 露出落下시켜가면서
안개처럼 가벼웁게 날아가는 과감한 너의 意思 속에는
남을 보기 전에 네 자신을 먼저 보이는
矜持와 善意가 있다
너의 祖上들이 우리의 祖上과 함께
손을 잡고 超動物世界 속에서 營爲하던
自由의 精神의 아름다운 原型을
너는 또한 우리가 發見하고 規定하기 전에 가지고 있었으며
오늘은 네가 傳하는 自由의 마지막 破片에
스스로 謙遜의 沈黙을 지키며 울고 있는 것이다

—「헬리콥터」(1955) 전문

정과리는 김수영의 설움을 ①현실 자체가 안겨주는 설움 ②현실의 가혹함에도 불구하고 현실을 바로 보아야 하는 혹은 살아야 하는 설움 ③바로 보려는 의지의 이면에 있는, 실제 바로 보지 못하는 자신의 무기력

에 대한 설움으로 파악하고 설움은 시인을 현실과의 절대적 대립관계에도 불구하고 현실을 무시한 자신의 내면적 진실로 도피하지 않고 현실에 살아가게끔 하는 요인이 된다고 보았다.72)

그러나 헬리콥터의 설움은 역사에 대한 설움이어서 김수영의 역사인식이 이 작품의 모티프가 되고 있다. "헬리콥터가 풍선보다도 가벼웁게 상승하는 것을 보고/놀랄 수 있는 사람은 설움을 아는 사람이지만/또한 이것을 보고 놀라지 않는 것도 설움을 아는 사람일 것이다"라는 표현에서 놀라움을 느끼거나 느끼지 않거나 설움을 아는 사람이라는 것은 6 · 25라는 역사적 현실을 경험한 당대인이 가지게 되는 설움이라는 의미이다.

이데올로기의 충돌로 우리 민족이 겪어야 했던 역사적 비극과, 몸소 그 비극의 중심을 지나왔던 민족공동체 사이의 매개항으로써의 헬리콥터는 우리들에게 순수한 치정의 대상이며 설운 동물인 것이다. 헬리콥터가 설운 동물인 것은 그것이 비애의 수직선을 그리면서 비행하기 때문인데, 이는 설움이 설움을 먹었던 젊은 시절보다 더 젊은 헬리콥터의 영원한 젊음이, 영원한 자유와 영원한 비애를 날아야 하는 헬리콥터의 운명이 설운 동물이게 하는 것이다.

정과리가 '설운 동물'로서의 헬리콥터를 이해하는 코드로 제시한 "우리는 지금 東洋의 諷刺를 그의 機體안에 느끼고야 만다"는 구절은 그의 말대로 현실의 곤핍을 만들어놓은 것의 상징인 헬리콥터가 역설적이게도 영원한 비상의 젊은 생리를 동시에 가지고 있는 것이기에 설운 동물이 된 것은 아니다. 현실의 곤핍과 영원한 비상의 젊은 생리의 역설이 동양의 풍자일 수가 없기 때문에 정과리의 시 읽기에 동의할 수 없는 것이다.

문제는 "純粹한 痴情"이 "헬리콥터여 너는 설운 動物이다"와 어떻게

72) 정과리, 「현실과 전망의 긴장이 끝간 데－김수영론」, 『김수영』(한국현대시문학대계 제24권), 지식산업사, 1980, 265쪽.

조응하는가이다. 치정은 치명적 통정이며 금기의 성애를 이른다. 그런데 여기에 순수라는 접두사가 붙으면 치정은 아름다운 사랑으로 치환된다. 헬리콥터로 상징되는 자유정신과 그 자유정신을 지키려는 수직선의 슬픈 비행을 우리들은 사랑한 것이다. 그 젊은 열정과 희생을, '자유정신의 아름다운 원형'을 치정으로 받아 안은 것이다. 헬리콥터가 설운 것은 우리와 나눈 순수한 치정 때문이며 자유에 대한 우리들의 염원이 얼마나 가열한 것인지를 알기 때문이다. 그 '자유정신의 아름다운 원형'은 '너의 조상들이 우리 조상들과 함께 손잡고 영위하던' 것이어서 오늘 시적 화자는 헬리콥터가 전하는 자유의 마지막 파편에 스스로 겸손의 침묵을 지키며 감동의 눈물을 보이는 것이다. 그러므로 「헬리콥터」는 민족주체성을 일깨우며 자유의 아름다움과 환희를 격정적으로 노래한 작품이며 가상의 경험으로서의 시적 미메시스와 실제적 체험으로서의 총체성이 결합된 빼어난 작품이다.

김수영의 자유는 완벽한 자유이다. 그는 '이만하면'이란 말을 경멸했다. 자유에 있어 '이만하면'이란 부끄러운 타협이며 자유의 포기라고 보았다. 자유의 아름다움과 환희로움을 알기 때문에 그는 온전한 자유를 원했던 것이다. "시를 쓰는 사람, 문학을 하는 사람의 처지로서는 '이만하면'이란 말은 있을 수 없다. 적어도 언론 자유에 있어서는 '이만하면'이란 中間辭는 도저히 있을 수 없다. 그들에게는 언론의 자유가 있느냐 없느냐의 둘 중의 하나가 있을 뿐 '이만하면 언론 자유가 있다고' 본다는 것은 쉽게 말하면 그 자신이 시인도 문학자도 아니라는 말밖에는 아니 된다"[73]고 한 주장은 언론의 자유에 한정되지 않는다. 인간이 인간답게 살기 위해 누려야 되는 모든 자유를 말하고 있는 것이다. 이러한 자유정신

73) 김수영, 앞의 책, 129쪽.

이 그의 시를 더 깊고 넓게 이끌 수 있는 추동력이 되었다.

「헬리콥터」는 물활론(hylozoism)에 기대어 '언어의 작용'에 경도된 작품이기는 하지만 첫 연의 "사람이란 사람이 모두 고민하고 있는/어두운 대지를 차고 이륙하는 것이/이다지도 힘들지 않다는 것을 처음 깨달은 것은"이나 둘째 연의 "1950년 7월 이후의 헬리콥터는/이 나라의 비좁은 산맥 위에 자태를 보이었고/이것이 처음 탄생한 것은 물론 그 이전이지만/그래도 제트기나 카아고보다는 늦게 나왔다/그렇지만 린드버그가 헬리콥터를 타고서/대서양을 횡단하지 않았기 때문에" 등의 표현은 '언어의 서술'이 드러난 표현이다. '언어의 작용'과 '언어의 서술'이 더욱 선명하게 드러난 작품이 「巨大한 뿌리」이다.

傳統은 아무리 더러운 傳統이라도 좋다 나는 光化門
네거리에서 시구문의 진창을 연상하고 寅煥네
처갓집 옆의 지금은 埋立한 개울에서 아낙네들이
양잿물 솥에 불을 지피며 빨래하던 시절을 생각하고
이 우울한 시대를 패러다이스처럼 생각한다

버드 비숍女史를 안 뒤부터 썩어빠진 대한민국이
괴롭지 않다 오히려 황송하다 歷史는 아무리
더러운 歷史라도 좋다
진창은 아무리 더러운 진창이라도 좋다
나에게 놋주발보다도 더 쨍쨍 울리는 追憶이
있는 한 人間은 영원하고 사랑도 그렇다

버드비숍女史와 연애를 하고 있는 동안에는 進步主義자와
社會主義者는 네에미 씹이다 통일도 中立도 개좆이다
隱密도 深奧도 學究도 體面도 因習도 治安局

으로 가라 東洋拓植株式會社, 日本領事館, 大韓民國官吏,
아이스크림은 미국놈 좆대강이나 빨아라 그러나
요강, 망건, 장죽, 種苗商, 장전, 구리개, 약방, 신전,
피혁점, 곰보, 애꾸, 애 못낳는 여자, 無識쟁이,
이 모든 無數한 反動이 좋다
이 땅에 발을 붙이기 위해서는
—第三人道橋의 물 속에 박은 鐵筋기둥도 내가 내 땅에
박는 거대한 뿌리에 비하면 좀벌레의 솜털
내가 내 땅에 박는 거대한 뿌리에 비하면

—「巨大한 뿌리」(1964.2.3) 부분

김수영이 비숍의 『한국과 그 이웃나라들』[74]을 읽게 된 것은 우연이겠지만 그의 이 행복한 독서는 철 지난 역사에 대한 새로운 인식을 가져다 준 경이로운 경험이었다. 비숍의 당시 조선에 대한 인식은 서구인들이 우리나라를 바라보는 시각과 크게 다르지 않아서 조선을 중국의 일부로, 우리 문화를 중국 문화의 패러디로 인식한다. 당시의 조선은 서구 열강들이 이권을 선점하기 위해 벌이는 아귀다툼의 각축장으로 화하면서 수세기에 걸친 깊은 잠에서 갓 깨어나려는 미약한 독립 왕국의 모습이었다. 서구 열강들은 이 신비의 동양주의의 왕국이 스스로 설 수 없는 것을 악용해 갖가지 이권을 챙겼던 것이다. 그러나 김수영은 이러한 19세기의

74) 비숍여사는 1883~1887년 사이에 우리나라를 네 번 방문했으며 『조선과 그 이웃나라들』을 쓰기 위해 11개월 동안 현지를 답사했다. 그녀는 19세기 말의 한국을 "이 말할 수 없는 관습의 세계, 이 치유불가능하고 개정되지 않은 동양주의의 땅, 중국을 하나로 묶는데 도움이 되는 강인함을 지니지도 못한 중국의 패러디인 이곳에서 서양문명의 효모가 발효하기 시작한 것이다. 수세기에 걸친 잠에서 거칠게 뒤흔들려 깨워진 이 미약한 독립 왕국은 지금, 반쯤은 경악하고 전체적으로는 멍한 상태로 세상을 향해 걸어 나오고 있다"(비숍, 『한국과 그 이웃나라들』, 살림, 1994, 29쪽).

국제적 상황과 제국주의의 희생물로서의 조선을 재인식한 것이 아니라 비숍이 사진과 기록으로 남긴 당대의 우리나라의 풍습과 전통을 재인식했던 것이다. 일본과 미국에 의해 훼손되기 이전의 조선의 풍경들은 그로 하여금 역사와 전통의 뿌리 깊은 아름다움에 도취되기에 충분했을 것이다.

「巨大한 뿌리」는 앉는 방법이 다른 이북과 이남 사람들의 이야기로 시작해서 일본여자처럼 앉는 김병욱[75]의 이야기로 옮아간다. 김병욱은 일본여자처럼 앉기는 하지만 "그는 일본대학에 4년 동안을 다니면서 제철회사에서 노동을 한 强者다"라는 표현으로 보아 생활방식의 다양성이 문화이며 문화는 개인에게나 민족에 있어서 드러나지 않는 어떤 힘임을 말하려는 의도로 읽힌다.

둘째 연에서 김수영은 독서를 통해서 비숍여사와 연애를 하고 있다고 고백한다. 비숍여사의 눈에 비친 구한말의 풍경은 기이하고 신비롭기까지 해서 "인경전의 종소리가 울리면 장안의/남자들이 모조리 사라지고 갑자기 부녀자들의 世界로/화하는 劇的인 서울을 보았"으며 "심야에는 여자는 사라지고 남자가 다시 오입을 하러/闊步하고 나"서는 기이한 관습을 보기도 하는 것이다. 이러한 구한말의 풍경을 통해 김수영은 우리 문화의 뿌리 깊음을 재인식하게 되고 마침내 셋째 연에 이르러 전통의 소중함을 소리높이 외치게 한다.

셋째 연에서 김수영은 저 유명한 "傳統은 아무리 더러운 傳統이라도 좋다"는 언사를 보인다. 전통에 대한 재인식이 없었다면 터져 나올 수 없

---

75) 최하림은 『김수영 평전』에서 두 사람의 관계를 愛憎同時發病症으로 표현하고 있다. "김수영은 김병욱을 깊이 믿으면서도 경멸했고 사랑하면서도 배반했다. 그는 마리서사에서 만난 사람들 가운데서 박영일 다음으로 김병욱을 좋아했다"고 쓰고 있다(최하림, 앞의 책, 100쪽).

는 언사이며 깨달음이다. 전통에 대한 애정이 깊어지면서 그는 "광화문/네거리에서 시구문의 진창을 연상하고" 친구 "寅煥네/처갓집 옆의 지금은 매립한 개울에서 아낙네들이/양잿물 솥에 불을 지피며 빨래하던 시절을 생각하고", 이러한 따사로움과 그리움의 회고 정서는 드디어 그가 살고 있는 "우울한 시대를 패러다이스처럼 생각"하게 되는 것이다.

그의 이러한 전통에 대한 재인식과 자부심과 애정은 "썩어빠진 대한민국이/괴롭지 않다"고 고백할 수 있게 한다. 고백에 머무르는 것이 아니라 "오히려 황송하다"고, 그리하여 마침내 "歷史는 아무리/더러운 歷史라도 좋다"고 외치는 것이다. 그 다음 행의 "진창은 아무리 더러운 진창이라도 좋다"는 김수영 특유의 어법으로 반복 효과를 노린 것으로 보이지만 이 연에서는 특별한 의미를 발견할 수 없는 행으로, "전통은 아무리 더러운 전통이라도 좋다"와 "역사는 아무리 더러운 역사라도 좋다"를 강조하는 역할에 머물고 있는 행이다. 셋째 연의 빛나는 마무리는 "나에게 놋주발보다도 더 쨍쨍 울리는 追憶이/있는 한 人間은 영원하고 사랑도 그렇다"에 있다. 여기서 추억은 단순한 개인의 추억이 아니다. 추억은 전통과 역사를 이르는 다른 표현이다. 잘 닦아놓은 놋주발의 쨍쨍한 아름다움을 객관적 상관물로 차용하고 있는, 전통과 역사가 있는 한 인간과 사랑은 영원할 것이라는 셋째 연의 결구는 그 여운이 오래도록 가슴에 머물게 한다. 결구에서 김수영이 말한 사랑 역시 개인적인 사랑에 머물 수 없는 것이어서 공동체적 사랑을 의미한다.

넷째 연에 이르러 김수영의 전통 예찬은 절정에 닿는다. "비숍여사와 연애를 하고 있는 동안에는"이라고 말했지만 이는 '전통에 대한 애정이 깊어지고 있는 동안에는'이라고 읽어야 할 구절이다. 그가 전통과 역사에 매료되어 그 깊고 거대한 뿌리를 인식하게 되면서 "進步主義者와/社會主義者는 네에미 씹이다 통일도 중립도 개좆이다"라고 진보적 이념의 무이미성을 비속어를 빌어 과격하게 설파한다. 전통과 역사가 갖는 보수성이 김수영으로 하여금 이처럼 과격한 언사를 구사하게 했을 것이다. 그의 과격한 발언은 계속되어 "東洋拓植株式會社, 日本領事館, 大韓民國官吏,/아이스크림은 미국놈 좆대강이나 빨아라 그러나/요강, 망건, 種苗商, 장전, 구리개, 약방, 신전,/피혁점, 곰보, 애꾸, 애 못낳는 여자, 無識쟁이,/이 모든 무수한 反動이 좋다"고 외래문물과 전통문물을 대비시킨다. 이 대비에는 야만적인 권력과 그 권력으로 억압을 당했던 서민들의 대극을 내장하고 있는 것이어서 우리의 전통적인 문물과 서민들이 서구적이며 야만적인 권력의 시각으로 보면 무수한 반동이며 쓸어버려야 할 보수수구인 것이다.

그러나 이 보수적인 전통과 역사야말로 이 땅에 뿌리박고 있는 거대한 뿌리여서 "第3人道橋의 물 속에 박은 鐵筋기둥도 내가 내 땅에/박는 거대한 뿌리에 비하면 좀벌레의 솜털"에도 미치지 못하는 것이다. 전통과 역사의 거대함에 대한 김수영의 새로운 인식은 마침내 "나도 감히 상상을 못하는 거대한 뿌리"라고 말하게 한다. 이러한 인식의 깊이는 서민들의 삶이 거대한 역사를 이룬다는 자각에 바탕한 것이다.

김수영의 자유가 완성에 이른 작품은 「瀑布」이다. 「瀑布」는 자유를 나타와 안정을 뒤집어 놓고 "높이도 幅도 없이" 떨어지는 것으로 묘사됨으로써 자유가 가없는 인간의 욕망이며 의지임을 밝히고 있는 것이다. 자연의 속성으로서의 물은 자유분방함 바로 그것이다. 그렇게 흘러온 물이 높이도 폭도 없이 떨어지며 폭포를 이루는 것이다. 이 작품의 미덕은 "규정할 수 없는 물결이/무엇을 향해 떨어진다는 의미도 없이/계절과 주야를 가리지 않고" 쉴 사이 없이 떨어지는 폭포가 하강의 이미지가 아니라 상승의 이미지로 온다는 것이다. 고매한 정신은 하강의 정신이 아니라 상승의 정신이며 「讚耆婆郎歌」의 기파랑의 고매한 인격처럼 높은 곳에 놓인 청청한 정신이기 때문에 폭포는 하강의 이미지가 아니라 상승의 이미지로 오는 것이다. 상승의 이미지는 무한 창공을 향해 솟아오르는 인간의 자유 의지를 드러내는 객관적 상관물로 각인되는 것이다.

화자는 지금 어느 폭포 아래 서 있다. 화자의 시선은 폭포의 시원하고 장엄한 물줄기에 닿아 있다. 화자의 시선이 장엄하게 떨어져 내리는 폭포의 높다란 물줄기에 닿아 있다는 것이 곧 독자의 시선이어서 폭포가 하강의 이미지가 아니라 상승의 이미지를 부추기는 것이다.

폭포가 떨어져 부서지는 것이라는 현상만으로 이 시를 읽으면 이 시는 죽음을 거느리게 된다.[76] 이 시를 죽음의 시로 읽으면 폭포의 추락은 희생으로 오게 되며 육체의 죽음을 초월하는 것으로 '고매한 정신'을 읽게 되어 '곧은 소리'를 설명할 수 없어진다. 그러므로 폭포를 죽음의 상징으로서의 추락이 아니라 '뛰어내리는 자유정신'의 상징으로 읽어야 시적 질서를 찾아갈 수 있는 것이다. 김수영 자신이 「瀑布」를 懶惰와 안정을 배격한 시[77]라고 말한 것으로 미루어 이는 죽음의 시가 아니라 정신의 시임을 알 수 있는 것이다.

> 瀑布는 곧은 絶壁을 무서운 기색도 없이 떨어진다
>
> 規定할 수 없는 물결이
> 무엇을 향하여 떨어진다는 의미도 없이
> 季節과 晝夜를 가리지 않고

---

76) 「瀑布」를 죽음의 시로 읽은 사람은 오형엽과 한명희이다. 오형엽은 폭포의 떨어짐이란 깨어짐과 직결되는 의미로서 추락하는 물은 부서지고 죽을 수밖에 없는 비극성을 암시한다(「김수영 시의 미적 근대성 연구」, 『국어국문학』 125호, 1999, 340쪽)고 읽었으며 한명희는 심리적으로 떨어지는 것은 죽음으로서의 추락(『김수영, 정신분석으로 읽기』, 월인, 2002, 186쪽)으로 읽었다.

77) 김수영, 앞의 책, 230쪽.

高邁한 精神처럼 쉴사이 없이 떨어진다

金盞花도 인가도 없는 밤이 되면
瀑布는 곧은 소리를 내며 떨어진다

곧은 소리는 소리이다
곧은 소리는 곧은
소리를 부른다

번개와 같이 떨어지는 물방울은
醉할 瞬間조차 마음에 주지 않고
懶惰와 安定을 뒤집어 놓은 듯이
높이도 幅도 없이
떨어진다

—「瀑布」(1957) 전문

"자유에는 피의 냄새가 섞여 있"다고 말했지만 자유정신에는 무서움도 두려움도 없는 것이다. 폭포가 "곧은 절벽을 무서운 기색도 없이 떨어"지는 것은 폭포가 가지고 있는 자유정신 때문이다. 자유정신은 무엇이라고 규정할 수 없는, 규정되어서도 안 되는 인간의 본성이며 "계절과 주야를 가리지 않고" 추구되어야 하는 가치로운 정신일 뿐 아니라 절대시간과 절대공간 속에서 추구되어야 하는 "고매한 정신"인 것이다. 자유정신은 곧은 정신이어서 폭포가 떨어지며 내는 소리는 곧은 소리이고 "곧은 소리는 곧은/소리를 부르"는 것이다. 곧은 소리는 자유정신을 지키고자하는 모든 함성이며 외침이며 속삭임이다. 곧은 소리가 부르는 곧은 소리는 자유와 정의와 평등이며 인간이 지향하려는 선의 다른 이름들이다. 여기서 곧은 정신과 곧은 소리는 동의어이다. 그리고 마침내 자유정신은 우리들에게 "취할 순간조차 마음에 주지 않고/懶惰와 安定을 뒤집어놓은 듯이/높이도 幅도 없이" 현현되는 것이다. 김수영의 이 정신은 자유를 구속하는 사회적인 억압과 전근대적인 정신질서를 타파하고 열린 사회와 새로운 질서를 추구하려는 혁명 정신에 닿는다. 이렇게 볼 때 김수영의 '자유'와 '혁명'이 특정한 이념의 초극을 지향한다는 것은 분명하다.[78] 그는 삶의 깊이와 넓이를 감싸기 위해 자기심화와 자기확장을 거쳐 자유정신을 이루어 낸 것으로 보인다. 이 자기심화와 자기확장을 통해 획득한 자유정신은 김수영의 부정정신과도 만나게 된다.

김수영은 「瀑布」를 통해 자유와 고매한 정신을 말하려는 것은 아니다. 떨어지는 폭포를 바라보면서 그 풍경을 자기 안으로 끌어들여와 각인시켜 자기 안의 생명력과 교섭하게 함으로써 자유정신과 고매한 정신을 자기 안에서 심화시키고 자기 안에서 확장해나가는 것이다.

2. '속도'의 바로 보기와 현대성

김수영을 모더니스트이면서 한국 모더니즘의 위대한 비판자라고 했을 때 이는 그가 진정한 의미의 근대 극복의 노력을 기울인 시인임을 의미한다. 여기서 진정한 근대 극복이란 하버마스적 의미의 기획된 근대성[79]과 푸코적 의미의 태도로서의 현대주의[80]를 뜻하는 '기획이자 태도'

78) 임홍배, 최원식 · 임규찬 엮음, 「총체성의 탐구와 치열한 객관정신」, 『4월 혁명과 한국문학』, 창작과비평사, 2002, 224쪽.
79) 하버마스는 모더니티를 하나의 계몽적, 이성적, 인본주의적 기획의 산물로 본다. 또한 보들레르에서 비롯되는 모더니즘도 그 기획의 하나로 보며 단지 고립성이

이지만 그것만으로 근대 극복이 가능할 것이라고 기대하는 것은 성급한 것이어서 근대성에 충실하면서도 근대 극복을 지향하는 변증법적 노력이 필요했던 것이다. 물론 그것은 단순히 문화적, 예술적 범주에 국한되는 게 아니라 물질적 범주를 근간으로 하여 총체적이고 전면적인 범주를 포괄해야 했던 것이며 이러한 근대 극복의 노력의 하나가 기획이자 태도라고 할 때 그것은 역사의 형성력을 믿는 하버마스류의 계몽적 이성과 거대 담론의 억압을 비판하는 푸코류의 해체적 회의를 동시에 수용하는 것이어야 했던 것이다.[81]

하버마스는 미학적 근대성의 정조가 분명하게 드러나는 곳은 보들레르의 작품이라고 말한다. 근대성의 정조는 여러 전위운동에서 표출되었고 다다이스트들의 볼테르 카페와 초현실주의에서 절정에 이른다고 지적하면서 미지에의 탐구, 예기치 않은 만남에의 대망, 아직 답사되지 않은 미래의 정복이 아방가르드를 특징지으며 그것은 아직 처녀지로 남아 있는 지평 위에서 스스로의 길을 찾지 않으면 안 된다고 말하면서 이 같은 전진적 탐구, 아직 규정되지 않은 미래의 기대와 새것에 대한 광적인 집착은 사실상 현재의 찬미로 귀결된다고 결론짓는다.[82]

보들레르가 규정한 것처럼 근대적이 된다는 것은 지나가는 순간들의

문제라고 보는 것이다. 따라서 하버마스의 모더니즘에 대한 입장은 기본적으로 낙관적이다.

80) 푸코는 모더니티를 하나의 이성적 기획이라는 생각에 냉소적이다. 그는 모더니티를 칸트에서 비롯된 하나의 비판적 태도라고 본다. 보들레르는 푸코에 의하면 이러한 비판적인 근대적 태도를 예술적으로 실천한 첫 인물이다. 이점에서 보면 푸코 역시 보들레르적 모더니즘에 많은 것을 걸고 있다. 단 그는 보들레르가 모더니티 기획 실전자라서가 아니라 오히려 그러한 기획에 대한 비판자이기 때문에 보들레르와 그 계승자들을 중시한다.

81) 김명인, 앞의 글, 6~7쪽.

82) 윤평중, 「하버마스, '근대성 미완의 과제'」, 『푸코와 하버마스를 넘어서』, 교보문고, 1990, 242~243쪽.

변화무쌍한 흐름 속에 놓인 상태 그대로의 자신을 받아들이는 것이 아니라, 자기 자신을 복잡하고 힘든 가공 작업의 대상으로 삼는 것[83]이라고 했을 때 김수영은 주어진 현실과 그 현실을 받아들이는 자기 자신을 해명하고자 하는 안간힘과 성실성을 강하게 드러내고 있는 것이다. 진정한 근대 극복이란 근대 극복을 내세우는 거대 담론을 구축하는 것만이 아니라 주체의 윤리적 각성과 자기해명이라는 처절한 과정을 통과하는 자기 갱신의 노력이며 지적이며 윤리적인 고투의 과정으로 김수영은 이러한 근대 극복의 과정을 통과하면서 치열한 시작 활동을 펼친 것이다.

모더니즘은 다양한 의미를 함유하지만 사회사적 관점에서는 막스 베버가 말하는 서구적 합리주의를 뜻하며, 베버로 소급되는 사회과학적 의미의 모더니즘은 문화적 영역이 이론적 자율성을 획득할 뿐만 아니라 자본주의적 경제체제와 국가 중심적 행정제도가 완비되는 시점에서 실현되는 것이다. 하버마스나 푸코에게 모더니즘이 형태를 드러낸 역사적 시점은 칸트가 "계몽이란 무엇인가?"[84]라고 물었던 1800년 전후로 프랑스 혁명 전후이다.[85]

김수영에게 사회사적 체험으로서의 근대는 6 · 25였다. 이 체험은 그에게 가혹한 것이기도 했지만 근대에 대한 그의 사유를 결정하는 요소로

---

83) 백낙청, 「문학과 예술에서의 근대성 문제」, 『창작과비평』, 1993 겨울호, 15쪽, 김명인 재인용.

84) 칸트는 "계몽이란 자기 스스로에게 책임이 있는 미성년 상태로부터의 인간의 탈출이다. 미성년 상태란 다른 사람의 지도 없이는 스스로 자신의 오성을 사용할 능력이 없음을 뜻한다. 이러한 미성년 상태는 그것의 원인이 오성에 있는 게 아니라 다른 사람의 지도 없이는 자신의 오성을 사용할 결단과 용기의 부족에 있을 때 스스로에게 책임이 있는 것이다. 알려고 하는 용기를 가져라! 네 자신의 오성을 스스로 사용할 용기를 가져라! 따라서 이것이 계몽의 표어이다"(임정택, 김성기 편, 「계몽의 현대성」, 『모더니티란 무엇인가』, 민음사, 1996, 65쪽).

85) 김상환, 『해체론 시대의 철학』, 문학과지성사, 1996, 357~358쪽.

작용했으리라는 것을 짐작하기는 어렵지 않다. 전쟁은 자유에 대한 억압이었기 때문에 이 억압이 그에게 더욱 강열한 자유의지를 불러 일으켰을 것이다. 그의 자유는 자본주의와 뿌리를 같이 한다. 김수영이 소시민으로서의 변두리의 삶을 시로 형상화할 수 있었던 것은 자본주의의 중심으로 편입하지 못한 그의 경제적 무능 때문이 아니라 천민 자본에 대한 그의 저항이며 극복의 방법이라고 볼 수 있다.

김명인은 김수영의 시를 관류하는 끝없는 초조감과 결벽증, 그리고 윤리적 성찰은 단순한 개인적 신경증이 아니라 자기에게 주어진 시대조건의 극복을 향한 목적의식적인 자기고양의 시적 전략으로 보아야 한다고 주장한다.[86] 김명인의 이와 같은 주장은 타당한 것으로 그의 시가 지사적이면서 자기반성의 색깔을 드러내는 것과 관련된다. 김수영은 모더니즘을 세계에 대한 인식을 윤리적 태도로 수용한 것이어서, 이는 곧 모더니즘의 보들레르적 의미의 고전적 핵심을 수용한 것이라고 할 수 있다.

이와 같은 김수영의 모더니즘은 김기림의 모더니즘과 멀리 있지 않아서 그가 김기림의 영향을 받지 않았다고 말하기 어렵다. 김기림은 1930년대에 들어 모더니즘은 두 가지의 부정을 준비하는바 하나는 로맨티시즘과 세기말 문학의 말류인 센티멘탈 · 로맨티시즘을 위해서이고 다른 하나는 당시의 편내용주의의 경향을 위해서였다면서 모더니즘은 시가 우선 언어의 예술이라는 자각과 시는 문명에 대한 일정한 감수를 시초로 한 다음 일정한 가치를 의식하고 쓰여야 된다는 주장 위에 선다고 말한다.[87]

김기림은 모더니즘은, 오늘의 문명 속에서 나서 신선한 감각으로써 문명이 던지는 인상을 붙잡았다고 주장하고 그것은 현대의 문명을 도피하

86) 김명인, 위의 글, 8쪽.
87) 『김기림 전집』 2 · 시론, 심설당, 1988, 55쪽.

려고 하는 모든 태도와는 달리 문명 그것 속에서 자라난 문명의 아들이었으며 신사상으로서 도회의 아들이 탄생했던 것이라고 진단한다. 또한 모더니즘은 전대의 운문을 주로 한 시작법에 대항해서 그 자신의 어법을 지어냈으며 이로 인해 말의 함축이 달라졌고 문명의 속도에 해당하는 새 리듬을 회화의 내재적 리듬 속에 발견하고 창조하려고 했다는 것이다.

김수영이 그의 산문에서 "정의와 자유를 사랑하고 인류의 운명에 적극 관심을 가진, 이 시대의 지성을 갖춘, 시정신의 새로운 육성을 발할 수 있는 사람을 오늘날 우리 사회가 요청하는 '시인다운 시인'"[88]이라고 말한 것이나 낡은 말을 혐오하고 일상용어를 시어로 채용하면서 "모든 언어는 과오다. 나는 시 속의 모든 과오인 언어를 사랑한다. 언어는 최고의 상상이다. 그리고 시간의 언어는 언어가 아니다. 그것은 잠정적인 과오다. 수정될 과오. 그래서 최고의 상상인 언어가 일시적인 언어가 되어도 만족할 줄 안다"[89]라고 말한 것은 김기림의 모더니즘과 멀리 있지 않다는 증거이다. 그는 언어에 대해서 다음과 같이 말한다.

> 우리들이 실생활이나 문화의 밑바닥의 精密鏡으로 보면 민족주의는 문화에는 적용되어서는 아니된다. 언어의 변화는 생활의 변화요, 그 생활은 민중의 생활을 말하는 것이다. 민중의 생활이 바뀌면 자연히 언어가 바뀐다. 전자가 主요, 후자는 從이다. 민족주의를 문화에 독단적으로 적용하려고 드는 것은 종을 가지고 주를 바꾸어보려는 우둔한 소행이다. 주를 바꾸려면 더 큰 주로 발동해야 한다.
> 언어에 있어서 더 큰 주는 시다. 언어는 원래가 최고의 상상력이지만 언어가 이 주권을 잃을 때는 시가 나서서 그 시대의 언어의 주권을 회수해주어야 한다. 그런 의미에서 모든 시간의 언어는 언어가 아니다.

---

88) 김수영, 앞의 책, 139쪽.
89) 김수영, 위의 책, 279쪽.

그것은 잠정적인 과오다. 수정될 과오. 이 수정의 작업을 시인이 해야 하는 것이다. 그래서 최고의 상상의 언어가 일시적인 언어가 되어서 만족할 수 있게 해야 한다. 아름다운 낱말들, 오오 침묵이여, 침묵이여.[90]

김수영이 가장 아름다운 말을 침묵이라고 설파한 것은 침묵이 말보다 더 큰 울림을 내장할 수 있는 것이며 현대시에서 말이 얼마나 중요한 것인가를 역설적으로 강조한 것이다.

김기림은 모더니즘은 1930년대의 중쯤에 와서 위기에 닥쳤다고 진단한다. 그것은 안으로는 모더니즘의 말의 중시가 이윽고 언어의 말초화로 타락되어가는 경향이 어느새 발현되었고, 밖으로는 그들이 명랑한 전망 아래 감수하던 오늘의 문명이 점점 심각하게 어두워가고 이지러져가는 데 대한 그들의 시적 태도의 재정비를 필요로 함에 이른 때문으로 지적한다. 이에 시를 기교주의적 말초화에서 다시 끌어내고 또 문명에 대한 시적 감수에서 비판에로 태도를 바로잡아야 했으며, 사회성과 역사성을 이미 발견된 말의 가치를 통해서 형상화하는 일이 중요하며, 말은 사회성과 역사성에 의해서 더욱 함축이 깊어지고 넓어지고 다양해져서 정서의 진동이 더욱 강해야 하는 것이라고 비판했던 것이다.[91] 김기림의 이와 같은 모더니즘에 대한 비판론은 김수영에게 그대로 전수되어 그의 시선이 밖을 향할 때는 사회성 짙은 발언을 하고 있으며 안으로 향할 때는 통열한 자기반성의 발언을 하게 되는 것이다.

모더니즘은 기성 전통이나 인습에서 단절하고 이탈하는 것을 뜻한다. 이는 리처드 엘만Richard Ellmann과 찰스 피들슨Charles Feidelson의 말처럼 '비전통의 전통'을 뜻한다. 그러므로 모더니즘은 19세기의 부르주아 사

90) 김수영, 위의 책, 282쪽.
91) 『김기림 전집』 2 · 시론, 심설당, 1988, 57쪽.

회가 신봉하던 사회적 경제적 도덕적 철학적 전통과 인습을 모두 배격했다. 이를 어빙 하우Irving Howe는 모더니스트들의 시각에서 보면 '일상적 도덕성은 위선으로, 취향은 점잖은 도락으로, 전통은 거추장스런 구속으로' 느껴지는 것이라고 했다. 그리하여 많은 모더니스트들은 '역사는 그가 깨어나고자 몸부림치는 악몽'이라고 믿었던 것이다. 모더니스트들은 이처럼 역사와의 단절을 통해서 생존 가능한 새로운 가치관을 모색하고자 했던 것이다.[92] 김수영 시에서 나타나는 근대 극복으로서의 전통의 단절은 외경과 공포의 극복으로 나타나는 「廟廷의 노래」이다.

1

南廟 문고리 굳은 쇠문고리
기어코 바람이 열고
열사흘 달빛은
이미 寡婦의 靑裳이어라

날아가던 朱雀星
깃들인 矢箭
붉은 柱礎에 꽂혀있는
半절이 過하도다

아아 어인 일이냐
너 朱雀의 星火
서리 앉은 胡弓에
피어 사위도 스럽구나

92) 김동욱, 『모더니즘과 포스트모더니즘』, 현암사, 2001, 59쪽.

寒鴉가 와서
그날을 울더라
밤을 반이나 울더라
사람은 영영 잠귀를 잃었더라

2

百花의 意匠
萬華의 거동이
지금 고요히 잠드는 얼을 흔들며
關公의 色帶로 감도는
香爐의 餘烟이 神秘한데

어드메에 담기려고
漆黑의 壁板 위로
香烟을 찍어
白蓮을 무늬놓는
이밤 畵工의 소매자락 무거이 적셔
오늘도 우는
아아 짐승이냐 사람이냐

—「廟廷의 노래」(1945) 전문

「廟廷의 노래」는 김수영 스스로 자신의 마음속 목록에서 지워버린 작품으로 의미가 없는 시라고 평가하는 작품이다. 고색창연한 작품이어서 그가 조연현에게 넘긴 다른 모던한 작품들과는 차별화되는 「廟廷의 노래」는 박인환에게 '낡았다'고 수모를 당하는 빌미가 되었던 것이어서 더욱 지우고 싶었던 작품이다. 박인환과의 인간관계를 고려해볼 때 그가 지우고 싶었던 것은 박인환의 낡았다는 평가와 수모이지 작품 자체는 아닐 것이며 「廟廷의 노래」가 진정 마음속으로부터 지우고 싶었던 작품이었다면 조연현에게 넘겨준 20여 편 속에 넣지도 않았을 것이다. 말을 바꾸면 다른 작품이 『藝術部落』에 실렸다 하더라도 박인환으로부터 낡았다는 평가를 받았을 터이고 그 낡았다는 평가가 다른 사람 아닌 박인환의 평가이기 때문에 수모로 받아들여질 수밖에 없었을 것이다. 박인환은 김수영에게 선망의 대상이자 질시와 모멸의 대상이었던 것이다. 박인환의 죽음을 맞아 장례식에 참석하지 않았던 것은 그에 대한 김수영의 증오심이 얼마나 뿌리 깊은 것이었나를 짐작하게 한다.[93] 이 문제를 김수영의 문학적 염결성 때문이라고 말하는 것은 지나친 김수영에 대한 옹호이다.

김수영은 이중의 시집 『땅에서 비가 솟는다』의 소개문에서 그의 시를 진정한 참여시라고 극찬하고 있다.[94] 이중의 시가 김수영의 칭찬대로

---

93) 나는 인환을 가장 경멸한 사람의 한 사람이다. 그처럼 재주가 없고 그처럼 시인으로서의 소양이 없고 그처럼 경박하고 그처럼 값싼 유행의 숭배자가 없었기 때문이다. 그가 죽었을 때도 나는 장례식에 일부러 가지 않았다. 그의 비석을 제막할 때는 망우리 산소에 나간 기억이 있다. 그 후 그의 추도식을, 이봉구, 김경린, 이규석, 이진섭 등이 주동이 돼서 동방문화살롱에선가에서 했을 때에도, 그즈음 나는 명동에를 거의 매일같이 나가던 때인데도 그날은 일부러 나가지 않은 것 같다. 인환이가 죽은 뒤에 그를 무슨 천재의 요절처럼 생각하고 떠들어대던 사람 중에는 반드시 인환이와 비슷한 경박한 친구들만 끼어 있었던 것은 아니다. 柳呈같은, 시의 소양이 있는 사람도 인환을 위한 추도시를 쓴 일이 있었다. 세상의 이런 인환관과 나의 생각과의 너무나도 동떨어진 격차를 조정해 보려고 나는, 시란 도대체 무엇인가 하고 새삼스럽게 생각해보고는 한 일까지 있었다(……).

인환! 너는 왜 이런, 신문가사만큼도 못한 것을 시라고 쓰고 갔다지? 이 유치한, 말발도 서지 않는 後記. 어떤 사람들은 너의 「木馬와 淑女」를 너의 가장 근사한 작품이라고 생각하는 모양인데, 내 눈에는 '木馬'도 '淑女'도 낡은 말이다. 네가 이것을 쓰기 20년 전에 벌써 무수히 써먹은 낡은 말이다. '園丁'이 다 뭐냐? '베고니아'가 다 뭣이며 '아뽀롱'이 다 뭐냐(『김수영 전집』 2 · 산문, 63~64쪽).

94) 紹介—진정한 參與詩—李中의 詩世界는 한 말로 어떻다고 그 특성을 규정짓기가 매우 어렵다. 그가 좋은 작품을 쓰고 있다는 것은 간혹 잡지에 나는 그의 작품을

"현재의 30년대의 詩 쓰는 사람들 중에서 특출한 자질을 가진 사람이라고 생각하는 것 이상으로 진정한 시인이 지극히 희소한 우리 시단을 통틀어서 안심하고 시인이라고 내세울 수 있는 사람이라는 발견을 한 기쁨

통해서나 혹은 시 쓰는 친구들의 말을 듣고 알고 있는지 오래이고, 그의 詩의 경향이 오늘날의 우리 詩壇의 젊은 知性들이 갈망하는 적극적인, 폭넓은, 기백에 찬 것이라는 것을 알고 있는지도 오래되었지만 그의 詩世界의 全景을 개괄해서 보기는 이번이 처음이다. 그리고 나서 그의 詩世界를 한마디로 말해서 시단의 저널리즘의 용어를 빌어서, 「參與詩」라고만 간단히 특정 지을 수 없는 것이라는 것을 알았고 동시에 기쁘게 생각한다. (……) 그런데 평소에 그다지 치밀하게 보지 못했던 그의 비교적 긴 詩를 읽어보고, 나는 李中을 현재의 1930년대의 詩 쓰는 사람들 중에서 특출한 자질을 가진 사람이라고 생각하는 것 이상으로 진정한 시인이 지극히 희소한 우리 시단을 통틀어서 안심하고 시인이라고 내세울 수 있는 사람이라는 발견을 한 기쁨에 압도되었다.
1
駱駝여
行進曲이 들리는 네 귀의 주변을
伴奏에 굶주린 채
떠나가는 駱駝여
熱沙 위를 물통 안고 떠나가는 駱駝여
항아리 속 바늘방석
맨발의 平民 같은 日常의 벼랑에서
駱駝여
내가 옥에 갇히는 날 喜喜樂樂
절구질하며 달릴 駱駝여
아랍의 中老가
이스라엘 젊은 女軍의 銃彈에 쓰러지던
그날 그 메마른 狀況의 가슴팍에도
지금 너의 同族은 있는지
駱駝여
行進도 끝나고 不在의 殘骸만 오롯이 피어남아
獄의 壓力에 다만 내가 미칠 때
더욱 樂樂하여 일족을 불러 잔치할 때
오만한 동포 駱駝여.
(이중 시집 「땅에서 비가 솟는다」에 대한 김수영의 작품해설 「진정한 參與詩」 부분).

에 압도"될 시인인지는 검증할 필요도 없이, 김수영 스스로 「參與詩의 整理」[95]라는 글에서 그 오류를 반성하고 있는 것을 볼 수 있다. 문제는 「廟廷의 노래」가 작품성 때문에 마음의 작품 목록에서 지워버릴 만큼 타작인가 하는 것이다. 초기 작품이어서 성공한 작품이라고 말하기는 어렵다손 치더라도 「廟廷의 노래」는 전통의 두려움과 외경을 극복하려는 의지가 형상화된 작품임에는 이론의 여지가 없는 것이어서 흥미롭다. 처녀작에 대한 김수영 자신의 생각을 「演劇을 하다가 詩로 전향」이라는 산문에서 다음과 같이 밝히고 있다.

> 이 작품은 東廟에서 이미지를 따온 것이다. 동대문 밖에 있는 동묘는 내가 철이 나기 전부터 어른들을 따라서 명절 때마다 참묘를 다닌 나의 어린 시절의 성지였다. 그 무시무시한 얼굴을 한 거대한 關公의 立像은 나의 어린 영혼에 이상한 외경과 공포를 주었다. 나는 어린 마음에도 그 공포가 퍽 좋아서 어른들을 따라서 두 손을 높이 치켜들고 무수히 절을 했던 것 같다. 그러나 「廟廷의 노래」는 어찌된 셈인지 무슨 불길한 곡성같은 것이 배음으로 흐르고 있다. 상당히 엑센트릭한 작품이라고 생각된다. 지금도 일부의 평은 나의 작품을 능변이라고 핀잔을 주고 있지만, 「廟廷의 노래」야말로 내가 생각해도 얼굴이 뜨듯해질만큼 유창한 능변이다. 그 후 나는 이 작품을 나의 마음의 작품목록에서 지워버리고, 물론 보관해둔 스크랩도 없기 때문에 망신을 위한 참고로도 내보일 수가 없지만, 좋게 생각하면 <의미 없는> 시를

---

95) 「나는 그 시집의 발문에서 그의 이 「낙타여」의 시의 마지막 구절인 "초겨울 귀로에서 낙타여/너는 겨우살이 풀꽃을 마구 뜯어라/보좌를 감춘 장막은 언제 펼쳐지려나/펄럭이는 그날의 장막에 밀려/지평으로 지평으로/사형대를 끌고가는/아 낙타여"를 내 나름으로 죽음을 극복한 대목이라고 해석하고 기뻐한 나머지 "정확한 조사의 당당한 절규는 우리 시단에서 유래를 찾아볼 수 없는 빛나는 구절"이라고 써주었는데 책이 나오고 보니 아니라고 느꼈다(김수영, 「參與詩의 整理」, 『창작과 비평』, 1967 겨울호, 632~636쪽).

썼다는 증거는 될 것 같다.[96)]

박인환이 「廟廷의 노래」를 낡았다고 평한 근거는 아마도 당대의 모더니스트들이 추구했던 현대적 도시 감각을 기조로 한 문명 비평과 사회에 대한 풍자를 드러내지 못한 데 대한 폄하였다고 보인다. 「廟廷의 노래」를 진부한 전통의 드러냄이라고 읽었다면 더구나 박인환의 모더니티와는 거리가 멀 수밖에 없었을 것이다. 문고리, 寡婦의 靑裳, 朱雀星, 矢箭, 胡弓, 寒鴉, 百花의 意匠, 萬華의 거동, 關公의 色帶, 香爐의 餘烟, 漆黑의 壁板, 香烟, 白蓮, 畵工, 소맷자락 등의 어휘는 이 시를 의고적으로 읽히게 하는 단서이다. 그러나 「廟廷의 노래」는 진부한 전통만을 드러낸 시는 아니다. 전통에 대한 외경과 두려움을 극복하려는 의지가 깔려있는 작품이다.

시편 전체를 압도하고 있는 괴기스럽고 비감한 분위기는 김수영이 어렸을 때 겪었던 외경과 공포의 정조가 성인이 되었을 때도 그대로 유지되고 있다는 반증이며 외경과 공포는 이 작품을 버팅기는 힘이자 전통에 대한 지향성이다. 이 시가 의미를 더하는 것은 이와 같은 전통에 대한 지향과 극복이라는 모순을 충돌 없이, 이미지를 통해서 융합하고 있기 때문이다.

「廟廷의 노래」는 형식에서 김수영의 다른 시편들과 차별화되지만 그것은 의고적인 형식에서일 뿐 시편 속에 내장되어 있는 작의인 전통 지향과 전통의 극복의지는 그의 다른 작품들과 다르지 않다. 예컨대 칠흑의 어둠 위에 향연으로 백련을 무늬 놓고 있는 화공은, 다시 말하면 어둠 속으로 흩어지고 있는 향의 연기를 어둠 속에서 뚫어지게 보고 있는 관공의 형형한 눈빛은 그의 다음 시 「孔子의 生活難」의 '바로 보마'와 관련

96) 김수영, 앞의 책, 226~227쪽.

을 갖는다. 그렇다면 「廟廷의 노래」는 김수영 시의 중요한 키워드를 내장하고 있는 셈인데 '외경', '비애', '바로 보기' 등에 대한 이미지의 원형이 담겨 있어 마음의 작품 목록에서 지워버리고 싶다는 작가의 뜻과는 다르게 주의 깊게 살펴보아야 할 작품이다.

김수영은 자신의 현대시의 기점을 「屛風」으로 잡고 있다. 그는 "트릴링은 쾌락을 부르주아적 원칙을 배격한 고통과 불쾌와 죽음을 현대성의 자각 요인으로 들고 있으니까 그의 주장에 따르면 나의 현대시의 출발은 「屛風」 정도에서 시작되었다고 볼 수 있고, 나의 진정한 詩歷은 불과 10년 정도 밖에 되지 않는다"[97]고 밝히고 있다. 라이오넬 트릴링Lionel Trilling은 프로이트S.Freud의 「쾌락 원칙을 넘어서」에 논리적 근거를 두고 인간의 무의식적 죽음본능을 현대적 정신이 근대 이후의 사회에 대해 갖는 근본적 전복성의 원천으로 파악하려고 했다. 프로이트에 따르면 죽음본능은 쾌와 대비되는 불쾌의 영역을 형성하는 데 트릴링과 김수영에게 그것은 쾌락만을 추구하는 자본주의적 문명의 한계를 돌파할 수 있는 근원적인 힘으로 인식된다.[98]

죽음에 이르는 불쾌의 정서는 김수영의 시에서는 '설움', '괴로움', '비참', '영탄', '저주', '고독', '부끄러움', '반항', '모욕', '서글픔', '치욕', '주저', '수치', '오욕', '탄식', '모독', '우울', '배반', '간악', '반역', '고뇌', '허망', '거부', '적막', '고절', '한숨', '신음', '피로', '실망', '절망', '증오', '방황', '침묵', '독기', '화', '실의', '초조', '눈물', '회의', '노기', '졸열', '잔인', '분개', '옹졸', '고초', '고뇌', '비웃음', '연민' 등으로 나타난다. 쾌 또는 불쾌의 감정은 공포와 불안의 시간성 안에서의 실존적인 현상이라고 하이데거는 말한다.[99]

---

97) 김수영, 앞의 책, 230쪽.
98) 박수연, 앞의 논문, 87쪽.

이러한 죽음에 이르는 불쾌의 정서를 운반하는 것이 시간이다. 시간은 속도와 연결되면서 김수영의 현대성을 특징짓는다. 보들레르가 "모더니티는 일시적인 것, 우발적인 것, 즉흥적인 것으로 예술의 반이며 나머지 반은 영원적인 것과 불변적인 것"이라고 갈파했을 때 진부한 전통을 뛰어넘는 일시적, 우발적, 즉흥적인 것의 순간성이 다시 영원적, 불변적인 가치와 만나야 한다는 것을 역설하고 있다는 것을 깨달았어야 했다. 다시 말하면 모더니스트들은 고대 예술의 원형적이고 전범적인 영원성의 미학을 저버리고 그것과 반대되는 일시성과 우연성과 즉흥성의 미학을 지향하지만 그러한 순간의 몰입은 말 그대로 순간으로 끝나는 것이 아니라 다시 영원성에 이르는 통로가 된다[100]는 것이다.

이러한 순간성과 시간성은 속도를 이루게 되는데 야우스H. R Jauss는 이를 "자기 자신 위에 세워진 미적 모더니즘은, 새로운 것에서 낡은 것으로의 전환이 점점 가속화되어 그 시간 간격이 세대로, 세대에서 십 년으로, 십 년에서 수년으로 축소되는 것"[101]이라고 말하고 있다. 김수영의 속도는 이러한 세대의 전환, 다시 말하면 새로운 것에서 낡은 것으로의 전환이 더욱 빨라지거나 가팔라지는 시간의 주름이다. 그러므로 김수영 문학에서의 시간은 속도를 이끌어내는 견인차이며 실존의 공간으로 들어가는 입구이다.

옥타비오 빠스는 "시편은 스스로 충만한 세계이며 과거도 아니고 미래도 아니며 현재인 유일하고 원형적인 시간이다. 영원히 현재인 이러한 덕성은 시편을 직선적 시간과 역사에서 벗어나게 만들며 동시에 더욱 견고하게 역사에 붙들어 맨다. 시편이 현재라면 그것은 단지 사람들 사이

---

99) 하이데거, 이기상 옮김, 『존재와 시간』, 까치글방, 2001, 450~451쪽.
100) 남진우, 앞의 책, 20쪽.
101) 한스 로버트 야우스, 김경식 역, 『미적 현대와 그 이후』, 문학동네, 1999, 9쪽.

에 현존하는 지금 그리고 여기서만 존재한다. 현재가 되기 위해서 시편은 사람들 사이에 있어야 하며 역사 속에서 육화될 필요가 있다. 인간의 모든 창조처럼 시편은 역사적 생산물, 즉 시간과 공간의 소산이다"102)라고 말한다. 그러므로 시편은 역사를 뛰어넘는 것이며 원형적 실재이고 영원한 시작이자 총체적이고 자족적인 시간이어서 역사 이전이지만, 시적인 교감의 순간에만 육화되고 새롭게 반복되기 때문에 그것은 역사 안에 있고 역사라고 말할 수 있는 것이다. 따라서 시편은 언제나 현재이며 그것은 가장 먼 과거이자 가장 가까운 미래이기도한 것이다.

김수영의 시편들은 시간 위에 있으며 그것도 한 순간을 성화하며 살아난다. 시편들은 한 순간을 시간의 흐름으로부터 분리시킨다. 순간은 시간에서 떨어져 나온 파편이 아니라 그 자체로 충만한 것이어서 섬광처럼 빛나며 유약처럼 매혹적이다. 그 순간은 언제나 현재이며 가장 먼 과거이며 가장 가까운 미래이다. 최초로 시간 개념을 해명하고자 했던 아리스토텔레스는 시간이 연속되는 것은 현재 지금 순간에 의한 것으로 그것은 과거의 끝과 미래의 시작으로 기능함으로써 과거와 미래를 연결하는 것이라고 보았다. 그것은 하나의 수학적 점이 한 선분의 끝과 다른 선분의 시작으로 기능함으로써 하나의 선을 분할하는 것과 같다고 할 것이다. 시간은 하나의 선이 수학적 점들로 이루어지는 것과 마찬가지로 지금 순간들로 이루어지는 것에 불과하다고 보았던 것이다.

베르자에프N. Berdyaev는 시간을 우주적 시간, 역사적 시간, 실존적 시간으로 분류했다. 그에 따르면 우주적 시간은 원으로 상징된다. 자연적 회귀가 계속적으로 일어나는 원의 운동으로 시간을 파악했던 것이다. 시간 속에 변화가 있을 뿐 아니라 시간 자체의 변화도 가능하다. 시간의 역

102) 옥타비오 빠스, 김홍근 · 김은중 역, 『활과 리라』, 솔출판사, 1998, 224~225쪽.

전도 가능하고 시간의 종말도 가능하며 시간의 부재도 가능하다. 우주적 시간은 율동적 시간임과 동시에 과거 현재 미래로 분리되는 시간이다. 과거 현재 미래로 분리된 시간은 병든 시간이다. 죽음은 시간의 질병과 연관이 있으며 시간은 죽음에 이르는 병이다.[103] 그러나 우주적 시간에 있어서의 생명의 탄생과 죽음은 상호 순화하는 과정이며 부활의 메시지를 지닌다.

역사적 시간은 전방으로 펼쳐진 직선으로 상징된다. 역사적 시간 안에서 모든 사건은 하나하나가 개성적으로 특수하며 역사적 시간에 대한 투쟁, 역사의 매혹과 노예성에 대한 투쟁은 모두 역사적 시간 안에서 일어난다. 역사적 시간은 우주적 시간보다 인간의 활동에 한층 긴밀한 관계를 갖는다. 역사적 시간은 보수적이 아니면 혁명적이다.

실존적 시간은 우주적 시간과 역사적 시간을 떠나서 생각할 수 없다. 실존적 시간은 우주적 역사적 시간에 있어서의 단절이며 시간에의 첨가이며 시간의 충족이다. 실존적 시간은 원도, 선도 아닌 점으로 가장 잘 상징될 것이다. 실존적 시간은 주체적 세계의 시간이며 계산될 수 없고 분할도 가능하지 않다. 실존적 시간은 영원하다고 말할 수 없으며 다만 영원의 순간에 참여한다고 말할 수 있을 것이다. 실존적 시간의 연장은 인간의 내적인 경험의 강도에 의존한다. 객체적 경험의 한 순간이 주체적 경험에서는 무한한 삶이 될 수 있는 것이다. 실존적 시간의 완성은 수평선이 아니라 수직선 위에서 이루어진다. 수평선에서의 한 점으로서의 실존적 시간은 수직선 위로 감행되고 돌파되면서 완성되는바 모든 창조적 행위는 실존적 시간 속에서 이루어지고 역사적 시간으로 투사된다.[104]

그러나 우주적 시간이 창조적 행위와 관련이 없다는 것은 아니다. 우

103) 김용성, 『한국소설과 시간의식』, 인하대학교 출판부, 1992, 15~16쪽 참조.
104) 김용성, 위의 책, 17쪽.

주적 시간이 주기적 순환성을 나타내고 역사적 시간이 불가역성과 누적성을 나타낸다면 실존적 시간은 한 순간을 점으로 나타낼 수 있다. 점의 시간은 원의 시간이나 직선의 시간의 일부이며 그것으로부터 이탈하는 초극의 의미를 갖는다. 원의 시간에서 주기적으로 행해지는 축제나 직선의 시간에서 발생하는 혁명은 실존의 시간이며 초극의 점으로 이루어지는 시간이다. 이 점의 시간은 우주적 시간이나 역사적 시간을 불꽃처럼 산화시키면서 시간의 새로운 지평을 마련한다. 그것이 문학적 시간이며 모든 시편들의 시간이자 완성된 시간이다. 축제적이고 혁명적인 순간은 일상적인 삶에서 경험하는 순간들과는 본질적으로 달라 폭죽과 같이 터지는 점의 시간으로 과거의 모든 시간의 압축이며 미래의 모든 시간의 방사이다.

비가 그친 후 어느 날—
나의 방안에 설움이 충만되어 있는 것을 발견하였다

오고가는 것이 直線으로 혹은
對角線으로 맞닥드리는 것 같은 속에서
나의 설움은 유유히 자기의 시간을 찾아갔다

설움을 逆流하는 야릇한 것만을 구태어 찾아서 헤매는 것은
우둔한 일인줄 알면서
그것이 나의 생활이며 생명이며 정신이며 밑바닥이라는 것을 믿었기
때문에—
아아 그러나 지금 이 방안에는
오직 시간만이 있지 않으냐

흐르는 시간 속에 이를테면 푸른옷이 걸리고 그 위에

반짝이는 별같이 흰 단추가 달려 있고

가만히 앉아 있어도 자꾸 빼근하여만 가는 목을 돌려
시간과 함께 비스듬히 내려다 보는 것
그것은 혹시 한 자루의 부채
—그러나 그것은 보일락 말락 나의 視野에서
멀어져 가는 것—
하나의 가냘픈 物體에 도저히 固定될 수 없는
나의 눈이며 나의 정신이며

이 밤이 기다리는 고요한 思想마저
나는 초연히 이것을 시간 위에 얹고
어려운 몇 고비를 넘어가는 기술을 알고 있나니
누구의 생활도 아닌 이것은 확실한 나의 생활

마지막 설움마저 보낸 뒤
빈 방안에 나는 홀로이 머물러앉아
어떠한 내용의 책을 열어보려 하는가

—「방안에서 익어가는 설움」(1954) 전문

「방안에서 익어가는 설움」은 설움이 유유히 자기의 시간을 찾아가는 내면의 성찰에 관한 시이다. 김수영에게서 설움은 전기시의 중요한 근원적 모티프이며 화두이다. 근원적 모티프라 함은 한편의 시의 표층적 구조 속에서는 테마를 이루기도 하나 보다 심층적 구조 속에서는 한 문화권의 내면적 흐름에 합치됨으로써 어떤 시적 상황이 전개될 때 그 테마는 어떤 것이든 그 시적 상황의 심층은 원모티프를 향하여 구성되며 이때 모티프는 보다 하위층위의 모티프들로 변형, 표현됨으로써 한 편의 시를 이루게 되는 것이다.[105]

설움의 모티프는 김수영 시세계에서 근대성 혹은 현대성의 극복 의지인 속도로 표출되기도 하고 자기부정과 혁명으로 이행되기도 하며 비극적인 사랑과 죽음에 이르기도 한다. 그러므로 '설움'은 미적 근대성에 이르기 위한 도정으로의 근원적 모티프인 것이다. 김수영에게는 비 갠 어느 날의 텅 빈 방의 적요가 서러운 것이며 빈 방을 채워 흐르는 시간이 서러운 것이다. 그가 설움을 역류하기 위해 헤맸던 일, 그 우둔하고 야릇한 버릇이야말로 김수영의 생활이며 생명이며 정신이며 시대이며 삶의 밑바닥이었다. 설움은 김수영에게 존재의 설움이어서 설움을 극복하는 일이 곧 생명이며 정신이며 시대였던 것이다. 이제 설움이 김수영에게 어떤 것이었는지가 분명해졌다고 볼 수 있다. 생명과 정신과 시대를 통해 극복할 수 있는 것이 설움이라면 설움은 전근대의 핵심이며 타기되어야 할 미몽이다.

김상환[106]은 이 시에서의 설움은 특권적 정서라고 말하고 그 특권은

105) 강은교, 「김수영 시의 모티브 연구」, 『김수영 다시 읽기』, 앞의 책, 336쪽.
106) 김상환은 "이 시에서 주목해야 할 대목은 마지막 부분이다. 여기서 책의 열림이 시적 사유의 중심으로 떠오르고 있기 때문이다. 책의 열림이 시적 사유의 중심에 설 때 그 배경이 되는 주제는 설움이다. 책의 열림이 가지는 의미는 이 주변적 주제가 만드는 배경이 윤곽을 드러낼수록 전후 문맥과 구체성을 획득하게 된다. 이 시에서 볼 때 설움은 어떤 특권적 정서이다. 그 특권은 시인이 시인으로서 자신을 기투하고 자신의 몫으로 예감하는 시간 전체를 단일하게 규정한다는 데 있다. 그것은 의식이 세상에 살면서 겪게 되는 이러저러한 주관적 정서들 중의 하나가 아니라 시인의 기투적 시간 체험을 총체적으로 양태화시키는 정서이다. 위의 시에서 책의 열림은 그 기투적 시간 체험의 울타리가 되고 있다. 다시 말해서 그것은 충만해져 가는 시간이 완료될 때 일어나는 사건이다. 설움의 시간은 거기서 끝나기 위하여 익어가고 있다. 그 열림의 사건이 일어나는 날, 설움은 '마지막 설움'이 될 것이다. 그러나 이 마지막 설움은 단지 이전의 설움보다 순서상 맨 뒤에 온다는 의미에서 마지막의 것으로 지칭되지는 않는다. 그것이 마지막인 이유는 과거의 설움전체를 통해서 익어왔고 예상되었던 설움이라는 데 있다. 그래서 그 '마지막 설움을 보낸다'는 것은 거기에 이르기 위하여 지나온 모든 시간과 모든 설움을 송별한다는 것을 말한다. 마지막으로서의 종말은 송별이자 작별이며, 이

시인이 시인으로서 자신을 기투하고 자신의 몸으로 예감하는 시간 전체를 단일하게 규정한다는 데 있다고 분석하고 있다. 그러나 이 시에서 시간은 흐르는 시간이며 살아 있는 시간이며 삶의 모습을 비스듬히 내려다보는 의인화된 시간이다. 김상환이 중요하다고 말한 마지막 연은 '언어의 서술'에 속한 것으로, 방안에 익어가는 설움과 시간을 보낸 뒤 홀로이 빈방에 머물러 앉아 어떤 책을 열어볼 것인가를 자신에게 묻는 것이다. 사유의 시작이 아니라 사유의 끝이라고 보는 것이 타당하다. 화자가 머물고 있는 방안은 폐쇄공간이며 시인의 닫혀있는 내면의 풍경이다. 그러므로 시적 사유의 중심은 시간이며 시간에 투사된 설움이다. 시간은 전근대와 근대성을 관통하는 생명이며 정신이며 시대인 것이다. 이 시에서 설움은 '언어의 작용'에 값하고 또한 시간은 '언어의 서술'에 값한다. 다시 말하면 이 시는 '언어의 작용'과 '언어의 서술'을 공유하면서 시적 미메시스와 총체성의 경험을 동시에 지니고 있는 것이다.

김수영 시에서 시간은 속도의 태반이다. 속도는 근대 사회를 규정한다. 근대 혹은 현대는 속도의 시대이며 속도와의 전쟁이다. 속도는 선이며 동시에 악이다. 시인이 이러한 현대의 진리를 알기 위해서는 속도의 의미를 추구할 수밖에 없다. 근대의 역사는 속도의 역사이며 속도를 거스르는 일은 역사를 거스르는 일이다. 김수영은 속도 속의 삶을 영위하며 그 스스로 근대적인 삶을 수용한다.

현대에 대한 그의 수락은 「풍뎅이」, 「시골 선물」, 「레이팜彈」, 「바뀌어진 地平線」, 「瀑布」, 「X에서 Y로」, 「現代式 橋梁」, 「絶望」, 「엔카운터

작별에 이르기까지의 모든 조건들이 모여든다는 의미의 회집이다"(김상환, 『풍자와 해탈 혹은 사랑과 죽음』, 민음사, 2000, 185쪽)라고 분석한다. 그러나 이 시에서 중요한 것은 시인이 의식하고 있는 시간이다. 이 시에서 시간은 단일하게 규정되는 것이 아니라 흐르는 시간이며 살아 있는 시간이며 세상을 비스듬히 내려다보는 시간이다.

誌」 등의 작품에 드러난다. 박수연은 김수영의 속도에 대한 인식이 부정적인 것에서 긍정적인 것으로 변화하는 것에 주목한다[107]고 했으나 김수영은 현대성의 한 특성으로 속도를 파악하고 이를 수용할 뿐 속도에 대한 긍정과 부정을 드러내지는 않는다. 속도의 비애를 인식하지만 속도를 부정하지는 않는다는 것이다.

속도를 드러낸 첫 시는 「풍뎅이」(1953)인데 "등 등판 光澤 巨大한 여울/미끄러져가는 나의 意志/나의 의지보다 더 빠른 너의 노래/너의 노래보다 더한층 伸縮性 있는/너의 사랑"이라고 한 표현이 그것이다.

> 그 넓은 등판으로 땅을 쓸어가면서
> 네가 부르는 노래가 어디서 오는 것을
> 너보다도 내가 더 잘 알고 있는 것이다
> 내가 醜惡하고 愚鈍한 얼굴을 하고 있으면
> 너도 愚鈍한 얼굴을 만들 줄 안다
> 너의 이름과 너와 나와의 關係가 무엇인지 알아질 때까지
> 소금같은 이 世界가 存續할 것이며
> 疑心할 것인데
> 등 등판 光澤 거대한 여울
> 미끄러져가는 나의 의지
> 나의 의지보다 더 빠른 너의 노래
> 너의 노래보다 더 한층 伸縮性 있는
> 너의 사랑
>
> ―「풍뎅이」(1953) 부분

풍뎅이처럼 하늘을 보고 우는 너는 근대이거나 근대적 삶일 것이다. 광택 나는 등판을 미끄러져가는 시인의 의지보다 더 빠른 것이 근대의

---

107) 박수연, 앞의 논문, 103쪽.

노래이며 근대의 노래보다 더 한층 신축성이 있는 것이 근대의 사랑이라고 노래한 구절에서 김수영은 최초로 속도를 드러내는 것이다. 「풍뎅이」는 시인의 삶에 대한 철학적 성찰이 보이는 작품이지만 중요한 것은 속도에 대한 수용적 태도이다. "네가 부르는 노래가 어디서 오는 것을/너보다는 내가 더 잘 알고 있는 것이다"라고 말하는 시적 화자는 "너의 이름과 너와 나와의 關係가 무엇인지 알아질 때까지/소금 같은 이 世界가 存續할 것이며/疑心할 것인데"라고 노래해 철학적 사유의 일단을 드러내기도 한다. 김수영에게 근대는 새롭게 인식되어야 할 시대이며 그의 의지보다 빠르게 변화하는 시대인 것이다. 「바뀌어진 地平線」은 다른 의미에서의 김수영의 근대인식이 드러난 작품이다.

> 뮤우즈여
> 용서하라
> 생활을 하기 위하여는
> 요만한 輕薄性이 필요하단다
>
> ……(중략)……
>
> 그러나 사람들이 웃을까보아
> 나는 적당히 넥타이를 고쳐 매고 앉아 있다
> 뮤우즈여
> 너는 어제까지의 나의 勢力
> 오늘은 나의 地平線이 바뀌어졌다
>
> ……(중략)……
>
> 이 어지러운 세상을 살아가기 위하여

나에게는 若干의 輕薄性이 필요하다
물 위를 날아가는 돌팔매질—
아슬아슬하게
세상에 배를 대고 날아가는 精神이여
너무나 가벼워서 내 자신이
스스로 무서워지는 놀라운 肉體여

……(중략)……

모두 다같이 나가는 地平線의 隊列
뮤우즈는 조금쯤 걸음을 멈추고
抒情詩人은 조금만 더 速步로 가라
그러면 隊列은 一字가 된다

사과와 手帖과 담배와 같이
人間들이 걸어간다
뮤우즈여
앞장을 서지 마라
그리고 너의 노래의 音階를 조금만
낮추어라
오늘의 憂鬱을 위하여
오늘의 輕薄을 위하여

—「바뀌어진 地平線」(1956) 부분

이 시는 '언어의 작용'과 '언어의 서술'을 아우르는 의미가 강한 작품이다. 시와 생활의 괴리를 괴로워하며 상반된 두 세계의 합일을 추구하려는 시인의 의지가 돋보이는 시편으로 문학적 공간과 현실적 공간의 이동을 통해 두 공간이 하나가 되기를 소망하는 김수영의 심리적 갈등이 드러나 있다. 이 시가 쓰인 1950년대 초반은 김수영의 시편들이 모더니티를 추구하면서 언어의 작용에 기울어 있던 시기인데 1956년, 「바뀌어진 地平線」에 이르러 그가 모더니티를 극복하면서 리얼리티의 획득에 고민하기 시작하는 것으로 보인다.

김주연은 생활과 시라는 고전적 명제는 김수영에게 있어서도 예리한 대립으로 인식 된다[108]고 지적한다. 김수영에게서 시는 추상적인 것이 아니라 현실 생활의 구체적인 모습의 반영이다. 그랬음에도 불구하고 그의 시가 생활과 유리되고 있다고 스스로 진단하고 이를 반성하고 괴로워하는 것이다.

「바뀌어진 地平線」은 뮤우즈, 즉 시만을 생각하며 살아갈 수 없는 자신을 시에게 용서를 구하는 것으로 첫 연을 연다. "뮤우즈여/용서하라/생활을 하기 위하여서는/요만한 輕薄性이 필요하단다"고, 생활인으로서의 자신의 경박성을 변명하는 것이다. 이 고백 속에는 시만을 생각하고는 살아갈 수 없는 시인의 환경이 보인다. 1956년은 김수영과 김현경 부부가 마포 구수동 41번지로 이사가 양계를 하면서 호구해가던 어려운 시기였다. 김수영의 「養鷄 辨明」에 당시의 어려움이 잘 드러나 있다.

> 그러나 고생은 병아리를 기르는 기술상의 문제에만 그치는 것이 아닙니다. 모이를 대는 일이 또 있습니다. 나날이 늘어가는 사료의 공급을 하는 일이 병보다 더 무섭습니다. "인제 석 달만 더 고생합시다. 닭이 알만 낳게 되면 당신도 그 지긋지긋한 원고료벌이 하지 않아도 살 수 있게 돼요. 조금만 더 고생하세요" 하는 여편네의 격려의 말에 나는 용기백배해서 또 원고를 씁니다. 그러나 원고료가 제때에 그렇게 잘 들어옵니까. 사료가 끊어졌다, 돈이 없다, 원고료는 며칠 더 기다리란다, 사람은 굶어도 닭은 굶길 수 없다, 이렇게 되면 여편네가 돈을 융통하러 나간다……. 이런 소란이 끊일 사이가 없습니다.[109]

---

108) 황동규 편, 앞의 책, 272쪽.

김수영의 시가 현실과 유리될 수 없는, 유리되어서는 윤리적 고통을 감수할 수밖에 없는 이유가 여기에 있다. 이 지점에서 모더니티와 리얼리티의 회통과 초월을 위한 김수영의 시학이 출발한다고 보아야 할 것이다.

「바뀌어진 地平線」은 경박과 타락의 현실 생활과 미적 완성으로서의 시를 일치시키려는 김수영의 고뇌가 도드라지면서 "이 어지러운 세상을 살아가기 위하여/나에게는 약간의 경박성이 필요하다"고 말하기도 하고, "흐린 봄철 어느 午後의 무거운 日氣처럼/그만한 憂鬱이 또한 필요하다"고 고백하는 것이다. 경박하고 우울해지는 화자는 이미 "公利的인 人間"은 아니어서 시정의 소시민으로 전락하는 것이며 그 전락의 지점에서 시와 생활이 일치하게 되는 것이다. 다시 말하면 시 속으로 생활이 이입되면서 생활의 고통과 시의 고통이 융합하여 새로운 시세계, 리얼리티와 모더니티를 초월한 지점의 시세계가 이루어지는 것이다.

화자의 경박성과 속물화는 도덕률을 깨뜨리는 것은 아니어서 "물 위를 날아가는 돌팔매질"처럼 "아슬아슬하게" 사회적 비난과 도덕적 옹호 사이의 균형을 잡으며 "세상과 배를 대고 날아가는 精神"을 본다. 그처럼 변신하는 자신이 "너무나 가벼워서" 그 "자신이/스스로 무서워지는 놀라운 肉體"가 괴로워, 화자는 자신의 변신을 "背反이여 冒險이여 奸惡이여"라고 이름 붙이는 것이다.

이러한 위악적인 변신은 시와 생활과의 합일을 위한 것으로 "시인이 시의 뒤를 따라가기에는 싫증이 났"기 때문이라고 말하지만 이는 김수영이 자신의 시세계가 어디에 놓여지기를 원하고 있는지를 짐작하게 하는 구절이다. 김수영은 이러한 고뇌 후에 "모두 다같이 나가는 地平線의 隊

---

109) 김수영, 앞의 책, 43쪽.

列/뮤우즈는 조금쯤 걸음을 멈추고/抒情詩人은 조금만 더 速步로 가라/그러면 대열은 一字가 된다"고, 시와 생활의 합일의 방법을 스스로에게 제시하는 것이다.

마지막 연에서 '사과'와 '담배'와 '수첩'은 일상성을 의미한다. 인간은 일상성의 존재이며 시는 이러한 일상성으로 오는 한 순간을 성화하는 것이다. 성화의 한 장면에 우리들의 삶의 반성과 희망을 담는 것이다. "사과와 手帖과 담배와 같이/人間들이 걸어 간다/뮤우즈여/앞장을 서지 마라/그리고 너의 노래의 음계를 조금만 낮추어라"에서 보는 것처럼 타락한 일상보다 앞서가는 시에 대해 보폭을 맞추자고 말하는 것이다. 이처럼 생활과 시의 지평을 일자로 맞추는 것은 "오늘의 憂鬱을 위하여"이며, "오늘의 輕薄을 위하여"인 것이다. 이는 곧 오늘의 삶이 시 속으로 용해되도록 하기 위한 고투인 것이다. 생활의 보폭과 시의 보폭을 맞춘다는 것은 속도의 문제이기도 하다. 「레이팜彈」은 속도의 문제를 본격적으로 제기하는 시이다.

> 너를 딛고 일어서면
> 생각하는 것은 먼 나라의 일이 아니다
> 나의 가슴속에 허트러진 파편들일 것이다
>
> 너의 表皮의 圓滑과 角度에 이기지 못하고 미끄러지는 나의 발을
> 나는 미워한다
> 방향은 애정—
>
> 구름은 벌써 나의 머리를 스쳐가고
> 설움과 과거는
> 오천만분지 일의 俯瞰圖보다도 더

조밀하고 망막하고 까마득하게 사라졌다

……(중략)……

이브의 심장이 아닌 너의 내부에는
「시간은 시간을 먹는 듯이 바쁘기만 하다」는
기계가 아닌 자욱한 안개같은
준엄한 태산같은
시간의 堆積뿐이 아닐 것이다

죽음이 싫으면서
너를 딛고 일어서고
시간이 싫으면서 너를 타고 가야한다

創造를 위하여
방향은 현대－

－「레이팜彈」(1955) 부분

김승희는 「레이팜彈」은 제국주의자의 군사적 우월과 새 문명의 한 상징으로, 레이팜탄에 대한 인식을 통해 레이팜탄의 강력한 유인력(권력)과 사랑하는 여인 하나를 유도하지 못하는 자신의 무능을 대비시킨다[110]고 읽고 있다. "너의 表皮와 圓滑과 角度에 이기지 못하고 미끄러지는 나의 발을/나는 미워한다/방향은 애정－"을 사랑하는 여자를 유도하지 못하는 화자의 무능이라고 읽은 것은 감각적이고 표피적인 시 읽기이다. 화자가 미끄러지고 있는 것은 유도탄의 매끄러운 표피와 둥근 원활과 그것이 방향하고 있는 각도이다. 이는 현대의 상징이며 속도의 상징

110) 김승희, 앞의 책, 375쪽.

이다. 그러므로 지금 화자가 미끄러지고 있는 것은 사랑하는 여인이 아니라 현대의 속도이며 속도를 따라가지 못하는 의식이다.

여기서 애정은 속도에 대한 애정이며 현대성에 대한 연모이다. 그러나 그 연모는 닿을 수 없는 자욱한 안개이다. 현대는 김수영에게 알 듯 모를 듯한 존재인 것이다. 속도는 시간의 집적만으로 이루어지는 것은 아니다. 시간과 함께 창조를 위한 인간의 도전이 이루어낸 것이 레이팜탄이라는 게 김수영의 생각인 것이다. 그러나 레이팜탄은 죽음을 싣고 가는 현대의 폭력의 상징이다. "죽음이 싫으면서/너를 딛고 일어서고/시간이 싫으면서/너를 타고 가야 한다"는 표현에서 보이는 죽음에 대한 거부와 숙명적 수용은 이 시를 현대성의 속성으로서의 속도와 속도의 문명 파괴의 두려운 괴력을 일깨우는 시이다. 그러므로 속도는 김수영에게 흠모이자 경원의 대상이며 거부이자 수용의 대상인 것이다. 속도에 대한 그의 흠모는 시의 속도로 나타나기도 하며 산문정신의 이행의 속도로 나타나기도 한다. 그의 사고의 이행이 가진 가장 큰 매혹은 그의 속도에 있으며 그의 언사는 화살처럼 빨리 와서 영혼 속에 꽂히는 것이다. 그의 글 쓰는 행위의 축을 이루는 속도는 그것의 조건으로써 사태의 정확한 파악, 그가 몸으로 살아가는 진정한 고통과 좌절, 그에 비례하여 커지는 거부행위를 전제로 한다.[111]

---

111) 김화영, 「미지의 모험 · 기타」, 황동규 편, 앞의 책, 131~132쪽.

Ⅲ. '혁명'과 '사랑'의 리얼리티

1. '혁명'의 좌절과 자기부정

4월 혁명은 위대하다. 승리한 혁명의 경험을 가진 나라가 드물다는 점에서뿐만 아니라 6 · 25라는 그 혹독한 국제적 내전을 겪는 와중에 그야말로 민중의 원기가 탈진한 곳에서 분노한 군중이 신화처럼 출현하였기 때문이다. 4월 혁명은 빈곤하다. 신비로운 군중의 출현을 새로운 사회혁명 프로그램으로 구현할 중심 집단이 부재했기 때문이다. 자연발생적 봉기로 독재정권이 물러나자 군중은 썰물처럼 빠져나갔다. 이 빈 광장에 군부가 진출하였다. 이 점에서 4월 혁명의 빈곤이 있다.[112] 그러나 역사가 운명을 바꾸는 거대한 체험을 공유한 4 · 19세대는 '대지에 발 딛지 않는 천국의 새처럼' 부유하던 1950년대 문학을 뛰어넘어 새 세상의 감각에 충실한 문학적 자유를 구가하였으니 이는 4월 혁명의 문학적 폭발이라고 불러도 좋다.[113]

김수영은 4월 혁명이라는 역사적인 사건을 통해 내적 자아의 긴장과

---

112) 최원식, 「4월세대를 위한 문학적 변증」, 최원식 · 임규찬 편저, 앞의 책, 6~7쪽.
113) 최원식, 위의 글, 5~6쪽.

사회적 모순을 함께 끌어안고 시적 모험을 해낸 인물이다. 4 · 19가 시민 혁명이라면, 여기서 시민이 무엇인지에 대한 물음과 더불어 우리 현실의 구체적인 맥락에서 어떻게 그것이 민중이라는 범주와 만나며, 나아가서 혁명의 과정 자체가 어떻게 남북 분단이라는 이 땅의 모순 현실과 마주칠 수 있는지를 파고 들어가는 그런 것이어야 할 것이며 김수영이 밟았던 길이 바로 그것이었다.114)

4 · 19를 기점으로 김수영의 시세계는 리얼리티 지향을 보이기 시작하면서 '지사적 발언'을 하게 되고 '언어의 서술'로 기울어지는 양상을 드러낸다. 이는 모더니즘 지향으로부터 리얼리즘 지향으로의 이행이기는 하지만 그의 시에 녹아있는 모더니티와 리얼리티의 비중이 달라지는 것일 뿐이어서 이를 두고 모더니즘으로부터 리얼리즘으로의 이행이라고 말할 수는 없는 것이다. 다시 말하면 시적 미메시스로부터 시적 총체성으로의 이행이 아니며 시적 미메시스의 무게보다 시적 총체성의 무게가 다소 무거워진다는 의미인 것이다.

그러나 시편에 드러나는 특징으로, 자신의 내면과의 갈등의 극복으로부터 사회적 갈등의 극복으로의 이행이라고 말할 수도 있다. 김수영이 말한 대로 4 · 19를 경계로 해서 그 이전의 10년 동안을 모더니즘의 도량기라고 볼 때 그 이후의 10년간을 소위 참여시의 시기라고 볼 수 있다면 김수영의 이 시기의 시편들은 참여시의 색깔이 도드라진다고 볼 수는 있을 것이다. 그러나 김수영은 진정한 의미의 참여시는 없다고 진단한다. 그 이유를 기형적인 정치 풍토와 이념과 참여의식 사이에 파고드는 타부와 폭력 때문이라고 하지만 이런 것 때문에 참여시를 쓸 수 없다는 것은 말이 안 된다고 질타한다.

---

114) 윤지관, 「세상의 길, 4 · 19세대 문학론의 심층」, 최원식 · 임규찬 편저, 앞의 책, 263~264쪽.

초현실주의 시대의 무의식과 의식의 관계는 실존주의 시대에 와서는 실존과 이성의 관계로 대치되는데, 오늘날의 우리나라의 참여시라는 것의 형성과정에서는 이것은 이념과 참여의식과의 관계로 바꾸어 생각할 수 있다. 우리나라와 같은 기형적인 정치풍토에서는 참여시에 있어서의 이념과 참여의식의 관계가 더욱 미묘하고 복잡하여 무의식과 의식의 숨바꼭질과는 다른 타부와 폭력이 개입하게 된다. 이런 의미에서는 우리나라의 오늘의 실정은 진정한 참여시를 용납하지 않는다. 그러니까 나쁘게 말하면 참여시라는 이름의 사이비 참여시가 있고 좋게 말하면 참여시가 없는 사회에 대항하는 참여시가 있을 뿐이다. 그러나 진정한 참여시에 있어서는 초현실주의에서 의식이 무의식의 증인이 될 수 없듯이 참여의식이 정치이념의 증인이 될 수 없는 것이 원칙이다. 그것은 행동주의자들의 시인 것이다.[115]

김수영은 진정한 참여시를 ① 강인한 참여의식 ② 시적 경제를 할 줄 아는 기술 ③ 세계적 발언을 할 줄 아는 지성 ④ 사상이 죽음을 통해서 생명을 획득하는 기술[116]로 들고 있다. 이러한 참여시의 규범이 그의 시편에 얼마나 구현되고 있는가를 살피는 것은 의미 있는 일이다. 4 · 19를 맞으면서 발표된 김수영의 시편들로는 「우선 그놈의 사진을 떼어서 밑씻개로 하자」, 「祈禱」, 「六法典書와 革命」, 「푸른 하늘을」, 「晩時之歎은 있지만」, 「가다오 나가다오」, 「中庸에 대하여」, 「허튼 소리」, 「그 방을 생각하며」 등이다.

4 · 19는 김수영에게 6 · 25와 함께 역사적인 체험이었다. 미완의 혁명으로서의 4 · 19는 1894년의 동학혁명이나 1919년의 3 · 1운동과 함께 우리의 현대사에 중요한 계기를 마련한 역사적 사건이다. 동학혁명이 민중정권 수립에 실패했고 3 · 1운동이 민족 해방을 당장에 이끌어내지는

115) 김수영, 「參與詩의 整理」, 『창작과비평』, 1967 겨울호, 633~634쪽.
116) 김수영, 위의 글, 636쪽.

못했음에도 불구하고 그 저항과 지향의 목표가 오늘의 우리를 있게 해준 것처럼 4 · 19는 강고한 반동의 역사에 의해 정치적 민주주의의 실현이 오히려 퇴영의 길을 밟았음에도 불구하고 일련의 정치적 발전에 직접 기여했다는 수준을 뛰어넘어 그 발전의 지향에 이념적 · 운동적 · 의식적 실체로서 강력한 추동력이 되었다.[117]

1950년에 발발한 한국전쟁은 혼란과 궁핍, 절망과 시련의 굴레를 우리들에게 씌워주었고 이를 극복해야 할 계기가 필요했다. 그 극복의 계기는 3 · 15부정 선거를 통해 찾아졌지만 4 · 19는 넓게 보아 1950년대적 체제를 벗어나려는 뜨거운 열망의 표출이었으며 한반도의 역사를 새롭게 열어가는 기폭제가 되었다. 학생들과 시민들의 봉기로 정권이 붕괴되고 새로운 정부를 수립하게 되면서 국민들은 스스로의 운명을 결정할 수 있다는 주체적 자신감을 가지게 되었다.[118] 이와 같은 주체적 자신감의 회복은 패배주의에 젖어있던 우리들에게 긍정적이고 낙관적인 전망을 가져다주어 우리의 의식사에서 혁명적인 변혁의 계기를 만들어주었다.

김수영은 1950년대 말까지 속도로 상징되는 근대로 진입하면서 생활과 시의 불일치, 예술가의 양심과 세상의 허위 사이의 모순을 극복하고 구체적 현실에 눈을 돌리기 시작했다. 그러다 김수영은 4 · 19라는 혁명의 충격 앞에 서게 된다. 김명인은 김수영이 혁명이 오기 전에 혁명을 예감하는 시인으로서의 예지와 통찰력을 보인다며, 1960년 4월 3일에 쓰여진 시 「하…… 그림자가 없다」는 보름 후에 일어날 4 · 19를 예견한 것이라고 지적하고 있으나[119]이는 착시일 가능성이 높다. 그 무렵 3 · 15

---

117) 김병익, 『열림과 일굼』, 문학과지성사, 1991, 92쪽.

118) 김병익, 위의 책, 93쪽.

119) 1960년 4월 3일에 쓰인 이 시는 곧 이어 발발할 혁명을 예감할 뿐 아니라 그 혁명이 지녀야 할 성격까지도 예시하고 있다. 그것은 곧 적과 싸움의 遍在性이다. 다가올 혁명은 단지 정권의 교체가 아닌 정치, 경제, 생활, 문화, 의식 전반에 걸쳐

부정 선거 이후 국민들 사이에 자유당 정권에 대한 불신과 불만이 최고조에 이르는 시기였으며 정치를 바꾸어야 한다는 요구가 곳곳에서 분출되었던 시기여서 혁명을 잉태한 시기이기는 했다. 「하…… 그림자가 없다」는 민주주의를 위한 싸움은 일상의 싸움이라서 전선이 없다는 것이지 혁명적 상황을 예견하거나 혁명을 불러일으킨 시는 아니다.

우리들의 싸움의 모습은 焦土作戰이나
「건힐의 血鬪」 모양으로 활발하지도 않고 보기 좋은 것도 아니다
그러나 우리들은 언제나 싸우고 있다
아침에도 낮에도 밤에도 밥을 먹을 때에도
거리를 걸을 때도 歡談을 할 때도
장사를 할 때도 土木工事를 할 때도
여행을 할 때도 울 때도 웃을 때도
풋나물을 먹을 때도
市場에 가서 비린 생선냄새를 맡을 때도
배가 부를 때도 목이 마를 때도
戀愛를 할 때도 졸음이 올 때도 꿈속에서도
깨어나서도 또 깨어나서도 또 깨어나서도……
授業을 할 때도 退勤時에도
싸이렌 소리에 時計를 맞출 때도 구두를 닦을 때도……
우리들의 싸움은 쉬지 않는다

우리들의 싸움은 하늘과 땅 사이에 가득차 있다
民主主義의 싸움이니까 싸우는 방법도 民主主義式으로 싸워야 한다
하늘에 그림자가 없듯이 民主主義의 싸움에도 그림자가 없다

전면적인 것이어야 하며 이를 위한 투쟁도 마찬가지로 전면적이고 근본적이어야 함을 역설하고 있는 것이다(김명인, 『김수영, 근대를 향한 모험』, 소명출판사, 2002, 150쪽).

하…… 그림자가 없다

—「하…… 그림자가 없다」(1960.4.3) 부분

민주주의를 위한 싸움은 일상에서 이루어지는 것이며 그러므로 전선이 형성되지 않을 뿐 아니라 건힐의 혈투처럼 피흘리지도 않는다는 것이다. 그렇다면 이는 의식의 싸움이지 혁명은 아니다. 혁명은 언제나 피를 부르게 마련이다. 이 시가 4 · 19혁명을 예견한 시가 아니라는 결정적인 단서는 "민주주의의 싸움이니까 싸우는 방법도 민주주의식으로 싸워야 한다"는 구절이다. 혁명은 헌정의 중단과 체제의 변화를 가져와 모든 기존의 질서를 거부하며 새로운 질서를 세우는 일이다. 그러므로 민주주의를 위한 혁명이라 하더라도 혁명의 방법은 폭력과 유혈을 수반하게 되어 민주주의적이지는 않은 것이다.

그렇기는 하더라도 이 시는 시민혁명의 기운을 감지하고 있는 시이기는 하다. 그리고 이 시는 김수영이 사회적 적대성을 인식한 최초의 시이다. 이전의 시에서 김수영에게 적대적인 것은 생활이거나 자기 자신이었는데 이 시는 명백히 사회적인 차원에서 '적'의 존재를 설정하고 있는 것이다.[120] 김수영에게 비민주적인 모든 것들이 적이며 자유를 억압하는 모든 것들이 적이 되었던 것이다. 이 말은 전근대적인 모든 것들이 적이라는 말과 동의어이다. 김수영은 내면의 적이었던 자기 자신과의 싸움에서 이제는 사회와의 싸움으로 대상을 바꾼 것이다. 그의 의식이 사회화 과정을 걷게 된 것이다. 이로써 김수영의 시는 사회를 향한 강한 질타와 일깨움의 발언을 하게 된다.

우리 사회에 팽배되었던 혁명의 기운은 마침내 4 · 19라는 학생들의 분노와 폭발을 가져온다. 이승만 정권의 3 · 15 부정 선거를 계기로 지방

120) 김명인, 『김수영, 근대를 위한 모험』, 소명출판사, 2002, 150쪽.

고등학교에서부터 터져 나오기 시작한 학생들의 가두 시위는 서울을 비롯한 전국으로 확산되어 갔다. 고대학생회는 4 · 18시국선언문을 통해 "우리 고대는 일제하에서는 항일투쟁의 총본산이었으며 해방 후에는 인간의 자유와 존엄성을 사수하기 위하여 멸공 전선의 전위 대열에 섰으나 오늘은 진정한 민주 이념의 쟁취를 위한 반항의 봉화를 높이 들어야겠다"고 했으며 연대 학생회는 4 · 19시국선언문을 통해 "각인의 의사를 자유로이 표시할 수 있을 뿐만 아니라 집회 · 언론 · 결사의 자유가 엄연히 보장되어야 함은 물론 국민에 의해서 선출된 정부와 입법부는 국민의 의사를 존중하며 전 국민의 정부가 되어야 하는 것"이라고 자유민주주의 이념을 분명하게 밝히고 있었다.121)

4 · 19 직전의 상황은 이승만의 배일 자세가 미국의 정책과 상충하는 가운데 분단 상황 하에서 매판적 관료독점자본의 모순이 발현하여 광범한 피해자층이 형성되어 있었다. 4 · 19혁명으로 분단론자들, 즉 반공주의자들의 정권이었던 이승만 정권이 붕괴되자 냉전 이데올로기에 짓눌려 있던 국민들의 요구와 분노가 솟구쳐 나왔다. 시민들에게는 역사가 자유를 구현하리라는 믿음이 있었으며 그 역사를 일구어낸 것이 학생과 민중들의 혁명이었다.122) 시인들은 아무 망설임 없이 4 · 19혁명에 찬가

---

121) 『한국현대사회운동 사전』, 열음사, 1988, 210쪽.

122) 4 · 19혁명의 전개과정 : 4 · 19학생혁명은 2월 28일 대구 학생 시위로부터 시작되었다. 권력의 학원 침투로부터 학원의 자유를 보호하자는 주장을 펴면서 1,000여 명의 고등학교 학생들이 데모를 시작한 것이다. 그 후 학생들은 전국적으로 산발적인 시위를 벌이다가 1960.3.15 부정선거에 분노한 마산의 고등학생들이 부정선거 다시 하라며 경찰과 대치하게 되었으며 경찰의 발포로 사상자가 발생하기에 이르렀다. 이승만 정부는 마산의 학생 시민데모를 공산당이 배후에 조종한 사건이라고 주장하며 배후를 철저히 밝히겠다고 발표했다. 이에 전국의 학생들이 항의 데모를 시작했다. 4월 11일 마산 앞바다에서 실종되었던 김주열의 시체가 발견되자 학생 시위는 더욱 과격해졌다. 4월 18일 고려대학교에서 데모가 시작되었고 중 · 고등학생들과 시민들이 합세하면서 데모군중 수천 명은

를 바쳤다. 신경림은 4 · 19 시편들에 대해 "이 시들은 한마디로 찬가들이다. 엄격히 따질 때 찬가는 비록 한 개인에 의해서 쓰이지만 그 사람의 시는 아니다. 한 개인에 의하여 쓰이되 그 사람의 개성과 취향이 극단적으로 억제되면서 가능한 한 많은 사람의 감정과 의지를 종합할 수 있는 데 바로 찬가의 특성이 있는 까닭이다"[123]라고 평가하고, 그러므로 개성적인 목소리를 찾을 수 없는 것이라고 결론짓는다. 이승만이 하야를 발표한 날 씌어진 「우선 그놈의 사진을 떼어서 밑씻개로 하자」가 4 · 19 찬가인지를 밝혀보자.

> 우선 그놈의 사진을 떼어서 밑씻개로 하자
> 그 지긋지긋한 놈의 사진을 떼어서
> 조용히 개굴창에 넣고
> 썩어진 어제와 결별하자
> 그놈의 동상이 선 곳에는
> 民主主義의 첫 기둥을 세우고
> 쓰러진 성스러운 學生들의 雄壯한

경찰과 대치했다. 정치깡패를 동원한 경찰은 고대학생들을 습격하였으며 4 · 19 서울 시내 대학생들이 일제히 "민주 위한 학생데모 총칼로써 저지 말라"는 구호를 앞세워 봉기하기 시작했다. 이날 계엄령이 선포되었으며 경무대 앞에서 발포가 있었다. 4월 25일 대학교수들이 15개항의 시국선언문을 들고 데모에 합세해 정부와 집권당의 퇴진을 요구하기에 이르렀다. 4월 26일 데모대는 경무대 돌파를 시도했으며 또다시 발포가 있었고 이승만 대통령은 하야성명을 발표했다. 4 · 19혁명의 주체였던 학생들은 정권을 목적으로 혁명을 한 것은 아니었다. 그리하여 4월 29일 학교로 돌아온 학생들은 그들의 혁명 이념이었던 민주주의 실현을 위하여 지속적인 운동을 전개하려했다. 그들은 "4 · 19혁명은 근본적인 민족혁명이고 정신혁명이어야 하고 앞으로의 과제는 잠재적이고 봉건적이며 후진적인 악의 세력의 일소에 있음"을 다짐했다(안병도, 「4 · 19 학생 운동의 정치사적 고찰」, 연세대학교 대학원 석사학위논문, 1983, 67~80쪽).

123) 신경림, 「우리 시에 비친 4월 혁명」, 『4월 혁명 기념시전집』, 학민사, 1983, 370쪽, 박수연 재인용.

記念塔을 세우자
아아 어서어서 썩어빠진 어제와 결별하자

이제야말로 아무 두려움 없이
그놈의 사진을 태워도 좋다
협잡과 아부와 무수한 악독의 상징인
지긋지긋한 그놈의 미소하는 사진을－
大韓民國의 방방곡곡에 안붙은 곳이 없는
그놈의 점잖은 얼굴의 사진을
洞會란 洞會에서 市廳이란 市廳에서
社會란 社會에서
……(중략)……
선량한 백성들이 하늘같이 모시고
아침저녁으로 우러러보던 그 사진은
사실은 억압과 폭정의 방패이었느니
썩은놈의 사진이었느니
아아 殺人者의 사진이었느니
……(중략)……
빨갱이라 할까보아 무서워서
돈벌기 위해서는 편리해서
가련한 목숨을 이어가기 위해서
신주처럼 모셔놓았던 의젓한 얼굴의
그놈의 속을 창자 밑까지도 다 알고 있었으나
타성같이 습관같이
그저그저 쉬쉬하면서
할말도 다 못하고
기진맥진해서
그저그저 걸어만 두었던
흉악한 그놈의 사진을

오늘은 서슴치않고 떼어놓아야 할 날이다

밑씻개로 하자
이번에는 우리가 의젓하게 그놈의 사진을 밑씻개로 하자
허허 웃으면서 밑씻개로 하자
……(중략)……
영숙아 기환아 천석아 준이야 만용아
프레지데트 김 미스 리
정순이 박군 정식이
그놈의 사진일랑 소리없이 떼어치우고
–「우선 그놈의 사진을 떼어서 밑씻개로 하자」(1960.4.26 早朝) 부분

「우선 그놈의……」는 일방적인 찬가는 아니다. "그놈의 동상이 선 곳에는/民主主義의 첫 기둥을 세우고/쓰러진 성스러운 學生들의 雄壯한/紀念塔을 세우자"라는 구절에 찬가의 혐의가 있기는 하나 이 시는 선동적인 시이다. 선동이므로 직설적이고 격정적이다. 시로서는 세련되지 못한 채 당시의 사회분위기를 적나라하게 표출하고 있다. 이전의 시편들이 지니고 있었던 은유와 상징들이 사라지고 직접화법으로 마치 폭포수가 쏟아지듯 가슴속에 응어리 졌던 말들을 쏟아 놓고 있는 것이다. "우선 그놈의 사진을 떼어서 밑씻개로 하자/그 지긋지긋한 놈의 사진을 떼어서/조용히 개굴창에 넣고/썩어진 것과 결별하자/그놈의 동상이 선 곳에는/민주주의의 첫 기둥을 세우고/쓰러진 성스러운 학생들의 장엄한/기념탑을 세우자/아아 어서어서 썩어빠진 언제와 결별하자"고 외치는 김수영의 가슴에는 지긋지긋한 독재자 이승만과 그의 암울한 시대에 대한 분노와 경멸이 사무친다.

용군 자원입대 이후, 김수영은 포로수용소를 거치면서 레드컴플렉스를 가지고 살고 있었다. 4 · 19혁명은 김수영의 의식을 억압하고 있던

레드컴플렉스를 한 순간에 벗어 던지게 했다고 볼 수 있다. “빨갱이라고 할까보아 무서워서/…/가련한 목숨을 이어가기 위해서/신주처럼 모셔 놓았던 으젓한 얼굴의/그놈의 속을 창자밑까지도 다 알고는 있었으나” 에서 보는 것처럼 김수영은 누가 빨갱이라고 할까보아 두려웠던 사람이었다.

이 시가 천박한 구호로 끝나지 않는 것은 가파른 호흡으로 부른 사람들의 이름 때문이다. 부름의 대상들인 “영숙아 기환아 천석아 준이야 만용아/프레지텐트 김 미스 리/정순이 박군 정식이”는 아마도 시인 주변의 인물들일 것이다. 주변의 인물 모두가 협잡과 아부와 악독을, 억압과 폭정을, 썩은 놈 혹은 살인자를 몰아내는 혁명에 동참하라는 강력한 부름이었다. 군대와 장학사와 관공리와 경찰과 위병실과 사단장과 정훈감과 교육가와 파출소와 역 등의 사무실에서 썩어진 어제를 떼어내는 데 이름 불린 모든 사람들이 동참해야 한다는 것이다. 모든 민중이 혁명의 완수를 위해서 일어서야 한다는 것이다. 김수영은 4 · 19의 감동을 김병욱에게 보낸 공개편지에서 다음과 같이 토로한다.

> 형, 나는 형이 지금 얼마나 변했는지 모르지만 역시 나의 머릿속에 있는 형은 누구보다도 시를 잘 알고 있는 형이오. 나는 아직까지도 <시를 안다는 것>보다도 더 큰 재산을 모르오. 시를 안다는 것은 전부를 안다는 것이기 때문이오. 그렇지 않소? 그러니까 우리들끼리라면 <통일>같은 것은 아무 문젯거리가 되지 않을 것이오. 사실 4 · 19 때에 나는 하늘과 땅 사이에서 <통일>을 느꼈소. 이 <느꼈다>는 것은 정말 느껴본 일이 없는 사람이면 그 위대성을 모를 것이오. 그때는 정말 <南>도 <北>도 없고 <美國>도 <소련>도 아무 두려울 것이 없습디다. 하늘과 땅 사이가 온통 <자유독립> 그것뿐입디다. 헐벗고 굶주린 사람들이 그처럼 아름다워 보일 수가 있습디까! 나의

온몸에는 티끌만한 허위도 없습니다. 그러니까 나의 몸은 전부가 바로 <주장>입니다. <자유>입니다.[124)]

월북한 김병욱에게 쓴 이 공개편지는 4 · 19 직후 통일의 열기 속에서 민족일보의 청탁으로 쓰인 것이었다. 수신지도 적을 수 없는 그 편지에서, 그러므로 그 자신에게 보내는 방백에 지나지 않는 그 편지에서 김수영은 4 · 19에 대한 감동과 민족통일, 시, 자유 등등을 차분하게[125)] 그러나 신념에 찬 목소리로 개진하고 있다. 이 글의 핵심은 "나의 몸은 전부가 주장입니다. 자유입니다"일 것이다. 몸이 주장이며 자유라는 말은 이후에 김수영이 마련하게 되는 '시는 온몸으로 밀고 가는 것'이라는 유명한 명제의 싹이 되었다고 볼 수 있을 것이다. 「우선 그놈의 사진을 떼어서 밑씻개로 하자」, 「祈禱」, 「六法全書와 革命」 등은 온몸으로 밀고 간 시편들이다. 「祈禱」는 김수영이 혁명의 성공을 얼마나 열망했나를 극명하게 보여주지만 제2공화국이 보수화의 길을 걷게 되는 것을 지켜보며 혁명의 성공에 회의의 눈빛을 보낸다.

詩를 쓰는 마음으로
꽃을 꺾는 마음으로
자는 아이의 고운 숨소리를 듣는 마음으로
죽은 옛 戀人을 찾는 마음으로
잊어버린 길을 다시 찾는 반가운 마음으로
우리가 찾은 혁명[126)]을 마지막까지 이루자

---

124) 『세계의 문학』, 민음사, 1993 여름호, 213쪽.
125) 최하림, 앞의 책, 286쪽.
126) 헌팅톤(S. P. Huntington)은 "혁명은 사회의 지배적 가치와 사회신화, 정치제도, 사회구조, 그리고 정부 기능과 정책에 있어서 급속하고도 근본적인 변혁이 국내에서 발생하는 것을 의미한다"고 정의했으며 지그문트 노이만(Sigmunt Neumann)

……(중략)……

이번에는 우리가 악어가 되고 표범이 되고 승냥이가 되고 늑대가 되더라도
이번에는 우리가 고슴도치가 되고 여우가 되고 수리가 되고 빈대가 되더라도
아아 슬프게도 슬프게도 이번에는
우리가 革命이 성취하는 마지막날에는
그런 사나운 추잡한 놈이 되고 말더라도
—「祈禱 : 4 · 19 殉國學徒慰靈祭에 붙이는 노래」(1960.6.18) 부분 ①

既成六法全書를 基準으로 하고
革命을 바라는 者는 바보다
革命이란
方法부터가 革命的이어야 할 터인데
이게 도대체 무슨 개수작이냐
불쌍한 백성들아
불쌍한 것은 그대들 뿐이다
天國이 온다고 바라고 있는 그대들 뿐이다
최소한도로
自由黨이 감행한 정도의 不法을
革命政府가 舊六法全書를 떠나서
合法的으로 不法을 해도 될까 말까한
革命을—
—「六法全書와 革命」(1960.5.25) 부분 ②

은 "혁명이란 한 사회의 정치조직이나 권력관계, 사회계급구조, 경제적 부의 통제 그리고 사회의 지배체제적 이념 등이 전면적이면서도 급격하게 폭력적으로 전개되는 변동현상이며 따라서 그것은 곧 발전의 연속성의 심각한 단절을 의미한다"고 정의하고 있다(양영민, 「4 · 19와 5 · 16혁명의 비교연구」, 고려대학교 대학원 석사학위논문, 1983, 3쪽 재인용).

이유는 없다–
가다오 너희들의 고장으로 소박하게 가다오
너희들 美國人과 蘇聯人은 하루 바삐 가다오
……(중략)……
「4月革命」이 끝나고 또 시작되고
끝나고 또 시작되고 끝나고 또 시작되는 것은
잿님이 할아버지가 상추씨, 아욱씨, 근대씨를 뿌린 다음에
호박씨, 배추씨, 무씨를 또 뿌리고
호박씨, 배추씨를 뿌린 다음에
시금치씨, 파씨를 또 뿌리는
夕陽에 비쳐 눈부신
일년 열두달 쉬는 법이 없는
걸찍한 강변밭같기도 할 것이니

–「가다오 나가다오」(1960.8.4) 부분 ③

①은 시를 쓰는 아름다운 마음으로, 꽃을 꺾는 두려운 마음으로, 자는 아이의 숨소리를 듣는 평화스런 마음으로, 죽은 옛 애인을 찾는 간절한 마음으로 마지막까지 혁명을 이루어야 한다는 주장이다. 혁명을 완수하기 위해서는 최소한도의 합법의 바탕 위에 불법을 저지르면서 수단과 방법을 가리지 않고 추잡한 놈이 되고 말더라도 개의치 말아야 한다는 것이다. 이는 혁명 지상주의의 발언으로 「하…… 그림자가 없다」에서 "민주주의의 싸움이니까 싸우는 방법도 민주주의식으로 싸워야 한다"는 언사와는 다른 주장이다.

②는 "혁명이란 방법부터가 혁명적이어야 할 터인데/이게 도대체 무슨 개수작이냐"고 합법적 혁명의 추진 방법에 불만을 토로한다. 혁명정부가 합법적으로 불법을 해도 될까말까한 혁명을 혁명정부가 육법전서로, 법에 따라서 하고 있으니 성공할 수 없다는 것이다. 이 역시 혁명지상

주의의 시각이다. 혁명이 실패로 가고 있는 시점에 "불쌍한 것은 이래저래 그대들 뿐이다/그놈들이 배불리 먹고 있을 때도/고생한 것은 그대들이고/그놈들이 망하고 난 후에도 진짜 곯고 있는 것은/그대들인데/불쌍한 그대들은 천국이 온다고 바라고 있다"는 것이 김수영의 주장이다.

③은 해방 이후 남북한을 점령하고 있는 미국과 소련을 이 땅에서 떠나가 달라는 것이다. "이유 없다"고 말하고 있지만 점령국을 떠나가 달라고 하는데 왜 이유가 없겠는가. 민족주체성의 회복이 그 이유일 것이다. 이 시에서 중요한 메시지는 「4월 혁명」이 끝나고 또 시작되고 끝나고 또 시작된다는 것이다. 이 땅의 역사가 바로 서기 위해서는 끝없이 혁명이 계속된다는 뜻이며 혁명은 일상적으로 전개되는 것이어서 "잿님이 할아버지가 상추씨, 아욱씨, 근대씨를 뿌린 다음에/호박씨, 배추씨, 무씨를 뿌리고/호박씨, 배추씨를 뿌린 다음에/시금치씨, 파씨,를 또 뿌리는/석양에 비쳐 눈부신/일년 열두달 쉬는 법이 없는/걸찍한 강변밭같기도 할 것"이라고 혁명의 지속성을 제시하고 있는 것이다. 그러나 이와 같은 발언들은 직설적이고 선동적이어서 시적 완결성을 외면한다. 강력한 메시지가 시편을 압도할 뿐 감동이 없는 것이다.

이와 같은 어법은 아마도 김수영이 존경했던 임화의 어법[127]을 닮아

---

127) 임화전집 『玄海灘』, 풀빛, 1988에 수록된 시편들.

우리들은 새롭은 힘과 계획을 가지고 전장에로 가자
우리는 작코, 반젯티를 죽인 전기의 발전자가 아니냐
우리들은
　세계의 一切을 파괴하고
　세계의 一切을 건설한다
그 놈들은 우리들에게 ××를 教唆하였다
　가장 미운 ××을 教唆者
그놈들은 재판하여라
　지구의 강도 인류의 범죄자에게 사형을 주어라

—「曇—1927 : 작코 반젯티의 命日」 부분

있어 홍미롭다. 자유당의 붕괴에 따른 민주당의 수구적 집권은 김수영에게 혁명의 퇴색과 실패로 인식되었으며 이러한 실망감은 쏘비에트 사회주의 혁명의 성공에 대한 선망으로 나타난다. 그것이 「中庸에 대하여」와 「허튼소리」이다. 이 시편들에서는 김수영의 자기부정이 함께 드러난다.

> 中庸은 여기에는 없다
> (나는 여기서 다시 한 번 熟考한다
> 鷄舍건너 新築家屋에서 마치질하는
> 소리가 들린다)
>
> 쏘비에트에는 있다
> (鷄舍 안에서 우는 알 겯는
> 닭소리를 듣다가 나는 마른침을 삼키고
> 담배를 피워물지 않으면 아니된다)
>
> 여기에 있는 것은 中庸이 아니라
> 踏步다 죽은 平和다 懶惰다 無爲다
> (但「中庸이 아니라」의 다음에 「反動이다」라는

우리는 실로 참을 수 없는 모욕에 대한 긴 인내와
야만스런 박해에 대한 오랜 수난 끝에 일어슨 것이다
우리들이 사랑하는 鐵道로 하여금
자유의 나라의 대동맥이 되게 하기 위하여
일제의 악한들이 남기고 간 파괴의 흔적과 營營히 싸우고 있을 때
인민의 원수들은 이 철도로 재빨리 친일파와 반역자를 실어다가
인민의 자유를 파괴 온갖 密議를 여는 데 분주하였다
……(중략)……
죽엄이냐 그렇지 않으면 싸움이냐

물러슬 길 없는 투쟁의 막다른 길 우
붉은 별 빛나는 철도노동조합의 旗ㅅ발은 어느새 기관차에 나부끼고
　　　—「우리들의 戰區 : 용감한 機關區경비대의 영웅들에게 바치는 노래」 부분

말은 지워져 있다
끝으로 「모두 適當히 假面을 쓰고 있다」라는
한 줄도 빼어 놓기로 한다)

……(중략)……

글씨가 가다가 몹시 떨린 漢字가 있는데
그것은 물론 現政府가 그만큼 惡毒하고 反動的이고
假面을 쓰고 있기 때문이다

–「中庸에 대하여」(1960.9.9) 부분 ①

조그만 용기가
필요할 뿐이다

힘은 손톱 끝의
때나 다름 없고

時間은 나의 뒤의
그림자이니까

거리에서는 고개
숙이고 걸음걷고

집에 가면 말도
나지막한 소리로 걸어

그래도 정 허튼 소리가
필요하거든
나는 대한민국에서는
제일이지만

以北에 가면야

꼬래비지요

—「허튼소리」(1960.9.25) 전문 ②

위 시 ①「中庸에 대하여」가 쓰인 날짜가 60년 9월 9일로 되어 있고 ②「허튼소리」가 쓰인 날짜가 9월 23일로 되어 있어 7 · 29 선거를 통해 국민들의 압도적인 지지를 받았던 민주당이 허약한 체질을 드러내면서 서서히 국민들에게 실망을 안겨주기 시작한 시기로 보인다.[128]

①에서 쏘비에트에 있는 中庸이 여기에는 없으며 여기에 있는 것은 답보와 죽은 평화와 나타와 무위라고 규정한다. 그는 괄호 속에 중용이 아니라 반동이라고 쓰고 있지만 그것은 지워져 있다고 말한다. 반동이라는 말이 북한의 노선을 따르지 않는 보수 집단을 두고 하는 말이라는 것을 알 수 있다. 여기에, 다시 말하면 이남에, 혹은 이남의 민주당 정부에 있는 것이 "踏步"와 "죽은 平和"와 "懶惰"와 "無爲"일 때 쏘비에트에 있는 것은 "前進"과 "산 平和"와 "勤勉"과 "有爲"인 것이다. 그리고 그의 한자 쓰기가 떨린 것은 현정부가 "그만큼 악독하고 반동적이고/가면을 쓰고

128) 민주당이 결성된 것은 1955년이었으나 1945년 9월에 결성된 한국민주당으로까지 소급될 수 있다. 한민당은 김성수, 송진우, 장덕수 등이 중심이 되어 활동하다가 초대내각에서 김성수의 거취문제로 이승만과 갈등을 빚고 이승만과 결별한다. 1949년 신익희가 한국국민당을 이끌고 한민당과 합류하면서 민주국민당이 결성되고 이것이 최초의 야당이었다. 1954년 9월 19일, 호헌동지회 소속 61명의 의원 중 31명이 참여하여 민주당을 결성하였으며 구 민국당 계열의 구파와 새로이 참여한 세력인 신파의 연합으로 이루어졌다. 1956년 정부통령 선거에서 구파의 신익희를 대통령 후보로, 신파의 장면을 부통령 후보로 선거에 임했으나 5월, 신익희의 서거로 장면만 부통령에 당선된다. 민주당은 국민들의 요구를 수렴할 능력이 없었으며 4 · 19혁명에 능동적으로 참여하지 못해 정국의 주도권을 학생들에게 빼앗기고 있었다. 1960년 7 · 29선거에서 국민들의 압도적인 지지를 획득하고 정권을 장악했으나 파벌싸움으로 분당에 이르렀고 신파를 중심으로 구성된 민주당 정권은 불안정한 기반으로 허약함을 노정하면서 사회적 혼란과 정치적 불안을 초래해 1961년 5 · 16군사혁명을 부른다.

있기 때문이"라고 말하는 것이다. 김수영이 민주당 정부에 얼마나 큰 절망과 배신감을 느끼고 있었는지 짐작이 가는 대목이다. ②에서는 그가 얼마나 용기 없는 사람인지를 고백하고 있다. 힘은 손톱 끝의 때나 다름없고 시간은 그의 뒤에 나타나는 그림자일 뿐 거리에서는 고개를 숙이고 걷고 집에서는 나지막한 말소리로 말을 건다. 그런 그가 허튼 소리를 한다. "대한민국에서는 제일이지만 이북에 가면 꼬래비"가 되는 것이다. 그가 이북에 가면 꼬래비인 것은 혁명에 실패했기 때문이다. 혁명에 가담하지도 못하고 혁명을 성공시키는 데 역할을 하지도 못했기 때문에 그는 꼬래비인 것이다. 이러한 자기부정은 「거미잡이」와 「눈」에도 나타난다.

> 폴리號颱風이 일기 시작하는 여름밤에
> 아내가 마루에 앉아 거미를 잡고 있는
> 꼴이 우습다
>
> 하나 죽이고
> 둘 죽이고
> 넷 죽이고
> …………
>
> 야 고만 죽여라 고만 죽여
> 나는 오늘 아침에 誓約한 게 있다니까
> 남편은 어제의 남편이 아니라니까
> 정말 어제의 네 남편이 아니라니까
>
> ㅡ「거미잡이」(1960.7.28) 전문 ①

> 요 詩人
> 이제 抵抗詩는
> 妨害로소이다

……(중략)……

요 詩人
勇敢한 詩人
—소용 없소이다
山너머 民衆이라고
山너머 民衆이라고
하여둡시다
民衆은 영원히 앞서 있소이다

……(중략)……

요 詩人
勇敢한 錯誤야
그대의 抵抗은 無用
抵抗詩는 더욱 無用
莫大한
妨害로소이다
까딱 마시오 손 하나 몸 하나
까딱 마시오
눈 오는 것만 지키고 계시오

—「눈」(1961.1.3) 부분 ②

①은 부부 사이의 일상적 갈등을 아내의 거미잡이를 통해 드러내고 있다. 아내가 폴리호태풍이 일기 시작하는 여름밤에 마루에서 잡아 죽이고 있는 거미는 남편의 객관적 상관물일 것이다. 무능하고 핏대 잘 올리고 날마다 되풀이되는 주정과 싸움은 그의 아내 김현경을 지치고 지겹게 만들었을 것이다. 그녀는 마루를 기어 다니는 거미를 잡아 죽이는 것으로, 아니 수없이 나타나는 남편의 환영을 지우는 것으로 남편에 대한 불만과 미움을 해소하고 있다고 보인다. 시인의 자기부정은 마지막 연에 나타난

다. “고만 죽여라 고만 죽여/나는 오늘 아침에 誓約한 게 있다니까/남편은 어제의 남편이 아니라니까/정말 어제의 네 남편이 아니라니까”라고 절규하듯이 자기를 부정하는 것이다. 어제의 남편이 아닌, 오늘 아침에 새로운 서약을 한 남편은 아내의 손에 죽어야 할 남편은 아닌 것이다. 김수영의 자기부정은 거듭나기 위한 몸부림이며 해탈을 위한 예비 행위이다.

②는 “요 詩人”의 관사 ‘요’에 이 시의 비의가 내장되어 있다. ‘요’는 눈앞의 사물을 얕잡아 이를 때 쓰는 말이다. ‘요’라는 관사에 이미 자기부정의 의미를 내장하고 있는 것이다. 시적 화자는 스스로를 “요 詩人”이라고 불러 자신을 하찮은 존재로 낮추면서 펄펄 눈이 내리는 대지를 보고 있는 것이다. 펄펄한 눈송이들이 채우는 무한 공간의 환희로움을 보고 있는 화자는 “저항시는 영원히 방해”라고 말한다. 무엇의 방해인가. 그것은 삶의 환희로움에 대한 방해이다. 그러므로 “요 詩人/용감한 詩人”은 소용없는 시인이며 영원히 앞서 있는 민중은 “山너머 民衆이라고” 해두자는 것이다. 영원히 앞서 있는 민중을 저항시라는 노래로 위무하려 했던 “요 詩人/勇敢한 錯誤”를 반성하며 시인 “그대의 抵抗은 無用”이라고 “抵抗詩는 더욱 無用”이어서 “莫大한/ 妨害”를 하고 있는 것이니 펄펄 눈 오는 날, 무한 공간이 환희로 차 있는 날 시인이여 제발 “까딱 마시오/ 손 하나 몸 하나/까닥 마시오/눈 오는 것만 지키고 계시오”라고 자신에게 당부하며 자기를 부정하는 것이다. 김수영의 이와 같은 자기부정은 4·19혁명의 실패와 무관하지 않다. 제2공화국의 반동적 수구적 행태로 4·19혁명정신이 구현될 기미가 보이지 않는 것을 그는 혁명의 실패로 읽어 나갔다.

김수영은 마침내 혁명의 실패를 자인하고 “달콤한 의지의 잔재 대신에/다시 쓰디쓴 냄새”로 되살아나 “방을 잃고 낙서를 잃고 기대를 잃고/노래를 잃고 가벼움마저 잃어도” 무언지 모르게 기쁘고 이유 없이 가슴이 풍성한 계절을 맞는다. 「그 방을 생각하며」는 김수영이 이처럼 처절하게 혁명의 실패를 고백한 시이다.

革命은 안되고 나는 방만 바꾸어버렸다
그 방의 벽에는 싸우라 싸우라 싸우라는 말이
헛소리처럼 아직도 어둠을 지키고 있을 것이다

나는 모든 노래를 그 방에 함께 남기고 왔을 게다
그렇듯 이제 나의 가슴은 이유없이 메말랐다
그 방의 벽은 나의 가슴이고 나의 四肢일까
일하라 일하라 일하라는 말이
헛소리처럼 아직도 나의 가슴을 울리고 있지만
나는 그 노래도 그 전의 노래도 함께 다 잊어버리고 말았다

革命은 안되고 나는 방만 바꾸어버렸다
나는 인제 녹슬은 펜과 뼈와 狂氣—
失望의 가벼움을 財産으로 삼을 줄 안다
이 가벼움 혹시나 歷史일지도 모르는
이 가벼움을 나는 나의 財産으로 삼았다

革命은 안되고 나는 방만 바꾸었지만
나의 입속에는 달콤한 意志의 殘滓 대신에
다시 쓰디쓴 냄새만 되살아났지만

방을 잃고 落書를 잃고 期待를 잃고
노래를 잃고 가벼움마저 잃어도

이제 나는 무엇인지 모르게 기쁘고
나의 가슴은 이유없이 풍성하다

—「그 방을 생각하며」(1960.10.30) 전문

이 시는 혁명의 실패에 대한 좌절의 노래가 아니라 그 실패에도 불구

하고 새로운 희망과 기대로 기쁨과 풍성함을 느낀다는 모순의 노래이다. 무엇이 김수영을 이처럼 이유 없는 풍성함으로 이끌었는가. 그는 「그 방을 생각하며」를 쓸 무렵의 산문 「讀者의 不信任」이라는 글에서 다음과 같이 문학혁명에 대해 말하고 있다.

> 혁명이란 이념에 있는 것이요, 민족이나 인류의 이념을 앞장서서 지향하는 것이 문학일진대, 오늘날처럼 이념이나 영혼이 필요한 시기에 젊은 독자들에게 버림을 받는 문학인이 문학인이라고 할 수 있겠는가. (……) 다시 말하지만 영혼의 개발은 호흡이나 마찬가지이다. 호흡이 계속되는 한 영혼의 개발은 계속되어야 하고 호흡이 빨라지거나 거세지거나 하게 되면 영혼의 개발도 그만큼 더 빨라지고 거세져야만 할 일이지 중단해서는 안될 것이고 중단할 수도 없는 일이다. 그런데 우리나라의 시는 필자가 보기에는 벅찬 호흡이 요구하는 벅찬 영혼의 호소에 호응함에 있어서 완전히 낙제점을 받고 보기 좋게 나가떨어지고 말았다. 혹자는 말할 것이다. 허다한 혁명시가 나오지 않았느냐고. 필자는 여기에 대해서 창피해서 대답하지 못하겠다. 필자가 여기서 말하는 영혼이란 唯心主義者들이 고집하는 협소한 영혼이 아니라 좀 더 폭이 넓은 영혼—다시 말하자면 현대시가 취급할 수 있는 변이하는 20세기 사회의 제현상을 포함 내지 網總할 수 있는 영혼이다.[129]

김수영은 문학이 혁명의 이념이나 민족의 이념을 선도하는 역할을 담당한다고 말하면서 4·19혁명의 주체인 젊은 영혼들의 개발에 문학이 공헌해야 함에도 불구하고 이를 담보하지 못하고 있다고 질책한다. 벅찬 영혼의 호소에 호응하는 문학이란 20세기의 사회의 제현상을 모두 수렴할 수 있는 영혼의 울림을 말하는 것이다. 영혼을 말하는 것은 이제 김수

129) 김수영, 앞의 책, 120~121쪽.

영의 기투가 사회적인 변혁에서 내면적인 변혁으로 이행하기 시작했음을 시사하는 것이다. 김수영이 "방을 잃고 낙서를 잃고 기대를 잃어도/노래를 잃고 가벼움마저 잃어도//이제 나는 무엇인지 모르게 기쁘고/나의 가슴은 이유없이 풍성하다"고 고백할 수 있는 것은 4 · 19혁명의 정신을, 그 면면한 흐름을 읽는 남다른 눈이 있었기 때문이다. 혁명은 실패했지만 4 · 19정신의 빛남과 가능성을 보았던 것이다. 김수영은 혁명의 실패를 뼈아프게 인정하기는 했지만 일말의 희망을 버리지 않고 있었던 것도 사실이다. 4 · 19 1주년을 기념하는 글 「아직도 안심하긴 빠르다」를 보면 그것을 알 수 있다.

> 4 · 19 당시나 지금이나 우두머리에 앉아 있는 놈들에 대한 증오심은 매일반이다. 다만 그 당시까지의 반역은 음성적이었던 것이 이제는 까놓고 하게 되었다는 차가 있을 뿐인데, 요나마의 변화(이것도 사실은 상당한 변화지만)도 張정권이 갖다 준 것은 물론 아닌데 張勉들은 줄곧 저희들이 한 것처럼 생색을 내더니 요즈음에 와서는 <반공법>이니 <보안법 보강>이니 하고 배짱을 부릴 만큼 건방져졌다. 그러나 하여간 세상은 바뀌어졌다. 무엇이 바뀌어졌느냐 하면 나라와 역사를 움직여 가는 힘이 정부에 있지 않고 민중에게 있다는 자각이 강해져 가고 있고 이러한 감정이 의외로 급속도로 발전해 가고 있다는 것이다. (……) 모이값이 떨어지려면 미국에서 도입 농산물자가 들어와야 한다는데, 언제까지 우리들은 미국놈들의 턱밑만 바라보고 있어야 하나? 여하튼 이만한 불평이라도 마음놓고 할 수 있으니 다행이지만 일주일이나 열흘 후에는 또 어떻게 될는지 아직까지도 아직까지도 안심하기는 빠르다.[130]

김수영이 안심하기는 아직까지도 아직까지도 빠르다고 힘주어 강조

130) 김수영, 위의 책, 122~123쪽.

했던 것처럼 5 · 16군사 쿠데타가 이 글을 쓴지 한 달 후에 일어났다. 나라와 역사를 움직여가는 힘이 정부에 있지 않고 민중에게 있다고 믿었던 그에게 5 · 16은 역사의 수레바퀴를 거꾸로 되돌리는 일이었을 것이다. 사회적인 기투로부터 내면적인 기투로의 이행으로 가는 길목에서 만난 군부 쿠데타는 김수영에게 하나의 충격이었을 것이며 그의 레드컴프렉스가 그를 더욱 움츠리게 만들었을 것이다. 그는 「創作自由의 조건」이라는 산문에서도 레드컴프렉스를 드러내는데 "솔직히 말해서 간첩방지 주간이나 五列이니 國是니 할 때마다 나는 옛이나 다름이 없이 가슴이 뜨끔뜨끔하고, 또 내가 무슨 잘못된 글이나 쓰지 않았나 하고 한결같이 염려가 된다"는 표현이 그것이다.[131] 김수영이 5 · 16군사 쿠데타 이후에 「新歸去來」 연작을 쓰게 된 것은 이와 같은 상황 인식의 결과로 보인다.

김수영은 5 · 16이 일어나자 김이석의 집으로 피신했다. '은인자중하던 군부는 금조 미명을 기해서 일제히 행동을 개시하여 국가의 행정 · 입법 · 사법의 3권을 완전히 장악하고 군사혁명위원회를 조직했다. 군부가 궐기 한 것은 부패하고 무능한 현 정권과 기성정치인들에게 더 이상 국가와 민족을 맡겨 둘 수 없다고 단정하고'로 시작되는 보도는 '반공을 국시의 제일로 삼는다'는 혁명공약[132]을 되풀이했다. 반공을 국시의 제일로 한다는 것이 김수영의 레드컴프렉스를 자극했을 것이며 극도의 공포감을 갖게 했을 것이다. 「新歸去來」 1 「여편네의 방에 와서」는 그러므로 김수영의 도피처로서의 여편네의 방이며 "죽음이 오더라도/이제 성을 내

---

131) 김수영, 위의 책, 130쪽.

132) 혁명공약 : 첫째, 반공을 국시의 제일로 삼는다. 둘째, 미국을 위시한 자유우방과의 유대를 더욱 공고히 한다. 셋째, 무든 부패와 구악을 일소하고 국민도의와 민족정기를 바로잡기 위해 청신한 기풍을 진작한다. 넷째, 민생고를 시급히 해결하고 국가 자주경제 재건에 총력을 경주한다. 다섯째, 국토통일을 위하여 공산주의와 대결할 수 있는 실력을 배양한다. 여섯째, 이와 같은 과업이 성취되면 민간 정치인에게 정권을 이양한다.

지 않는 법을 배워주마"라고 혹독한 계절의 생존전략을 스스로에게 일깨우는 것이다.

여편네의 방에 와서 起居를 같이 해도
나는 이렇듯 少年처럼 되었다
興奮해도 少年
計算해도 少年
愛撫해도 少年
어린놈 너야
네가 성을 내지 않게 해주마
네가 무어라 보채더라도
나는 너와 함께 성을 내지 않는 少年

……(중략)……

여편네의 방에 와서 起居를 같이 해도
나는 점점 어린애
나는 점점 어린애
太陽 아래의 단하나의 어린애
죽음 아래의 단하나의 어린애
언덕 아래의 단하나의 어린애
愛情 아래의 단하나의 어린애
思惟 아래의 단하나의 어린애
間斷 아래의 단하나의 어린애
點의 어린애
베개의 어린애
苦悶의 어린애

―「여편네의 방에 와서」(1961.6.3) 부분

아내의 방은 동시에 남편의 방이다. 그러므로 그 공간은 아내와 남편의 공유 공간이다. 이 시는 공간의 설정부터가 상식을 뒤집는다. 아내에게 접수된 공유 공간, 그 공간은 포기의 공간이며 경원의 공간이다. 남편은 그 공간으로 기거를 옮긴다기보다 퇴행적 피신을 한다. 아내의 공간에서 화자인 남편은 단 하나의 어린애로 퇴행하는 것이다.

첫 연의 "어린놈 너야/네가 성을 내지 않게 해주마/네가 보채더라도/너는 나와 함께 성을 내지 않는 소년"이라고 분열된 자아에게 타이른다. 여기서 "성"은 분노이며 소년의 분노는 바로 김수영의 분노이다. 둘째 연으로 가면서 화자가 분노를 견디는 것은 좀 더 치열하고 비장하다. "바다의 물결 昨年 나무의 體臭/그래 우리 이 盛夏에/온갖 나무의 追憶과 물의 체취라도/다해서/어린놈 너야/죽음이 오더라도" 성을 내지 않는 법을 배워주겠다고 다짐한다. 바다의 희망찬 푸르른 물결과 작년의 나무는 4 · 19의 혁명정신을 상징한다. 이는 '언어의 작용'이며 시적 미메시스이자 '기술자적 발언'이다. 이 연에서 주목해야 할 구절은 '죽음이 오더라도'이다. '반공을 국시의 제일로 삼은' 5 · 16혁명정부는 김수영으로 하여금 죽음까지도 생각하게 했다.

셋째 연으로 가면 화자는 점점 더 퇴행의 길을 간다. 그는 "太陽 아래의 단하나의 어린애"이며 "죽음 아래의 단하나의 어린애"이고 "사유 아래의 단하나의 어린애"이며 "間斷 아래의 단하나의 어린애"이다. 그가 이처럼 철저한 퇴행의 길을 택한 이유는 무엇일까. 퇴행이란 어려운 장면에 부딪혔을 때 이를 극복하려고 하지 않고 발달이나 진화의 초기단계로 되돌아가 초기의 발달 단계에 유효했던 사고와 감정, 행동 양식으로 복귀하는 것으로 퇴행은 문제 해결의 합리적인 방법이 아니며 갈등 상황의 도피인 것이다.

그러므로 김수영의 퇴행은 5 · 16군사 쿠데타 이후 일주일간의 도피에서 돌아와 다시 일주일을 보내고 쓰기 시작한 「新歸去來」의 화두를 이끌어 낸다.

「檄文」은 이러한 퇴행의 아이러니를 보여주고 있는 작품이다. 아내의 방으로 숨어들어도 5 · 16은 김수영에게 폭력과 억압의 실체였으며 자유를 강탈한 두려움이었다.

> 마지막의 몸부림도
> 마지막의 洋服도
> 마지막의 神經質도
> 마지막의 茶房도
> 기나긴 골목길의 巡禮도
>
> ……(중략)……
>
> 虛勢도
> 방대한
> 방대한
> 방대한
> 模造品도
>
> ……(중략)……
>
> 막대한
> 模倣도
> 아아 그리고 저 道峰山보다도
> 더 큰 憎惡도
> 屈辱도
>
> ……(중략)……

깨끗이 버리고

……(중략)……

農夫의 몸차림으로 갈아 입고
석경을 보니
땅이 편편하고

……(중략)……

신문이 편편하고
시원하고

……(중략)……

내가 시인이 됐으니 시원하고
인제 정말
진짜 詩人이 됐으니 시원하고
시원하다고 말하지 않아도 되니
이건 진짜 시원하고
이 시원함은 진짜이고
自由다

—「檄文」(1961.6.12) 부분

격문이란 널리 세상 사람들에게 알려 사람들을 선동하거나 의분을 고취시켜 봉기시키려는 의도로 쓰이는 글이다. 그러나 이 시는 독자를 선동하거나 분노케 하거나 봉기를 일으키게 할 힘이 없는 시이다.

이 시의 핵심은 모든 것을 "깨끗이 버리고"나니 세상이 "편편하고" 편편해지니 "시원하고" 시원함은 "자유"라는 것이다. 5 · 16의 두려움으로 아내의 방으로 숨어들은 김수영은 몸부림도, 양복도, 신경질도, 다방도, 골목길의 순례도, 허세도, 모조품도, 모방도, 증오도, 잡기도, 잡념도 깨끗이 버리고 농부의 마음이 되어 석경을 보니 땅이, 집이, 하늘이, 물이, 도회와 시골이, 신문이, 버스가, 하수도가 편편하게 보인다.

사물이 편편해진다는 것은 삼차원공간에서 이차원공간으로 사물들이 이동한다는 것을 의미한다. 이 이동으로 사물의 사물다운 생명을 소거하고 사물이 사물의 평면적 형체만 유지하게 된다. 화자 자신만 모든 것을 버린 것이 아니라 사물들도 사물들의 사물다운 성질을 버리고 이차원공간에 서니 시원하다. 이 시원함은 진짜이고 자유라는 것이다. 그러나 김수영의 이 말은 역설이다. 그는 지금 두려움에 떨며 혁명정부를 향해 온 촉각을 세우고 있는 것이다.

그러므로 「檄文」은 시인 자신이 자신에게 "모든 것을 버리고, 두려움마저 버리고 자유스러워지라"는 타이름이며 호소로 읽힌다. 그나마 이 작품이 檄文의 성격을 유지하는 것은 반복 화법으로 급박해지는 율격이다. "방대한/방대한/방대한/모조품"이라든가 "막대한/막대한/막대한/막대한/모방"이라든가 "그 밖의 무수한 잡동사니 雜念까지도/깨끗이 버리고/깨끗이 버리고/깨끗이 버리고/깨끗이 버리고/깨끗이 버리고/깨끗이 버리고/깨끗이 버리고"라던가 하는 반복화법은 그의 격한 감정을 드러내고 있기는 하지만 강조 이상은 아니다.

시적 총체성보다 시적 미메시스에 그의 서정이 얹힐 때 그는 현실 세계에서 극복할 수 없는 갈등을 가상의 체험으로 극복하는 것이다. 이처럼 비억압적이고 화해적인 교감이 현실적 체험을 문학적 체험으로 치환할 수 있는 것이어서 김수영의 시세계는 총체성과 맞물리고 그의 시세계가 미메시스와 총체성, 혹은 '언어의 작용'과 '언어의 서술'을 포용하게 된다.

2. '사랑'의 완성과 자기긍정

김수영은 사랑의 완성을 죽음으로 놓고 있다. 그러나 시적 화두로서의 사랑은 4 · 19혁명의 실패와 좌절, 그리고 5 · 16군사 쿠데타를 겪으면서 얻게 되는 사회적 자아의 다른 이름이다. 그러므로 그의 사랑은 자기 안의 사랑이 아니라 더불어 살아가는 사람들에 대한 공동체적 사랑으로의 이행이며 확장이다. 이제 사랑은 김수영에게서 혁명의 실패와 좌절, 그리고 철권통치의 흑암이라는 사회적 어둠을 밝히는 희망이며 등불이어서 실패한 혁명의 좌절과 철권 통치의 억압을 사회적 공동체를 통해서 극복해나가는 힘의 원천이다.

사랑은 좌절과 억압에 의해 닫혀가던 김수영의 사회적 자아를 다시 열린 세계를 향해 전진해 가는 전향의 모티프를 이루게 하고 있다. 특히 5 · 16은 인간과 인간 사이의 의사소통을 불가능하게 하는 강권적 수용 사건이었으며 합리적인 사고 체계와 이성적 접근 방법을 거부하는 폭력적 강요 사건이었다. 이러한 비인간적, 비이성적, 비상식적인 역사적 사건을 겪으면서 인간과 인간 사이의 관계는 황폐해져 갔으며 이를 극복할 길은 사랑을 되찾고 이를 이행하는 일이었다.

김수영의 공동체적 사랑은 그들의 소시민적 삶을 긍정하고 사랑하는 세계 긍정의 계기를 마련한다는 점에서 중요하다. 김수영은 사랑과 죽음의 소재가 우리나라 시에서 무수히 다루어졌으나 성공한 작품이 희소하다고 본다. 그리고 죽음과 사랑의 문제는 萬人의 萬有의 문제이며, 만인의 궁극의 문제이며 모든 문학과 시의 드러나 있는 소재인 동시에 숨어 있는 소재로 깔려 있는 영원한 문제이며, 따라서 무한히 매력 있는 문제[133]라는 것이다. 김수영의 사랑의 시편들은 「愛情遲鈍」, 「나의 가족」,

「사랑」, 「만주의 여자」, 「現代式 橋梁」, 「사랑의 變奏曲」 등이나 「愛情遲鈍」과 「나의 가족」은 사회공동체에 대한 발언이 아니기 때문에 언급하지 않기로 한다.

어둠 속에서도 불빛 속에서도 변치 않는
사랑을 배웠다 너로 해서

그러나 너의 얼굴은
어둠에서 빛으로 넘어가는
그 刹那에 꺼졌다 살아났다
너의 얼굴은 그만큼 불안하다

번개처럼
번개처럼
금이 간 너의 얼굴

―「사랑」(1961) 전문 ①

무식한 사랑이 여기 있구나
무식한 여자가 여기 있구나
평안도 기생이 여기 있구나
滿洲에서 解放을 겪고
평양에 있다가 仁川에 와서
6·25 때에 남편을 잃고 큰 아이는 죽고
남은 계집애 둘을 다리고
再轉落한 한 여자가 여기 있구나
時代의 여자가 여기 있구나
한잔 더 주게 한잔 더 주게

---

133) 김수영, 앞의 책, 406쪽.

그런데 여자는 술을 안 따른다
건너편 친구가 내는 외상술이니까

나는 이 우중충한 막걸리 탁상 위에서
경험과 歷史를 너한테 배운다
무식한 것이 그것들이니까—
너에게서 취하는 全身의 營養
끊었던 술을 다시 마시면서 사랑의 復習을 하는 셈인가
뚱뚱해진 몸집하고 푸르스름해진 눈자위가 아무리 보아도 설어 보인다

……(중략)……

아냐 아냐 오해야 내가 이 여자의 연인이 아니라네
나는 이 사람이 만주 술집에서 고생할 때에
연애편지를 대필해준 일이 있을 뿐이지
허고 더러 싱거운 忠告도 한 일이 있는—
충고는 허사였어 그렇지 않어?
18년 후에 이렇게 뻐젓이 서울의 茶房 건너 막걸리집에서 또 만나게
됐으니
하여간 반갑다 잠입한 사랑아 무식한 사랑아
이것이 사랑의 뒤치닥꺼리인가보다
평안도 사랑의 덤인가보다
 한잔 더 주게 한잔 더 주게
 그런데 여자는 술을 안 따른다
  건너편 친구가 벌써 곯아 떨어졌으니까

—「滿洲의 여자」(1962.8. 下旬) 부분 ②

김수영의 「사랑」은 한 여자에 대한 사랑으로도 읽히는 작품이지만, 그것은 김수영 시인 특유의 말의 이중성 때문이다. ①에서 전문 인용된

「사랑」의 대상은 시대적 배경을 바탕으로 읽어야 올바른 독법이 될 것이다. 어둠 속이거나 불빛 속이거나 변하지 않는 사랑을 너로 인해 배웠다는 첫 연에 이 시의 비의가 들어 있다. "너"가 무엇을 뜻하는지를 찾아가면 이 시의 사랑이 무엇을 말하는지를 알 수 있게 되기 때문이다. "너"는 자유, 민주, 주체의 4 · 19정신으로 읽어야 할 것이 둘째 연의 "그러나 너의 얼굴은/어둠에서 불빛으로 넘어가는/그 찰나에 꺼졌다 살아났다"와 연결이 가능해진다.

4 · 19는 새로운 시대로의 이행이며 그 정신은 바로 시대정신이었다. 제1공화국의 반민주와 독재, 전근대와 봉건적 부패 정권을 시민의 힘으로 무찌르고 새로운 헌정 질서를 세운 시대정신의 얼굴은 새로운 시대로의 이행기에 5 · 16으로 꺼지는 듯 했으나 다시 살아나고 있다는 것이다. 화자는 군사 쿠데타에 대한 시민들의 저항의지를 4 · 19정신의 계승으로 받아드리고 싶은 것이다. 그러므로 꺼졌다가 다시 살아난 4 · 19정신은 번개처럼 금이 가고 금이 간 "너의 얼굴은 그만큼 불안하다"는 것이다.

①의 사랑의 대상이 4 · 19정신이라면 ②의 사랑의 대상은 18년 만에 다시 만난 무식한 평안도 기생으로 상징되는 근대 한국사이다. 그녀는 만주에서 해방을 맞고 귀국하여 평양에 있다가 인천으로 내려와 6 · 25를 겪으면서 남편을 잃는다. 그 와중에 큰 아이가 죽고 계집애 둘을 부양하기 위해 다시 막걸리집 접대부로 나선 재전락한 여인이다. 그녀는 화자가 18년 전에 만주에서 만나 사랑을 나누었던 기생이며 연애편지를 대필해 주기도 하고 싱거운 충고를 하기도 했지만 충고는 허사여서 그녀는 서울의 우중충한 막걸리집 접대부가 되어 있는 것이다.

그녀에게서 시대를 읽으며 역사를 배우는 것은 그녀가 곧 우리들의 근대사이기 때문이다. 이 시의 핵심 메시지는 매 연마다 반복되는 "한잔 더 주게 한잔 더 주게/그런데 여자는 술을 안 따른다"라는 구절인데 "한잔 더 주게 한잔 더 주게"는 그 다음 행의 "그런데 그 여자는 술을 안 따른다"를 강조하기 위한 표현이므로 진정한 핵심은 "그런데 그 여자는 술을 안 따른다"가 된다. 술집 접대부가 술을 안 따른다면 이는 접대부이기를 거부한 것이다. 술을 안 따르는 이유가 첫 연에서는 "건너편 친구가 내는 외상술이니까"로, 둘째 연에서는 "건너편 친구가 오줌을 누러 갔으니까"로, 셋째 연에서는 "건너편 친구가 같이 자러 가자고 쥐정만 하니까"로, 넷째 연에서는 "건너편 친구가 벌써 곯아떨어졌으니까"로 설명하고 있지만 그 이유가 궁색하기 이를 데 없다는 것을 알 수 있다.

이제는 40을 바라볼 나이의 무식한 접대부가 술을 안 따르는 진정한 이유는 그녀의 자존 때문이다. 그녀는 생존을 위해서 접대부가 되기는 했지만 쉽게 몸을 파는 작부는 아니라는 것이다. 아무에게나 술을 따를 수는 없다는 자존, 그것은 우리의 근대사가 몇 번의 전락을 거듭하기는 했어도 민족의 주체성을 잃지는 않았다는 민족적 자존의 상징이다. 그리하여 "하여간 반갑다 잠입한 사랑아 무식한 사랑아"라고 넋두리처럼 말하지만 이 표현 속에 숨어 있는 민족에 대한 김수영의 사랑을 읽을 수 있다. 이는 굴곡의 우리의 근대사에 대한 재인식이며 긍정이다. 또 다른 사랑의 실천으로써 「現代式 橋梁」은 세대와 세대가 엇갈리는 속도의 정지 속에서 진정한 사랑을 배우며 적을 형제로 만드는 실증을 확인하는 시이다.

> 現代式 橋梁을 건널 때마다 나는 갑자기 懷古主義者가 된다
> 이것이 얼마나 죄가 많은 다리인줄 모르고
> 植民地의 昆蟲들이 24시간을
> 자기의 다리처럼 건너다닌다
> 나이 어린 사람들은 어째서 이 다리가 부자연스러운지를 모른다
> 그러니까 이 다리를 건너갈 때마다
> 나는 나의 心臟을 機械처럼 중지시킨다

(이런 연습을 나는 무수히 해 왔다)

그러나 문제는 이러한 反抗에 있지 않다
저 젊은이들의 나에 대한 사랑에 있다
아니 信用이라고 해도 된다
「선생님 이야기는 20년 전 이야기지요」
할 때마다 나는 그들의 나이를 찬찬히
소급해가면서 새로운 여유를 느낀다
새로운 歷史라고 해도 좋다

이런 驚異는 나를 늙게 하는 동시에 젊게 한다
아니 늙게 하지도 젊게 하지도 않는다
이 다리 밑에서 엇갈리는 기차처럼
늙음과 젊음의 분간이 서지 않는다
다리는 이러한 停止의 중인이다
젊음과 늙음이 엇갈리는 순간
그러한 速力과 速力의 停頓 속에서
다리는 사랑을 배운다
정말 희한한 일이다
나는 이제 敵을 兄弟로 만드는 實證을
똑똑하게 천천히 보았으니까!

—「現代式 橋梁」(1964.11.22) 전문

김수영은 역사적 현실의 조형으로서 시를 생각했으며 역사적 현실로 다가서는 방법을 다리 위에서 생각한 것이 분명하다. 그것이 「現代式 橋梁」이다. 역사와 이념, 세대와 계층 간의 단절, 또는 이질적 전통 간의 부조화가 현실의 질곡이었던 그에게 다리라는 현대적 조형물은 현실의 질곡을 건너는 문학적 기술이었다. 소통의 도로가 별로 없는 이 나라에서

도시학은 교량술에 역점을 두어야 했다. 김수영은 이 교량술을 통하여 역사적 현실의 절대적 필요에 부응했던 것이다.[134] 김수영은 다리 위에서 소통 불능의 두 세대가 만나는 조우의 공간을 확보하면서 세대 간의 간극을 극복하는 길은 반항이 아니라 사랑임을 일깨우고 세대 간에 엇갈리는 순간의 속도를 정지시키고 사랑을 실천하여 적을 형제로 만드는 것이다. 그러므로 이 시는 세대 간의 간극을 사랑으로 극복하면서 미래의 삶이 과거와 어떻게 연결되는지를 보여주고 과거와 미래의 시간들이 회통하는 여유로운 역사의 모습을 제시한다.

첫 연에서 화자는 새로 건설된 현대식 교량을 건널 때마다 회고주의자가 되는 바 현대식 교량은 일제 강점기의 수탈의 속도를 위해서 놓여진 것들이어서 이를 알지 못하는 신세대는 그 교량이 조금도 부자연스럽지 않은 것이다. 현대식 교량을 건널 때마다 일제의 폭압을 회고하게 되고 그에 대한 반항으로 심장을 기계처럼 중지시킨다. 무수한 연습을 통해 심장을 기계처럼 중지시킬 수 있는 화자의 현대식 교량에 대한 증오는 오욕의 역사에 대한 반항이며 거부이다. 그러나 현대식 교량은 새로운 세대와 구세대가 조우하는 필연적인 공간이며 세대 간의 간극을 표출하는 갈등의 공간이기도 한데 이는 현대식 교량이라는 공간이 굴욕적 역사의 공간이기 때문이다.

둘째 연에서는 성장하는 신세대의 기성세대에 대한 이해와 사랑을 노래한다. 그들의 이해와 사랑은 기성세대로 하여금 여유를 갖게 하고 그 새로운 여유는 새로운 역사인 것을 깨닫는다. 수탈의 역사에 대한 거부와 반항은 신세대로부터 기성세대의 신용을 담보한다. 젊은이들은 마침내 기성세대를 이해하고 사랑하게 된 것이다. "선생님 이야기는 20년 전

134) 김상환, 앞의 책, 21쪽.

이야기지요"라는 젊은이들의 말에서 시간의 속도를, 그 속도가 갖는 변화의 힘을, 변화의 힘이 밀고 가게 될 역사의 힘찬 수레바퀴를 상정하게 된 화자는 여유를 갖는 것이다. 젊은이들이야말로 새로운 역사인 것이다. "새로운 역사라고 해도 좋다"라는 행은 앞서 첫째 연 마지막 행 "나는 나의 심장을 기계처럼 중지시킨다"가 둘째 연 첫 행 "그러나 문제는 이러한 반항에 있지 않다"에 걸리는 것처럼 셋째 연 첫 행 "이런 경이는 나를 늙게 하는 동시에 젊게 한다"에 걸린다. 셋째 연 첫 행의 "驚異"는 젊은이들을 통해서 얻게 되는 새로운 여유와 새로운 역사에 대한 경이이며 그 경이로움으로 해서 젊음과 늙음의 경계가 허물어지는 것이다.

경계의 허물어짐이 늙음과 젊음의 정지이며 다리는 이러한 회통에 대한 증인이 된다. 젊음과 늙음의 교직과 삼투의 순간, 그것들을 이끌고 왔던 속도는 정돈되며 서로 다른 두 세대는 사랑을 확인하게 되고 현대식 교량은, 혹은 오욕으로서의 역사는 참된 사랑을 터득한다. 서로 다른 시간과 속도, 혹은 세대를 이어주는 객관적 상관물로서의 "다리가 사랑을 배우"는 현장은 "적을 형제로 만드는 실증"[135)]인 것이다.

「現代式 橋梁」은 오욕의 역사와 새로운 역사에 대한 인식을 바탕으로 세대 간의 회통이 이루어지는 공간에서의 사랑의 획득이라는 측면

---

135) '나는 이제 적을 형제로 만드는 실증을/똑똑하게 천천히 보았으니까'라는 구절에서 김종철은 두 가지의 의문을 제기 한다. 하나는 '적'이 구체적으로 누구를 또는 무엇을 가리키는가? 이고 다른 하나는 '천천히'라는 단어의 모호한 사용이라는 것이다. 이런 것 때문에 '사랑'의 참된 정체도 모호해진다는 것(『김수영 전집』 별권, 87쪽)이 김종철의 주장인 반면 김명인은 '적'은 젊은이들이 아니라 김수영 시에 자주 등장하는 바로 '속도의 지체를 야기하는 모든 것들'이며 그렇게 볼 때, 속도의 지체가 속도와 함께 역사를 발전시키는 것과 같이 적은 형제가 될 수 있다(김명인, 『김수영, 근대화를 위한 모험』, 244쪽)고 주장한다. 그러나 여기서 '적'은 전근대적인 모든 것 혹은 서로 다른 두 세대이며 '천천히'라는 단어는 속력과 속력의 정돈으로 정지 상태에 있는 사물들에 대한 관찰 행위를 나타내는 것이다.

에서 '언어의 서술'과 '언어의 작용'이 회통을 이루면서, 논의를 좀 더 진전시킨다면 리얼리티와 모더니티를 동시에 획득하면서 시적 형상화를 이룬 성공한 수작이다. 이와 같은 김수영의 사회화된 사랑은 마침내 「사랑의 變奏曲」에서 완성된다. 사랑은 김수영에게 역사에 대한 인식과 더불어 모두가 추구해야 할 인간과 사회를 변혁시키는 힘으로 혹은 하나의 지배적인 이념으로까지 발전하며 이러한 사랑에 대한 인식이 생긴 것은 4 · 19를 거치고 난 후부터라고 할 수 있다.[136] 김수영의 사랑은 「現代式 橋梁」을 거쳐 「사랑의 變奏曲」에 이르러 이념으로 완성된다.

> 욕망이여 입을 열어라 그 속에서
> 사랑을 발견하겠다 都市의 끝
> 사그러져가는 라디오의 재갈거리는 소리가
> 사랑처럼 들리고 그 소리가 지워지는
> 강이 흐르고 그 강 건너에 사랑하는
> 암흑이 있고 3월을 바라보는 마른 나무들이
> 사랑의 봉오리를 준비하고 그 봉오리의
> 속삭임이 안개처럼 이는 저쪽 쪽빛
> 산이
>
> 사랑의 기차가 지나갈 때마다 우리들의
> 슬픔처럼 자라나고 도야지 우리의 밥찌끼
> 같은 서울의 등불을 무시한다
> 이제 가시밭, 넝쿨장미의 기나긴 가시가지
> 까지도 사랑이다

---

136) 김명인, 위의 책, 244쪽.

왜 이렇게 벅차게 사랑의 숲은 밀어닥치느냐
사랑의 음식이 사랑이라는 것을 알 때까지

난로 위에 끓어오르는 주전자의 물이 아슬
아슬하게 넘지 않는 것처럼 사랑의 節度는
열렬하다
間斷도 사랑
이 방에서 저 방으로 할머니가 계신 방에서
심부름하는 놈이 있는 방까지 죽음같은
암흑 속을 고양이의 반짝거리는 푸른 눈망울처럼
사랑이 이어져가는 밤을 안다
그리고 사랑을 만드는 기술을 안다
눈을 떴다 감는 기술—불란서 혁명의 기술
최근 우리들이 4 · 19에서 배운 기술
그러나 이제 우리들은 소리내어 외치지 않는다

복사씨와 살구씨와 곶감씨의 아름다운 단단함이여
고요함과 사랑이 이루어 놓는 暴風의 간악한
信念이여
봄베이도 뉴욕도 서울도 마찬가지이다
信念보다도 더 큰
내가 묻혀 사는 사랑의 위대한 도시에 비하면
너는 개미이냐?

아들아 너에게 狂信을 가르치기 위한 것이 아니다
사랑을 알 때까지 자라라
人類의 종언의 날에
너의 술 다 마시고 난 날에
美大陸에서 石油가 고갈되는 날에
그렇게 먼 날까지 가기 전에 너의 가슴에

새겨둘 말을 너는 都市의 疲勞에서
배울 거다
이 단단한 고요함을 배울 거다
복사씨가 사랑으로 만들어진 것이 아닌가 하고
의심할 거다!
복사씨와 살구씨가
한번은 이렇게
사랑에 미쳐 날뛸 날이 올 거다!
그리고 그것은 아버지 같은 잘못된 시간의
그릇된 명상이 아닐 거다

—「사랑의 變奏曲」(1967.2.15) 전문

유종호는 「사랑의 變奏曲」은 아마도 우리말로 쓰인 가장 도취적이고 환상적이며 장엄한 행복의 약속을 보여주고 있다[137]고 평가한다. 그러나 김명인은 이 작품을 김수영 시에서는 좀 드문 잠언적 시이며 동시에 좀 드물게 낭만적 의식 과잉이 강한 시여서 잠언적이라는 점에선 생애 마지막의 시 「풀」을 닮았고 낭만적 의식 과잉이라는 점에선 「거대한 뿌리」를 닮았다고 말한다. 그리고 이러한 낭만적 일탈과 그에 수반하게 마련인 주술적 열광이 현실에 대한 긴장을 이완시키고 혁명적 좌절과 그로 인한 현실에 대한 공격적 자기 풍자의 상처로 인해 화살 같은 속도로 시대의 창공을 날아가던 청년 김수영의 냉철한 속도 감각은 더 이상 찾아볼 수 없고 대신 한 중년 소시민의 고통에 찬 자기 응시만이 남게 되었다[138]고 평가한다.

이처럼 상반된 시 읽기는 기대지평과 기대환멸의 차이에서 오는 것이다. 그러나 이 시는 사랑의 완성이라는 측면에서 읽으면 유종호의 시 읽

137) 유종호, 황동규 편, 「詩와 自由와 관습의 굴레」, 앞의 책, 255쪽.
138) 김명인, 앞의 책, 247쪽.

기에 가까워서 도취적이고 환상적이며 장엄한 행복의 약속에 다가가고 있다. 「사랑의 變奏曲」은 기교가 도드라진 작품으로 행배열을 작위적으로 하여 의미를 강조하기도 하고 이미지를 변환하기도 하며 더욱 힘찬 환기력을 이끌어내기도 한다. 이러한 기교는 사랑의 변주를 통해 그것의 완성에 이르기 위한 시인의 고투의 흔적일 것이다.

이 시가 사랑이 충만한 새 세상을 노래하고 있다는 것은 "복사씨와 살구씨가/한 번은 이렇게/사랑에 미쳐 날뛸 날이 올 거다!"라는 구절을 통해서 알 수 있다. "복사씨와 살구씨의 단단"한 "고요함과/사랑이 이루어놓은 폭풍의 간악한/신념"은 결국 전 세계가 한 번은 사랑에 미쳐 날뛰게 될 것이라는 것이다. 이때의 사랑은 인류애인가? 아니다. 이 사랑은 자유, 민주, 정의이거나 혹은 민주, 민족, 민중으로 약칭되는 참다운 민주주의의 실현, 민족의 자주와 자립, 통일의 실현, 민중의 해방[139]이라는 4 · 19정신과 그것들이 구현된 사회의 평화로움과 행복함일 것이다.

김수영은 이 사랑을 이루는 기술이 혁명이며 우리들은 이미 혁명의 기술을 알고 있다고 설파한다. "그리고/이 사랑을 만드는 기술을 안다/눈을 떴다 감는 기술—불란서 혁명의 기술/최근 우리들이 4 · 19에서 배운 기술/그러나 이제 우리들은 소리내어 외치지 않는다"고 말하여 가투와 최류탄과 총성과 투옥과 수배와 불온한 것들만이 투쟁방법이 아님을 드러낸다. 외치지 않아도 그것들은 복사씨와 살구씨처럼 단단하고 고요하게 혁명을 준비하는 것이다. 혁명의 날을 위해 아들에게 "사랑을 알 때까지 자라라"고 이르고 "인류의 종언의 날에/너의 술을 다 마시고 난 날에/미대륙에서 석유가 고갈되는 날에/그렇게 먼 날까지 가기 전에 너의 가슴에/새겨둘 말을 너는 도시의 피로에서/배울 거다/이 단단한 고요함을 배

139) 채광석, 『민족문학의 흐름』, 한마당, 1987, 114쪽.

울 거다"라는 잠언을 준다.

아들의 가슴에 새겨 둘 말은 두 말할 필요도 없이 사랑이며 혁명이다. 그러나 그 사랑은 인간의 욕망에서 온다. 욕망은 인류 문명 발전의 동력이며 동시에 문명 파멸의 동인이다. 시인은 "욕망이여 입을 열어라 그 속에서/사랑을 발견하겠다 도시의 끝에/사그러져가는 라디오 소리의 재갈거리는 소리가/사랑처럼 들리고 그 소리가 지워지는/강이 흐르고/그 강건너에 사랑하는/암흑이 있고 3월을 바라보는 마른나무들이/사랑의 봉오리를 준비하고 그 봉오리의/속삭임이 안개처럼 이는 저쪽에 쪽빛/산이//사랑의 기차가 지나갈 때마다 우리들의/슬픔처럼 자라나고 도야지우리의 밥찌끼/같은 서울의 등불을 무시한다/이제 가시밭, 넝쿨장미의 기나긴 가시가지/까지도 사랑이다"라고 사랑의 충일을 예고한다.

그러나 이처럼 행 가름을 풀어놓으면 첫 연과 둘째 연은 자연스럽게 읽히지만 시적 긴장감이 사라지고 이미지보다는 의미로 오는 것을 느끼게 된다. 불편하게 느껴지는 작위적 행 가름은 시적 긴장을 돋우며 "쪽빛 산이" "슬픔처럼 자라나" 사랑의 숲을 이루고 사랑의 숲은 시인에게 "왜 이렇게 벅차게 사랑의 숲은 밀려닥치느냐"는 감동을 안겨준다. 시인은 혁명의 기운을 감지하고 흥분하는 것이다. "사랑의 음식이 사랑인 것을" 아는 것처럼 혁명은 혁명을 먹고 자란다는 것을 아는 시인은 혁명의 비등점을 운산하며 "間斷"도 사랑이라고 예언한다. 그렇다. 간단은 혁명의 한 현상이며 역사 발전의 촉매이다. 김수영의 사랑은 「사랑의 變奏曲」에 와서 비로소 완성되는 것이다.

김수영의 사랑은 현실에 대한 인식과 서민적 삶의 아름다움을 노래하게 한다. 그의 시가 리얼리즘의 미학을 드러내며 서술로서의 감동을 불러오는 것도 일상적 삶의 아름다운 추구에 있다. 사랑의 완성이 자유, 민주, 정의의 실현일 때 수반되는 사회적 현상은 인간의 회복이다. 시인다운 시인이란 정의와 자유와 평화를 사랑하고 인류의 운명에 적극적 관심을 가진, 이 시대의 지성을 갖춘, 시정신의 새로운 육성을 발휘할 수 있는 사람을 시인다운 시인[140]이라고 지적한다. 김수영은 오늘날의 시가 가장 골몰해야 할 가장 큰 문제는 인간의 회복이며, 우리들은 인간의 상실이라는 가장 큰 비극으로 통일되어 있고, 이 비참의 통일을 영광의 통일로 이끌어 나가야 하는 것이 시인의 임무[141]라고 말한다. 인간이 회복된 삶이란 이웃 간에 따스한 정을 주고받으며 시정의 건강한 시민으로 일상적인 삶을 살아가는 민중의 삶이다. 김수영은 민중의 삶을 노래한 민중시는 높은 윤리감과 예리한 사회의식에서 소박하고 아름다운 고도의 상징성을 지녀야 한다고 지적하면서, 순수시와 민중시의 방향을 제시하고 있다.

> 우리 시단에는 새로운 시적 현실의 탐구도 새로운 시형태의 발굴도 지극히 미온적이다. 소위 순수를 지향하는 그들은 사상이라면 내용에 담긴 사상만을 사상으로 생각하고 大忌하고 있는 것 같은데, 시의 폼을 결정하는 것도 사상이라는 것을 잊어서는 안된다. (……) 진정한 폼의 개혁은 종래의 부르주아 사회의 美－즉 쾌락－의 관념에 대한 부단한 부인과 전복에 의해서만 이루어진다. 우리 시단의 순수를 지향하는 시들은 이런 상관관계의 필연성에 대한 실감 위에서 있지 않기 때문에 항상 낡은 모방의 작품을 순수시라는 이름으로 제시하고 있다. (……) 소위 <예술파>의 신진들의 거의 전부가 적당한 감각적 현대어를 삽입한 언어의 彫琢이나 세련되어 보이는 이미지의 나열과 감성만으로 현대시가 된다고 생각하는 무서운 과오를 범하고 있다. 그러면 이와는 대극적인 위치에 놓여 있다고 볼 수 있는 <참여파>의 신진들의 과오는 무엇인가. 이들의 사회참여 의식은 너무나

140) 김수영, 앞의 책, 139쪽.
141) 김수영, 위의 책, 196쪽.

투박한 민족주의에 두고 있다. (……) 그런데 우리의 젊은 시가 상대로 하고 있는 민중—혹은 민중이란 개념—은 위태롭기 짝이 없다. (……) 시대착오의 한국인, 혹은 시대착오의 렌즈로 들여다본 미생물적 한국인이다. 이것은 두 말할 것도 없이 바라보는—즉 작가가 바라보는—군중이고, 작가의 안에 살고 있는 군중이 아니기 때문에 그렇게 되는 것이다. 이것은 작가와 함께 세차게 달리고 있는 군중이 아니라 작가는 달리지 않고 군중만 달리게 하는 遊離에서 생기는 현상인 것이다. 오늘의 민중을 대변하는 시는 민중을 바라보는 시가 아니다.[142)]

순수시와 민중시 혹은 모더니즘 시와 리얼리즘 시의 당대의 비판과 방향 제시는 오늘의 우리 시단에도 유효하다고 본다. 특히 객관적 관찰자로서의 민중 시인이 아니라 민중과 함께 달리는 민중 속의 민중 시인이 되어야 한다는 김수영의 지적은 당대의 시인들에게 뼈아픈 지적이었다. 그러나 그 자신은 민중적인 삶을 살아가지 못했던 것이어서 리얼리즘 계열의 평자들에게서 비판을 받아온 것은 아이러니가 아닐 수 없다. 그렇기는 하지만 그 자신이 서민의 한 사람으로 어떻게 서민적 삶에 다가갔는지를 보여주는 시편들은 「敵」, 「파자마바람으로」, 「長詩(1)」, 「만용에게」, 「돈」, 「강가에서」, 「敵(1)」, 「어느날 古宮을 나오면서」, 「이 韓國文學史」, 「H」, 「식모」, 「도적」 등이다.

파자마바람으로 우는 아이를 데리러 나가서
노상에서 支署의 순경을 만났더니
「아니 어디를 갔다 오슈?」
이렇게 돼서야 고만이지
어떻게든지 체면을 차려볼 궁리를 해야지

---

142) 김수영, 위의 책, 245~247쪽.

파자마바람으로 닭모이를 주러나갔다가
문지방 안에 夕刊이 떨어져 딩굴고 있는데도
심부름하는 놈더러
「저것 좀 집어와라!」 호령 하나 못하니
이렇게 돼서야 고만이지
어떻게든지 체면을 차려볼 궁리를 해야지

파자마바람으로 체면도 차리고 돈도 벌자고
하다하다못해 번역업을 했더니
卷末에 붙어나오는 역자약력에는
한사코 XX대학 중퇴가 XX대학 졸업으로 誤植되어 나오니
이렇게 돼서야 고만이지
어떻게든지 체면을 차려볼 궁리 좀 해야지

—「파자마바람으로」(1962.8) 부분

이 시의 비의는 외래어 "파자마"와 우리 전통문화의 코드인 "체면"의 충돌에 있다. 파자마는 잠자리에 들 때 입는 옷이다. 내실의 옷을 입고 일상적 삶을 살아가는 화자는 그 행위가 이미 체면을 구기는 일이라는 것을 알고 있다. 외래 문물을 일상적으로 잘못 사용하면서 체면을 구기고 있는 자신과 함께, 독자들에 대한 풍자와 야유가 간접적으로 드러난다. 화자는 "노상에서 지서의 군경을 만났더니/「아니 어디를 갔다 오슈?」"라는 경멸에 가까운 인사를 받게 되고 그 순간 화자는 순경이라는 작은 권력 앞에서 주눅이 드는 것이다. 그런가 하면 화자는 "문지방 안에 夕刊이 떨어져 딩굴고 있는데도/심부름하는 놈더러/「저것 좀 집어와라!」"라고 호령 한번 못하는 기죽은 남자인 것이다. 또한 화자는 대학 중퇴가 졸업으로 표기되어 나와도 별로 기분 나쁜 생각이 들지 않는 것이다. 이처럼 왜소한 시정 인물이 되어가는 화자 자신에 대한 희화는 독자들에 대한

희화이다. 그러나 이러한 시정의 평범한 삶 속에 우리들의 삶에 대한 진실이 있다고 김수영은 믿는 것이다. 문화적 충돌을 아이러니로 이끌어간 이 시는 '언어의 작용'보다는 '언어의 서술'에 경도되어 있으며, 구체적이고 직접적인 표현이 노리고 있는 '언어의 서술'에 대한 기대는 훨씬 높은 곳에 이 시를 놓이게 한다.

김수영 자신이 시정의 인간으로 변모되어 가는 것에 대한 자책과 연민을 더 선명하게 드러낸 작품이 「강가에서」이다.

> 저이는 나보다 여유가 있다
> 저이가 나보다도 가난해 보이는데
> 저이는 우리집을 찾아와서 산보를 청한다
> 강가에 가서 돌아갈 차비만 남겨놓고 술을 사준다
> 아니 돌아갈 차비까지 다 마셨나보다
> 식구가 나보다도 일곱식구나 더 많다는데
> 일요일이면 빠지 않고 강으로 투망을 하러 나온다고 한다
> 그리고 반드시 4킬로가량을 걷는다고 한다
>
> ……(중략)……
>
> 그는 나보다도 가난해 보이는데
> 남방샤쓰 밑에는 바지에 혁대도 매지 않았는데
> 그는 나보다도 가난해 보이고
> 그는 나보다도 짐이 무거워 보이는데
> 그는 나보다도 헐씬 늙었는데
> 그는 나보다도 눈이 들어갔는데
> 그는 나보다도 여유가 있고
> 그는 나에게 공포를 준다

이런 사람을 보면 세상사람들이 다 그처럼 살고 있는 것 같다
나같이 사는 것은 나밖에 없는 것 같다
나는 이렇게 가련한 놈 어느 사이에
자꾸자꾸 소심해져만간다
동요도 없이 반성도 없이
자꾸자꾸 小人이 돼간다
俗돼간다 俗돼간다
끝없이 끝없이 동요도 없이

—「강가에서」(1964.6.7) 부분

화자에게 산보를 청하고 차비를 털어 술을 사주는 늙은 사람은 우리들의 친근한 이웃이다. 그는 많은 식솔들을 거느리는 힘겨운 사람이지만 일요일이면 강으로 투망을 하러오는 여유 있는 사람이며 산보가 건강을 유지하는 지름길이라고 믿는 사람이다. 그는 화자보다 가난해 보이고 짐이 무거워 보이고 늙어 보이고 눈이 더 들어가 보이고 바지에 혁대도 매지 않았는데 화자보다 여유가 있는 것이다.

그의 여유가 화자에게는 공포가 된다. 많은 사람들이 가난하지만 여유 있게, 세상이 무겁지만 여유 있게, 늙었지만 여유 있게 살고 있는데 화자만 더욱 가난뱅이처럼, 더욱 무겁게, 더욱 늙은이처럼 주눅 들어 살고 있는 것이라고 느끼는 것이다. "동요도 없이 반성도 없이" 더욱 소심해지고 더욱 소인이 되어가고 더욱 속스러워져 가는 것이라고 "끝없이 끝없이 동요도 없이" 속스러워져 가는 것이라고, 그리하여 "이렇게 가련한 놈"이라고 참회하고 반성하는 것이다. 이 시에는 화자의 우월의식이 드러나지만 그 우월의식은 가난해 보이고 짐이 무거워 보이고 늙은 사람의 여유 앞에 여지없이 무너지고 마는 것이다.

자신보다 못나 보이는 사람의 삶의 여유를 통해 산다는 것의 보편적

진리를 비로소 깨닫는 화자는 산다는 것의 공포를 소중한 체험으로 그 자신을 가차 없이 반성하는 것이다. 이 시는 삶의 본질로 가득한 작품으로 "속돼간다 속돼간다/끝없이 끝없이 동요도 없이"처럼 울림이 큰 '언어의 작용'을 함께 드러낸다. 「식모」는 그녀의 도벽을 발견하고 나서 비로소 온 가족이 인간적인 완성에 이른다는 역설적인 시이다.

그녀는 盜癖이 발견되었을 때 완성된다
그녀뿐이 아니라
나뿐이 아니라 賤役에 찌들린
나뿐만이 아니라
여편네뿐이 아니라 안달을 부리는
여편네뿐만이 아니라
우리들의 새끼까지도
아무것도 모르는 우리들의 새끼까지도

그녀가 온지 두달만에 우리들은 처음으로 완성되었다
처음으로 처음으로

―「식모」(1966.2.11) 전문

식모와 주인의 관계는 사회적 인간관계이다. 그 관계는 고용주와 노동자의 관계이며 불신과 편견의 관계이다. 식모살이를 들어온 그녀는 어린 나이에 세상을 알아버린 사회적 결손의 감당자이며 소외자이자 냉대의 감수자이다.

도벽은 이러한 청소년에게서 나타나는 심리적 기제이며 부적응 행위이다. 인간의 발달 단계로 보아 유아기의 초기인 만 3세까지는 소유물의 자타 구별이 없어 가지고 싶은 것은 무엇이든지 자기 것으로 만들며 심신이 발달함에 따라 소유 개념이 확립되는 것이다. 청소년기에 접어들어서도 이 소유개념에 혼란을 보이면 남의 물건을 훔치는 것으로 소유욕을 만족시킨다. 이것이 도벽이며 도벽을 드러내는 청소년들은 애정 결핍, 자기현시나 자기만족의 욕구 저지에 따른 좌절감, 열등감, 부모의 불화에 따른 불쾌감, 과거의 비행에 대한 죄악감, 사회적 냉대 등의 심리적 원인을 가지고 있다.

문제는 그녀의 도벽이 발견됨으로써 그녀가 완성된다는 것이다. 도벽은 그녀만을 완성시키는 것이 아니라 화자와 아내 그리고 자녀들까지 완성시키게 되는데 완성에 이르기까지 두 달이 걸렸다는 것이다. 더 요령부득인 것은 그들이 모두 처음으로 완성되었다는 것이다. 여기서 문제가 되는 것은 "완성"이다. 이 완성은 인간적인 허위와 가식을 벗어버린 적나라한 모습의 그것을 말한다. 욕망이 지배하는 인간의 모습이야말로 가장 인간다운 모습일 것이다. 화자와 그 가족들은 식모의 도벽을 통해서 "처음으로 처음으로" 숨가쁘게 허위와 가식을 벗은 적나라한 인간의 모습을 보았을 것이다.

욕망과 결핍, 열등과 불쾌, 불신과 죄의식으로 일그러진 인간의 모습과 그럼에도 불구하고 그러한 인간에 대한 기대로서의 용서와 포용, 신뢰와 지지, 꿈과 희망이라는 삶의 본질을 보이고 있는 시편이 「식모」이다. 이 시는 현실의 본질적 연관 관계로서의 삶의 한 현상을 형상화한 작품으로 언어의 기술에 경도되어 자기 인식의 계기를 마련한다. 그러나 주체와 객체 사이의 화해 불가능을 드러내면서 사회적 모순을 언어의 작용을 통해 심화시킨다. 「식모」와 함께 「도적」 또한 서민적 삶의 전형을 보여주는 작품이다.

> 돈에 치를 떠는 여편네도 도적이 들어왔다는
> 말에는 놀라지 않는다

그놈은 우리집 광에 있는 철사를 노리고 있다
싯가 7백원가량의 새 철사뭉치는 우리집의
양심의 가책이다
우리가 도적질을 한 것은 아니지만 우리가
훔친 거나 다름없다 아니 그보다 더 나쁘다
앞에 2층집이 신축을 하고 담을 두르고
가시철망을 칠 때 우리도 그 철망을 치던
일꾼을 본 일이 있다
그 일꾼이 우리집 마당에다 그놈을 팽개
쳤다 그것을 그놈이 일이 끝나고나서
가져갈 작정이었다

……(중략)……

그 이튿날 여편네와 식모가 하는 말을 들어보니
철사뭉치는 벌써 지하실에 도피시켜놓은 모양이었다
도적은 간밤에는 사그러진 담장쪽이 아닌
우리집의 의젓한 벽돌기둥의 정문 앞을
새벽녘에 거닐었다고 한다
시험공부를 하느라고 밤을 새는 큰아이놈의
말이다 필시 그럴 거다

그래도 여편네는 담을 고치지 않는다
내가 고치라고 조르니까 더 안 고치는지도 모른다
고칠 사람을 구하기가 어려운 것도 있고
돈이 아까울지도 모른다

고칠 사람을 구하기가 어렵다고 하지만
돈이 아까울 거라 그럴 거라
내 추측이 맞을 거라

아니 내가 고치라고 하니까 안 고칠 거라
이 추측이 맞을 거라 이 추측이 맞을 거라
이 추측이 맞을 거라

—「도적」(1966.10.8) 부분

서사구조를 지닌 「도적」은 도적질한 철사 뭉치를 온 가족이 나서서 다시 도적질하는 이야기이다. 도적질한 물건을 도적질하는 도적의 아이러니를 드러내고 있는 이 작품은 가족적 온정주의와 가족 간의 갈등을 함께 표출하고 있어 씁쓸한 뒷맛을 남긴다.

인간의 탐심과 탐심이 몰고 오는 두려움이 「도적」의 메시지이지만 아내가 담장을 고치지 않는 것이 돈이 아까워서라기보다 화자인 남편의 요구이기 때문이라고 추측하는 남편의 예단은 부부 사이의 첨예한 대립과 일상의 피로가 엿보이는 대목이다. 아내는 정말 돈이 아까워서 부서진 담장을 고치지 않을 수도 있으며 가난한 살림에 무엇을 도적맞겠느냐는 대범함이나 배포도 있을 법한 것이다. 그러나 남편은 자기가 고치라고 하니까 안 고치는 것이라고 단정한다. 이러한 단정은 인간관계에 대한 배반이며 골 깊은 갈등의 드러냄에 다름 아니다. 가장 가까운 사이여야 할 부부 관계가 이쯤에 이르면 심각한 파탄에 직면할 것이지만 이들 부부는 무능과 불신을 더하면서 잘 살아가고 있는 것이다. 그것이 시정의 부부들인 것이다. 결국 700원 정도의 철사뭉치는 안마당에서 광으로, 광에서 지하실로 옮겨지면서 더욱 견고하게 화폐 가치를 유지하게 되지만 그 과정에서 가족 간의 인간관계는 상당부분 훼손되는 것이다.

「도적」은 훔친 철사 사건이라는 구체적인 '언어의 서술'을 통해 인간관계에서 진정으로 필요한 것이 무엇인지를 깨닫게 하는 '언어의 작용'에 닿아 있는 작품이다. 그러므로 이 시편은 김수영이 서민의 한 사람으로 건강한 삶을 살아가기 위한 자책과 자기폭로와 자기 삶에 대한 통렬한 풍자를 드러냄으로써 비천한 삶을 극복하기 위한 제의적 행태를 이룬다. 다시 말하면 김수영은 현실과의 힘든 싸움에서 승리하기 위하여 철저하게 왜소해지고 철저하게 비천해짐으로써 당당해지는 것이다. 현실적 삶에 대한 부대낌과 파탄을 통해 시적 총체성을 확보함으로써 부정적 일상성을 자기긍정으로 승화하는 것이며 문학적 간접 경험을 통해 화해에 이르고자 하는 것이다.

Ⅳ. 모더니티와 리얼리티의 언어 극복

1. '휴식'과 '죽음'의 내면 풍경

시정인으로서 김수영의 삶에 대한 사랑은 죽음의 형식을 빌어 완성에 이른다. 김수영 문학에서의 죽음은 삶의 완성이다. 김수영은 모든 시는－마르크스주의 시까지도 포함해서－어떻게 자기 나름으로 죽음을 완수했느냐의 문제를 검토하는 방법이라고 해도 과언이 아니라고 말한다. 그리고 모든 시론은 이 죽음의 고개를 넘어가는 모습과 행방과 그 행방의 거리에 대한 해석과 측정의 의견에 지나지 않는다[143]고 말함으로써 죽음의 완성이 시의 완성임을 밝히고 있으며 김수영은 시론이란 죽음의 문제에 대한 해석과 자리매김에 다름 아니라고 주장한다.

김수영의 죽음은 일상성과 긴밀한 관계를 갖고 있다. 일차적 죽음은 김수영에게 있어서 일상성에의 매몰이며 이차적 죽음은 "죽음 우에 죽음 우에 죽음을 거듭하"거나 "죽음이 싫으면서/너를 딛고 일어서고/시간이 싫으면서/너를 타고 가야 하"는 것처럼 거듭 죽고 거듭 태어나거나 레이팜탄처럼 일순에 죽음에 이르는 속도의 문제이기도 하다. 이처

143) 김수영, 위의 책, 407쪽.

럼 김수영에게 있어서 죽음의 본질은 이중적, 대칭적 노출에서 강하게 드러난다. 김수영 시에 나타난 죽음은 '뒤집어 놓음'과 죽음의 부정으로 그 심층 의미를 획득한다.[144)]

김수영에게 있어서 죽음은 그의 시 속에서 몇 가지 양태로 드러난다. 이건제는 「孔子의 生活難」에서의 마지막 행인 "그리고 나는 죽을 것이다"를 '연기적 죽음'이라고 보아 생성의 동력을 얻지 못한 피상적 죽음이라고 지적하고 있다. 「눈」에서 3연의 "눈은 살아 있다/죽음을 잃어버린 靈魂과 肉體를 위하여/눈은 새벽을 지나도록 살아 있다"라는 표현을 죽음에 대한 두려움과 불안을 잊어버린 '투신적 죽음'으로 이해하고 죽음에 더욱 가까이 다가가게 된 자신의 육체와 영혼을 찬양하고 있어 낭만적 초월에 의한 과장을 보인다고 읽고 있다. 이 죽음에서도 김수영은 생성의 동력을 온전히 얻지 못한다고 비판한다. 「누이야 장하고나!」에서의 죽음은, 근세사의 수많은 사건들에 이어진 역사적인 죽음으로, 오히려 풍자적 상황을 통해 민중적 해탈을 살필 수 있다고 주장한다. 화자의 웃음은 '해탈적 죽음'을 깨달은 사람에게서 볼 수 있는 생성의 동력으로서의 에토스를 드러낸다고 보고 있는 것이다. 「설사의 알리바이」에서 5연의 "언어가 죽음의 벽을 뚫고 나가기 위한/숙제는 오래된다"라는 행의 죽음을 '규제적 죽음'으로 언어가 죽어야 시가 살아난다는 시의 생성의 순간으로 읽는다.[145)] 이렇게 보면 죽음의 문제는 김수영 시의 모든 시기에 개입되고 있다고 말할 수 있을 것이다.

그러나 박수연은 1950년대의 죽음과 1960년대의 죽음이 의미를 달리한다고 지적한다. 죽음에 대한 김수영의 태도가 결정적으로 변화하는 것

---

144) 김혜순, 앞의 논문, 83쪽.

145) 이건제, 「김수영 시에 나타나는 '죽음'의식」, 『작가연구』, 1998, 5월호, 78~87쪽 참조.

은 1958년의 작품인 「비」에 이르러서이며 이 시에서 죽음은 새로운 시대로 직접 나아가는 통로에 위치한다고 판단한다. 그리고 죽음을 통한 새로움의 내용도 1950년대와 1960년대에는 차이가 있어 1950년대의 새로움이 과거에 대한 급진적 부정으로써 획득되는 것이라면 1960년대의 새로움은 과거를 포괄하는 새로움 즉 지나간 것에 근거하는 새로움이라는 것이다.146)

박수연의 이러한 견해는 1950년대와 1960년대를 거쳐 새로운 세계를 생성하는 죽음으로 나타난다는 이은봉의 관점과는 다른 것이며 죽음이 과거를 닫는 행위, 또는 과거를 포괄하는 행위라는 의미로 읽었다는 데서 새롭다 할 것이지만 사랑의 완성으로서의 죽음, 다시 말하면 삶의 초월로서의 죽음을 지나치게 포괄적 행위로 확대하여 김수영 시를 해석하는 위험이 있다. 죽음이 생성의 동력으로 작용한다는 것에는 이론이 있을 수 없지만 김수영의 죽음을 지나간 시대를 칸막이하는 행위로 보는 것은 온당하지 않다. 김수영이 죽음과 사랑을 대극에 놓고 시의 새로움이라는 것을 생각해 볼 때 시라는 것이 얼마만큼 새로운 것이고 얼마만큼 낡은 것인가의 본질적인 黙契를 알 수 있다147)고 말한 것은 죽음과 사랑이 충돌하지 않으면 새로운 시가 열리지 않는다는 일깨움이며 사랑은 생활 현실의 껴안음이자 긍정적 삶의 태도를 말하는 것이다. 그러므로 그의 사랑은 1950년대의 개인적 삶과 1960년대의 공동체적 삶 모두를 아우르는 것이기는 하지만 공동체적 삶의 아름다움에 더 기울어져 있다 하겠다. 여기서 중요한 것은 죽음과 사랑을 대극으로 하여 충돌함으로써 새로운 시세계의 생성의 동력을 얻게 될 때 그 사랑은 공동체적 삶에 대한 사랑이며 죽음 또한 개인의 죽음이 아니라 공동체적 죽음을 의미하는

146) 박수연, 앞의 논문, 186~187쪽.
147) 김수영, 앞의 책, 407쪽.

것이다. 곧 현실에 새로운 의미를 부여하는 계기로서의 죽음이며 새로운 세계를 열어가는 죽음인 바 이는 "언어가 죽음의 벽을 뚫고 나가기 위한" 죽음이어서 시로 열어가는 죽음이다.

그리고 김수영 시에서는 현실생활의 완성으로서의 '사랑'과 사랑의 완성으로서의 '죽음' 사이에 '휴식'이 놓인다. 그러므로 '휴식'은 죽음에 이르는 도정이며 삶에 대한 뒤돌아봄이다.

> 남의집 마당에 와서 마음을 쉬다
>
> 매일같이 마시는 술이며 모욕이며
> 보기 싫은 나의 얼굴이며
> 다 잊어버리고
> 돈 없는 나는 남의집 마당에 와서
> 비로소 마음을 쉬다
>
> 잣나무 전나무 집뽕나무 상나무
> 연못 흰 바위
> 이러한 것들이 나를 속이는가
> 어두운 그늘 밑에 드나드는 쥐새끼들
>
> 마음을 쉰다는 것이 남에게도 나에게도
> 속임을 받는 일이라는 것을
> (쉰다는 것이 무엇이라는 것을 알면서)
> 쉬어야 하는 설움이여
>
> ……(중략)……
>
> 나는 나를 속이고 歷史까지 속이고

구태여 낯익은 하늘을 보지 않고
구렁이 같이 태연하게 앉아서
마음을 쉬다

마당은 주인의 마음이 숨어 있지 않은 것처럼 安穩한데
나 역시 이 마당에 무슨 원한이 있겠느냐
비록 내가 자란 터전같이 호화로운
꿈을 꾸는 마당이라고 해서

—「休息」(1955) 전문

이 시가 쓰인 1955년은 김수영이 평화신문 문화부 차장으로 일 년 가까이 근무하다 퇴사하고 6월에 마포 구수동 41번지로 이사하여 양계를 하며 시와 번역 작업을 하던 때이다. 이 시에서 "남의 집 마당"이라고 한 곳은 구수동 41번지와 이웃한 집의 뜰을 이르는 것이다. 조직의 일원으로 그 사회에 적응하기가 쉽지 않았던 김수영은 그의 아내가 시작한 양계 일을 돕는 것으로 겨우 체면을 유지하면서 돈이 되지 않는 시를 쓰거나 몇 푼의 원고료 때문에 번역 작업을 하게 된다. 그가 정신적으로 얼마나 피폐하고 공소했었을지를 짐작하기는 어렵지 않다.

김수영은 이미 1954년의 「구슬픈 肉體」에서 "아아 아아 아아/불은 켜지고/나는 쉴 사이 없이 가야 하는 몸이기에/구슬픈 肉體여"라고 읊어 삶의 곤고함을 노래한 일이 있으며 1955년 이후에도 빈곤을 한탄하는 여러 시편을 보여주고 있는 것이다. 「映寫板」에서 "나의 두 어깨는 꺼부러지고/영사판 위에 비치는 길 잃은 비둘기 같이 가련하게 된다"라고 읊었으며, 「거리(1)」에서는 "헌 옷과 낡은 구두가 그리 모양 수통하지 않다 느끼면서/나는 옛날에 죽은 친구를/잠시 생각한다"고 노래하기도 하고, 「봄밤」에서는 "술에서 깨어난 무거운 몸이여/오오 봄이여"라고 읊기도 했으며, 「하루살이」에서는 "하루살이는 지금 나의 일을 방해 한다/ㅡ나는 확실히 하루살이에게 졌다고 생각한다ㅡ"라고 노래하기도 했다. 「말」에서는 "부산에서 언제 올라왔느냐고 헛말같이라도 물어보아야 할 것을/나는 銃에 맞은 새같이 可憐하게도 당신의 집을 나와버렸다"라고 읊었고, 「生活」에서는 "여편네와 아들놈을 데리고/落伍者처럼 걸어가면서/나는 자꾸 허허……웃는다/(……) 生活은 孤節이며/悲哀이었다/그처럼 나는 조용히 미쳐간다/조용히 조용히……"라고 노래하기도 했다. 「長詩(1)」에서는 "겨자씨같이 조그맣게 살면 돼/복숭아가지나 아가위가지에 앉은/배부른 흰새 모양으로/잠깐 앉았다가 떨어지면 돼/연기나는 속으로 떨어지면 돼/구겨진 휴지처럼 노래하면 돼"라고 읊었으며, 「만용에게」에서는 "이렇게 週期的인 收入騷動이 날 때만은/네가 부리는 독살에도 나는 지지 않는다//무능한 내가 지지 않는 것은 이때만이다/너의 毒氣가 예에 없이 걸레쪽같이 보이고/너와 내가 半半ㅡ/「어디 마음대로 화를 부려보려므나!」"라고 노래했다. 「후란넬 저고리」에서는 "윗호주머니나 혹은 속호주머니에 들은/치부책 노릇을 하는 종이쪽/그러나 돈은 없다/ㅡ돈이 없다는 것은 오랜 親近이다"라고 읊었고, 「돈」에서는 "나에게 30원이 여유가 생겼다는 것이 대견하다/나도 돈을 만질 수 있다는 것이 대견하다"라고 노래했고, 「罪와 罰」에서는 "그러나 우산대로/여편네를 때려눕혔을 때/우리들의 옆에서는/어린놈이 울었고/비오는 거리에는/40명가량의 醉客들이/모여들었고/집에 돌아와서/제일 마음에 꺼리는 것이/아는 사람이/이 캄캄한 犯行의 現場을/보았는가 하는 일이었다"라고 읊었다. 「이 韓國文學史」에서는 "그러나 덤뼁 출판사의 20원짜리나 20원 이하의 고료를 받고 일하는/14원이나 13원이나 12원짜리 번역일을 하는/불쌍한 나나 내 부근의 친구들을 생각할 때"라고 노래했으며, 「꽃잎(3)」에서는 "어떻게 알았느냐 나의 방대한 낭비와 넌센스와/허위를/나의 못 보는 눈을 나의 둔감한 영혼을/나의 애인 없는 더러운 고독을/나의 대대로 물려받은 음탕한 전통을"이라고 노래했다. 이처럼 김수영이 물질적 빈곤과 정신적 빈곤을 드러낸 표현이며 그가 즐겨 노래했던 "矜持"와는 서로 대극을 이루는 "自己卑下"이다.

「休息」은 곤고한 삶에 대한 되돌아봄이며 허위의식에 대한 통렬한 자기반성의 시편이다. 몸을 쉬는 것이 아니라 마음을 쉰다는 것이 자신을 속이는 일이라는 것을 아는 그는 "잣나무 전나무 집뽕나무 상나무/연못 흰 바위/이러한 것들이 나를 속이는가"라고 자신에게 묻는다. "어두운 그늘 밑에 드나드는 쥐새끼들"로 상징되는 어둠의 존재는 화자의 자아이자 시를 읽는 독자들이다. 화자는 "멀리서 산이 보이고/개울 대신 실가락처럼 먼지나는/군용로가 보이는/마당 위에서" 자신을 속이고 역사까지 속이고 "구렁이 같이 태연하게 앉아서/마음을" 쉬는 것이다. 그러므로 여기서의 휴식은 쉬는 모습이 아니다. 화자는 자신을 속이는 것이 고통스럽고 역사를 속이는 것이 고통스럽고 그런 고통을 구렁이처럼 능청스럽게 앉아 버티는 자신이 싫은 것이다. 그가 바라보고 있는 빈 마당은 그의 가난한 마음의 객관적 상관물로, 그가 자란 터전 같이 호화로운 꿈을 꾸는 마당이라고 해서 무슨 원한이 있겠느냐고 묻지만 그 마당은 이미 꿈이 사라진 빈 마당인 것이다.

> 일한다는 意味가 없어져도 좋다는 듯이 구수한 벗이 있는 곳
> 너는 나와 함께 못난 놈이면서도 못난 놈이 아닌데
> 쓸데 없는 圖面 위에 글씨만 박고 있으면 어떻게 하리
>
> ……(중략)……
>
> 남의 일하는 곳에 와서 덧없이 앉아 있으면 비로소 설워진다

어떻게 하리
어떻게 하리

—「事務室」(1956) 부분 ①

나는 너무나 많은 尖端의 노래만을 불러왔다
나는 停止의 美에 너무나 等閑하였다
나무여 靈魂이여
가벼운 참새같이 나는 잠시 너의
흉하지 않은 가지 위에 피곤한 몸을 앉힌다

—「序詩」(1957) 부분 ②

그러나 여보
비오는 날의 마음의 그림자를
사랑하라
너의 벽에 비치는 너의 머리를
사랑하라
비가 오고 있다
움직이는 悲哀여

결의하는 悲哀
변혁하는 悲哀……

……(중략)……

여보
비는 움직임을 制하는 決意
움직이는 休息

여보
그래도 무엇인가 보이지 않느냐

그래서 비가 오고 있는데!

—「비」(1958) 부분 ③

—돈이 없다는 것은 오랜 親近이다
—그리고 그 무게는 돈이 없는 무게이기도 하다
또 무엇이 있나 나의 호주머니에는?
연필쪽!
옛날 추억이 들은 그러나 일년내내 한번도 펴본 일이 없는
죽은 기억의 휴지
아무것도 집어넣어본 일이 없는 왼쪽 안호주머니
—여기에 혹시 휴식의 갈망이 숨어 있는지 모른다
—휴식의 갈망도 나의 오랜 親近한 친구이다……

—「후란넬 저고리」(1963.4.29) 부분 ④

①은 남의 사무실에 가서 덧없이 앉아 있는 화자를 노래하고 있지만 그런 휴식은 서러운 일이라는 것을 깨닫는 시적자아를 보여주고 있다. 일자리 없는 것이야말로 사회적 부적응의 서러움이며 빈곤의 자리이며 시대로의 진입을 거부당한 서러움으로 이를 극복할 길이 없는 화자는 이를 "어떻게 하리/어떻게 하리"라고 탄식만 할 뿐이다. 휴식은 김수영에게 있어 자신과 역사를 속이는 일이기도 하지만 동시에 서러움을 깨닫는 일이기도 한 것이다.

②는 첨단의 노래만을 불러 왔던 김수영이 이제는 정지의 미를 추구하겠다는 선언이다. 그가 부른 첨단의 노래는 속도에 관한 것이며 시대를 뛰어넘는 현대성의 추구에 다름 아니다. 속도가 현대의 미덕이지만 속도를 정지시키는 일도 시대의 미덕임을 비로소 깨달은 그는 잠시 영혼의 나뭇가지에 가벼운 참새처럼 피곤한 몸을 앉힌다. 그것이 휴식인 것이다.

③은 비로 상징되는 비애는 무엇인가를 결의하는, 새 시대를 위하여

변혁하는 비애로 인식된다. 이 비애는 김수영 시의 중요한 핵심어이기도 하다. 곧 현대성을 추구하는 에너지이자 현대성의 완성에 이르는 통로로 이해된다. 시의 화자는 비가 오는 모습에서 비애를 읽고 있는 것이어서 그 비애는 움직이는 비애이자 그것을 억제하는 동적인 휴식인 것이다. 화자가 자신에게 "그러나 여보/비 오는 날의 마음의 그림자를/사랑하라/너의 벽에 비치는 너의 머리를/사랑하라"라고 말하고 있는 것은 "순간이 순간을 죽이는 것이 현대"인 무서운 속도의 망령, 현대성의 망령으로부터의 잠시 동안의 해방을 해보라는 권유이며 휴식에의 유혹이다. 화자는 지금 쏟아지는 빗줄기처럼 사정없이 달려가는 현대성의 속도 속에서 쉬고 싶은 것이며 휴식을 사랑하고 싶은 것이다. 그러나 그 휴식조차 움직이는 휴식이어서 진정한 휴식에 이르지 못할 것이지만 그래도 빗속으로 무엇인가가 보이는 것이다.

④는 가난한 호주머니의 가벼운 무게와 그 호주머니 속에 들어 있는 오래된 휴지와 쓸모없는 연필 쪽이 전부인, 김수영의 궁핍한 삶이 적나라하게 묘사되어 있다. "아무것도 집어넣어 본 일이 없는 왼쪽 안호주머니" 역시 또 다른 가난의 상징이지만 그 안에는 그의 휴식에 대한 갈망이 들어 있는 것이다. 휴식에 대한 갈망도 그에겐 오랜 친근인 것이다.

김수영 시에서의 휴식은 이처럼 속도나 허위의식이나 삶의 방식에 대한 반성의 의미를 지닌다. 이러한 휴식을 거쳐 김수영은 죽음의 시편으로 이행하는 것이다. 김종철은 김수영의 시적 세계의 밑바닥에는 죽음에 대한 의식이 유난히 짙게 깔려 있다고 지적하고 아마도 그의 후기 시에서 눈에 띄게 나타나는 사랑의 테마 역시 이러한 죽음이라는 의식의 뿌리로부터 우러나온 것으로 이해한다. 현실에 대한 그의 다양하지만 동시에 근본적인 관심이 모두 이 뿌리를 근간으로 하고 있는 것으로 추측된다고 보았다. 김수영은 죽음에의 남다른 의식으로 말미암아 그는 일상의 피상적인 경험의 갈래를 좇아 허우적거리지 않았다. 그리하여 경험의 의미를 근본에서 꿰뚫어볼 수 있었을 것이며, 죽음이란 단순히 생명의 끝남을 의미하지 않고 오히려 살아 있는 존재를 더욱 참되고 살찌게 하는 어떤 것[148]이라고 지적한바 있다.

죽음을 노래한 시편들로는 「거리(2)」, 「연기」, 「屛風」, 「눈」, 「꽃」, 「말」, 「死靈」, 「누이야 장하고나!」, 「거위소리」, 「먼지」 등이 있다.

나무뿌리가 좀더 깊이 겨울을 향해 가라앉았다
이제 내 몸은 내 몸이 아니다
이 가슴의 動悸도 기침도 寒氣도 내 것이 아니다
이 집도 아내도 아들도 어머니도 다시 내 것이 아니다
오늘도 여전히 일을 하고 걱정하고
돈을 벌고 싸우고 오늘부터의 할일을 하지만
내 생명은 이미 맡기어진 생명
나의 秩序는 죽음의 秩序
온 세상이 죽음의 價值로 변해버렸다

익살스러울만치 모든 距離가 단축되고
익살스러울만치 모든 질문이 없어지고
모든 사람에게 告해야 할 너무나 많은 말을 갖고 있지만
세상은 나의 말에 귀를 기울이지 않는다

이 無言의 말
이 때문에 아내를 다루기 어려워지고
자식을 다루기 어려워지고 친구를
다루기 어려워지고
이 너무나 큰 어려움에 나는 입을 봉하고 있는 셈이고

---

148) 김종철, 「詩的 眞理와 詩的 構成」, 『김수영 전집』 별권, 88~89쪽.

무서운 無誠意를 자행하고 있다

이 無言의 말
하늘의 빛이요 물의 빛이요 偶然의 빛이요 偶然의 말
죽음을 꿰뚫는 가장 무력한 말
죽음을 위한 말 죽음에 섬기는 말
고지식한 것을 제일 싫어하는 말
이 萬能의 말
겨울의 말이자 봄의 말
이제 내 말은 내 말이 아니다

―「말」(1964.11.16) 전문

이 시는 죽음 앞에 선 인간의 실존과 죽음을 뚫고 일어서는 말의 영생을 노래한 시이다. 죽음은 실체이며 현실이고 피할 수 없는 운명이다. 그러므로 죽음은 '언어의 서술'에 값한다. 그러나 말은 기호이며 사물의 본질이며 시이다. 그러므로 말은 '언어의 작용'에 값한다. 이렇게 볼 때 이 시는 '언어의 서술'과 '언어의 작용'을 뛰어넘어 시적 성취를 이루어 낸 수작이다.

이를 좀 더 구체적으로 살펴보면 첫째 연에서 화자는 순환론적 우주관에 의해 죽음을 실존으로 받아들인다. 그러므로 나무뿌리가 좀 더 깊이 겨울을 향해 가라앉는 것은 죽음에 다가가는 일이기도 하지만 더 튼실한 뿌리로 새 봄을, 다시 말하면 새 생명을 예비하는 일이기도 하다. 이 때 나무뿌리는 바로 시적 자아이며 시인의 정신이다. 겨울을 향해 가라앉는 뿌리의 모습으로 죽음에 가까이 다가가는 화자에게는 자신의 몸이 그의 몸이 아니며 죽음에 맡겨진 몸이다. 몸이 순환론적 우주의 질서에 맡겨질 때 지금 뛰고 있는 가슴의 두근거림도 "기침도 寒氣도 내 것이 아니다/이 집도 아내도 아들도 어머니도 다시 내 것이 아니다." 그것들은 살아 있을 동안의 소유이며 관계인 것이다. 죽음의 실존 앞에 설 때 "오늘도 여전히 일을 하고 걱정하고/돈을 벌고 싸우고 오늘부터의 할 일을 하지만" 이러한 일상사는 죽음 앞에서 그 의미를 상실하는 것이다. 화자의 생명은 이미 순환론적 우주관에 맡겨진 생명이며 그러므로 그의 생명의 질서는 죽음의 질서이어서 순환하는 계절로서의 겨울조차 "온 세상이 죽음의 가치로 변해버렸"던 것이다.

둘째 연의 비의는 "익살스러울만치"라는 표현이다. 모든 거리가 단축되는 것은 죽음의 의미가 아니면 해독되지 않는다. 새로운 생명으로 예비되며 저장되는 순환론적 우주관에서는 사물들의 거리가 사라지거나 단축되어 평면화된다. 죽음은 또한 모든 질문에 대한 대답이며 해법이다. 죽음 앞에서 무슨 질문이 있겠는가. 모든 질문의 닫힘은 죽은 자가 볼 때 우스운 일이거나 익살스러운 일일 것이다. 죽음 앞에 선 화자가 세상 사람들에게 고해야 할 많은 말들이 있기는 하지만 세상 사람들은 그의 말에 귀를 기울이지 않는다. 이 부분부터 이 시를 소외 의식을 노래한 시[149]로 판단하게 하는 단서로 읽히지만 기실 이 대목은 죽음 앞에 선 자의 말조차 귀 기울이지 않는 말의 의사소통 기능의 상실과 말의 무의미성을 노래한 것이다.

셋째 연에 이르면 비로소 "이 無言의 말"이라는 말없는 말에 대한 표현이 등장한다. 말은 있으되 들어주지 않아 의미가 없는 말을 여기서는 "無

149) 이 시를 소외라는 관점에서 읽은 평자는 송명희(「김수영론－인간상실과 그 회복에 대하여」, 『현대문학』, 1980 8월호, 301～302쪽)와 김명인(『김수영, 근대를 향한 모험』, 소명출판사, 2002, 207～208쪽)이다. 두 사람의 시 읽기는 크게 차이가 나지 않으나 "세상은 나의 말에 귀를 기울이지 않는다"에서 차이가 난다. 송명희는 이 구절이 세상의 허위 때문이라고 읽은 반면 김명인은 스스로 세상으로부터 문을 닫아 걸은 시인의 적극적 도피 때문이라고 읽은 것이다. 그러나 이 구절은 죽음 앞에 이른 자의 말까지도 귀를 기울이지 않는 의사소통의 단절과 말의 무의미성을 말한 것으로 읽어야 전체적인 맥락이 선다.

言의 말"이라고 했다. 이 무언의 말 때문에 아내와의 사이에, 자식들과의 사이에, 친구들과의 사이에 의사소통이 이루어지지 않고 있으며 이러한 의사소통의 단절로 화자는 입을 봉하고 있는 것이다. 이제 화자는 주변의 사람들과의 사회적 기능인 언어의 소통을 포기함으로써 스스로를 가두면서, 말을 하지 않는 무성의를 드러낸다. 일상생활에 대한 포기를 통해 그가 얻고자 했던 것은 무엇일까. 이에 대한 해답은 마지막 연에서 제시된다.

"이 無言의 말/하늘의 빛이요 물의 빛이요 偶然의 빛이요 偶然의 말/죽음을 꿰뚫는 가장 무력한 말/죽음을 위한 말 죽음에 섬기는 말/고지식한 것을 제일 싫어하는 말/이 萬能의 말/겨울의 말이자 봄의 말/이제 내 말은 내 말이 아니다"

마지막 연에 이 시의 모든 전언이 들어 있는 것이다. 일상생활에서는 무기력하기 이를 데 없는, 오히려 의사소통을 방해하는 말들이, 곧 말은 있으되 말로서의 생명이 없는 무언의 말이 바로 시인 것이다. 그 말들은 하늘과 물을 드러내는 빛으로 살아나고 모든 우연의 시간들을 성화하는 빛으로 살아난다. 그 우연의 말들은 죽음을 꿰뚫는 가장 힘 있는 말, 무력하지만 살아 있어 가장 힘 있는 말(시)이 된다. 그리하여 죽음을 넘어서는, 죽음을 섬기는 말들로 전환한 시의 말들은 인습에 사로잡힌 "고지식한 것을 제일 싫어하는 말"이 되는 것도 너무나 당연하다. 죽음을 꿰뚫고 솟아오르는 말이야말로 "萬能의 말"이며 "겨울의 말이자 봄의 말"이다. 죽음을 노래하되 그것은 다시 올 생명을 노래하는 것이며 이렇게 노래된 말들은 화자의 말이지만 이미 화자의 말이 아니라 모든 살아 있는 생명에 바쳐지는 말이다. 「말」은 우주의 순환 원리로서의 죽음과 이 죽음을 뚫고 솟아오르는 예술혼을 노래한 시이다. 죽음은 일상으로부터의 단절이다. 일상으로부터의 단절을 노래한 작품으로 「屛風」이 있다.

屛風은 무엇에서부터라도 나를 끊어준다
등지고 있는 얼굴이여
주검에 취한 사람처럼 멋없이 서서
屛風은 무엇을 향하여서도 無關心하다
주검에 全面같은 너의 얼굴 우에
龍이 있고 落日이 있다
무엇보다도 먼저 끊어야 할 것이 설움이라고 하면서
屛風은 허위의 높이보다도 더 높은 곳에
飛瀑을 놓고 幽島를 점지한다
가장 어려운 곳에 놓여있는 屛風은
내 앞에 서서 주검을 가지고 주검을 막고 있다
나는 屛風을 바라보고
달은 나의 등뒤에서 屛風의 주인 67翁海士의 印章을 비추어주는 것
이었다

—「屛風」(1956) 전문

김수영은 산문 「演劇을 하다가 詩로 전향」이라는 글에서 "얼른 머리에 떠오르는 것이 10여 년 전에 쓴 「屛風」과 「瀑布」다. 「屛風」은 죽음을 노래한 시이고 「瀑布」는 나타와 안정을 배격한 시다. 트릴링은 쾌락의 부르주아적 원칙을 배격하고 고통과 불쾌와 죽음을 현대성의 자각의 요인으로 들고 있으니까 그의 주장에 따른다면 나의 현대시의 출발은 「屛風」 정도에서 시작되었다고 볼 수 있고 나의 진정한 시력은 불과 10년 정도밖에 되지 않는다"[150]고 언급한다.

고통과 불쾌와 죽음이 김수영이 생각한 현대성의 자각이라면 죽음을 노래한 「屛風」은 그의 말대로 현대성을 구현한 작품이라고 보는 것이 타당할 것이다. 이 시의 제재는 병풍인데 달빛이 비치는 화폭에는 龍 · 落

150) 김수영, 앞의 책, 230쪽.

日 · 飛瀑 · 幽島 등이 그려져 있고 그 그림을 그린 화가 육칠옹해사의 인장이 찍혀 있다.[151]

이 시의 공간적 배경이자 병풍이 놓인 자리는 상가의 빈소로 보는 것이 적절하다. 황동규는 "이 작품에 나타나는 병풍은 일반적인 병풍으로 생각하면 이해하기 힘들고 빈소에 쳐 놓은, 따라서 '죽음을 가지고 죽음을 막고 있는' 병풍임을 알리는 암시로 받아들일 수가 있는 것이다"[152]라고 병풍이 놓인 자리의 공간적 배경을 설명하고 있다. 그러므로 병풍의 뒤에는 시신이 안치되어 있고 병풍 앞에는 많은 문상객들이 줄을 이어 애도를 표하고 있는 풍경을 그릴 수 있다.

그러나 이러한 풍경은 낯선 것이 아니다. 화자의 관심은 병풍 뒤에 누워 있는 시신에게 있는 것이 아니다. 병풍이 아직은 살아 있으나 죽음을 피해갈 수 없는 실존 앞의 한 인간을 끊어주고 있다고 느끼는 데 있다. 따지고 보면 병풍은 죽음으로 죽음을 막아줄 수는 없는 것이다. 이러한 차단의 역할을 하는 병풍을 "주검에 전면같은 너의 얼굴 우에"라고 의인화한 데는 최두석의 지적처럼 시 전체의 표현이 실감으로 다가오게 하기보다 죽음의 비유로, 혹은 죽음의 상징으로 보는 것이 타당하다. "무엇보다도 먼저 끊어야 할 것이 설움이라고 하면서"라는 구절처럼 죽음 앞에서 무엇보다도 먼저 끊어야 할 것이 설움이라고 말하는 것이다.

삶의 핍진함과 곤고함에 따른 설움이기도 하지만 이는 봉건적 전통에 대한 저항으로서의 설움이기도 한 것이어서 이 시에서는 전통에 대한 부정으로 읽힌다. 전통은 근대성을 방해하는 허위이며 맹목인바 허위는 언제나 더 높은 곳에 자리하고 있어 우리들의 삶을 왜곡했었던 게 사실이

151) 최두석, 「김수영의 시세계」, 『김수영 다시 읽기』, 프리즘21, 2000, 41쪽.
152) 황동규, 황동규 편, 「양심과 자유, 그리고 사랑」, 『김수영의 문학』 별권, 민음사, 1992, 18쪽.

다. 이제 그 자리에 병풍은 비폭을 놓고 유도를 점지한다. 허위의 자리에, 혹은 그 보다도 더 높은 자리에 비폭과 유도라는 예술혼을 놓는 것이다. 그러므로 그 자리는 가장 어려운 자리이며 가장 뜻 깊은 자리이다. 이렇게 읽으면 「屛風」은 앞의 시 「말」처럼 죽음을 뚫고 솟아오르는 예술혼을 노래한 시이다.

따라서 김수영의 죽음은 실존적 죽음이면서 죽음을 뛰어넘는 영원한 예술혼을 노래하기 위한 시적 장치이자 시의 본질이다. 「屛風」 또한 언어의 서술과 언어의 작용이 혼재된 양상의 작품으로 리얼리즘으로서의 죽음과 모더니즘으로서의 예술이 만나는 작품이기도 하다. 김수영의 죽음은 마침내 해탈의 경지에 도달한다.

누이야
諷刺가 아니면 解脫이다
너는 이 말의 뜻을 아느냐
너의 방에 걸어 놓은 오빠의 寫眞
나에게는 「동생의 寫眞」을 보고도
나는 몇번이고 그의 鎭魂歌를 피해왔다
그전에 돌아간 아버지의 鎭魂歌가 우스꽝스러웠던 것을 생각하고
그래서 나는 그 寫眞을 10년만에 곰곰이 正視 하면서
이내 거북해서 너의 방을 뛰쳐나오고 말았다
10년이란 한 사람이 준 傷處를 다스리기에는 너무나 짧은 歲月이다

누이야
諷刺가 아니면 解脫이다
네가 그렇고
내가 그렇다
네가 아니면 내가 그렇다

우스운 것이 사람의 죽음이다
우스워하지 않고서 생각 할 수 없는 것이 사람의 죽음이다
8月의 하늘은 높다
높다는 것도 이렇게 웃음을 자아낸다

누이야
나는 분명히 그이 앞에 절을 했노라
그의 앞에 엎드렸노라
모르는 것 앞에는 엎드리는 것이
모르는 것 앞에는 무조건하고 숭배하는 것이
나의 習慣이니까
동생뿐이 아니라
그의 죽음뿐이 아니라
혹은 그의 失踪뿐이 아니라
그를 생각하는
그를 생각할 수 있는
너까지도 다 함께 숭배하고 마는 것이
숭배 할 줄 아는 것이
나의 忍耐이니까

「누이야 장하고나!」
나는 쾌활한 마음으로 말할 수 있다
이 광대한 여름날의 착잡한 숲속에
홀로 서서
나는 突風처럼 너한테 말할 수 있다
모든 산봉우리를 거쳐온 突風처럼
당돌하고 시원하게
都會에서 달아나온 나는 말할 수 있다
「누이야 장하고나!」

－「누이야 장하고나!」(1961.8.5) 전문

이 시의 비의는 풍자와 해탈에 있다. 풍자란 현실에 대한 비판이며 폭력이다. 그러나 사전적 의미의 풍자는 현실에 대한 전적인 부정과 맹목적인 공격에 그치는 조소주의도, 현실에 대한 소극적 무관심과 백안시에 그치는 냉소주의도 아니다. 풍자는 현실에 대하여 공격적인 태도인 동시에 현실의 수정을 함께 요구한다. 동시대의 결함과 폐단을 질책한다는 점에서 풍자는 부정적이고 질서 파괴적이지만, 보다 나은 현실을 지향한다는 점에서 긍정적이고 질서 창조적이다.[153]

그러므로 풍자는 현실로부터의 일탈이며 현실에로의 복귀이고 현실적 삶에 대한 질책이자 옹호이며 사랑이다. 해탈이 죽음에 이르는 자아적 도정이자 기술이라면 풍자는 사랑에 이르는 타아적 도정이자 기술이다. 풍자에는 긍정의 의지와 시간의 의지와 역사의 의지가 개입된다. 김수영이 "풍자가 아니면 해탈이다"라고 했을 때 그의 시는 풍자를 거쳐 해탈에 이른다는 것을 말하는 것이다. 풍자는 현실 생활에 대한 부정이고 긍정이며 비판이고 옹호이기 때문에 직선 위에 존재하는 역사적 시간과 긴밀한 관계를 갖는다.

이 관계를 김상환은 역사의 한계 속에 놓여지는 시의 한계[154]라고 말한다. 그러나 시에 반영되는 현실적 한계는 시적 사유의 출발점이 된다

153) 김상환, 앞의 책, 51~52쪽.

154) 김상환은 "'시인의 스승은 현실이다'라고 했던 김수영에게 시는 역사적 현실을 떠나서 존재할 수 없다. 이는 시가 역사적 현실의 제약 안에서 존재한다는 것과 같다. 시의 한계는 곧 현실의 한계이다. 그러나 시를 통해서 반영되는 현실의 한계는 단순한 정지 혹은 폐쇄의 지점을 말하지 않는다. 그것은 시적 사유가 시작하는 출발점이다. 시적 사유는 현실의 낙후성에 대한 발견을 통하여 앞으로 나아간다. 낙후성의 현상학은 시적 진보의 불가결한 조건이다. 그러므로 '시인의 스승은 현실이다'라는 공식은 이렇게 이어진다. '오늘날의 우리의 현대시의 양심과 작업은 이 뒤떨어진 현실에 대한 자각이 모체가 되어야 할 것 같다. 우리 현대시의 밀도는 이 자각의 밀도이다'"라고 말한다(김상환, 앞의 책, 52쪽).

는 점에서 시적 현대성과 맥락을 같이 한다. 시적 현대성은 극복되어야 하는 현실적 후진성과 청산을 요구받는 역사적 후진성에 대한 처절한 대결을 통해 획득될 수 있다. 현실적 · 역사적 후진성과 대극을 이루는 것이 시의 낙후성인데 시가 낙후성을 드러낸다는 것은 현실과 유리된다는 것을 의미한다. 현실적 · 역사적 후진성을 극복하면서 시가 현대성을 획득하기 위해서는 시적 사랑과 시적 죽음을 실천하는 길이며 이를 위해 뒤떨어진 것, 비루해지는 것, 적이 되는 것에 대한 감성적 접근이 필수적이다. 낯선 것을 친근하게 하는 것, 먼 것을 가깝게 하는 것, 그 역전의 기술에 사랑의 힘이 내재하는 것이고 사랑은 그 역전의 기술과 더불어 죽음의 시작 혹은 완료이다.[155)]

"풍자가 아니면 해탈이다"라는 김수영의 시적 잠언은 시가 사랑의 기술이자 죽음의 기술이며 현실 지향적인 동시에 현실을 극복해야 하고 역사적 폐쇄성을 극복하여 역사적 개방성의 기원으로 향한 초월론적 사유여야 한다는 것을 말한다. 그럴 수 있을 때 시는 단순한 참여시 혹은 순수시라는 대립적 반목을 넘어선 곳에 자리하는 것이다. 이것이 모더니즘과 리얼리즘의 회통이며 '언어의 작용'과 '언어의 서술'의 혼재 양상을 승인하는 것이다.

김수영이 세상을 풍자가 아니면 해탈이라고 읽을 수밖에 없었던 이유는 4 · 19혁명의 실패와 5 · 16군사 쿠데타에 따른 자유민주주의의 후퇴와 정치적 · 사회적 후진성의 퇴행적 진행에 따른 것으로 보인다. 극한적인 좌절을 극복하고 스스로를 구원하는 길은 풍자가 아니면 해탈뿐이었을 것이다.

「누이야 장하고나!」는 10여 년 된 동생의 죽음과 그 죽음을 향한 누이

---

155) 김상환, 위의 책, 53쪽.

의 묵연한 사랑을 보면서 풍자와 해탈을 깨닫는 구도로 되어 있다. 첫 연에서 보면 풍자와 해탈은 그의 누이에게서 먼저 온다. 10년 동안을 오빠의 사진을 자기 방에 걸어놓고 오빠와 대화했을 누이의 행위야말로 풍자이고 해탈이었다. 그러나 풍자와 해탈에 이르지 못한 화자는 동생의 사진을 정시하다가 누이의 방을 뛰쳐나오고 만다. 시의 화자는 죽은 지 10년이 지난 동생의 진혼가조차 부르지 못하고 뛰쳐나온 것이다. 10년이란 한 사람이 준 상처를 다스리기에는 너무 짧은 것이라고 자책하지만 누이는 그 시간 동안을 혼을 달래며 살아와서 이미 해탈의 경지에 이른 것이다.

둘째 연에서도 "누이야/풍자가 아니면 해탈이다"로 시작한다. 풍자와 해탈은 너와 나 모두가 가야 하는 길이라는 것이 화자의 생각이다. 해탈은 이제 화자로 하여금 죽음으로부터의 해방과 함께 죽음을 수용하고 죽음에 가볍게 응수할 수 있게 만드는 것이다. "우스워하지 않고서 생각할 수 없는 것이 사람의 죽음이"며 "높다는 것도 이렇게 웃음을 자아"내게 된다는 초월의 허튼 웃음이 진하게 묻어 있다.

셋째 연에 오면 세속적 삶의 모습이 드러난다. 화자는 "모르는 것 앞에는 엎드리는 것이/모르는 것 앞에는 무조건하고 숭배하는 것이/나의 습관"이라고 말함으로써 죽음뿐만 아니라 미지의 모든 것에 대한 외경과 숭배의 모습을 드러낸다. 그리고 그러한 외경과 숭배는 그의 인내심을 요구했던 것이다. 그러나 화자가 여기서 말하는 외경과 숭배는 온전한 외경과 숭배로 읽히지 않는다. 그것 자체가 풍자로 읽히는 것이다. 화자가 모르는 모든 것에 굴신하는 것은 모르는 것이 두려워서라기보다는 화자의 세상 살아가기의 방법이라고 보는 것이 타당할 것으로 화자의 세속주의가 드러난 것으로 보아야 한다.

넷째 연에 이르러 화자는 누이의 삶의 모습에 대한 감동을 격렬하게 드러낸다. 죽은 오빠를 10년 동안 변함없이 사랑해 왔던, 그리하여 풍자와 해탈을 동시에 이루어 왔던 누이의 삶의 모습은 "광대한 여름날의 착잡한 숲속에/홀로 서서" 맞는 돌풍처럼 당돌하고 시원한 것이었다. 이 작품이 쓰인 시기가 5 · 16군사 쿠데타로 인하여 두려워 떨며 칩거하고 있던 때인 것을 생각하면 김수영에게 누이의 삶은 풍자이자 해탈의 모습이었을 것이다. 그 삶의 모습은 그를 감동케 하여 「누이야 장하고나!」라고 찬탄의 언사를 던지게 했을 것이다.

죽음은 시인의 내면의 풍경을 통해 구체화되는데 「먼지」가 그것이다. 먼지는 김수영 자신이 상당히 난해한 시[156]라고 말한바 있어 흥미롭다. 이 시는 시인의 의식의 흐름을 드러낸 작품으로, 의식의 흐름을 독자가 따라올 수 있을 것인가를 두고 난해시라고 말했을 것이다. 이 시에서 시인의 의식을 사로잡고 있는 것은 먼지와 갱과 망각이다. 먼지와 망각은 죽음에 닿아 있으며 갱은 시에 닿아 있다. 이는 무한과 유한의 병치이며 삶과 죽음의 순환의 고리를 말하는 것이다. 김혜순은 「먼지」의 구조적 분석을 통해 일상생활을 하는 자리와 시작을 하는 자리 사이의 반복적 왕래를 통해 망각의 자리를 발견해 낸 시라고 볼 수 있다[157]고 결론짓고 있으나 이는 의식의 공간의 문제가 아니라 의식의 흐름의 문제이며 삶의 끝으로서의 죽음과 변화의 끝으로서의 시, 혹은 예술혼의 호응을 말하는 시로 읽어야 할 것이다.

---

156) 김수영은 1968년도에 쓴 「反詩論」에서 "그전에 비해서 요즘의 나는 훨씬 덜 소피스트케이티드해졌다고 생각한다. 「먼지」 같은 작품은 내 자신도 상당히 난해한 작품이라고 생각하고 있다. 이제는 난해와 소피스트케이션의 구별을 분명히 사릴 수 있게 되었다. 필요에 따라서 소피스트케이션의 욕을 먹더라도 주저하지 않고 쓸 작정이다"라고 밝혀 「먼지」가 독자들이 접근하기에 만만한 작품이 아님을 암시하고 있다(『김수영 전집, 산문』, 263쪽).

157) 김혜순, 앞의 논문, 72~73쪽.

네 머리는 네 팔은 네 현재는
먼지에 싸여있다 구름에 싸여있고
그늘에 싸여있고 山에 싸여있고
구멍에 싸여있고

돌에 쇠에 구리에 넝마에 삭아
삭은 그늘에 또 삭아 부스러져
거미줄이 쳐지고 忘却이 들어앉고
들어앉다 튀어나오고

불이 튕기고 별이 튕기고 영원의
행동이 튕기고 자고 깨고
죽고 하지만 모두가 坑안에서
塹壕안에서 일어나는 일

……(중략)……

하나의 행동이 열의 행동을 부르고
미리 막을 줄 알고 미리 막아져있고
미리 칠 줄 알고 미리 쳐들어가있고
遭遇의 마지막 원리를 넘어서

어제와 오늘이 하늘과 땅처럼
달라지고 沈黙과 發惡이 오늘과
내일처럼 달라지고 달라지지 않는
이 坑안의 잉크 수건의 칼자국

憎惡가 가고 이슬이 번쩍이고
音樂이 오고 變化의 시작이 오고
變化의 끝이 가고 땅 위를 걷고 있는

발자국소리가 가슴을 펴고 웃고

戱畵의 啓示가 돈이 되고
돈이 되고 사랑이 되고 坑의 斷層의 길이가
얇아지고 돈이 돈이 되고 돈이
길어지고 짧아지고

돈의 꿈이 길어지고 짧아지고 墜落의
길이도 표준이 없어지고 먼지가 다시 생기고
坑이 생기고 그늘이 생기고 돌이 쇠가
구리가 먼지가 생기고

죽은 행동이 계속된다 너와 내가 계속되고
전화가 울리고 놀라고 놀래고
끝이 없어지고 끝이 생기고 겨우
忘却을 실현한 나를 발견한다

—「먼지」(1967.12.15) 부분

첫 연과 둘째 연은 일상에서의 죽음의 모습을 이미지로 보여준다. 먼지와 구름과 그늘과 산과 구멍에 쌓여 있는 머리와 팔과 현재는 바로 죽음의 모습이며 죽은 자의 풍경이다. "삭은 그늘에 또 삭아 부스러져/거미줄이 쳐지고 忘却이 들어앉"은 모습은 지하 무덤의 풍경에 다름 아니며 지하 무덤의 풍경은 셋째 연에서 갱으로, 혹은 참호로 전환된다. 갱 안에서는 불이 튕기고, 별이 튕기고, 영원의 행동이 튕긴다. 불은 별과의 조응으로 볼 때 태양을 이른 것으로 보아야 하며 태양이 보여주는 활력과 사물을 제패하는 힘은 유추적으로, 우주적 기원이 암시하는 광명과 관계된다.

이때의 불은 암흑으로 표상되는 악의 힘에 대한 승리를 의미하며 정화적 제의를 갖는다. "불이 튕기고"라는 표현은 불의 정신적 힘과 동물적 격정을 의미하는 것으로 읽힌다. "별이 튕기고"라는 표현은 어둠 속에서 빛나는 정신의 상징으로, 어둠의 힘과 투쟁하는 정신의 힘으로 읽힌다. 따라서 불이 동물적 격정으로 세상을 사는 일이라면 별은 정신적 힘으로 세상을 사는 일이다. 문제는 "영원의 행동이 튕기고"가 함의해 내는 심층적 의미에 있다. 여기서 영원의 행동이라 함은 인간의 불변의 가치이자 이상을 추구하는 것을 말하는 것으로 읽힌다. 다시 말하면 동물적 격정과 정신적 힘과 이상의 추구는 인류의 삶의 지향성이며 그러한 방향으로의 지향은 지향대로 일상 속에서 "자고 깨고/죽고 하지만" 그 모든 일이 갱 안에서 일어나는 일이라는 것이 화자의 생각이며 김수영의 상상이다. 여기서 갱은 일상적 세상이기도 하며 죽은 자의 세상이기도 하다. 죽은 자의 세상일 때 그 공간은 지하무덤일 수밖에 없다.

지하 무덤의 풍경은 다섯째 연까지 계속 이어진다. 죽은 자들에게 내일은 먼지이고 정지된 시간이다. 내일이 없으므로 내일의 행동도 없는 죽은 자들은 기실 살아 있으나 죽은 정신을 가진 자들을 일컫는다. 그러므로 "내일의 행동이 먼지를 쓰고 있다/위태로운 일이라고 落盤의 신호를/울릴 수도 없"는 상황은 정신적 죽음을 겪고 있는 화자의 내면 풍경이다. 화자의 내면 풍경은 참혹하여 죽음과 소멸의 시간들로 가득 차 있다. 여섯째 연에 이르면 화자의 죽음이 잠에 빠져 "네가 씹는 음식에 내가 憎惡하지 않음이" 의미를 갖는 마지막 행동이며, "내가 겨우 살아 있는 表示라"는 그것이 나타와 무의미한 삶에서 온 것임을 알게 한다. 여섯째 연부터 시작되는 삶에의 지향은 일상적 삶의 모습을 드러내기 시작한다. 일곱째 연의 조우의 마지막 윤리를 넘어서는 행위는 하나의 행동이 열의 행동을 부르는 삶에서의 과격성이며, 이러한 과격성은 인간관계의 극심한 단절로 나타나 "미리 막을 줄 알고 미리 막아져있고/미리 칠 줄 알고 미리 쳐들어가"는 공격적인 일상을 드러낸다.

일곱째 연은 여덟째 연과 연결되면서 삶의 속도를 무섭게 느끼는 화자를 만나게 된다. "어제와 오늘이 하늘과 땅처럼/달라지고 沈黙과 發惡이 오늘과/내일처럼 달라지"는 일상적 삶의 현장에서 "달라지지 않는/이 坑 안의 잉크와 수건의 칼자죽"을 드러내어 갱 안에서의 불변하는 시세계 혹은 시 쓰기의 상황을 보여주는데 "수건의 칼자죽"은 잉크 묻은 펜을 닦을 때 나타나는 현상에 대한 구체적인 묘사로 읽힌다. 이 연에 이르러 김수영은 갱이 죽음의 공간만이 아니라 창조의 공간임을 넌지시 제시한다. 죽음의 공간이자 창조의 공간인 갱 안에서 어떤 일이 일어나는지를 보여주는 연이 아홉째 연이다. 창조적 공간에서 "憎惡가 가고 이슬이 번쩍이고/음악이 오고 變化의 시작이 오고/변화의 끝이 가고" 마침내 "땅 위를 걷고 있는/발자국소리가 가슴을 펴고 웃고"있는 것이다. 증오가 가버렸음은 사랑이 도래했음을 의미한다. 증오가 사회적 적대 행위인 것처럼 사랑 또한 사회적 포용 행위이다. 이슬은 사회적 포용이 이끌어내는 아름다운 눈물이며 사회적 일체감과 공동체의식의 상징이다. 진술자는 그 다음에 음악이 온다고 하여 공동체적 삶의 터전 위에 시가 태어남을 노래하고 있는 것이다. 공동체적 삶의 터전이야말로 "땅 위를 걷고 있는/발자국소리가 가슴을 펴고 웃고" 있는 삶의 현장이다. 김수영은 생활 현실이 반영되지 않은 시는 실패한 시[158]라고 설파한바 있으며 시인의 스승은 현실[159]이라고 현실의 중요성을 일깨워주기도 했다.

현실을 반영하는 시는 천민 자본주의의 핵심인 화폐와 만난다. 열째 연은 "戱畵의 계시가 돈이 되고/돈이 되고 사랑이 되"는 이야기이다. "戱畵의 啓示"와 "갱의 단층"이 돈이 된다는 것이 모호한 표현이지만 자본주의에서는 모든 것이 돈이 된다는 것은 현실이며 화폐의 가치가 모든

158) 김수영, 앞의 책, 194~197쪽.
159) 김수영, 위의 책, 223쪽.

가치를 우선한다는 의미인 것은 분명하다. "坑의 단층의 길이가 얇아지고 돈이 되고 돈이 되고/돈이 길어지고 짧아지"는 사회는 황금만능사회며 병든 사회일 것이다. 열한 번째 연은 돈으로 황폐해지는 현실의 모습을 보여준다. 돈으로의 추락은 그 깊이가 없으며 다시 죽음의 갱이 생기고 먼지가 생겨 황량한 죽음의 공간으로 변하는 사회의 풍경이 섬뜩하게 제시되는 것이다. "돈이 꿈이 길어지고 짧아지고 墜落의/길이도 표준이 없어지고 다시 먼지가 생기고/갱이 생기고 그늘이 생기고" 마침내 불변하는 것들, 예컨대 돌과 쇠와 구리가 먼지가 생기는 풍경이 그것이다.

돈은 김수영에게 미인처럼 불가사의한 것이어서 가령 「美人」이라는 산문을 통해서는 자본주의 사회에서는 돈이 없이는 자유가 없다고 말한다.[160] 마지막 연은 화자의 계속되는 죽음으로 시작한다. "죽은 행동이 계속 된다 너와 내가 계속되고/전화가 울리고 놀라고 놀래"는 일상생활 속에서 서로의 수없는 죽음을 확인하는 것이다. "끝이 없어지고 끝이 생기고 겨우/忘却을 실현한" 화자는 모든 희망과 모든 죽음의 시작과 끝을 보았을 것이다. 망각은 단순한 잊어버림이 아니라 일상성으로의 회귀와 함께 죽음을 초월하고자 하는 삶의 태도를 보이는 것이다.

이 작품 역시 주체인 화자와 객체인 천민 자본 사회와의 화해 불가능을 전제로 인식의 부정적 계기를 갖는 '언어의 서술'이 돋보인다. 난해함

---

160) "말할 필요도 없이 자본주의 사회에서는 돈이 없이는 자유가 없고, 자유가 없이는 움직일 수 없으니 현대미학의 제1조건인 동적미를 갖추려면 미인은 반드시 돈을 가져야 한다. ……시를 쓰는 나의 친구들 중에는 나의 시에 <여편네>만이 많이 나오고 진짜 여자가 나오지 않는다고 불평을 하는 친구도 있지만 그것은 그들이 너무 유식하거나 혹은 너무 무식해서 이 누구나 다 아는 속세의 철학을 전혀 모르거나 혹은 잠시라도 소홀히 하고 있기 때문이다. 현대시를 쓰려면 돈이 있어야 한다. 이런 晩覺은 나로서는 만권의 책의 지혜에 해당하는 것이거나 만권의 그것을 잊어버리는 완전한 속화에 해당하는 것이다"(김수영, 위의 책, 102~103쪽).

으로 읽히는 화자의 의식의 흐름을 축으로 전개되는 시적 구조는 '언어의 작용'을 통한 상상력의 힘이 강하게 느껴져서 '언어의 서술'과 '언어의 작용'이 혼재한 양상을 보이는 작품으로 생각된다.

2. '언어의 작용'과 '언어의 서술'의 회통으로서의 시세계

여기서 김수영의 시를 조망하는 의미망으로 사용된 '언어의 작용'과 '언어의 서술'이라는 개념은 1960년대 우리 시단을 풍미했던 순수시와 참여시, 혹은 모더니즘과 리얼리즘의 개념이 응축된 표현이다. 이 무렵 순수시를 옹호하는 시인들은 시에서 결국 남은 것은 가변적인 사상성보다는 영원성을 지닌 예술성뿐이라고 주장했으며, 참여시를 옹호하던 시인들은 시의 표현 기술보다는 시의 내용 즉 현실적 사상성에다 보다 많은 의의를 설정하고 시의 예술성보다 시의 효용성을 중시했다.[161] 김수영은 후자와 같은 조류의 중심에 서 있었다. 그는 모더니스트이자 동시에 리얼리스트로서의 시적 경향을 드러내면서 탁월한 시적 역량을 보여주었던 것이다.

김현승은 김수영의 시를 말하면서 그를 참여파 시인으로 보기에는 그의 창작 수법은 너무나도 흡사하게 예술파 시인들과 같은 기교를 발휘하고 있다고 말한다. 김수영은 다른 참여파 시인들에게선 찾아볼 수 없는 독특하고 참신한 표현기술을 가지고 있으며, 그의 시에는 예술파 시인들에게서 찾아볼 수 없는 참여정신이 농후한 것도 사실[162]이라고 분석한

161) 김현승, 황동규 편, 「김수영의 시적 위치」, 앞의 책, 34쪽.

다. 김현승은 우리가 김수영에게 요구하고 싶었던 것은 사상성과 예술성을 작품에 따라 또는 경우에 따라 각각 분리시키지 말고 다시 말하면 속된 말로 양다리를 걸치지 말고 필요한 두 가지 요소를 한 작품 속에 조화 집결시키는 것[163]이라고 지적하고 있다. 그러나 이러한 김현승의 지적은 김수영의 시를 정치하게 분석하지 않고 각각 모더니즘과 리얼리즘의 독법으로 읽고 분석한 데서 오는 잘못된 이해이거나 기대지평에 대한 기대환멸 때문에 일어난 오류로 보인다.

김수영은 그가 의식했건 안 했건 이미 사상성과 예술성을, 다른 말로 하면 '언어의 서술'과 '언어의 작용'을 한 작품 속에 용해시키는 융합의 경지를 보여 왔던 것이다. 이러한 융합과 혼재 양상은 다양하여 '언어의 서술'에 경도되기도 하고 '언어의 작용'에 경도되기도 하지만 중요한 것은 처음부터 혼재 혹은 융합과 회통을 보인다는 점이다.

김수영은 모더니즘과 리얼리즘을 극복하기 위해 고민했던 시인이다. 정의와 자유와 평화를 사랑하고 인류의 운명에 적극적 관심을 가진, 이 시대의 지성을 갖춘, 시정신의 새로운 육성을 발휘할 수 있는 사람을 그가 오늘날 우리 사회가 요청하는 "시인다운 시인"[164]이라고 말한 것으로 보아 사회 참여의 시인을 우리 사회가 요구하는 시인다운 시인이라고 본 것은 틀림없다. 그는 시의 현실 참여니 사회 참여니 하는 문제가 시를 제작하는 사람의 의식에 오른 지는 오래고, 그런 경향에서 노력하는 사람들의 수도 적지 않았는데 이런 경향의 작품이 작품으로서 갖추어야 할 최소한도의 예술성의 보증이 약했다는 것이 커다란 약점[165]이라고 지적

162) 김현승, 위의 글, 35~36쪽.
163) 김현승, 위의 글, 36쪽.
164) 김수영, 앞의 책, 139쪽.
165) 김수영, 위의 책, 140쪽.

한다. 김수영은 이처럼 사회성과 예술성의 결합을 주문하고 있는 것이다. 그러면서 "새로움의 모색"을 위해 현대의 순교가 필요하며 현대의 순교란 죽어가는 자기를 바라볼 수 있는 자기가 아니라, 죽어가는 자기–그 죽음의 실천–이것이 순교라고 말하고 현대의 순교는 자기 자신의 이미지까지를 포함한다고 결론짓는다. 자신과 자신의 이미지까지 순교하지 않으면 새로울 수 없다는 말 속에는 참여파시와 예술파시, 모두를 아우르는 정신이 숨어 있는 것이다. 시에서의 '언어의 서술'이나 '언어의 작용'은 새로움이라는 면에서 같은 감동을 차지하게 되며 생활 현실의 담보 여부, 진정한 난해시의 여부가 새로움을 결정하는바 새로움은 자유이고 자유는 새로움[166]이라고 규정하기도 한다.

모더니즘과 리얼리즘의 극복을 위한 김수영의 고민은 계속되어 계급문학이니 앵그리문학이니 개똥문학이니 하기 전에 위선 작품이 되어야 하며 뉴푸론티어의 탐구의 전제와 동시에 본질이 될 수 있는 것[167]이라고 말하기도 한다. 예술파와 참여파에 대한 김수영의 비판이 더욱 신랄한 것은 두 사조의 극복을 위한 시도를 깔고 있기 때문이다.

> 사회현실에 관심을 가지고 있는 시들이 새로운 시적 현실을 발굴해 나가는 것과 같은 비중으로 존재의식을 상대로 하는 시는 새로운 폼의 탐구를 시도해야 하는데, 우리 시단에는 새로운 시적 현실의 탐구도 새로운 시형태의 발굴도 지극히 미온적이다. 소위 순수를 지향하는 그들은 사상이라면 내용에 담긴 사상만을 사상으로 생각하고 大忌하고 있는 것 같은데 詩의 폼을 결정하는 것도 사상이라는 것을 잊어서는 안 된다. 이런 미학적 사상의 근거가 없는 곳에서는 새로운 시의 형태는 나오지도 않고 나올 수도 없다. (……) 진정한 폼의 개혁은

166) 김수영, 위의 책, 196쪽.
167) 김수영, 위의 책, 176쪽.

종래의 부르주아 사회의 美－즉 쾌락－의 관념에 대한 부단한 부인과 전복에 의해서만 이루어진다. (……) 참여파 시인들의 과오는 무엇인가. 이들의 사회참여 의식은 너무나 투박한 민족주의에 근거를 두고 있다. 미국의 세력에 대한 욕이라든가, 권력자에 대한 욕이라든가, 일제시대에 꿈꾸던 것과 같은 단순한 민족적 자립의 비전만으로는 오늘날의 복잡한 상황에 놓여 있는 독자의 감성에 영향을 줄 수 없다. (……) 높은 윤리감과 예리한 사회의식에서 소박하고 아름다운 고도한 상징성을 지닌 민중의 시가 태어나려면 우리 시단에는 아직도 한참 수련의 기간이 필요한 것 같다.[168]

김수영은 순수시와 참여시의 한국 시단의 한계를 짚으며 이를 극복할 수 있는 대안을 제시하고 있다. 진정한 순수시는 사상을 바탕으로 해야 하며 이때 사상은 시의 내용뿐만 아니라 형색도 사상이라는 것이며 그것은 미학적 사상을 근거로 부르주아 사회의 미－즉 쾌락에 대한 부단한 부인과 전복에 의해서 이루어질 수 있다[169]는 것이다. 현대사회의 병폐에 대한 부정과 전복은 곧바로 참여시의 참여 의식과 맞물린다.

당대의 순수시의 한계를 극복하고 당대의 참여시의 한계를 극복하여 만나는 지점의 시, 그것이 김수영이 가고자 했던 시의 길이었을 것이다. 이를 위해서 그는 '온몸의 시학'을 천명하고 이를 실천해갔을 것이다. "'詩作'은 머리로 하는 것이 아니고 심장으로 하는 것도 아니고 몸으로 하는 것이다. 온몸으로 밀고 나가는 것이다. 정확하게 말하면 온몸으로 동시에 밀고 나가는 것이다"라는 김수영의 언급은 명료하게 이해되는 것은 아니지만 온몸에 의한 온몸의 이행이 사랑이라고 말한 것으로 보아 사회참여 의식을 높이 평가하고 있었던 것은 분명하다. 그리고 그것이 바로

168) 김수영, 위의 책, 245~247쪽.
169) 김수영, 위의 책, 245쪽.

시의 형식이라고 밝히고 있어 내용과 형식의 합일을 위한 치열한 투신을 '온몸의 시학'이라고 지칭한 것이라고 이해된다. 김수영은 「詩여, 침을 뱉어라」의 결론 부분에서 시의 형식은 내용에 의지하지 않고 그 내용은 형식에 의지하지 않으며 시는 문화를 염두에 두지 않고, 민족을 염두에 두지 않고, 인류를 염두에 두지 않는다고 주장한다. 그러면서도 그것은 문화와 민족과 인류에 공헌하고 평화에 공헌하며 바로 그처럼 형식은 내용이 되고, 내용이 형식이 된다는 것이고 시는 온몸으로, 바로 온몸을 밀고나가는 것[170]이라고 주장한다.

김수영의 시정신은 대담한 실험 정신, 전위성, 모더니즘의 실천과 극복에의 의지가 자리하고 있다. 시인은 양심이 타락한 현실의 갈등에서 오는 자책과 자의식, 비애와 우수, 너절하고 지저분한 이야기와 상소리 및 욕설을 포함한 삶의 국면, 일체의 시적 성화로의 육화 등으로 원을 그리고 이 원의 중심에 모든 기존의 질서를 거부하고 탈출하려는 정신을 두고 있다. 그리하여 끊임없이 앞을 향하여 움직이는 지성으로 살아 있는 정신, 성숙을 거부하고 온몸으로 정직을 밀고나가는 정신, 시의 완성이 아니라 양심의 살아 있는 시화, 혹은 시인 자신을 살아 있는 도덕적 양심을 시로 전환시키려는 정신이 빛나고 있다.[171]

이러한 그의 시정신을 이끄는 힘을, '언어의 작용'과 '언어의 서술'의 회통을 위한 고투의 흔적과 그 성공의 시편들에서 찾아보기는 어렵지 않다. 「눈」, 「설사의 알리바이」, 「먼 곳에서부터」, 「巨大한 뿌리」, 「의자가 많아서 걸린다」, 「풀」, 「사랑의 變奏曲」, 「現代式 橋梁」, 「말」 등은 '언어의 작용'과 '언어의 서술'을 뛰어넘어 새로운 시세계를 보인 작품이다.

170) 김수영, 위의 책, 253~254쪽.
171) 김영무, 황동규 편, 「김수영의 영향」, 앞의 책, 317쪽.

눈은 살아 있다
떨어진 눈은 살아 있다
마당 위에 떨어진 눈은 살아 있다

기침을 하자
젊은 詩人이여 기침을 하자
눈 위에 대고 기침을 하자
눈더러 보라고 마음놓고 마음놓고
기침을 하자

눈은 살아 있다
죽음을 잊어버린 靈魂과 肉體를 위하여
눈은 새벽이 지나도록 살아 있다

기침을 하자
젊은 詩人이여 기침을 하자
눈을 바라보며
밤새도록 고인 가슴의 가래라도
마음껏 뱉자

—「눈」(1956) 전문 ①

눈이 온 뒤에도 또 눈이 내린다

생각하고 난 뒤에도 또 눈이 내린다

응아 하고 운 뒤에도 또 내릴까

한꺼번에 생각하고 또 내린다

한줄 건너 두줄 건너 또 내릴까

廢墟에 廢墟에 눈이 내릴까

—「눈」(1966) 전문 ②

눈이라는 제목으로 김수영은 세 편의 시를 남겼다. 위의 ①, ②는 10년의 시간적인 간격을 두고 쓰인 시이다. 먼저 1956년의 「눈」은 순수의 세계에 대한 응전으로서의 시인의 역할에 대한 시이다. 이 시의 구조는 단순하여 '눈은 살아 있다 ↔ 기침을 하자'이다. 이러한 구조는 명쾌한 울림을 수반하는데 여기서 살아 있는 눈은 순수한 진리의 세계이며 시인의 도전을 기다리는 순백의 세계이다. "눈은 살아 있다/떨어진 눈은 살아 있다/마당 위에 떨어진 눈은 살아 있다"는 상상력이 소산이다. 살아 있는 진리의 세계는 시인의 상상의 공간이며 화자가 다가가고자 하는 세계이다. 이 순백의 세계를 김상환은 무의미로 분석했다. 무의미한 눈, 백색의 눈, 무의미한 백색의 의미, 혼돈의 의미는 살아 있다. (……) 침뱉기로서의 시적 행위, 새로운 세계를 여는 혼돈에 머리를 처박는 행위는 모호하다[172]고 읽었다. 그러나 이 시는 모호한 시가 아니다. 환원 불가능한 모호성을 드러낸 시가 아니라 너무나 선명한 시이다. 눈 내린 아침, 화자가 마루에 서서 콜록콜록 기침을 하며 가래를 돋우는 모습이 선명하게 떠오른다. 따라서 김상환이 언급한 화자의 행위가 의미하는 것이 모호하다고 해석하여 "혼돈의 의미가 살아 있지만 혼돈에 머리를 처박는 행위는 모호하다"는 주장은 난해하다. 이 작품에 대한 시 읽기의 기대지평[173]은 다

172) 김상환, 앞의 책, 76쪽.

173) 「눈」의 각기 다른 기대지평으로서의 시 읽기.
김상환 : 침뱉기로서의 시적 행위, 새로운 세계를 여는 혼돈과 충격의 기입으로서의 시 읽기는 무의미에 닿아 있고 무한대의 혼돈에 머리를 처박은 시적 사유는 모호하다(『풍자와 해탈 혹은 사랑과 죽음』, 67쪽).
김현승 : 신선한 눈과 더러운 가래침의 이미지를 통하여 시인이 사는 울적한 현실과 동경의 청신한 세계와를 효과적으로 대조시키는 뛰어난 수법을 보인다(『김

양하지만 살아 있는 눈이 상징하는 순수 진리 세계에 대한 시인의 도전으로 읽히는 것은 자연스런 독법일 것이다.

순백으로 상징되는 태고의 순수 진리에, 그 영원한 생명력에 "죽음을 잊어버린 靈魂과 肉體"를 가진 시인은 어떻게 응전하는가. 죽음을 잊어버린 영혼과 육체는 죽음을 초월한 영혼과 육체가 아니라 죽음조차 가질 수 없는 화석화된 영혼과 육체이며 화석화된 시인을 깨우기 위해 눈은 새벽이 지나도록 살아 있는 것이다. 순백의 순결한 눈앞에서 부활하는 몸짓은 기침이며 영원한 진리에 대한 시인의 응전이 바로 기침이다. 그러므로 기침은 죽어있던 시인의 의식의 깨어남이며 부활인 것이다.

②의 눈은 "한줄 건너, 두줄 건너 내리는 눈"이며 폐허 위에 내리는 눈이다. 이 시의 비의는 "한줄 건너 두줄 건너"에 있다. 화자는 지금 독서중이며 눈은 진종일 내려 화자의 독서를 윤택하게 했을 것이다. 그러나 서책 자체가 그에게는 폐허여서 그의 영혼을 구제하지 못하고 있는 것이 분명하다. 그 무렵 김수영은 참된 창조에 대한 고뇌를 하고 있어 보브왈의 「他人의 피」를 읽으며 "요 몇 해 동안 마르세르는 생활을 위한, 타인의 눈을 즐겁게 해주는 그런 그림을 그리는 일을 중지해버렸다. 그는 참된 창조를 하고 싶어 했다……"는 구절에 감격하기도 했으며[174] 침묵의 한 걸음 앞의 시, 그것이 성실한 시라고 믿고 있었다. 김수영의 진정한 비밀은 그의 생명이며 그 생명은 '침묵'이어서 그 침묵을 지키기 위해서라

수영의 문학』, 59쪽).

서우석 : '눈은 살아 있다'와 '기침을 하자'를 사슬의 형식으로 꿰뚫어 의미의 전환을 성취함으로써 형식을 생기 있게 만든다(『김수영의 문학』, 176쪽).

유종호 : 살아 있는 눈을 향해서 하는 기침은 살아 있다는 신호의 전달이다. 그것은 마당을 덮고 있는 순백의 눈을 향한 시각적 知音의 전달이고 공명의 동작이다. 그리하여 가슴의 가래라도 마음껏 뱉고자 할 때 그것은 도적적 순결과 무후함에 도달하기 위한 자기정화의 의식에의 권유가 된다(『김수영의 문학』, 254쪽).

174) 김수영, 앞의 책, 301쪽.

면 어떤 희생을 치루어도 좋다고 말한다. "폐허에 내리는 눈"은 바로 침묵의 상징으로서의 눈의 의미화이다. 김수영은 이 시를 낡은 시라고 말하지만 그가 그렇게 말했다고 해서 시가 낡아지는 것은 아니다. 그는 이 시를 쓰고 나서 다음과 같이 스스로 찬탄했다.

> 相異하고자 하는 作業과 心勞에 싫증이 났을 때, 동일하게 되고자하는 挺身의 용기가 솟아난다. 이것은 뱀 아가리에서 빛을 빼앗는 것과 흡사한 기쁨이다. 여기 게재한 3편 중에서 「눈」이 그것이라고 생각된다. 이 시는 <廢墟에 눈이 내린다>의 8어로 충분하다. 그것이 쓰고 있는 중에 쟈코메티적 변모를 이루어 6행으로 되었다. 만세! 만세! 나는 언어에 밀착했다. 언어와 나 사이에는 한 치의 틈사리도 없다. <廢墟에 廢墟에 눈이 내릴까>로 폐허에 눈이 내린다의 宿望을 達했다. 낡은 型의 시이다.175)

"相異하고자하는 作業과 心勞에 싫증이 났을 때, 동일하고자 하는 挺身의 용기가" 이루어 낸 시가 곧 이 작품 「눈」이다. 이 때 동일하고자 하는 것은 사물의 현상과 언어의 일치를 말한다. "폐허에 눈이 내린다"로 충분히 사물의 현상과 언어의 일치를 확인한 김수영은 그 순간의 환희로 만세! 만세! 하고 외친다. 그리고는 스스로 언어에 밀착했다고 느끼는 것이다. 언어와 시인 사이의 빈틈없는 밀착감과 일치감을 "폐허에 폐허에 눈이 내릴까"로 육화하면서 그는 순간을 성화하는 것이다.

그런데 김수영이 그처럼 찬탄해 마지않은 사물과 언어와의 일치는 침묵과 깊은 관련을 갖는다. 그는 소음을 싫어했다. 소음을 현대의 병리 현상의 하나로 파악하고 있던 김수영은 침묵에 대한 깊은 성찰과 믿음을 가지고 있었으며 침묵을 위해서라면 어떤 희생을 치루어도 좋다고 주장

175) 김수영, 위의 책, 303쪽.

하기도 하는 것이다. 침묵은 존재한다는 것 자체가 위대하다. 이 단순한 현존 속에 침묵의 위대함이 있다. 침묵에는 시작도 없고 끝도 없다. 침묵은 자기 자신 안에 모든 것을 가지고 있다. 따라서 침묵은 아무것도 기대하지 않는다. 그것은 언제나 완전하게 존재하며 자신이 나타내는 공간을 언제나 완전하게 채운다.[176]

눈은 세상 만물을 덮으며 세상의 모든 소리들을 잠재운다. 소음이 사라진 세상에 펄펄 내리는 눈만 살아서 움직인다. 세상의 소리들을 압도한 눈은 그러나 웅아 하고 소리들이 깨어난 뒤에도 또 내릴 것이다. 소리들이 아귀다툼으로 일상의 평화를 깨어부수는 온갖 소음의 땅, 소음 속으로 매몰되어 가는 인간들의 황폐한 모습의 폐허 위에 눈은 내려 쌓이는 것이다. 서책의 낡아빠진 지식 위에, 그 황폐함 위에 눈은 생각하고 난 뒤에 또 내리고 한꺼번에 생각하고 또 내려 쌓이는 것이다. 침묵처럼 아니 침묵으로 내려 쌓이는 것이다. 마침내 김수영은 폐허의 침묵으로 자신을 일치시키면서 언어와 또 한 번 온전한 합일을 이루어낸다. ①의 눈이 살아 있는 눈이라면 ②는 침묵으로서의 눈[177]이다. 눈에 대한 김수영의 생각이 10년을 사이에 두고 삶에서 죽음으로 변화하고 있는 것을 알 수 있다. 두 작품 모두 모더니즘을 극복한 자리에, 혹은 리얼리즘을 뛰어넘은 자리에서 만날 수 있는 시적 긴장이 팽팽한 수작이다. 침묵은 훨씬 이전부터 그의 시에 내장되어 있었다. 「먼 곳에서부터」 우리는 그의 침묵의 연원을 읽을 수 있다.

---

176) 막스 피가르트, 최승자 옮김, 『침묵의 세계』, 까치, 1996, 13쪽.

177) 김상환은 이 시를 시간을 여는 해석으로 읽었다. "김수영은 이 시를 통하여 눈에 무한정 담기는 시간을 재차 풀어 놓고 있다. 그러나 어쩌면 시간은 스스로를 풀어내고 있는지 모른다. 시간이 무한이 이어지는 무한정자라면, 그래서 언제나 다시의 운동 속에 있다면, 이 무한정한 다시는 자발적 밀봉과 개봉 사이의 다시인지 모른다"(김상환, 앞의 책, 63~64쪽).

먼 곳에서부터
먼 곳으로
다시 몸이 아프다

조용한 봄에서부터
조용한 봄으로
다시 내 몸이 아프다

여자에게서부터
여자에게로

능금꽃으로부터
능금꽃으로……

나도 모르는 사이에
내 몸이 아프다

—「먼 곳에서부터」(1961.9.30) 전문

「먼 곳에서부터 먼 곳으로」는 김수영의 시 중 가장 난해한 작품의 하나일 것이다. 지나치게 단순한 구조로 되어 있어 시의 바닥이 환하게 보이는 듯하지만 투명한 시 속의 깊이는 짐작하기가 쉽지 않다. 이 시에서 선시적인 요소를 지적한 김상환은 김수영의 「臥仙」(1968)에서 그 단초를 찾는다. "선에 있어서도, 바깥에서 들리는 소리가 까맣게 안 들렸다가 '다시 또' 들릴 때 부처가 나타난다고 하는 말이 있는데 이 음이 바로 헨델의 망각의 음일 것이다"(전집 2권, 105쪽 강조 인용자).[178] 여기서 중요한 것은 인용자가 강조한 "다시 또"이다. "다시 또"의 사건은 소리의

178) 김상환, 위의 책, 42~44쪽.

있음과 없음의 경계 위에서 일어난다. 그 사건은 부처가 나타나는 사건이며 깨달음의 순간은 그렇게 소리의 있음과 없음 사이에 오는 것이다. 김수영의 「먼 곳에서부터」로 돌아가자면 "다시"의 사건을 통하여 현상하는 것, 현상하면서 소멸하는 것은 먼 곳의 먼 것이다. 가까운 것으로 체험되는 그 먼 것이 김수영의 부처이다. 이 작품에 담긴 체험이 선적 체험과 동일한 논리 구조를 띠고 있다는 것은 그런 의미에서이다.179) 김수영의 선적 체험으로도 읽히는 "다시"의 사건은 모더니즘과 리얼리즘의 회통이나 초월의 순간과도 무관하지 않다. 「먼 곳에서부터」가 쓰인 시기가 1961년 9월 30일인 것을 생각하면 이 시 속의 "다시"가 무엇을 말하는지는 짐작하기 어렵지 않다. 군부의 군사 쿠데타에 의한 4 · 19혁명의 실패는 김수영을 깊은 좌절의 구렁텅이로 끌어내렸으며 「新歸去來辭」 속으로 문학적 망명을 하게 했다.

「먼 곳에서부터」는 문학적 망명을 청산하면서 쓰인 첫 작품이며 "다시 몸이 아프다"고 "다시"의 의미를 환기시키는 것이다. 이 시에서의 "다시"는 소리의 있고 없음의 경계 위에서 일어나는 부처의 현현과 관련된 반복으로서의 "다시"가 아니라 "먼 곳에서부터/먼 곳으로" 그의 몸이 시간처럼 움직여가며 "다시" 아픈 것이다. 몸이 아프다는 것은 생명의 잉태를 위한 통증으로, 이를 김상환은 몸하는 몸180)으로 읽고 있는바 온당한 시 읽기로 보인다. 생명은 먼 곳에서 몸의 먼 곳, 몸하는 몸으로 온다. 그 생명을 위하여 "다시" 몸이 몸을 하는 것이다. 몸을 하고 난 몸은 비로소 새로운 몸을 입을 수 있는 것이다.

---

179) 김상환, 위의 책, 44쪽.

180) "먼 곳에서부터 먼 곳으로, 능금꽃으로부터 능금꽃으로 지나가는 것은 자기 반복적 운동이다. 그 반복 안에서 먼 곳의 것은 다시 멀고, 가까운 곳의 것은 다시 가깝다. 그 때 <다시 몸이 아프다>. 몸이 몸을 하고 시간이 몸을 한다"(김상환, 위의 책, 35쪽).

새로운 몸은 "조용한 봄에서부터/조용한 봄으로" 온다. 조용한 봄에서 조용한 봄으로의 이행은 시간의 이동이며 순환이다. 이는 우주적 시간의 운산이며 보이지 않는 먼 곳에서 일어나는 원의 운동이며 그 일탈과 회귀이다. 이러한 우주적 시간은 과거, 현재, 미래로 이어지는 시간이며 그 시간의 운동은 탄생과 죽음, 생성과 소멸을 거느린다. 우주적 생명은 탄생과 죽음의 궤적 위에 놓이게 되며 감동적인 생명의 부활을 보는 주기적인 봄을 만나게 한다. 그러므로 "조용한 봄에서부터/조용한 봄으로/다시 내 몸이 아프다"고 한 것은 생명과 희망을 잉태하기 위한 통증으로 시대적 상황과 맞물리면서 그 생명이 무엇을 의미하는지 알게 된다. 새 생명의 잉태는 이제 좀 더 확실하게 회임 가능한 여자에게로 구체적인 몸을 만난다. "여자에게서부터/여자에게로" 아니, 모든 여자에게로, 모든 모성에게로 새 생명은 다가가서 얹혀야 하는 것이다. 모성에 얹힌 새 생명은 마침내 "능금꽃에서부터/능금꽃으로" 활짝 피어날 것이다. 이 날을 위해서 "나도 모르는 사이에/내 몸이 아프다"고 화자는 말한다.

이 시가 난해하게 읽히는 것은 '에서부터'와 '으로'라는 시간의 지향성을 나타내는 각운 때문이다. 이 각운은 우주적 시간의 운행을 드러내고자 하는 시적 장치이며 '낯설게 하기'의 새로운 코드이다. 「먼 곳에서부터」가 탁발한 것은 "……에서부터", "……으로"라는 우주적 시간의 운행, "다시"라는 새로운 희망의 전언, "몸이 아프다"는 새 생명 잉태의 전조 등이 다층적 독법을 전제로 하기 때문이다. 이 작품 역시 "……에서부터", "……으로"라는 언어작용과 "몸이 아프다"는 언어기술이 서로 삼투작용을 하고 있는, 모더니즘과 리얼리즘의 한계를 극복한 수작이다. 이와 같은 회통과 초월은 「풀」에서 더 선명하게 드러난다.

풀이 눕는다

비를 몰아오는 동풍에 나부껴
풀은 눕고
드디어 울었다
날이 흐려서 더 울다가
다시 누웠다

풀이 눕는다
바람보다 더 빨리 눕는다
바람보다 더 빨리 울고
바람보다 먼저 일어난다

날이 흐리고 풀이 눕는다
발목까지
발밑까지 눕는다
바람보다 늦게 누워도
바람보다 먼저 일어나고
바람보다 늦게 울어도
바람보다 먼저 웃는다
날이 흐리고 풀뿌리가 눕는다

—「풀」(1968.5.29) 전문

화해와 조화의 몸짓으로 읽히는 「풀」은 김수영의 마지막 작품이기도 하지만 가장 잘 알려지고 사랑 받는 작품이며 동시에 가장 다양한 기대지평을 가지고 있는 작품이기도 하다. 그 기대지평은 다양한 독법을 가능케 하는 것이어서 「풀」은 전혀 다른 해석을 가져올 만큼 오독의 공간을 넓게 지니고 있는 작품이기도 한 것이다.[181] 풀은 우리 시에서 여러

181) 리얼리즘의 기대지평으로 「풀」을 읽은 사람은 백낙청과 김명인이고 모더니즘의 기대지평으로 「풀」을 읽은 사람은 김현이다. 백낙청은 "풀은 민중의 상징으로

가지 상징으로 나타나고 있다. 때로는 인간적 존재를 상징하며 또한 선과 악 양자를 포함하는 자연의 힘으로 표상되기도 한다. 풀은 시 속에서는 우리들의 삶 자체와 항상 연관을 가진다. 최하림은 "김수영은 그것을 대지에 뿌리를 내리고 있으면서 바람보다 먼저 눕고 바람보다 먼저 일어나는, 그 자신의 본질 속에 운동성을 내포한 존재로서 파악하였으며, 황동규는 뿌리 뽑혀진 존재로서 인식하였고, 오규원은 말을 만드는 것으로, 이성부와 이시영은 저항하는 민중상으로 이해하였다. 그들은 모두

곧잘 이야기되고 김수영의 모더니스트적 한계를 엄중히 추궁하는 쪽에서조차 유독 이 시만은 민중시의 영내에 진입한 작품으로 평가받는 일이 흔하다. 그런데 여기서도 중요한 것은 풀=민중의 손쉬운 등식은 성립하지 않는다. (……) 그렇다고 김수영의 풀에서 민중의 모습을 연상하는 것 자체가 민중문학론자의 억측이라고 보아서는 안 된다. 풀과 민초는 말뜻에서부터 이미 연결되거니와 「풀」에 앞선 김수영의 작업에서도 「풀의 영상」이라던가 「꽃잎3」 등의 풀 이미지는 모두 가냘프면서도 더없이 질기고 강한 어떤 것을 암시해 온 터이다"(백낙청 엮음, 『김수영의 사랑의 변주곡』, 창작과비평사, 1988, 229~230쪽)라고 말했으며, 김명인은 "풀은 대지에 붙박힌 존재이다. 그것은 양면적이다. 하나는 얽매임이고 또 하나는 뿌리내림이다. 얽매임은 자유를 부르고 뿌리내림은 모든 것을 받아들이고 감내하는 인고를 부른다. 이 시에서 날씨와 바람의 변화 속에서 울고 웃고 눕고 일어서는 풀의 움직임은 이러한 자유와 인고의 모순이 현상하는 방식이다. 바람이 불면 눕고 날이 흐리면 우는 것은 얽매인 자의 운명적 비극이다. 그러나 바람보다 먼저 일어나고 먼저 웃는 것은 뿌리내린 자의 넉넉함이고 낙관이다. 이 두 모순된 운동의 영원한 반복, 그것은 바로 대지에 뿌리내린 역사 내적 인간의 존재론적 숙명이라는 사실을 이 시는 노래하고 있다"(김명인, 앞의 책, 262쪽)고 말한다. 김현은 ""발목까지/발밑까지 눕는다"의 발목, 발밑이 누구의 발목, 발밑일까를 생각해보면 자명해 진다. 누군가가 지금 풀밭 속에 서 있는 것이다. 그런데 그 시에서 가장 중요한 것은, 그 숨어 있는 누구이다. 서 있는 그는, 마찬가지로 서 있는 풀이 바람에 나부껴 눕고, 뿌리 뽑히지 않으려고 우는 것을 본다(과거). 그 때의 울음은 바람소리와 풀의 마찰음이리라. 그 울음을 그는 그러나 웃음으로 파악한다(현재). 뿌리가 뽑히지 않기 위해서 우는 풀은 사실은, 뿌리가 뽑히지 않았음을 즐거워하며 웃는 풀이다. 그는 이제 날이 흐리고 풀이 누워도 웃을 수 있다. 「풀」의 비밀은 바로 여기에 있다. (……) 풀의 눕고 울음을 풀의 일어남과 웃음으로 인식하고, 날이 흐리고 풀이 누워도 울지 않을 수 있게 된, 풀밭에 서 있는 사람의 체험이다"(김현, 황동규 편, 「웃음의 체험」, 앞의 책, 211쪽).

부정적인 현실에 대응하는 존재로서 풀잎을 본다. 따라서 그들의 풀잎은 어둡고 음울한 색깔을 한 특징으로 지니게 된다"[182]고 보았다. 문제는 김수영의 「풀」의 경우 최하림의 지적처럼 어둡고 음울한 색깔을 지니고 있는가 하는 것이다.

「풀」의 분위기는 "비를 몰고 오는 동풍"으로 "날이 흐려서"라는 묘사로 보아, 밝은 분위기는 아니지만 그렇다고 어둡고 음울한 분위기는 아니다. 동풍은 비를 부르는 바람으로 샛바람 혹은 동부새라 하여 봄에 부는 봄바람이다. "발목까지 발밑까지 눕는다"는 것으로 보아 늦은 봄인 것이 확실하다. 늦은 봄, 오월의 비구름을 몰고 오는 날의 분위기는 결코 음울할 수가 없다. 그날의 바람은 오히려 청량했을 것이며 풀밭은 더워지기 시작한 계절 탓으로 비를 기다리고 있었을 것이다. 화자는 지금 풀밭에 와 있다. 그는 오월의 늦은 봄바람이 몰고 올 비를 기다리는 풀잎들의 일렁임을 보고 있는 것이다. 풀잎들은 "비를 몰아오는 동풍에 나부껴" 눕고, "드디어 울었다/날이 흐려서 더 울다가/다시 누웠다"는 것이다.

첫 연의 비의는 '나부껴'와 '드디어'에 있다. '나부껴'는 풀잎들이 바람에 날리듯이 움직이는 모습이다. 여기에는 저항도 거부도 없다. 비를 몰고 오는 봄바람에 호응하여 기분 좋게 팔랑이는 것이다. 이는 거부의 몸짓이라기보다는 화해의 몸짓이다. 화해의 몸짓일 때 "드디어 울었다"라고 쓸 수 있는 것이다. 그러므로 '드디어'는 동풍에 나부낀 끝에 마침내 울 수 있었던 것이다. 기다리던 동풍과의 화해 끝에 풀의 울음을 터진 것이다. "날이 흐려서 더 울다가/다시 누"운 풀은 둘째 연으로의 이행을 예비하며 능동적이며 적극적인 운동성을 드러내는 것이다. 풀은 날이 흐려서 더 울었던, 능동태인 것이다.

---

182) 최하림, 『시와 부정의 정신』, 문학과지성사, 1984, 75쪽.

둘째 연은 바람과 풀의 완전한 합일을 이루면서 눕고 일어서고 우는 행위의 적극적이고 능동적인 모습으로 바뀐다. 풀이 눕되 바람보다 더 빨리 눕고 풀이 울되 바람보다 더 빨리 우는 것이다. 첫 연에서 바람에 호응하면서 눕고 울던, 풀의 능동적 운동성이 이루어지는 순간이다. 눕는 행위는 바람과 풀이 같이 하지만 풀은 바람보다 더 빨리 눕고 바람보다 더 빨리 우는 것이다. 바람과 풀의 눕고 우는 호응과 합일이 엑스타시에 접어들고 있는 순간, 풀은 더 깊이 눕기를 원하고 있는 것이어서 셋째 연에 이르러 "발목까지/발밑까지 눕는다"고 쓰고 있는 것이다. 비를 실은 봄바람은 점점 더 세게 불어오고 풀은 점점 더 깊이 눕는 상황이 셋째 연의 상황이며 엑스타시의 절정은 "웃는다"는 것이다.

그러므로 셋째 연의 비의는 '웃는다'이다. 풀과 바람이 왜 웃는가 하는 것은 이 시를 올바르게 읽어내는 열쇠이다. 호응과 합일의 절정에서 터지는 울음은 웃음과 다르지 않다. 셋째 연의 웃음은 이미 둘째 연에서 깊이 내장되었던 것이며 그 에너지가 마침내 폭발하면서 웃음으로 터지는 것이다. 그러므로 "바람보다 늦게 누워도/바람보다 먼저 일어나고/바람보다 늦게 울어도/바람보다 먼저 웃"는 풀의 완전한 운동성은 마지막 행인 "날이 흐리고 풀뿌리가 눕는" 것으로 화해와 조화의 극치를 이룬다. 땅속에 풀뿌리가 눕는 것은 풀이 땅 위에서 바람과의 화해와 호응으로 눕는 것과는 달리 물과의 호응을 준비하는 행위이다. 물은 생명을 의미한다. 그것도 불멸의 생명을 의미한다. 이제 풀은 더 완강한 힘으로 이 땅에 뿌리 내릴 것이며 그 영원한 생명력을 스스로 예찬할 것이다. 김수영의 순환론적 우주관은 그의 죽음의 시편뿐만 아니라 회통과 초월의 시편에서도 드러난다. 회통과 초월은 "언어가 죽음의 벽을 뚫고 나가는" 행위 위에 있다. 「설사의 알리바이」는 언어가 죽음을 뚫고 나가는 괴로움과 괴로움의 이행이다.

설파제를 먹어도 설사가 막히지 않는다
하룻동안 겨우 막히다가 다시 뒤가 들먹들먹한다
꾸루룩거리는 배에는 푸른 색도 흰 색도 敵이다

배가 모조리 설사를 하는 것은 머리가 설사를
시작하기 위해서다 性도 倫理도 약이
되지 않는 머리가 불을 토한다

여름이 끝난 壁 저쪽에 서있는 낯선 얼굴
가을이 설사를 하려고 약을 먹는다
性과 倫理의 약을 먹는다 꽃을 거두어들인다

文明의 하늘은 무엇인가로 채워지기를 원한다
나는 지금 規制로 시를 쓰고 있다 他意의 規制
아슬아슬한 설사다

言語가 죽음의 벽을 뚫고 나가기 위한
숙제는 오래된다 이 숙제를 노상 방해하는 것이
性의 倫理와 倫理의 倫理다 중요한 것은

괴로움과 괴로움의 履行이다 우리의 行動
이것을 우리의 시로 옮겨놓으려는 생각은
단념하라 괴로운 설사

괴로운 설사가 끝나거든 입을 다물어라 누가
보았는가 무엇을 보았는가 일절 말하지 말아라
그것이 우리의 증명이다

—「설사의 알리바이」(1966.8.24) 전문

「설사의 알리바이」는 김수영이 도달하고자 했던 시의 궁극적인 세계를 제시하고 있다는 점에서 중요한 작품이다. 김수영은 "시는 언제나 끊임없는 모험 앞에 서 있다"[183]는 엘리어트의 말을 신봉했으며 그 자신의 시가 언제나 모험적이기를 원했던 것 같다. 여기서 모험적이라는 말의 본뜻은 새로움을 제시하는 산문성이며 하이데거가 말하는 세계의 개진이고 현실이다. 그는 이러한 산문성, 혹은 모험을 통해서 참여시의 옹호자라는 달갑지 않으나 분에 넘치는 호칭을 받기도 한다.[184] 그리고 그는 내용은 언제나 밖에 대고 "너무나 많은 자유가 없다"는 말을 해야 하며 이럴 때 "너무나 많은 자유가 있다"는 형식을 정복할 수 있고 이렇게 쓰여진 시의 축적이 진정한 민족의 역사의 기점이 된다며 참여시의 효용성을 설파하기도 했다.[185] 모험은 자유의 이행이며 자유는 고독[186]한 것이고 시는 고독하고 장엄한 것이라고 말한 김수영이지만 시의 형식은 내용에 의지하지 않고 그 내용은 형식에 의지하지 않는다고 결론짓는다.

이는 곧 '언어의 작용'과 '언어의 서술'을 뛰어넘어 형식은 내용이 되고 내용은 형식이 됨으로써 온몸으로 온몸을 밀고 가는 '온몸의 시학'을 완성하는 것이며 자유와 혼돈을 시작하라는 말이기도 하다. 그는 '시도 시인도 시작하는 것이다. 나도 여러분도 시작하는 것이다. 자유의 과잉을, 혼돈을 시작하는 것이다. 모기소리보다 더 작은 소리로 시작하는 것이다. 모기소리보다도 더 작은 목소리로 시작하는 것이다. 모기소리보다도

---

183) 김수영, 앞의 책, 251쪽.
184) 김수영, 위의 책, 250쪽.
185) 김수영, 위의 책, 252쪽.
186) 김수영은 1960년 6월 16일 일기에 "<4월 26일> 후의 나의 정신의 변이 혹은 발전이 있다면, 그것은 강인한 고독의 감득과 인식이다. 이 고독이 이제로부터의 나의 창조의 원동력이 되리라는 것을 나는 너무나 뚜렷하게 느낀다"고 기록하고 있다(김수영, 위의 책, 332쪽).

더 작은 목소리로 아무도 하지 못한 말을 시작하는 것이다. 아무도 하지 못한 말을. 그것을—'[187]이라고 비장하게 그의 시의 길을 제시한다. 그가 「반시론」의 결론으로 밝힌 "귀납과 연역, 내포와 외연, 비호와 무비호, 유심론과 유물론, 과거와 미래, 남과 북, 시와 반시의 대극의 긴장, 원주의 확대, 곡예와 곡예의 혈투, (……) 더 큰 싸움, 더 큰 싸움, 더더, 더 큰 싸움 (……) 반시론의 반어"[188]는 이제 그의 시가 어디로 가고자 하는지를 분명하게 보여준다.

김수영은 모더니즘과 리얼리즘의 대극을 넘어 그 회통의 자리에, 회통을 거친 후에 모더니즘과 리얼리즘을 극복한 새로운 세계에 그의 시세계를 건축하고자 했던 것이다. 그 험난한 길이 "언어가 죽음의 벽을 뚫고 나가기 위한/숙제"였던 것이다. 그러나 「설사의 알리바이」가 쓰여졌던 1966년까지 그의 새로운 시세계는 이루어지지 않은 것으로 이 시에 비친다. 다시 말하면 그는 "언어가 죽음을 뚫고 나가기 위한/숙제"를 해결하지 못한 채 "괴로움과 괴로움의 이행을 견디고 있"는 것이다. 첫 연에서 주목해야 할 단어는 "들먹들먹"이다. 이 견디기 어려운 설사의 징후인 "들먹들먹"거림은 설사를 불러오는 주술문이며 시나위가락이다. 주술적 상황의 설정이 아니면 "꾸루륵거리는 배에는 푸른 색도 흰 색도 적이"라는 구절을 이해할 수 없어진다. 청색은 불교에서는 동쪽을 지키는 지국천왕의 색이며 무속 신앙에서는 동쪽의 잡귀를 막는 동방청제를 상징하고 백색은 서쪽을 지키는 광목천왕의 색이며 서쪽의 잡귀를 막는 서방백제를 상징한다. 설사를 예비하는 꾸루륵거리는 배에는 이와 같은 설사의 상징들조차 전이되는 것이다. 설사는 변질된 음식을 먹거나 과식으로 소화불량에 걸렸을 때 나타나는 병리현상이다. 설사에서 시의 모티프를 찾

187) 김수영, 위의 책, 254쪽.
188) 김수영, 위의 책, 246쪽.

은 시인은 자연스럽게 머리의 설사로 이행한다.

첫 연이 육체적인 설사에 대한 묘사라면 둘째 연은 정신적인 설사로 이행하는 상황에 대한 묘사이다. 화자는 머리의 설사를 시작하기 위해서 "배가 모조리 설사를 하"는 것이라며 머리의 설사는 "性도 倫理도 약이/되지 않는"다고 고백한다. 성도 윤리도 약이 되지 않는 설사로 "머리가 불을 토"하는 것이다. 여기서 성은 인간의 욕망을 말하는 것임은 두 말할 나위도 없으며 윤리는 도덕적 규준임과 동시에 인간의 이성을 말하는 것이다. 김수영이 보는 세계는 그것이 비록 설사라 하더라도 자신의 육신과 머리에 머무르지 않고 세계와 우주로 확대된다.

셋째 연은 설사의 자연에로의 확대이다. "여름이 끝난 壁 저쪽에 서 있는 낯선 얼굴/가을이 설사를 하려고 약을 먹는" 모습을 본 것이다. 약은 "性과 倫理"이며 가을이 거두어들이고 있는 꽃이기도 하다. 꽃은 욕망의 근원이며 윤리의 향기이다. 그러므로 여름날 찬란했던 욕망의 결과로 탐스럽게 피어났던 꽃들은 가을의 설사를 위해서, 여름날의 그 많던 욕망과 탐욕을 버리기 위해서 설사약이 되는 것이다.

넷째 연에 이르면 김수영 자신의 역사적 공간에 대한 인식을 드러낸다. "문명의 하늘은 무엇인가로 채워지기를 원"하는 바 그 무엇인가는 바로 문명을 밀고 가는 역사적 사건이며 역사적 현실이다. 이것들은 시인과의 조우를 통해서 영원성을 획득하는 시적 성화에 이른다. 성화된 역사적 순간이 문명의 하늘을 채우기를 원하는 것이다. 문명의 하늘을 채울 성화된 역사적 순간으로서의 시는 "他意의 規制"로 "아슬아슬한 설사"처럼 쓰여진다. 화자가 "나는 지금 規制로 詩를 쓰고 있다"고 고백한 것은 바로 이 "他意의 規制"를 말하는 것이며 타의의 규제는 윤리이며 도덕이자 인습이며 당대의 가치이자 권력이며 모든 지배 담론이다. 그 규제를 비껴가며 시를 쓰는 일이란 아슬아슬한 줄타기이다.

다섯째 연에 이르러 이 시편의 핵심 구절이 등장한다. 바로 "言語가 죽음의 벽을 뚫고 나가기 위한/숙제"가 그것이다. 김수영 시세계의 지향성을 한마디로 요약하고 있는 이 구절은 "죽음의 벽을 뚫고 나가는 언어"라고 환언할 수 있는데 그의 시가 얼마나 가열찬 것이어야 하는가를 말해주는 표현이다. 죽음의 벽을 뚫고 나가야 하는 언어는, 바로 시이며 한편의 시를 탄생시키기 위해서 그는 수없이 죽음을 뚫고 나가려는 몸짓을 가졌던 것이다. 이 죽음은 인습의 타파이기도 하고 상식의 뒤집기이기도 하며 규범과 질서의 파괴이기도 했으며 사회적 합의와 진선미에 대한 거부이기도 했다. 이러한 것들을 뚫고 나가는 언어가 영생하는 언어이며 역사적 순간에 대한 시적 성화를 이루는 언어이기도 한 것이다. 그러나 이 시편은 그의 언어가 죽음의 벽을 뚫고 나가지 못한 것을 짐작케 한다. 언어가 죽음의 벽을 뚫고 나가는 숙제는 오래된 것이며 "이 숙제를 노상 방해 하는 것이/性의 倫理와 倫理의 倫理다/중요한 것은//괴로움과 괴로움의 履行이다"라는 고백으로 보아 김수영이 자신의 언어로 죽음의 벽을 뚫고 나가는데 성과 윤리, 혹은 윤리의 윤리가 큰 방해가 되고 있음을 암시 한다.

여섯째 연은 다섯째 연과의 불편한 연가름으로 시작된다. 두 연을 풀어놓으면 "언어가 죽음의 벽을 뚫고 나가기 위한 숙제는 오래된다. 이 숙제를 노상 방해하는 것이 성의 윤리와 윤리의 윤리다. 중요한 것은 괴로움과 괴로움의 이행이다. 우리의 행동 이것을 우리의 시로 옮겨 놓으려는 생각은 단념하라. 괴로운 설사"로 읽게 되어 산문화된다. 산문화되면서 순간의 성화로서의 시는 사라지고 화자의 시 쓰기의 괴로움만 강화되는 것이다. 시적 긴장과 성취는 작위적인 행 가름과 연 가름에서 오는 것이다.

性의 倫理와 倫理의 倫理다 중요한 것은

괴로움과 괴로움의 이행이다 우리의 행동
이것을 우리의 시로 옮겨놓으려는 생각은
단념하라 괴로운 설사

중요한 것은 죽음을 뚫고 나갔느냐 나가지 못했느냐의 문제가 아니라 그 괴로움을 감당하고 있느냐 아니냐인 것이다. 괴로움의 이행이야말로 죽음과 대면하는 일이며 순수와 한 몸을 이루는 일이다. 시로 옮겨 놓기를 단념하라는 "우리의 행동"은 이 괴로움을 감내하지 못하는, 다시 말하면 괴로움의 이행을 감당하지 못하는 행동이다. 그러나 머릿속의 설사는 계속되어 시인은 더욱 괴롭다. 마지막 연은 괴로운 설사로서의 시 쓰기가 끝나거든 침묵하라는 것이다. 시인은 그것을 시로써 말하는 것이다. 무엇을 보고 무엇을 썼는지 시인이 설명할 필요가 없는 것이다. 개별 시편은 독자에게 가서 읽힘으로서 독자 나름의 기대지평을 드러내는 것이며 한 편의 시로 완성되는 것이다. 시대와 역사에 대한 증언은 죽음의 벽을 뚫고 나가는 언어로 하는 것이며 그 언어는 이미 순수와 배를 댄 언어여서 영원히 살아 있는 언어이다. "그것이 우리의 증명"인 것이다.

김수영 시에서의 '언어의 작용'과 '언어의 서술'의 회통과 초월은 어느 시점을 통해서 마치 도를 깨우치듯 일어나는 것이 아니라 고투와 투신의 결과로 그의 시력의 순간순간에 일어나고 있으며 깊은 서정성과 맞물려 있다. 「눈」, 「먼 곳에서부터」, 「풀」, 「屛風」, 「푸른 하늘을」, 「사랑」, 「사랑의 變奏曲」 등의 시편이 그것을 보여준다.

Ⅴ. 온몸의 시학 추구

김수영 시에서 모더니티를 실현하려는 핵심어는 자유와 속도이다. 그의 시세계는 자유를 위한 길항의 과정이며 초기 시편 이후 죽음 직전에 쓰인 시편에 이르기까지 그의 탐구의 대상이자 주제였던 것이다. 자유는 김수영에게 설움과 비애, 말과 죽음, 혹은 사랑과 혁명의 역설적 표현이며 문학적 자유뿐만 아니라 정치적 자유까지도 아우르는 개념이다. 자유는 김수영에게 더욱 열려 있는 개념으로 운동성과 변환성으로, 가치에 대한 혼란과 절대적 가치 부여로, 살아 있음의 근거와 죽음에의 초월로 나타나기도 한다.

김수영의 자유 의지가 직접적으로 드러난 시편들은 모더니티 지향성을 드러내기는 하지만 '언어의 작용'과 '언어의 서술'이 혼재 양상을 보이거나 융합되어 나타나는 작품들이다. '언어의 작용'으로서는, 시적 미메시스의 경험으로 현실에서는 화해할 수 없는 것들을 문학적 체험을 통해 화해에 이르고자 하는 기록들이며 '언어의 서술'로서는, 삶의 총체성을 통해 현실의 삶을 긍정적이며 적극적으로 살아내기 위한 고투의 기록들이다.

김수영의 '자유'에서 나는 피냄새는 6 · 25의 참전과도 관련이 있으며 참전 이전의 이념의 갈등과도 관련이 된다. 그 자신이 치욕의 시대라고 말한 해방 후의 이념적 혼란과 갈등의 시기에 그는 좌익이자 우익이었으며 적어도 이념적으로는 좌익에 경도되어 있었다. 이 정체성의 혼란기를 그 스스로는 치욕의 시기였다고 말하는 것이며 그가 잠재의식으로 가지고 있던 수치심은 시에 부끄러움으로 나타난다. 이 부끄러움의 시편들은 일상적 삶에서 쓰고 있던 가면을 벗고 진실된 삶을 찾아가려는 참회와 반성의 기록들이다. 총체성으로서의 진실된 삶의 태도에 비추어 김수영이 자신의 삶의 모습에 수치스러움을 가졌던 것은 당연한 일이다. 그러나 이러한 반성적 삶이 그의 시를 지탱하는 힘이었던 것도 사실이다.

김수영을 '모더니스트이면서 한국 모더니즘의 위대한 비판자'라고 했을 때의 그는 진정한 의미의 모더니즘의 극복을 위해 치열한 노력을 기울인 시인이라는 뜻이 된다. 그의 모더니즘의 극복은 적이 내 안에, 혹은 우리 안에, 혹은 사회 안에 있다는 것을 전제로, 이와 대치하는 것으로 시작되어 전근대적이고 비민주적인 모든 것들을 적으로 설정한다.

김수영에게 속도는 선이며 동시에 악이다. 근대의 역사는 속도의 역사이며 속도를 거스르는 일은 역사를 거스르는 일이다. 김수영은 속도 속의 삶을 영위하며 그 스스로 근대적인 삶을 수용한다. 그러므로 김수영에게 속도는 비애이자 환희이며 흠모이자 경원의 대상이고 거부의 대상이자 수용의 대상이다. 속도에 대한 그의 흠모는 시의 속도로 나타난다.

김수영 시에서 리얼리티를 실현하려는 핵심어는 혁명과 사랑이다. 시민 사회에 팽배되어 있던 혁명의 기운은 4 · 19라는 학생 운동으로 점화되어 혁명으로 승화된다. 그러나 이 혁명은 미완의 혁명으로 기록되면서 김수영에게 좌절을 가져다준다. 그는 혁명의 좌절을 통해서 자기부정의 모습을 보인다. 4 · 19는 김수영에게 '온몸의 시학'으로 가는 이정표의 의미를 가지게 한다. 그가 온몸으로 밀고 간 시편들은 직설적이고 선동적이어서 시적 완결성을 갖추지 못하고 있다. 강력한 메시지가 시편을 압도하기는 하지만 감동이 사라지고 있으며 이와 같은 어법은 임화의 어법을 닮고 있다는 혐의를 지우기 어렵다.

혁명의 좌절 이후 그는 자기부정의 정신을 갖는다. 자괴감과 자기 비하와 자기 모멸의 시편들은 혁명의 실패를 겪으며 갖게 되는 자기부정의 전형들이다. 그러나 김수영은 좌절에 머물지 않는다. 혁명에 대한 실패와 좌절을 극복하면서 새로운 희망과 기쁨과 풍성함을 갖는다. 이는 정치적 혁명에는 실패를 했지만 혁명의 정신을 자양으로 사회적 변혁에서 내면적 변혁으로, 다시 말하면 문학적 혁명의 성공으로 이끌어가겠다는 그의 선언에 다름 아니다. 김수영의 이와 같은 내면적 변혁은 그의 시가 '언어의 작용'과 '언어의 서술'을 포용하게 한다.

김수영에게서 사랑은 4 · 19와 5 · 16을 겪으면서 얻게 되는 사회적 자아의 다른 이름이다. 그의 사랑은 자기 안의 사랑이 아니라 더불어 살아가는 사람들에 대한 사랑이며 사회적 어둠을 밝히는 희망의 등불이다. 사랑은 혁명의 좌절과 철권통치의 억압을 사회적 공동체를 통해 극복해 나가는 힘의 원천이다. 김수영의 공동체적 사랑은 그들의 소시민적 삶을 긍정하고 사랑하는 세계 긍정의 계기를 마련하게 한다. 김수영의 공동체적 사랑은 현실에 대한 새로운 인식과 서민적 삶의 아름다움을 노래하면서 리얼리즘 미학을 드러낸다. 그의 이러한 시작 태도는 인간 회복에 닿아 있다. 서민적 삶의 아름다움을 기록한 시편들에는 자책과 자기폭로와 자기 삶에 대한 통렬한 풍자가 나타나며 비천한 삶을 극복하기 위한 제의적 행태를 드러낸다. 김수영은 현실적 삶에 대한 파탄을 통해 삶의 총체성을 확보함으로써 부정적 일상성을 긍정적 일상성으로 승화하고 문학적 간접 경험을 통해 화해에 이르고자 하는 것이다.

모더니티로서의 '언어의 작용'과 리얼리티로서의 '언어의 서술'의 시 세계를 극복하기 위한 김수영의 고투는 휴식과 죽음의 내면 풍경을 통해 그 단초를 마련하고 있다. 김수영의 삶에 대한 사랑은 죽음의 형식을 빌려 완성되는바 이는 곧 삶의 완성으로서의 죽음을 의미하는 것이다. 김수영은 삶에 대한 사랑의 완성 형식으로 죽음을 놓았지만 사랑과 죽음은 그의 시에서 언제나 대극을 이루고 있다. 김수영은 사랑과 죽음이 충돌하지 않으면 새로운 시가 열리지 않는다고 본 것이다. 사랑과 죽음을 대극으로 하여 충돌함으로써 김수영 시세계의 생성의 동력을 얻게 될 때 그 사랑은 공동체적 삶에 대한 사랑이며 죽음은 공동체적 죽음을 의미한다. 그러므로 죽음은 현실의 문제를 뚫고 나가기 위해 새로운 의미를 부여하는 계기로서의 죽음이며 새로운 세계를 열어가는 죽음이어서 이는 곧 시로 열어가는 죽음이다. 김수영은 이처럼 현실 생활의 완성으로서의 사랑과 사랑의 완성으로서의 죽음 사이에 휴식을 놓는다. 그에게서 휴식은 죽음에 이르는 도정이며 치열한 삶에 대한 되돌아봄이다.

김수영 시에서 풍자와 해탈은 죽음의 그림자들이다. 풍자는 현실로부터의 일탈이며 현실로의 복귀이고 현실적 삶에 대한 질책이자 옹호이고 사랑이다. 해탈이 죽음에 이르는 자아적 도정이자 기술인 것에 비해 풍자는 사랑에 이르는 타아적 도정이자 기술인 것이다. '풍자가 아니면 해탈이다'라는 김수영의 시적 잠언은 그의 시가 사랑의 기술인 동시에 죽음의 기술이고 현실 지향인 동시에 현실 극복의 의지이며 역사적 폐쇄성의 극복 의지이자 역사적 개방성의 지향 의지임을 말하는 것이다.

김수영 시에서 '언어의 작용'과 '언어의 서술'의 회통과 초월은 어느 시점을 통해서 일어나는 것이 아니라 그의 시력의 순간순간에 고투와 투신의 결과로 이루어지고 있으며 서정성을 강하게 드러낸다. 김수영은 모더니즘과 리얼리즘의 대극을 넘어 그 회통의 자리에, 혹은 회통 이후 모더니즘과 리얼리즘을 극복한 새로운 시세계를 열어가고자 했으며 이를 위해 끊임없이 '온몸의 시학'을 추구했다.

2장

김수영 시의 수용미학

Ⅰ. 모더니티와 리얼리티의 수용미학

김수영 시세계의 다층적 해석 가능성이 크게 열려 있으면 있을수록 그의 시세계가 갖는 해석의 스펙트럼은 다양하고 크게 마련이다. 김수영 시편의 울림의 진폭을 가늠하는 것이 수용미학의 핵심이다. 마르크스주의 미학과 형식주의 미학의 간극을 극복해보려는 시도가 1960년대 말과 1970년대 초에 야우스H. R. Jass에 의해 제기되었을 때 그의 의도에는 문학을 독자나 소비자의 관점에서 보겠다는 태도가 내포되어 있었음을 간과하는 사람은 없었다.

야우스에 의해 이름 붙여진 '수용미학'은 하나의 예술작품의 역사적 본질은 그 생산과정을 고찰하고 그것을 기술하는 것으로써는 설명될 수 없다는 주장을 포함한다. 야우스에 따르면 오히려 문학은 생산과 수용의 변증법적 과정으로 다루어져야 하며 문학과 예술은 연속적인 작품들이 생산의 주체를 통해서 뿐만 아니라 그것을 소비하는 주체를 통해서, 즉 작가와 독서 대중의 상호작용을 통해서 중재될 때 하나의 과정을 갖는 역사를 획득할 수 있는 것이다. 야우스는 문학의 위치를 보다 더 광범위한 사건들의 과정 속에 둠으로써 마르크스주의의 역사적 중재에의 요망을 충족시키려 한다. 그는 또 지각의 주체를 자신의 관심의 대상에 둠으로써 형식주의적 업적을 지속시키고 역사와 미학의 통합을 추구한 것이다.[1]

야우스는 그의 수용미학적 시도를 러시아 형식주의 및 루카치와 골드만의 마르크시즘 문학사회학의 궁지를 극복한 것으로 이해한다. 러시아 형식주의자들의 중심 명제는 문학의 발전이, 판각된 인지습관에 반대되는 새로운 구성원리를 통하여 자동화된 구성원리를 끊임없이 대체하는 과정으로 이해할 때 문학 진화의 추진력은 외적인 자극이 아니라 자동화와 혁신의 변증법[2]이라는 것이다. 야우스 또한 이러한 문학 진화의 추동력을 믿는다. 그의 문학 진화에 대한 믿음이 추동력으로서의 자동화와 혁신에 대한 변증법일 때 전통에 대한 회의는 더욱 깊어져 가다머의 문학적 텍스트에 대한 고찰 방식을 비판적으로 볼 수밖에 없는 것이다.

가다머는 하버마스의 이데올로기 비판에 맞서 "소위 비판적 학문의 역사학자조차도 지속되는 전통, 예컨대 민족 국가적인 전통의 굴레를 벗어날 수 없으며, 따라서 그는 민족적 역사학자로서 그러한 전통에 개입하면서 오히려 그것을 형성하고 더욱 지속시키는 결과를 낳는다. 여기서 가장 중요한 사실은 그가 의식적으로 자신의 해석학적 제약성에 대해 성찰하면 할수록 그만큼 더 이러한 결과는 심화될 뿐이다"[3]라고 지적하여 비판적인 문헌학자나 역사학자라 할지라도 그가 서 있는 역사적 전통의 연관을 벗어날 수는 없는 것이라는 점을 분명히 한다.

야우스는 가다머가 전통의 연관 및 고전적 작품들의 권위를 특권화하

---

1) 로버트 C. 홀럽, 최상규 역, 『수용미학 이론』, 예림기획, 1999, 83쪽.
2) 페터 뷔르거, 김경연 역, 『미학 이론과 문예학 방법론』, 문학과지성사, 1993, 154쪽.
3) 페터 V. 지마, 허창운 역, 『문예미학』, 을유문화사, 1997, 267쪽.

고 적극적이며 생산적인 심급으로서 독자를 등한시했다고 비판한다. 그는 전통과 전통의 진리 요구에 맞서 '대화적 생산성'과 '질문과 대답'의 텍스트와 독자의 '열려진 변증법'을 주장한다. 그의 주장에는 문학의 진화에 있어 중요한 것은 위대한 작품들의 진리 내용이 아니라 독자층의 창조적인 역할이라는 새로운 인식이 선명하게 드러나는 것이다.

야우스는 그의 논문 「문예학의 도전으로서의 문학사」에서 "문학사의 혁신을 위해서는 역사적 객관주의라는 선입견을 제거하고 전통적인 생산미학과 서술미학에 수용미학과 영향미학의 기초를 제공해야 한다"[4]며 독자에 의한 문학 작품의 경험이 문학사와 전체 문예학을 위한 새로운 기초가 되어야 한다고 주장한다. 그의 이러한 주장은 마침내 문예학의 패러다임 교체를 논하면서 전통적인 패러다임에 의한 역사주의와 작품의 내재적 미학에 대한 대안으로서 수용미학적 패러다임을 제안한다. 헤겔의 미학이 생산미학인 것에 반하여 야우스의 미학은 수용미학으로 문학이 현실을 모방적으로 묘사하는 것이 아니라 그것의 다의성에 입각해서 항상 새로운 문제들을 독자에게 제시하며 또 그렇게 던져지는 문제들은 독자들의 기대지평을 변화시킬 수 있다는 생각에서 출발한다.

마르크스주의의 생산미학과 형식주의의 서술미학, 다시 말하면 역사적 인식과 심미적 인식 사이의 간극을 그때까지는 극히 제한적이었던 역할을 하고 있던 독자층이라는 대상을 통해 극복하려고 시도했다. 마르크스주의의 정통미학은 작가와 독자를 동일시하고 있었고 형식주의 미학은 인식의 주체로만 독자를 필요로 하고 있었다면 이제 야우스는 역사적 인식과 심미적 인식을 참되게 할 수 있는 수신자로서의 독자를 상정하는 것이다. 야우스에 있어 작가, 작품, 독자라는 삼각형 안에서 독자는 단순

4) H. R. 야우스, 장영태 역, 『挑戰으로서의 文學史』, 문학과지성사, 1998, 176쪽.

한 반응의 고리가 아니며 역사 형성의 원동력인 것이다. 문학작품의 역사적인 생명은 그 작품의 수신자의 능동적인 참여 없이는 생각할 수 없다. 왜냐하면 독자의 중재를 통해서야 작품은, 단순한 받아들임에서 비판적 이해로, 수동적인 수용에서 능동적인 수용으로, 인정된 미학적 규범들부터 새롭고도 이 규범을 능가하는 생산에로의 대치가 이룩되는, 그러한 계속성이 저절로 이루어지는 경험지평으로 들어서기 때문이다.

독자의 역사성은 문학의 소통적 특성과 마찬가지로 작품, 독자 그리고 작품의 대화적인, 그리고 동시에 과정적인 관계를 전제로 하는 것이다. 생산미학과 서술미학, 지금까지 문예학의 방법론이 주로 머물고 있었던 이들 미학의 폐쇄적인 순환은 수용미학과 작용미학에로 개방되지 않으면 안될 것[5]이라고 야우스는 주장했다. 그는 문학사의 혁신은 역사적 객관주의의 선입견을 헐어버리고 전통적인 생산미학과 서술미학을 하나의 수용미학과 작용미학 안에 기초할 것을 요청하면서 문학의 역사성은 사후적으로 해명된 문학적 사실들의 연관에 입각하는 것이 아니라 독자를 통한 문학작품의 선행적인 경험에 기인한다고 말한다. 이러한 대화의 관계는 문학사에 있어서는 기초적인 소여이기도 한데 문학사가는 어떤 작품을 이해하고 정리할 수 있기에 앞서, 달리 말하면, 역사적인 순서 안에서의 독자라는 자신의 현재적 입장을 의식한 가운데서 그 자신의 판단을 설정할 수 있기에 앞서서 문학사가는 언제나 우선해서 독자가 되어야 하기 때문[6]이라는 것이다. 그러므로 문학의 역사는 수용하는 독자, 검증하는 비평가, 그리고 문학적 텍스트의 활성화를 통해 수행되는 심미적 수용과 생산의 한 과정으로 정리될 수 있는 것이다.

한 문학 작품이 그 출현의 역사적인 순간에 첫 독자의 기대를 불러일

---

5) H. R. 야우스, 위의 책, 177~178쪽.
6) 야우스, 위의 책, 179~180쪽.

으키게 되지만 그 기대를 배반당하거나 환멸을 경험하게 되는 것은 명백히 그 작품의 심미적 가치를 규정하는 하나의 기준이 된다. 심미적 경험을 통해 이미 친밀해져 있는 것과 새로운 작품의 수용으로 인해 나타나는 '기대지평'과 '지평변동' 사이의 거리는 수용미학적으로 한 문학 작품의 예술성을 규정하는 것이다. 기대지평과 지평변동 사이의 거리가 짧고 경험지평에 아무런 변화를 주지 못하는 작품이라면 그 작품은 오락적인 예술에 가까이 있는 작품이다. 오락 예술은 수용미학에서 어떠한 지평의 변화도 요구하지 않으며 오히려 지배적인 인습의 영향 아래 놓이게 된다.

김수영의 시편들은 독자의 기대지평을 다양화하면서 인습적인 영향을 거부한다. 그의 시편들은 독자의 기대지평을 배반하지만 그 배반은 환멸에로의 배반이 아니라 변증법적 배반이며 기대변동이다. 김수영의 시편 중에서 어떤 작품은 아직 진정한 의미의 독자와 연결되지 못한 작품도 있어 문학적 기대에 익숙한 지평을 파괴해야 하는 일이 남아 있다. 그의 시편들에 대한 새로운 기대지평은 보편적인 승인에, 언젠가는 도달하겠지만 적어도 그때까지는 지평의 변동과 함께 독자의 문학사를 다시 써야 하는 것이다.

끝없는 지평의 변동을 가능케 하는 것이 김수영 시세계의 힘이며 미덕이다. 야우스는 문학작품에 대한 세기의 판단은 단순히 독자와 비평가 혹은 교수들의 판단 이상이라고 말한다. 즉 작품에 투여된, 그 작품의 역사적 수용 단계에서 현실화된 '지평융해'를 전통과의 만남 안에서 혹은 통제된 상태에서 수행하는 한, 이는 이해의 판단에 전개되는 의미 잠재력의 연속적인 발현일 수밖에 없다[7]는 것이다. 그러므로 잠재적 의미가 과거 작품을 이해하고 평가하는 수용자에게 올바르게 포착되려면 전승

7) 야우스, 위의 책, 195~196쪽.

과의 대면에서 지평의 융합이 비판적이며 성찰에 의해 이루어질 때 가능한 것이다. 다시 말하면 과거 작품의 이해는 현재와 과거의 변증법적 성찰을 거친 현재화를 통해서 이루어진다는 것이다. 김수영의 시세계가 새롭게 조명되고 해석되는 데에는 이와 같은 수용미학적 시각이 내재해 있는 것이다.

수용미학은 문학작품의 역사성과 예술성이 수용자의 작품 체험 속에 내재해 있다는 통찰하에서 문학텍스트 이해의 기준을 수용자의 심미적 경험에 두고 문학작품의 역사적 심미적 연관성을 성찰하여 작품의 예술성을 해명하고자 한다.[8] 여기서 말하는 '심미적 경험'은 예술인식의 기본이어서 야우스는 이를 '근원적인 불복종성'으로 정의한다. 수용자의 미적 경험을 통한 근원적인 불복종성은 정치 사회적 지배나 억압 혹은 이데올로기로부터의 해방을 담보할 수 있는 특권이나 다름없는 것이다. 김수영 문학의 많은 부분이 야우스가 말하는 근원적인 불복종성에 관련되어 해석될 수밖에 없는 것은, 그의 시편들이 모더니즘의 '언어의 작용'과 리얼리즘의 '언어의 서술'에 닿아 있기 때문이다.

8) 차봉희 편저, 앞의 책, 44쪽.

Ⅱ. 김수영 시의 기대지평과 기대환멸

1. '자유'와 '속도'의 기대지평과 기대환멸

김수영의 시세계는 그 시사적 위치나 성격이 진화를 계속하고 있으며 그만큼 그의 시는 아우르는 세계가 크고 다양하여 독법의 스펙트럼이 넓은 시인이다. 참여시나 난해시의 요소가 두드러지기는 해도 그것이 곧 김수영 시의 전부는 아니다. 오히려 그런 측면을 강조하는 논의들이 김수영 시의 진면목을 가리고 독자들로 하여금 시를 읽기도 전에 선입견을 갖게 했을 수도 있다. 참여와 순수라는 도식으로 양분될 수 없는 그의 시에서 참여의 이념이나 순수의 서정을 읽어내는 것은 곧 기대지평을 지닌 독자의 역할에서 시작되기 때문이다.[9)]

김수영의 시가 서로 상반된 수용 양상을 보이는 것은 앞에서 말한 독자의 기대지평의 문제이다. 기대지평은 야우스의 수용미학의 중요 개념인바, 수용자 자신이 지닌 친숙한 지평이 새로운 작품에 부딪쳐 지평의 전화－재구성－융합의 변화를 일으킴으로써 새로운 텍스트의 예술성을 구체화해나가는 것[10)]을 말한다. 문학의 역사는 수용하는 독자, 검증하는

9) 이은정, 「상반된 수용의 문제」, 『김수영 다시 읽기』, op cit, 418쪽.

비평가, 그리고 다시금 자신이 생산하는 작가를 통한 문학적 텍스트의 활성화를 통해 수행되는 심미적 수용과 생산의 한 과정이다. 어떤 문학 작품도, 그것이 비록 새롭게 나타나는 것일지라도, 어떤 교시적 진공상태에서의 절대적 새로움으로 등장하는 것이 아니라, 수용의 어떤 특정된 방식에 대한 예고, 공개되거나 은밀한 신호, 익숙한 특징 혹은 내포된 힌트를 통해서 독자들을 감응케 해준다.[11)]

그러므로 야우스의 이론은 하나의 문학작품을 역사적 지평과 그 작품이 생산된 배경인 문화적 맥락 속에 두고 그 작품의 지평과 역사적으로 변화하는 독자들의 지평 간에서 생성되고 변천되는 관계들을 탐구하는 데 주력하게 되는 것이다. 이처럼 문학텍스트를 이해하는 기준을 수용자의 심미적 경험에 두고 있는 야우스의 이론은 김수영의 작품에 대한 서로 다른 이해와 수용 양상을 밝히는 데 도움이 될 것이다. 한 문학작품에 대한 서로 다른 이해 혹은 상반된 수용은, 그것이 시편일 경우 난해성과도 걸리지만 오독의 공간과도 걸리는 미묘한 문제이다. 난해성이 시적성취와 무관할 수는 있어도 오독의 공간은 문학적 성취와 깊은 관련을 맺는다. 이 공간이 넓으면 넓을수록 독자의 심미적 경험이 시편을 통해 다양한 스펙트럼을 형성하는 것이며 감동의 진폭이 커지는 것이다.

김수영의 많은 시편들이 오독의 공간을 확보하고 있다는 것은 다양한 독법을 내장하고 있다는 말이다. 암호문으로서의 새로움은 몰락의 형상이다. 그것의 절대적인 부정성을 통해 예술은 말로 표현할 수 없는 것, 즉 유토피아를 말하게 된다. 새로운 예술에 등장하는 혐오스럽고 지긋지긋한 징후들은 모두 그러한 형상에 모이게 된다. 새로운 예술은 화해의 가상을 단호히 거부함으로써 화해되지 않은 것 가운데서 화해를 견지한

---

10) 이은정, ibid, 402쪽.
11) 야우스, 장영태 역, 『도전으로서의 문학사』, 문학과지성사, 1988, 181~184쪽.

다.[12] 김수영 시편들의 거친 말투, 사소함의 확대, 민중적 삶의 진지성, 역사에 대한 외경, 사랑의 공동체적 체험, 근대성의 인식과 속도, 모더니즘과 리얼리즘의 회통과 극복 등은 문학사와의 화해를 거부함으로써 독자와의 화해를 견지하고 있는 것이다. 김수영 시에서 찾을 수 있는 새로움은 시대적 맥락과도 깊이 관련된다. 시대적 맥락은 한 시편에 대한 독자들의 독법을 결정하는 요소가 되기도 하는 것이다.

김수영 시의 새로움은 독자들에게 상반된 수용 양상을 보여왔다. 그러나 상반된 수용 양상과 평가는 그의 시가 성공했는가 실패했는가로 가치 지향적 판단의 단서를 제공해왔던 것도 사실이어서 기대지평과 문학적 성공, 기대환멸과 문학적 실패를 연계 짓는 어리석음을 드러내기도 했던 것이다. 수용미학의 본질은 어떤 문학 작품이 당대의 시대상황이나 문학적 분위기와 성향 아래 독자들이 드러내는 기대지평에 의해 이루어지는 울림의 파장과 영향에 관한 것을 알아내는 접근방법이다. 이러한 접근방법에서 보면 김수영은 기대지평과 기대환멸의 양극성을 가장 첨예하게 드러내고 있는 시인이다. 이는 4 · 19를 기점으로 그 이전의 전기시를 모더니즘의 시로, 그 이후의 후기시를 참여시로 혹은 리얼리즘의 시로 읽었던 것은 선행 연구자들의 편견과 이에 따른 독자들의 심미적 경험이 빚어낸 결과이다.

김수영 시의 본질은 사물의 본질에 대한 탐구이며 근대성에로의 진입과 함께 우리들이 겪어내야 했던 다양한 삶의 모상들에 대한 끝없는 사랑과 포용이었다. 그의 시는 내용과 형식이 완전하게 하나가 되는 세계를 꿈꾸었으며 모더니즘과 리얼리즘의 회통과 초월의 자리에 시세계를 열어가려는 가열찬 노력을 보여왔다. 그러나 김수영의 이러한 시세계는

---

12) T. W. 아도르노, 홍승용 역, 『미학이론』, 문학과지성사, 2001, 62쪽.

시대적 맥락과 수용자들의 기대지평에 따라 긍정적인 양상과 부정적인 양상으로 구분되어 왔다.

김수영의 「孔子의 生活難」은 김경린, 임호권, 양병식, 박인환 등과 낸 사화집 『새로운 都市와 市民들의 合唱』(1949.4)에 「아메리카 타임誌」와 함께 수록된 작품이다. 그는 「孔子의 生活難」이 사화집에 수록하기 위해 급작스럽게 조제남조한 히야까시 같은 작품이라고 고백하고 있지만 많은 연구자들에게 논의의 여지를 남겨준 작품으로 기대지평이 다양한 작품이다.

> 꽃이 열매의 上部에 피었을 때
> 너는 줄넘기 作亂을 한다
>
> 나는 發散한 形象을 求하였으나
> 그것은 作戰같은 것이기에 어려웁다
>
> 국수—이태리어로는 마카로니라고
> 먹기 쉬운 것은 나의 叛亂性일까
>
> 동무여 이제 나는 바로 보마
> 事物과 事物의 生理와
> 事物의 數量과 限度와
> 事物의 愚昧와 사물의 明晳性을
>
> 그리고 나는 죽을 것이다
>
> —「孔子의 生活難」(1945) 전문

김수영 자신이 히야까시 같은 작품으로 폄하한, 그리하여 처녀작이기를 거부당한 이 작품에 대한 다양한 기대지평에는 염무웅의 기대지평과 기대환멸도 있다. 염무웅은 솔직히 말하면 반쯤 장난삼아 억지로 만들어 낸 작품 같다고 하면서 우리들이 신물 나게 보아온 난해시 중의 하나라고 규정한다. 그러나 그렇게 억지로 꾸며내는 가운데서도 시를 지향하는 어떤 일관된 의도가 완전히 배제되고 있지는 않음을 알 수 있으며 뚜렷이 눈에 띄는 의도의 덩어리는 '동무여 이제 나는 바로 보마'로 시작되는 4연이라고 분석한다. 그러나 제4연이 선명하면 선명할수록 작품전체의 구조는 오히려 더욱 불가해한 양상을 띤다고 지적한다. 즉 어떤 시적 전개의 결과로서 작중 화자가 '동무여 이제는 바로 보마'고 다짐하게 되었는지, 그리고 이어서 '나는 죽을 것이다'란 비장한 예감을 하게 되는 것인지 도무지 직감하기 어렵다는 것이다. 그래서 그는 이 비밀을 풀어줄 열쇠가 당연히 그 앞의 세 연에 있으리라고 기대하는 것이다. 염무웅은 여러 번 되풀이해서 읽었지만 가물가물 잡히는 것이 없었다고 고백하면서 곰곰이 따져보면 '꽃'과 '줄넘기 作亂', '發散한 形象'과 '作戰' 그리고 '마카로니'와 '나의 叛亂性'이 각 연에서 짝을 이루면서 전개되고 있고, '꽃'과 '發散한 形象'과 '마카로니'가 '줄넘기 作亂'과 '作戰'과 '나의 叛亂性'이 서로 연결되면서 어떤 의미를 향해 나가고 있음을 어렴풋이 인지 할 수는 있다고 말한다. 그러나 그 발전의 다음 단계인 제4연에서의 돌연한 전환은 오직 독자를 얼떨떨하게 만들 따름이라고 비판한다. 이 돌연한 전환이야말로 김수영이 노린 의미의 혼란과 단절, 엉뚱한 비약, 그리고 이 모든 것들의 총체적 결합으로 독자를 낭패시키는 소격효과 자체인지도 모른다[13]고 갈파하면서 기대환멸을 드러낸다. 염무웅은 결국 「孔子의 生活難」은 전형적인 모더니즘 계열의 난해시라고 규정한다.

13) 염무웅, 황동규 편, 「金洙映 論」, 『金洙映의 文學』, 문학과지성사, 1992, 141~142쪽.

「孔子의 生活難」이 정말 의미의 혼란과 단절, 엉뚱한 비약을 통한 당혹감과 소격효과만을 노린 것일까? 하는데 동의하지 않는 연구자는 많다. 다양한 기대지평은 다양한 기대변환과 기대환멸을 불러 김수영의 시편들을 다시 살아나게 한다.

유재천은 「孔子의 生活難」은 자신의 뜻을 펼치기 위해 집을 떠나 천하를 주유한 공자의 출가 과정과 김수영의 세계 대결 의지를 비유적으로 보여주는 시라고 말한다. 그러므로 유재천의 기대지평은 공자의 일생과 김수영의 시세계가 갖는 투사와 대결이다. 그는 1, 2연에서 김수영은 식물의 결실과정과 인생을 비유하여 식물의 결실과정에서 식물의 생활(영양공급상태)이 어려워지는 것처럼 인간에게 있어서 꽃과 열매(본질과 현상), 즉 지성적인 것과 초월적인 것을 조화시키기는 작전처럼 어렵다는 인식을 보여준다고 말한다.

지상적인 존재로써 비극적 운명을 타고난 인간이 초월적인 세계를 지향할 때 지상적인 세계는 한계상황으로서 인간의 자유의지를 구속한다는 것이며 벽으로서의 세계를 부정하고 초월적 세계에 매달릴 때 화자의 자아는 세계와의 분열을 피할 수 없다는 것이다. 반대로 초월적인 세계를 지향하는 자유의지를 포기할 때 화자는 자아의 죽음과 자기 자신으로부터 소외를 경험하게 된다는 것이다. 벽으로서의 세계의 부조리를 넘어서 자유를 성취할 수 있는 길은 벽의 존재를 긍정하고 받아들일 때 그것을 극복하고자 하는 실존적 자각이 싹트게 되고 세계 속에 적극적으로 참여함으로써 새로운 세계와 자아의 일치를 확립할 수 있다고 보는 것이 유재천의 시각이다.

벽 앞에서 화자는 반란성으로서의 실존적 자아를 긍정하고 세계와 대결을 선언함으로써 세계와 자아 사이의 변증법적 통일을 시도하고 공자와 같이 현실적인 문제에 구애받지 않는 자유로운 정신을 지향할 수 있다는 것이 그의 주장이다. 유재천은 김수영에 있어서 자아의 자유를 구속하는 한계 상황으로서의 벽은 자아를 둘러싸고 있는 외부 세계와 내부의 지상적 요구라고 말한다. 지상적 요구는 세계와의 적극적인 대결을 피하고 현실에 안주하게 만드는 속성들이어서 김수영 시가 외부 세계에 대한 직접적인 비판보다 자기 자신에 대한 비판과 폭로적인 성격을 띠는 이유가 자기 내부의 속물적인 것에 대한 정직한 긍정 없이는 그것들로부터 벗어날 수 없다고 생각했기 때문[14]이라고 주장한다. 이처럼 유재천은 아도르노의 미메시스적인 기대지평과 루카치적인 총체성의 기대지평이 혼재된 시각으로 「孔子의 生活難」에 접근한다.

권오만은 김수영의 시를 고백투[15]의 시라고 규정하고 고백투가 시인과 화자의 희박한 경계, 시인과 화자가 혼동되는 경향을 바탕으로 한 것

---

14) 김승희 편, 유재천, 「시와 혁명－김수영론」, 『김수영 다시 읽기』, 프레스21, 2000, 95~96쪽.

15) 김수영은 뢰스케를 고백파 시인으로 말하지는 않았지만 그는 로웰Lowell, 비숍Bishop, 슈왈츠Schwartz 등과 함께 미국의 대표적인 고백파 시인이다. 미국의 고백파 시인들은 1950년대의 거대 문명 앞에서 상대적으로 왜소해지는 개인의 실존적 위기 의식을 극적 고백 형식으로 표현했다. 김수영은 산문 「생활의 극복－담배갑의 메모」에서 다음과 같이 뢰스케Roethke를 인용한다.
「그런데 이와 비슷한 담배갑의 보이지 않는 메모가 내 머릿속에도 거의 언제나 들어 있다. 요즘 그 위에 쓰여 있는 메모는 미국 시인 데오도어 뢰스케의 시의 짤막한 인용구다. “너무 많은 實在性은 현기증이, 체증이 될 수 있다. －너무 밀접한 직접성은 극도의 피로가 될 수 있다.” 이것은 어떤 詩誌에 줄 시론을 번역하다 얻은 말인데, 이 말이 나에게 주는 교훈은, 나의 시적 사고의 문맥의 전후 관계를 자세하게 소개하지 않고는 그 진의를 설명할 수 없는 것이다.
대체로 시의 경험이 낮은 시기에는, 우리들은 시를 “찾으려고” 몸부림치는 경우가 많으나, 시의 어느 정도의 훈련과 지혜를 갖게 되면, 시를 “기다리는” 자세로 성숙해 간다는 나의 체험이 건방진 것이 되지 않기를 조심하면서, 나는 일종의 이런 수동적 태세를 의식적으로 시험해 보고 있다. 여기에서 “너무 많은 실재성”과 “너무 밀접한 직접성”은, 그러니까 시를 찾아다니는 결과에서 오는 것이라고 생각하고, 다시 한 번 내 자신에게 경고를 주는 의미에서 이런 메모를 해놓게 되었던 것이다(『김수영 전집2 산문』, 「생활의 극복－담배갑의 메모」, 59~60쪽).

이라면 김수영은 그의 시작의 초기부터 시인의 위상 쪽에만 집착했다고 말한다. 그러므로 김수영은 그의 시편들에서 화자라는 시의 장치를 등한시했다고 진단한다. 권오만은 「孔子의 生活難」은 그의 이러한 경향이 뚜렷하게 드러난 작품이라고 본다. 그는 김수영 시의 특징을 해, 달, 꽃, 구름, 비 등 자연물들의 친화적 태도와 단아한 서정적 태도를 거절한 채 범속한 일상의 제재를 택한 점이며, 범속한 제재의 선택에 따라 그 작품의 언어 역시 생활어, 시사어, 속어, 비어 등 범속한 언어를 활용한 점이고, 어느 작품에나 한결같이 시인 김수영 자신의 제정신 갖기의 탐색이 이루어졌다는 점이며, 그의 시적 형식은 고백투[16]라고 지적한다.

그러므로 권오만의 기대지평은 김수영 자신의 삶의 모습이 이루어낸 정직하고 고통스런 내면의 풍경이 되는 것이다. 권오만은 김수영의 고백투는 3단계로 구분되는바 1단계는 1946~1960까지의 시기로 자신의 삶의 모습을 성찰하면서 그것을 반추하는 외장으로 사용되었을 뿐 그것을 방법화하는데 이르지 못했다고 진단하고 2단계는 1960.4.19~1961.5.16까지의 시기로 참여적인 작품을 선보이면서 공동체의 예민한 문제를 자신이 싸안아 드러내는 방식으로 방법화하였으며 3단계는 1961.5.16 이후–죽기까지의 시기로 종전의 시에서는 기피되었던 소재인 거리에서 아내 구타, 파자마 바람으로 거리 활보, 거리의 여자 혹은 아내와의 성교까지도 거리낌 없이 토로한다는 것이다.

「孔子의 生活難」은 제1단계의 작품으로 자신의 삶의 모습에 대한 성찰이 드러나야 하는 것이다. 그것이 이 시편에 대한 기대지평이다. 권오만은 1~3연은 아직도 명쾌하게 해석되지 못하였다는 느낌을 준다고 고백하고 "꽃이 열매의 상부에 피었을 때"와 같은 비현실적 풍경을 제시,

16) 김승희 편, 앞의 책, 303쪽.

“줄넘기 작난” “발산한 형상” “국수－이태리어는 마카로니라고/먹기 쉬운 것은 나의 반란성일까”와 같은 시인 개인의 사사로운 버릇, 취향, 비유를 포함한 표현이기에 명쾌한 해석을 기대하는 것부터 무리[17]라고 본다. 이 해석은 권오만 자신의 기대지평을 배반하는 기대환멸이다. 고백시는 자신의 사사로움을 고백하는 시이며 취향과 버릇이 중요한 모티브가 되는 것이다.

김혜순은 모더니즘의 기대지평으로 「孔子의 生活難」을 읽는다. 김혜순 역시 1~3연을 이해하기 어려운 대목이며 도대체 김수영이 ‘바로 보마’의 의지를 표명하기 위해 무엇을 하겠다는 것인지, 아니면 자신의 처지가 어떻다는 것인지 알 수 없다고 말한다. 김현은 이 시를 가리켜 ‘복고주의와 완전한 결별’을 선언한 것이라고 지적했으며 염무웅은 ‘반쯤 장난삼아 억지로 만들어 낸 작품’이라고 말했고 유종호는 ‘전형적인 모더니즘 난해시’라고 평가했다. 대부분의 논자들이 관심을 갖는 대목은 4연이며 이 연의 핵심 의미가 ‘바로 봄’이어서 시적 화자의 의지 표명에 관심을 기울이고 있다는 것이다.

그러나 한편의 시를 읽는데 한 연만을 떼내어 그 시의 성격을 규정할 수 없다는 것이 김혜순의 생각이다. 4연의 의미는 1~3연과의 유기적인 관련에서만 선명하게 밝힐 수 있다는 주장이며 한자어인 1연의 ‘作亂’, 2연의 ‘作戰’, 3연의 ‘叛亂性’은 각 연의 문맥의소라는 것이다. 문맥의소는 작가의 태도, 시선을 축으로 그 문맥의 의미를 가장 크게 함축한 의소라며 문맥의소를 중심으로 김혜순은 「孔子의 生活難」을 다음과 같이 분석한다.

---

17) 권오만, 김승희 편, 「김수영 시의 고백시적 경향」, 『김수영 다시 읽기』, 306~320쪽.

1연 : 꽃이라는 것은 열매에 의해 부정될 존재이다. 열매가 열리면 꽃은 식물의 거짓 완성이었음이 드러난다. 그럴 때 너(공자로 상징되는 전통 질서의 개념)는 작난이나 할 것이다.
2연 : 너의 작난을 보고 나는 발산한 형식을 구한다(모더니즘의 방법을 취택한다). 그것은 어쩌면 나의 작전이다(방법적 전략이다).
3연 : 나는 작전의 일환으로 반란성을 택한다. 이탈리아어로는 마카로니라고 불리는 국수를 먹는 쪽으로 방향을 바꾼다(여기에서 김수영이 왜 국수라는 단어에 '이태리어로는 마카로니라고' 하는 주석을 달았을까 하는 의문이 생긴다. 그는 이 주석을 통하여 자신의 모더니즘을 설명한 것이 아니었을까. 그는 국수를 마카로니라고 부를 수도 있는 시를 쓰겠다는 의지를 표명한 것이 아니었을까. 그는 작전상 모더니즘을 채택하겠다는 의지를 표명한 것이다).
4, 5연 : 그리하여 그는 작전, 반란성으로 택한 모더니즘의 방법으로 사물의 생리, 한도, 명석성을 바로 보는 것을 죽기까지 계속할 것이라고 천명할 수 있게 된다.[18]

김혜순은 「孔子의 生活難」을 모더니즘 시로 규정하고 이해되지 않는 연의 대부분을 모더니즘 기법으로 쓰인 시이기 때문이라고 읽고 있다. 이와 같은 독법은 그의 기대지평이 모더니즘에 닿아 있기 때문이다. 그리고 그의 기대지평은 그 자신을 배반하면서 기대환멸로 드러난다. 1~3연의 난해한 부분이 독해 불능이라면 그것들은 이미지로 읽어야 될 것이고 독해 가능한 것이라면 문맥이 닿아야 할 것이다.

기대지평이 다르면 시의 의미가 달라지고 울림이 달라진다. 기대지평은 시를 독자의 수준에서 완성에 이르게 한다. 수용미학은 텍스트에 대한 수용자의 질문과 과거 작품의 응답이 올바르게 설정됨으로써 과거지평과 현재지평의 변증법적인 융합이 이루어지는 곳에서 새로운 의미가

---

18) 김혜순, 『김수영, 세계의 개진과 자유의 이행』, 건국대학교출판부, 1995, 33~34쪽.

탄생하는 것이며 이것이 계속 진행되는 이해의 생산적 기능인 것이다.

이제 김수영의 시세계를 모더니즘의 시각으로 보아왔던 수용자의 기대지평과 기대환멸을 알아보고자 한다. 김수영의 시세계를 모더니즘의 세계로 보왔던 평자들은 김현승, 유종호, 김종철, 황동규, 김현 등이었다.

김현승은 1940년대의 우리나라 모더니스트들은 김수영과 함께 영미 모더니즘의 내용에만 열중하였을 뿐 그러한 내용을 시각적으로 선명히 떠오르게 하는 영상적 수법에는 이렇다 할 능력을 보여주지 못했다[19]고 지적한다. 이미지즘의 입장에서 김수영의 시세계를 보는 것이 적절한지의 여부를 떠나 김현승은 시에서의 이미지를 중시했던 시인인 것은 분명하다.

> 영미의 모더니즘은 시를 추상적인 함정에서 구하기 위하여 회화적인 수법을 채용하게 되었다. 시의 대상인 객관적 사물이나 주관적 관념에서 연상된 이미지를 붙잡아 표현함으로써 독자의 시각을 통하여 작자의 사상, 감정을 보다 선명하고 역동적으로 떠오르게 하는 수법이다. 그러므로 문명비판과 사회풍자를 주된 내용으로 삼은 영미의 모더니즘은 표현 양식면에 있어서는 또한 이미지즘이라고 할만큼, 그들은 20세기적 새로운 표현 수법을 독창적으로 발견하여 시에 있어서의 내용과 형식의 빈틈없는 조화를 꾀하였던 것이다.[20]

이와 같은 김현승의 주장으로 보아 당대 모더니스트들 시에 대한 그의 기대지평은 부정적인 것이었으며 이를 극복한 시인으로 김수영을 꼽은 것이다. 그는 김수영의 1956년 작품 「눈」을 두고 "작자는 종래의 직접적인 진술의 방법을 말끔히 지양하고 자기의 관념에서 연상된 이미지를 부

19) 김현승, 앞의 책, 58쪽.
20) 김현승, 위의 책, 58쪽.

각시키는 간접적인 방법에 의하여 시인의 소신을 강조하고 있다. 이 시에 등장하는 주요한 사물은 눈과 기침 및 가래침이다. 그러나 이러한 사물은 현실에 있는 그대로의 사물은 아니고 그와 어느 점에서 유사한 점을 가진 작자의 관념에서 연상된 사물이기 때문에 이미지의 역할을 하게 된다. 특히 마지막 연에서 신선한 눈과 더러운 가래침의 이미지를 통하여 시인이 사는 울적한 현실과 동경의 청신한 세계와를 효과적으로 대조시키는 뛰어난 수법을 보여 주고 있다"[21]고 평하고 있는 것을 볼 수 있다. 이 비평의 경우 김현승의 기대지평은 이미지의 선명성이며 「눈」은 종래의 직접적인 화법에서 탈피하여 시인 자신의 관념과 사물과를 연결시키는 이미지를 효과적으로 이끌어 오고 있다고 본 것이다. 그러나 김현승의 이러한 모더니즘의 기대지평은 「참음은」이라는 시에 이르러 지평변동을 가져온다.

참음은 어제를 생각하게 하고
어제의 얼음을 생각하게 하고
새로 확장된 서울특별시 동남단 논두렁에
어는 막막한 얼음을 생각하게 하고
그리로 전근을 한 국민학교 선생을 생각하게 하고
그들이 돌아오는 길에 주막거리에서 쉬는 십분동안의
지루한 정차를 생각하게 하고
그 주막거리의 이름이 말죽거리라는 것까지도
무료하게 생각하게 하고

奇蹟을 기적을 울리게 한다
죽은 기적을 산 기적으로 울리게 한다

―「참음은」(1963.12.21) 전문

21) 김현승, 위의 책, 59쪽.

김현승이 위의 시 「참음은」을 “의미와 관련이 없는 이미지를 비약적으로 전개하는 슈르의 수법을 분명히 볼 수 있다. 의미의 관련을 붙잡을 수 없으면서도 이미지의 구축은 읽는 사람에게 보다 방분하고 쾌적한 느낌을 주고 있다”[22]고 평하고 있다. 그는 모더니즘의 기대지평에서 슐리얼리즘으로 기대지평을 변동시키면서 이 변환을 스스로 긍정적으로 수용하는 것이다. 당대의 초현실주의적 시편은 순수시와 만난다고 보고 있는 것이 김현승의 시각이어서 슈르의 이미지 구축의 수법과 말라르메와 발레리에서 비롯된 순수시의 수법이 1960년대에 이르러 우리 시단에 혼용되고 있다고 본 것이다. 두 수법의 공통점이라면 슈르와 순수 양쪽 모두 이미지로써 시가 구축되는 것이므로 사상성이 없다는 것이며 언어의 영원한 예술성을 추구하고 있다고 보는 시각이다. 김수영은 표현기법 면에서는 슈르나 순수파 시인들과 궤를 같이하면서도 내용, 즉 사상성을 중시하는 면에서는 이들과 궤를 달리하고 있는 시인이라는 것이 김현승의 시각이다.

> 그는 60년대에 있어 순수시파의 어느 시인보다 우수하게 언어의 예술성을 소중하게 여기고 무의식 세계의 새로운 무한대에 매력을 느낀 시인이었지만 그는 결코 언어의 마술성에 매혹되어 시의 사상성을 몰각하는 시적 유희에 빠지지 않았다. 그는 시예술에 있어 내용과 함께 형식을, 형식과 함께 내용을 강조한 건전한 시인이었으며, 그는 그의 작품으로써 이러한 그의 시론을 구현한 시인이었다.[23]

김수영의 이러한 시작 태도는 김현승으로 하여금 한국시의 정신과 육체의 건전한 발육을 그의 구체적인 작품으로써 강조한 사려 깊은 시인이

---

22) 김현승, 위의 책, 61~62쪽.
23) 김현승, 위의 책, 62쪽.

라는 평가를 받기에 이른다. 이러한 평가는 김현승의 기대지평의 변동을 의미하는 것으로 그간의 김수영의 문학이 모더니즘의 시세계라는 예단을 뛰어넘어 모더니즘과 리얼리즘의 혼재 양상을, 혹은 그 회통을 발견하게 되는 것으로 이해된다. 그러므로 김수영 시에 대한 김현승의 기대지평은 모더니즘에서 슐리얼리즘을 거쳐 모더니즘과 리얼리즘의 회통에까지 이른 것이다. 이러한 변환은 기대환멸로 오지 않고 그 당위성을 인정하면서 지평변동으로 바뀌는 것이다.

지평변동은 김현승에게 주어진 기대지평과 새로운 작품의 출현 사이의 거리, 즉 심미적 거리를 조정하는 행위로 친숙하거나 혹은 의식화를 최초로 야기시켰던 경험의 부인을 통해서 오는 것이다. 기대지평과 작품, 지금까지의 심미적 경험의 이미 친밀해져 있는 것과 새로운 작품의 수용으로 인해 추구된 지평의 변동 사이의 거리는 수용미학적으로 한 문학작품의 예술성을 규정한다. 즉 심미적 거리가 짧고 수용하는 의식에게 아직 알려지지 않은 경험의 지평에로 어떠한 방향전환도 요구하지 않는다면 그만큼 그 작품은 구미에나 맞는 혹은 오락적인 예술의 영역에 근접해 있는 것이다.[24]

그러므로 기대지평은 계속 지평변동을 이끌어야 하는 것이다. 이와 같은 지평의 진화는 곧 한 시인의 문학세계의 진화하고도 맞물리는 것이어서 지평변동이 없는 시인의 시세계는 새로운 도전과 실험정신이 소멸되어 화석화된 시인이거나 동어반복으로 연명하는 시인이다. 김현승의 「現代式 橋梁」에 대한 기대지평은 그 시편이 지니고 있는 중량감에는 미치지 못하지만 김수영 시에서 모더니즘과 리얼리즘의 회통의 경지에 놓여진 작품을 분석의 대상으로 삼았다는데 중요성이 있다. 김현승은 「現代

24) 야우스, 앞의 책, 186~187쪽.

式 橋梁」을 분석하면서 "이 시를 일상의 논리로써 분석하여 그 주제를 끄집어낼 수는 없다. 그러기에는 너무도 연상의 비약이 엄청나고 이미지와 이미지는 부분적으로는 엇갈려 있다. 특히 셋째 연에서, 읽는 사람은 그러한 특징을 느낄 수 있을 것이다. 마지막 연의

> 나는 이제 敵을 兄弟로 만드는 實證을
> 똑똑하게 천천히 보았으니까!

라는 결론도 어찌하여 그러한 결론이 나오게 되었는지 그 논리적 과정을 쉽사리 파악해 낼 수는 없다. 그러나 그러면서도 이 시는 언어의 단순한 유희라고 느껴지지는 않는다. 이 작품에는 무엇인가 의미가 부여되어 있음을 느끼지 않을 수 없게 한다"[25]고 평하고 있다. 기대지평의 변동이 느껴지기는 하지만 그 지평변동이 어디에서 오는지를 깨닫지는 못하고 있는 것이다. 다음의 글을 보면 이러한 지평변동의 느낌을 좀 더 확실하게 알 수 있다.

> 그러나 문제는 이러한 反抗에 있지 않다
> 저 젊은이들의 나에 대한 사랑에 있다
> ……(중략)……
> 그러한 速力과 速力의 停頓 속에서
> 다리는 사랑을 배운다
> ……(중략)……
> 나에게 이제 敵을 兄弟로 만드는 實證을
> 똑똑하게 보았으니까!

---

25) 김현승, ibid, 63~64쪽.

김현승은 이 시편의 마지막 부분을 평하면서 "이러한 귀절들을 통하여 작자는 애정과 이해의 다리를 놓음으로써 현대의 정신적 단절 상태를 연결시킬 수 있다고 시사하고 있는 듯하다"[26]고 모호한 표현을 쓰고 있다. 이러한 모호한 표현은 평문으로는 옳은 표현은 아니지만 기대변동을 시사하고 있다는 것을 읽어내기에는 충분한 표현이다.

유종호는 김수영에 대한 가장 온당한 정의의 하나로 우리는 그의 부단한 자기갱신능력을 지적할 수 있다고 「詩의 自由와 관습의 굴레」의 서문에서 말하고 있다. 그리고 이러한 그의 부단한 자기갱신능력과 이로 말미암은 현란스러운 다양성은 그의 시편 낱낱을 번번이 정의의 그물에서 도망쳐 나온 놀라움의 실체로 만들어주고 있다[27]고 지적한다. 김수영은 김현으로부터 시적 주제가 자유임을, 염무웅으로부터 한국모더니즘의 가장 위대한 비판자로, 황동규로부터 시세계의 정직의 공간으로, 김우창으로부터 의식의 명징성을 비평의 화두로 받은 바 있지만 유종호는 설움이 그의 시의 화두임을 지적하고 설움은 김수영 신화의 한정된 성격을 드러내기도 한다며 「國立圖書館」을 소재나 어법에 있어서 당당하게 개성적인 작품이라는 기대지평으로 분석한다.

오 죽어 있는 망대한 書冊들

너를 보는 설움은 疲弊한 고향의 설움일지도 모른다
豫言者가 나지 않는 거리로 窓이 난 이 圖書館은
創設의 意圖부터가 諷刺的이었는지도 모른다
모두들 공부하는 속에 와보면 나도 옛날에 공부하던 생각이 난다

—「國立圖書館」 부분

26) 김현승, ibid, 64쪽.
27) 유종호, 「시의 자유와 관습의 굴레」, 『김수영의 문학』, 237~238쪽.

유종호는 "김수영 것 치고는 이해하기 쉬운 것에 속할 이 작품은 드물게 현재와 회상을 중첩 시켜놓고 있다. 회상 앞에서 만인은 평등하게 심약해 진다. 회상의 핵심을 이루고 있는 것은 상상된 잃어버린 낙원에의 그리움이지만 심층적으로는 죽음으로부터 한결 먼 거리에 있었던 안온함에 대한 그리움도 깔려 있다. 잠재적인 죽음의 상기는 심약함과 설움으로 이어지는 첩경이지만 전쟁의 파괴를 경험한 직후라서 '샘솟는 설움'은 아주 자연스러운 계기를 가지고 있다"[28]고 평한다.

유종호가 당당하게 개성적인 작품이라고 평가한 「國立圖書館」은 심약함과 설움의 기대지평으로 읽히고 있다. 유종호의 설움에 대한 기대지평은 「달나라의 장난」에서 나약한 생활인이란 자의식이 촉발하는 설움을 읽어내고 「비」에서는 움직이는 비애를 읽어내며, 「事務室」에서는 소외된 자의 설움을 읽어낸다. 유종호는 김수영의 설움을 '예언자가 나지 않는 거리'에서 '바늘구녕만한 예지를 바라면서' '모든 것을 제압하는 생활'을 사는 자의 설움[29]이라고 정의 한다. 유종호는 김수영 시의 다채로움에 대한 기대지평으로서의 생활인의 설움에 주의했지만 그의 기대지평은 더 높은 곳에 있었다. 그것은 김수영의 시가 짤막한 우리의 근대시사마저도 완전히 무시한 채 당돌한 출발을 했다는, 시사적 기대지평이다.

> 산문보다 먼저 발생했다는 점에서 옛날의 시는 원시적 직접성을 가지고 있지만 우리가 알고 있는 근대에 씌어진 시는 본시 배워서 익히는 기술이다. 모든 시는 정도의 차이는 있지만 그 이전의 시에 의존하게 마련이고 또 독자에게 이전의 시에 대한 지식을 요구한다. 시의 어휘가 근본적으로 引喩의 어휘인 것은 이 때문이다. 따라서 개개 시인을 파악함에 있어 전통과 시적 관습에의 의존도의 검토는 필수적이

28) 유종호, 위의 책, 240쪽.
29) 유종호, 위의 책, 241쪽.

다. 그리고 개개의 경우 시인의 초기의 작품은 전대의 시에 대한 무거운 채무와 의존을 드러내게 마련이다. 김수영의 초기의 작품은 이 점에 대해서 이렇다할 단서도 암시도 던지지 않는다.[30)]

유종호는 짧은 한국시사마저도 무시하고 출발한 듯이 보이는 김수영에 있어서 시적 관습으로부터의 해방의 한 징후로 그의 시가 소품적 완성을 완강하게 거부하고 있다는 것을 지적하고 있다. 김수영 시의 긴 행의 유장한 구성 사이에는 논리와 비약이 심해서 불투명한 의미의 분규를 조성해 놓기는 하지만 독자를 매혹시키는 곳곳에 박혀 있는 기발하고 신선한 지복은 '순도 높은 地金이 처처이 박혀 있는 原鑛'[31)]이라고 말한다. 김수영 시세계에 대한 유종호의 기대지평이 점점 커지며 지평변동을 보이는 대목이다. 김수영의 시적 완벽성의 거절은 일체의 기성적인 것에 대한 거부로 나타났으며 자유에의 충동은 시의 자유와 관습의 굴레 사이의 팽팽한 긴장을 뼈대로 하고 있는 것이라고 본 것이다.

유종호는 「누이의 방」을 반시론을 부연하는 시라고 읽고 있으며 "평범한 일상을 소재로 해서 이루어 놓은 비범한 리얼리즘이 우선 놀랍다"고 쓰고 있어 김수영에게서 비로소 리얼리즘에 대한 기대지평을 보인다. 범속하고 하잘 것 없는 것들을 정리할 필요가 있느냐고 묻은 화자는 '타락한 오늘'의 불결한 현실이 과연 시 속에서 정돈될 가치가 있는 것들인가 하는 물음이며 이는 정돈된 시적 질서에 대한 반시적 반란으로 보이며 이는 논리적인 말과 진술에 대한 근본적인 불신의 결과라고 판단한다. 김수영은 기성의 언어체계가 기성질서의 유기적인 일부를 이루면서 사람의 육체와 정신에 과하는 속임수와 억압과 조작의 불길한 수단이 되

30) 유종호, 위의 책, 243~244쪽.
31) 유종호, 위의 책, 246쪽.

고 있다는 인식[32]을 기지고 있어 폭력적인 시어를 채택하게 했다는 것이 유종호의 생각이다.

유종호는 김수영의 후기시를 특징짓는 것 중의 하나가 폭로적인 자기분석이라고 본다. 그의 자기비판에는 소시민의 왜소함까지 걸쳐 있다는 것이다. 김수영의 자기폭로는 정직한 자기분석의 한 모서리이면서 비슷한 정직성을 동료인간들에게 촉구하는 호소이기도 한 것으로 분석하고 있으며 그러한 자기폭로에는 떳떳치 못한 것을 드러냄으로써 면죄부를 받으려는 심층적 동기도 있을 것이라고 보고 있는 것이다.

> 그러나 우리에게 흥미 있는 것은 이러한 자기해부와 노출이 늘 꾸밈없는 늘 꾸밈없는 직선적인 언어를 통해서 이루어지고 있다는 점이다. 그것은 정직한 고백은 될수록 쉽고 곧장 알아들을 수 있는 말로 해야 진실하게 어울릴 수 있다는 사실 때문일 것이다. 정직성과 성실성은 그리하여 직선적인 직접성 속에서 스스로를 드러낸다. 김수영에 있어서의 단시적 완벽성의 거부는 이렇게 시적 자유의 행사이면서 동시에 정직성의 실천인 것처럼 보인다. 이렇게 보면 시는 그에게 있어서 그 자체가 목적이 아니라 자유의 행사를 위한 수단이며 정직성에 이르는 지름길이기도 하다.[33]

유종호는 김수영의 시에 대한 기대지평을 설움에서 리얼리즘으로, 다시 자기폭로의 정직성과 성실성으로 대변되는 자유정신으로 지평변동을 일으키면서 마침내 「사라의 變奏曲」에 이르러 "우리말로 쓰여진 가장 도취적이고 환상적이며 장엄한 약속을 보여주는" 작품으로 평가하면서 '희망의 모험으로서의 장대한 꿈'에 대한 기대지평을 보인다. 그러나 유

32) 유종호, 위의 책, 251쪽.
33) 유종호, 위의 책, 252~253쪽.

종호는 김수영 시에 대한 압축과 언어경제를 통한 절제를 보여주지 못한 것[34]에 대한 기대환멸을 드러내기도 한다.

황동규는 김수영을 자기 시대의 자유를 위해 철저하게 싸우다 간 참여 시인으로 보고 있는 시각에 대해 유보적인 입장에 선다. 그리고 김수영의 작품에서 새삼 느끼게 되는 것은 '고독'이라고 말하면서 김수영의 고독은 비인간화되어가고 있는 자신을 인간의 영토 속에 남아 있게 하기 위한 싸움에서 불가능을 추구하는 고독이라고 지적한다. 그러므로 황동규의 기대지평은 고독에 있으며 김수영의 고독은 인간에게 성숙한 자세를 주고 그 자세 속에서 자유를 구속하려고 하는 현대 사회의 기능에 대한 그의 통찰력이 숨어 있다[35]고 보고 있다. 그의 정직성은 자유를 구속하려는 현대 사회에 대한 응전의 수단이었다는 것이 황동규의 주장이다. 그러나 김수영은 정직의 한계와 또 다른 싸움을 했으며 한계와의 싸움이 성숙 거부 행위로 드러나고 있다고 주장하는 것이다. 김수영의 성숙 거부의 태도는 시에서 반복의 효과를 가져와 고도의 조직성을 유지하고 있다[36]는 것이다. 김수영 시에 대한 황동규의 기대지평은 시형식으로서의 반복이며 주술이고 조직성에 닿아 있다.

> 누구한테 머리를 숙일까/사람이 아닌 평범한 것에/많이는 아니고 조금/벼를 터는 마당에서 바람도 안 부는데/옥수수잎이 흔들리듯 그렇게 조금//바람의 고개는 자기가 일어서는줄/모르고 자기가 가닿는 언덕을/모르고 거룩한 산에 가닿기/전에는 즐거움을 모르고 조금/안 즐거움이 꽃으로 되어도/그저 조금 꺼졌다 깨어나고//언뜻 보기엔 임종의 생명같고/바위를 뭉개고 떨어져내릴/한 잎의 꽃잎같고/革命같고/

---

34) 유종호, 위의 책, 256쪽.
35) 황동규, 「정직의 공간」, 『김수영의 문학』, 민음사, 1992, 121~122쪽.
36) 황동규, 위의 책, 123쪽.

먼저 떨어져내린 큰 바위같고/나중에 떨어진 작은 꽃잎같고//나중에 떨어져내린 작은 꽃잎같고

—「꽃잎(1)」 전문

꽃을 주세요 우리의 苦惱를 위해서/꽃을 주세요 뜻밖의 일을 위해서/꽃을 주세요 아까와는 다른 시간을 위해서//노란 꽃을 주세요 금이 간 꽃을/노란 꽃을 주세요 하얘져가는 꽃을/노란 꽃을 주세요 넓어져가는 소란을

—「꽃잎(2)」 부분

황동규는 "이 두 편의 「꽃잎」은 김수영의 후기시 가운데서 상당히 독특한 자리를 차지하고 있는 작품이다. 혹시 그가 세상을 뜨지 않았다면 이 시에서 출발하여 그의 최후의 작품이라고 추정되는 「풀」을 통과하여 연장되는 하나의 새롭고 확실한 선 위에 이 시를 놓을 수 있을지 모른다. 그 선은 그의 시에 자주 등장하는 아내, 자유, 성 등 잘 알려진 소재를 떠나 평범한 사물을 통해 감정의 추상과 조형을 동시에 이루는 하나의 틀을 보여주었을 것이다"[37]라고 새로운 기대지평을 드러낸다. 그러나 이 기대지평은 김수영의 생존을 전제로 하는 것이어서 하나의 가설일 뿐이다. 중요한 것은 황동규는 김수영 시세계에 대한 기대지평을 그가 추구한 자유와 그 자유의 전제가 되는 혁명과 혁명의 좌절에서 오는 자책, 그리고 그 자책 뒤에서 만나는 죽음과 사랑에 대하여 연대기적인 기대지평을 드러내지 않고 '고독'과 '정직'을 화두로 기대지평을 드러내고 있다는 점이다. 시형식을 중심으로는 반복 효과를 기대지평으로 하여 「꽃 1 · 2」를 그의 새로운 시세계의 증거로 삼았다는 사실이다. 그러나 이 기대지평은 김수영의 죽음으로 부분적인 기대환멸로 바뀐다.

37) 황동규, 위의 책, 125쪽.

김수영 시의 '자유와 속도'의 기대지평 못지않게 기대환멸을 지적한 평자도 있다. 김주연은 김수영의 초기 시를 교양주의의 시라고 보아 기대환멸을 드러낸다. 김주연은 김수영이 「孔子의 生活難」에서 보여준 의지를 자신이 죽는 날까지 지킬 수 있었던 것은 그의 첫 작품에서부터 은밀히 그 싹을 보인 교양주의에 동조해 왔으면서도 그 교양주의를 은밀히 혐오했다는 데서 찾을 수 있다[38]고 말하기도 하지만 김수영 시가 지니고 있는 교양주의에 대한 기대환멸을 떨쳐버린 것은 아니다. 김주연은 「달나라의 장난」을 중심으로 교양주의에 대한 기대환멸을 설명하고 있다.

> 팽이가 돈다
> 팽이가 돈다
> 팽이 밑바닥에 끈을 돌려 매이니 이상하고
> 손가락 사이에 끈을 한끝 잡고 방바닥에 내어던지니
> 소리없이 회색빛으로 도는 것이
> 오래 보지 못한 달나라의 장난같다
>
> ㅡ「달나라의 장난」 부분

김수영의 시로서는 드물게 암시성을 지닌 이 작품은, 그러나 딱히 무엇을 암시 하는지 확실하지 않다. 이렇듯 암시의 불명료성은 비단 그 뿐 아니라 이 시기의 많은 시인들이 갖고 있었던 공통점 같아 보인다. 당시에 그는 김경린, 이 한직, 박인환, 박태진 등등과 이른바 모더니즘 운동을 벌였는데, 이들에게서 비슷하게 발견되는 점이 있다면, ①강력한 문명 비판의 기치 ②외래어의 과감한 사용 ③자의식의 표현 ④암시의 불명료성 등을 들 수 있을 것 같다. 물론 모더니즘운동은 그 나름대로의 성과를 거둔 점이 있는 것도 사실이지만, 무엇보다 시를 시인 자신의 내면적인 고통의 산물로 이해하지 않았다는 점에 중요

---

38) 김주연, 「교양주의의 붕괴와 언어의 범속화」, 『김수영의 문학』, 민음사, 1992, 263쪽.

한 한계가 있는데, 나는 그것을 교양주의라는 말로 부르고 싶다. 김수영도 출발은 그러했던 것이다.[39]

위와 같은 주장으로 보아 김주연은 모더니즘 시에 대한 폄하를 교양주의라고 부르고 있다는 것을 알 수 있다. 김주연은 김수영의 초기시에서 발견되는 이와 같은 교양주의는 6 · 25라는 역사적인 사건의 체험을 통해서 극복되고 있다고 파악한다. '설움'은 바로 이 역사적인 사건의 체험의 토로라는 것이 김주연의 생각이다. 김수영 초기시에 대한 기대환멸은 '설움'이라는 화두가 나타나기 시작하면서 새로운 기대지평으로 바뀌는데 이를 "이때부터 그의 시는 작은 감상성과 더불어 조금쯤 축축한 습기를 갖게 되면서, 문명한 사회에서 총명한 교양인으로서가 아닌, 세상과 직접 관계를 맺는 어쩔 수 없는 시인으로서 눈을 뜨게 된다"[40]고 본 것이다.

경험적 자아를 제시하고 그 나름으로 상징공간을 통해서 시적 자아를 추구해 나가던 김수영은 생활현실을 소재로 하면서 자신의 현실을 그대로 옮겨놓은 산문적 방법을 선택하게 되며 이 방법은 대상을 드러냄으로써 곧 비판한다는 이른바 리얼리즘의 색채를 포함하게 되었다는 것이 김주연의 주장이며 이는 곧 기대지평이 리얼리즘으로 발전하고 있다는 것을 뜻하는 것이다.

39) 김주연, 위의 책, 264쪽.
40) 김주연, 위의 책, 264쪽.

2. '혁명'과 '사랑'의 기대지평과 기대환멸

김수영의 시를 리얼리즘의 시각으로 분석하려고 했던 평자는 백낙청, 염무웅, 최하림, 김명인, 이승원 등이다. 이들의 시각은 김수영이 보다 본질을 파헤치지 못하고 그의 경험과 사회의 실상 사이의 밀착성이 느슨하며 몸으로 민중의 삶을 살아내지 못했다는 평가에 동의한다. 리얼리즘 문학을 주창한 루카치는 현실 전체의 반영 문제에 있어서는 고리키나 하인리히 만 같은 위대한 리얼리스트에게 눈을 돌려야 한다고 주장하고 고리키와 만은 영속하는 가치를 가진 문학의 유형들을 생산해 내는데 성공했으며 이 유형들은 사회와 인간의 객관적인 발전을 시사하는 경향으로서 영속하는 특성을 지녀 오랜 동안 그 영향은 계속될 것[41]이라고 확언하고 있음을 본다. 김수영의 시세계를 리얼리즘의 시각에서 분석하려는 평자들의 기대지평은 루카치의 말대로 영속하는 가치의 창출과 그 가치의 계속적인 영향에 있을 것이다.

백낙청은 『현대문학』(1968.8)에 실린 「김수영의 시세계」에서 모더니스트로서의 김수영의 시를 모더니즘적 실험의 유산과 자신의 서정적 자질을 하나의 독자적 스타일로 발전시키는 데 성공하고 있다고 평가하면서 다음과 같이 말하고 있다.

> 그런데 대부분의 한국 서정시들에 비해 눈에 띄는 것은—어느 의미에선 그것이 그의 작품을 덜 눈에 띄게도 하는 것인데—김수영의 서정은 대개 일상적인 소재와 언어 속에 용해되어 있다. 섬세한 마음씨

41) D. W. 포케마, E. 쿠네-입쉬, 정종화 역, 『20세기의 문학이론』, 을유문화사, 1995, 176쪽.

> 와 부드럽게 넘어가는 가락은 타고난 자질이요, 한국의 많은 서정시인들이 지닌 것이지만 그의 언어구사에 나타나는 현대적 감각과 지성의 작용은 모더니즘의 실험을 통해서 얻은 유산임이 분명하다…… 다른 서정시인들에 비하면 일상어에 가깝고 지적 복잡성을 포용하는 힘이 크기는 하지만, 아직도 너무 곱고 너무 약하다.[42]

이와 같은 백낙청의 평가는 은연중 리얼리즘 시에 대한 기대를 드러낸 것이라고 보여지며 백낙청의 기대지평이 리얼리즘 시에 가 닿아 있다는 증거이다. 더 분명하게 드러나는 그의 기대는 "피로한 밤을 감미롭게 노래하는 것으로 만족하기에는 그는 너무도 왕성한 생명력과 발랄한 지성의 소유자였고 염치와 예절의 인간이었다. 그럼에도 불구하고 시작을 아예 포기하고 행동을 택한다거나－결국 같은 이야기지만－어떤 정치적 사회적 목표에 시를 희생시킨 작품들을 쓰지 않았는데 그의 시인으로서의 드문 공적이다"[43]라고 지적하고 있는 것이다.

백낙청의 리얼리즘 시에 대한 기대지평은 더 확대되면서 김수영의 시를 '행동의 시'라고 규정한다. 그는 '행동의 도구로서의 시'가 아니라 '행동의 시'라는 것은 서정적 감정이나 심미감 같은 국한된 기관에만 의존하지 않고, 우리의 최고의 행동이 우리 몸뚱이와 의지와 정신과 경험 전체의 움직임이듯이 그런 움직임으로 쓰이고 읽혀지고 있는 시라는 뜻[44]이라고 말한다. 뿐만 아니라 김수영은 시라는 레텔이 붙은 현대사회의 많은 상품들－혹은 서정을 자극해 주고 혹은 정물화를 대신해 주고 혹은 정치적 흥분을 고취해 주는－을 배격하고 일상생활의 어떤 사건이나 사물처럼 전혀 시 같지 않으면서도 시를 찾는 사람들에게는 엄연히 시적

42) 백낙청, 「김수영의 시세계」, 『김수영의 문학』, 민음사, 1992, 39~41쪽.
43) 백낙청, 위의 책, 41쪽.
44) 백낙청, 위의 책, 41쪽.

사건이요 사물로 생동하게 되는 그런 시를 노렸던 것이라고 시적 소재의 확대와 의도를 갈파하기도 했다. 백낙청은 김수영의 시적 변모를 4 · 19라는 역사적 사건에서 그 단초를 찾고 있어 다른 평자들과 비슷한 시각을 보여주고 있으나 그의 시적 변모의 단서를 이미 「瀑布」나 「謀利輩」 같은 시가 내장하고 있었다고 읽고 있다. 이 지적은 김수영이 전기시에서 일정한 수준을 보여주고 있던 서정시로서의 깊이가 더욱 깊어지면서 역사적 사건을 목격한 자의 어른스러움이 우리 문학사에 훨씬 높고 견고한 자리를 차지하는 업적을 이루었다고 평가하고 인정하게 하는 단서로 작용하는 것이다.

그렇다고 백낙청이 김수영의 문학을 민중지향의 문학으로 성공했다고 평가하지 않는다. 백낙청의 기대환멸은 1968년의 「金洙暎의 文學」에서 "필자로서 구태여 흠을 잡으란다면 그의 시가 산문적이라는 것보다 차라리 지나치게 재기발랄하다는 점을 들겠다."[45] 말하는 것에서 드러난다. 그리고 그의 환멸은 9년 후에 쓰인 「參與詩와 民族問題」라는 평문에서 또 한 번 드러낸다. 이 글에서 백낙청은 김수영이 모더니즘의 한계를 극복했다고 선언하고 있으며 그의 시의 난해성을 모더니즘과 동일시하는 데서 독자들의 혼란이 있다고 지적한다.

> 김수영에게서 우리가 문제 삼아야 할 핵심적인 사항은 그가 난해한 시를 썼고 심지어 난해시를 옹호하기까지 했다는 사실 자체보다도 어째서 그에게는 진정한 난해시를 쓰려는 욕구가 민중과 더불어 있으려는 대척적인 욕구보다 그처럼 명백한 우위를 차지했느냐 하는 것이다. 이것 역시 어디까지나 상대적인 문제지만 김수영의 한계가 모더니즘의 이념 자체를 넘어서지 못했다기보다 그 극복의 실천에서

45) 백낙청, 위의 책, 44쪽.

우리 역사의 현장에 풍부히 주어진 민족과 민중의 잠재역량을 너무나 등한히 했다는데 있다는 말이 된다. 그리고 이러한 한계를 1970년대 초에 이미 통렬하게 지적한 것이 역시 우연치 않게도 김지하의 김수영론이다. 여기서 문제된 것은 난해성보다도, 그의 풍자가 시대의 폭력에 정면으로 대항하지 못하고 결국 군중의 일부에 불과한 소시민에게로 돌려졌다는 사실이다. 우리 시대의 시인은 무엇보다도 민중의 거대한 힘을 믿고 스스로 민중 또는 군중으로서의 자기긍정에 이르러야 하는데 김수영의 풍자는 그러지 못하다는 것이다. 그리고 그러한 민중적 자세가 모자랐기 때문에 표현의 면에서는 민요 및 민요 속에 무진장 쌓여 있는 풍성한 자원을 활용하지 못했다는 것이다.[46]

백낙청은 김수영의 문학이 모더니즘의 한계를 극복하기는 했으나 난해시를 쓰려는 욕구가 민중과 더불어 있으려는 욕구보다 더 강렬했느냐의 문제로 기대환멸을 가지고 있으며 당대의 민중의 거대한 힘을 믿고 스스로 민중으로서의 자기 긍정에 이르지 못한 것에 대한 환멸을 드러내고 있는 것이다. 백낙청은 김수영의 이러한 민중에 대한 인식이 부족한 것이 그의 시를 난해하게 이끌어 갔다고 보는 것이며 민족시인 민중시인으로서의 한계는 통일문제에 이르러 분명하게 드러난다고 보고 있다. 참여시에 대한 김수영의 탁월한 통찰과 정열에도 불구하고 현실의 핵심문제인 남북분단에 대해 지극히 세계시민적인 상식에 안주하고 있는 것을 통렬하게 비판하는 것으로 김수영 시에 대한 백낙청의 기대환멸은 정점을 이룬다. 백낙청의 미덕은 김수영 시에서 모더니즘의 극복을 읽었으며 참여시로서의 기대지평과 함께 기대환멸을 동시에 드러내고 있다는 점이며 이러한 수용태도는 열린 시각의 평자의 모습이라고 보여진다.

염무웅의 「金洙暎論」은 김수영이 타계한 지 10년 후인 1976년에 쓰인

---

46) 백낙청, 위의 책, 167~169쪽.

글이다. 염무웅은 처음부터 김수영의 시세계에 대한 기대환멸을 드러내고 있는바 "이번에 새삼 그의 시와 산문을 훑어보고 나는 그의 글에서 어딘가 철이 지난 듯한 느낌을 아울러 받았다. 그에게 그처럼 절박한 괴로움을 안겨주었던 문제들 중에서 어떤 것은 이미 그렇게 절박하지 않게, 즉 절박한 고비를 넘긴 것으로 생각되기도 하였고 또 지금 우리에게 중요하다고 여겨지는 문제들이 김수영에게는 간과되고 있기도 했다. 그것은 우리가 문학사적으로 김수영과는 확실히 다른 시대에 살고 있음을 말해주는 것으로 그의 뜻아니한 죽음 이후 활발하게 전개되어 온 최근 10여 년의 시적 성과들을 상기해 볼 때 우리에게 있어 김수영의 시대가 지나갔다는 이 느낌은 더욱 보강되는 듯하다"[47]고 지적한다.

> 1950년대에 있어서의 김수영의 문학활동은 문예운동으로서의 모더니즘과는 언제나 일정한 비판적인 거리를 유지하면서도 동시에 언제나 모더니즘의 테두리 안에서 전개되었다.[48] 그는 일생 동안 김소월이나 김영랑 혹은 서정주와 같은 개념에서의 서정시를 단 한편도 쓰지 않은 드문 시인 중의 하나일 것이다. 이런 뜻에서도 그는 철저한 반전통주의자이다. (……) 그는 사람들이 와글거리며 아귀다툼하는 이 도시적 환경에서 어떻게 제대로 살 것이며 또 어떻게 제대로 못살

47) 백낙청, 위의 책, 140쪽.

48) 염무웅은 "김수영은 모더니즘을 철저히 실천하려는 과정에서 한편으로 모더니즘을 완성하고 다른 편으로 그것에서 벗어나는 길을 틔워놓았다. 김수영은 한국 모더니즘의 허위와 기만성을 철저히 깨닫고 이를 통렬하게 공격했으나 그의 목표는 진정한 모더니즘의 실현이지 모더니즘 자체의 청산이 아니었다. 다시 말하면 그의 모든 문학적 사고는 모더니즘의 한계 내에서 이루어졌다. 그러나 그의 모더니즘은 진정한 모더니즘으로 나아가고자 한 것이었기 때문에-다른 진정한 사고와 행동의 역사적 작용에서 볼 수 있듯이-한국모더니즘의 기초를 분해하는 효소로서 사용하였다. 여기에 한국 모더니즘의 역사에 있어서 김수영의 역설적 위치가 있는지도 모른다"고 김수영의 모더니즘을 말하고 있다(『김수영의 문학』, 156~157쪽).

고 있는가, 이것만이 그에게 문제였다는 점에서 그의 시는 언제나 윤리적 가치와 관련해서 해명될 수 있다. (……) 그의 시를 거론하는 사람들이 빠짐없이 그의 문학적 주제라고 지적하는 '자유'의 문제만 하더라도, 그것이 하나의 정립된 가치개념으로 처음부터 그에게 주어져 있었던 것은 아니다. 오히려 그의 문학에 활력과 매력을 주었던 것은 '자유'라든지 '정의'라든지 하는 이름 붙여진 목표가 그에게 확정되어 있지 않다는 사실이다. 타협과 정체, 도취와 집착은 언제나 그의 적이었던 것이다. (……) 내가 보기에는 근본적인 문제점이 진짜 난해시냐 가짜 난해시냐를 구분하는 데만 있는 것이 아니라 진짜 · 가짜를 포함해서 난해시 자체가 서 있는 문학사적 근거를 옳게 인식하고 이를 제대로 극복하고 넘어서느냐 못 넘어서느냐에 있다. 이런 점에서 나는 김수영이 「叡智」나 「屛風」이나 「瀑布」나 「冬麥」처럼 메마른 논리의 세계를 끝내 물고 늘어져 그 속에서 현대시의 문제를 해결하려고 시도하기보다도 「陶醉의 彼岸」처럼 풍성한 이미지와 싱싱한 감수성의 세계를 개발 · 확보함으로써 현대시의 새 지평을 개척하는 것이 더 생산적이었을 것이라고 생각한다. (……) 4 · 19혁명은 해방 이후 우리 문학사의 분수령이었을 뿐만 아니라 김수영의 문학적 생애에 있어서도 분수령이 되었다. 이를 계기로 하여 김수영의 문학은 단연코 사회적인 성격을 띠게 되었고 인간의 구체적 삶을 규정짓는 터전으로서의 정치 · 사회적 상황에 예리한 관심을 기울이게 되었다. (……) 흔히 그는 위험스러울 정도의 과격한 참여론자로 알려지고 있으나, 실은 그는 모더니즘 시의 내용 없는 형식주의에 건강한 사회의식을 결합시키고자 한 인물일 뿐이다. 그러한 작업을 끝내 모더니즘의 테두리 안에서 성취시키려고 했다는 점에 오히려 그의－역사적 한계가 있을지는 모르지만, 어쨌든 그는 결코 사회참여 일변도로 기울어진 문학적 편식가는 아니었다. (……) 김수영은 한국모더니즘의 위대한 비판자였으나 세련된 감각의 소시민이요, 외국문학의 젖줄을 떼지 못한 도시적 지식인으로서의 그는 모더니즘을 청산하고 민중문학을 수립하는 데까지 나아가지 못하였다.[49]

염무웅은 김수영의 문학에 대해 기대지평보다는 기대환멸을 더 크게 드러낸다. 한국 모더니즘의 위대한 비판자였으나 세련된 감각의 소시민이며, 외국문학의 젖줄을 떼지 못한 도시적 지식인이고, 모더니즘을 청산하고 민중문학을 수립하지 못했다는 염무웅의 김수영 시에 대한 비판은 지나치게 리얼리즘의 시각으로 김수영의 시를 보고 있다는 우려가 있을 수 있기는 하지만 김수영에게나 우리들에게 뼈아픈 것이다.

최하림 역시 리얼리즘의 시각에서 김수영의 시세계를 읽고 있으며 기대지평과 기대환멸을 동시에 드러낸다. 최하림은 언어의 해방이라는 측면에서 김수영의 시세계에 대한 기대지평을 드러내는바 "언어가 정시하는 고도한 상징성에 의지하고 있는 시의 기능을 거의 배격하고 산문적 서술형태를 취함으로써 그는 언어 속에 감금된 현실의 내용과 의미를 회복시키고 그 의미를 발전시켜 새로운 생명력을 획득하려고 한 것이다. 다시 말하면 그는 시어를 산문체로 해방시킴으로써 언어의 상징성에 포박된 인간의 행동성을 되살리려 했던 것"[50]이라고 언어의 해방이 인간의 해방이라는 명제와 닿아 있음을 분명히 밝히고 있는 것이다.

최하림은 김수영의 '자유'와 '새로움'이 동일한 개념이며 자유에 대한 의식은 상황인으로서의 책무와 헌신(즉 사랑)으로서 점점 발전한다고 주장하고, 헌신 즉 사랑은 눈으로 볼 수 없는 기가 막힌 일들이 벌어지고 있는 현실에 대한 응전이며 그는 사회의 상처를 드러내 보일 뿐 아니라 상처를 아파하는 예술가로 비생산적인 부르주아를 상대로 비밀 이야기를 늘어놓기를 그치고 한 시대의 기층 세력으로서의 민족의 고난을 직시하고 그것의 극복을 실현하고자 하는 시인이었으며 민중은 몽매하다든가 창조적 영감과 공감력이 결여된 쓰레기라는 관념을 불식하고 민중이 없

49) 염무웅, 앞의 책, 139~165쪽.
50) 최하림, 『시와 부정의 정신』, 문학과지성사, 1984, 28쪽.

는 예술이 무슨 뜻이 있단 말인가라고 말하는 이른바 참여파의 입장에 서고 있는 것[51]이라고 리얼리즘 시로의 진입에 대한 기대지평을 열어 보이는 것이다.

그러나 최하림은 김수영에게서 신동엽이나 김지하에 비해 민중에 대한 역사적 인식이 투철하지 못하다고 비판한다. 그는 "만약에 역사 속에서의 민중의 위치와 역할을 그가 볼 수 있었더라면 애꾸눈, 곰보, 무식쟁이로 민중을 대표시키는 자학 증상을 보이지 않았을 것이며 한국사에서 가장 중요한 위치를 점하고 지금도 가장 많은 문제를 안고 있는 농민에 대해서 무관심하지 않았을 것"[52]이라고 비판한다. 최하림은 「거대한 뿌리」의 분석을 통해서 삶의 기반을 뿌리 뽑히고 유랑하고 있는 부박한 민초들에게 맹렬한 공격을 퍼부었다고 읽은 후 "그는 어떻게 해서 군중들이 소시민으로 전락해 가는가를 구조적으로 살피지 않고 자꾸 번식하여 가는 소시민들의 사회적 비중과 그 악요소를 공격함으로써 소시민들을 더욱 궁지로 몰아넣으려고 했다"[53]고 김수영의 역사적 민중의식에 대한 기대환멸을 드러내고 있다.

> 소시민이란 사회 모순을 조작하는 세력이 아니라 그 조작술에 의해서 모순을 드러내는 가면 뒤에서 눈물을 흘리는 가련한 사람들이다. 그들의 슬픔은 민중의 한 슬픔이요 민중의 한 활력이 될 수 있다. 시인들은 그 눈물을 보고 그 슬픔 속으로 들어가 그들의 슬픔의 진상을 드러내고 그것을 직시케 하여 그것을 군중적 불만의 차원으로 이끌고 민중의 활력의 하나로 유도하여야 한다. 김수영식으로 말하자면 그들에게 슬픔을 말하게 하는 자유를 획득하게 하고 그들을 드디어

51) 최하림, 위의 책, 31쪽.
52) 최하림, 위의 책, 3~37쪽.
53) 최하림, 위의 책, 37쪽.

> 자유이게 하여야 하는 것이다. 그럼에도 불구하고 그가 자유를 억압하는 세력보다 그들 가련한 피에로들을 공격하였다는 것은 그의 의식이 민중 속에서 싹터오르지 않고 그 개인의 열정과 예지에 의지하고 있었기 때문이었던 듯하다. (……) 50년대 초 한 모더니스트로 출발했던 그가 진실을 획득하기 위하여 시를 버리는 모험을 감행하면서 드디어 우리의 역사에 이르고 역사의 주체인 민중의 의미심장한 존재와 만나게 되지만, 그러나 그는 그 민중이 역사의 주체라는 사실을 터득할 뿐, 민중의 실체에 대한 정확한 인식에는 미치지 못한 감이 있다. (……) 다시 말하면 그에게는 60년대의 한국과 같은 상황에서는 민중은 어떤 의미를 갖는가, 민중의식은 우리들에게 어떻게 발아하였고 어떤 역사적인 조건에서 성숙하였으며, 그리하여 어떤 상으로 정립하였는가에 대한 정확한 문제의식을 지니지 못하였던 것이다. (……) 김수영의 실패는 바로 그러한 깊이와 폭을 가지고 민중을 이해하려하지 않았던 데에 있으며, 그래서 그의 시어 또한 민중의 언어일 수가 없었다. 역사에의 무관심은 필연적으로 그의 시를 서구적 관념어의 포로가 되게 하였다.[54]

최하림의 이와 같은 기대환멸은 김수영의 민중의식과 관련이 깊다. 김수영이 언어의 해방을 이루었다고 평가하는 이면에는 그의 시어들이 서구적 관념어의 포로였다는 가혹한 평가도 있었던 것이다. 기대환멸은 기대지평과 마찬가지로 시를 발전시키는 계기를 마련할 수 있다는데 의미가 있다. 김수영의 시세계에 대한 기대환멸은 김수영 시를 딛고 일어서려는 시인들에게 초석으로 작용할 것이며 새로운 문학의 방향 혹은 지향성을 제시해주는 역할을 할 것이다. 문학의 기대환멸은 어떤 장애물에 부딪침으로써 자신의 실존을 체험하는 장님의 경험과 마찬가지이며 이는 곧 부정적 경험의 생산적 의미를 말하는 것이다. 문학의 기대지평은

54) 최하림, 위의 책, 36~40쪽.

역사적 실생활의 기대지평에 비해, 이미 만들어진 경험들을 보존할 뿐 아니라 실현되지 아니한 가능성 역시 선취하고, 사회적 태도의 제약된 활동 영역을 새로운 소망, 요청, 목표들에로 확대하며 이로써 미래적 경험의 길도 열게 된다는 점에서 우월한 것이다.[55]

김명인의 김수영 시에 대한 기대는 새로운 지평보다는 환멸로 차 있다. 김명인이 기대지평을 보이는 것은 김수영 문학이 시대적 질곡의 극복을 향한 강렬한 유미적 태도와 자기 성찰의 모습을 보여준다는 점이며 그의 이러한 윤리적 자기 단련은 시대의 극복을 위한 자기고양의 방법이었지만 이 점이 그가 한국모더니즘에서 차지하는 중요성이 있다[56]고 평가한다. 김명인은 김수영이 당대 전까지 한국모더니즘이 지닌 전반적 형식주의와 근대성에 대한 가파른 경사, 그리고 탈정치성 등을 극복하고 모더니즘의 진보적 본질인 자본주의적 근대에 대한 비판적 거부를 내면화하고 현대성이라는 가치기준으로 사회적 금기를 돌파함으로써 우리에게 시대의 총체적 한계를 뚫고 나가는 전위적 지성의 모범을 보여주었다[57]며 김수영의 모더니즘의 극복과 이에 따른 시작태도에 기대지평을 드러낸다.

그러나 김명인은 김수영의 현대성의 가치기준에 대해 “그는 현대성과 후진성을 대립시키고 후진성을 현대성으로 고양시키고자 애썼지만 그것을 객관적 발견이 아닌 주관적 초월의 문제로 인식하였고 그 둘을 매개하는 근대성에 대한 인식을 갖추지 못한 기본적인 한계를 가졌다”고 비판하여, 근대성과 사회 · 역사적 맥락의 결합에 이르지 못한 김수영의 근대성의 인식에 기대환멸을 드러낸다. 김명인은 김수영의 역사인식에 대

---

55) H. R. 야우스, 위의 책, 212쪽.
56) 김명인, 『김수영 근대를 향한 모험』, 소명출판, 2002, 300쪽.
57) 김명인, 위의 책, 300쪽.

한 기대환멸과 함께 그의 작품세계에 대한 기대환멸을 드러낸다. 김수영의 시인으로서의 삶을 1945~1949년, 1953~1959년, 1960~1961년, 1961~1968년으로 나누어 보고 있는 김명인은 1945~1949년과 1960~1961년, 그리고 1961~1968년의 작품에서 기대환멸을 보이고 1953~1959년의 작품에서 기대지평을 보인다. 1945~1949년의 작품은 모더니즘의 수용에서 비주체적이고 피상적이었으며 문학적 수용도 기법이나 생경한 어법 등에 그쳤으며 기존 시계의 파괴나 거부를 시적으로 추구한 것이 아니라 새로운 현실과 만나 혼돈과 정체성의 위기 속에서 모든 것으로부터 도피적 거리를 유지하는 교양적 방황에 빠져 있었다[58]고 기대환멸을 보인다. 또한 1960~1961년의 작품은 혁명의 무매개적 수용으로 시적 성찰이 결여된 산문적인 시들과 혁명의 의미를 내적으로 수용하여 혁명의 불완전성을 극복하고 시적 완성을 추구하는 시들을 발표하고 있으나 '현대성'의 혁명적 획득의 문제를 시로써 담아내는 데는 실패하고 있다고 평가한다.

그리고 1961~1968년의 작품은 '풍자와 해탈'의 실천과 현대성 쟁취 투쟁으로 요약될 수 있는데 그의 풍자는 억압적인 세계에서 최소한의 자기 근거를 마련하려는 고육책이라고 할 수 있는바 세계에 대한 우위를 갖지 못한 시정신은 그 풍자의 방향을 외부로 돌리지 못하고 공격적 자기 풍자에 머무르게 하였다고 보는 것이다. 김수영의 "공격적 자기 풍자는 적에 대한 일련의 시에서 보듯 사회적 적대성이 소멸하고 그 자리에 대신 주관적 윤리의 강세가 들어서면서 시작되는데 일상성의 과장으로 위축된 소시민적 삶을 풍자하고, 위악적 정직성의 강조로 자기 모멸과 자기 학대를 낳았으며 결국 자조와 자기 연민, 자기 변명의 논리화로 이

58) 김명인, 위의 책, 303쪽.

어지는 시적 타락의 길을 걷게 되었다"[59]고 극단적인 기대환멸을 드러낸다.

그런가 하면 1953~1959년의 작품은 일상과 그 변증법적 단련을 통해 자긍심을 회복하고 자존심과 주체성의 회복에 힘입어 정직성을 내세우는바 이 시기의 작품들이 보이는 도덕적 견고성은 유교적 수신의식과 모더니스트로서의 전투적 자의식의 결합에서 연유하는 것으로 평가한다. 이 시기 김수영의 시에서 가장 두드러진 것은 후기에 나타나는 현대성에 대한 집중적인 인식이며 시대와의 속도 경쟁이 생활 혹은 일상성의 비극적 수락을 전제로 한 것이었으나 이제는 일상성을 하나의 중요한 매개로 삼는 속도 경쟁으로 변했으며 이는 시의 완성이 일상의 완성과 동시적인 것이고 현대의 획득도 일상의 적극적 포용을 통해서만 가능하다는 인식으로 비극적 딜레마 없는 '현대' 전망이 가능해졌음을 시사하는 것[60]이라는 기대지평을 드러낸다.

이숭원은 김수영의 초기 시에 드러나는 외적 투시가 점차 내적 투시로 옮겨가고 있는 것에 기대지평을 보이지만 참여와 역사에 대한 맹목성에 기대환멸을 보인다. 이숭원은 김수영이 역사에 접근함으로써 어지러운 내면세계를 정리하고 혼돈을 극복하고 있다고 보면서도 「巨大한 뿌리」를 통해 역사에 대한 맹목적 인식을 드러낸다고 기대환멸을 드러낸다. 역사에 접근함으로써 김수영이 자신의 시를 지탱할 수 있는 뿌리를 마련했다고 보는 반면, 역사에 대한 맹목적 인식이 드러난다고 하는 말은 논리적 모순의 시각이기는 하지만 이숭원은 김수영의 역사인식이 맹목적이라는데 크게 기대환멸을 느끼고 있는 것은 사실이다.

---

59) 김명인, 위의 책, 305쪽.
60) 김명인, 위의 책, 303~304쪽.

> 전통은 아무리 더러운 전통이라도 좋다. 나는 광화문
> 네거리에서 시구문의 진창을 연상하고
> ……
> 이 우울한 시대를 패러다이스처럼 생각한다.
> 버드.비숍 여사를 안 뒤부터는 썩어빠진 대한민국이
> 괴롭지 않다 오히려 황송하다 역사는 아무리 더러운 역사라도 좋다
> 진창은 아무리 더러운 진창이라도 좋다.
> ……
> 요강, 망건, 장죽, 種苗商, 장전, 구리개 약방, 신전, 피혁점, 곰보, 애꾸, 애 못 낳는 여자, 無識쟁이,
> 이 모든 무수한 反動이 좋다.
>
> —「巨大한 뿌리」 부분

> 여기서 그의 역사에 대한 맹목적 인식이 드러나는 것을 볼 수 있다. 사실 그의 맹목성은 초기작 「孔子의 生活難」에서도 음험하게 잠재되어 있으며 그의 시 곳곳에 흔적처럼 남기고 있다.[61]

위의 인용문에서 보는 것처럼 이숭원은 김수영의 맹목성은 초기 시에서부터 배태되어 왔다고 보고 있으며 이를 방향의 상실, 목적의 상실과 연결하여 해석하고 있다. 이숭원은 「巨大한 뿌리」에 나타난 맹목성은 결코 우연한 것이 아니라 역사에 대한 인식, 현실의 구조적 이해, 문화형의 검토의 부족으로부터 기인하는 것이라는 시각이다. 김수영의 맹목성은 외부 사물에 대한 정확한 투시도, 자기 자신의 확인도 가로막아 그의 시에 자신의 위치나 모습에 대한 쓰라린 통찰이 보이지 않는다는 것이다. 이숭원의 김수영 시세계에 대한 기대환멸은 「눈」과 「풀」에서 비로소 기대지평으로 바뀐다.

---

61) 이숭원, 『시문학』, 1983, 4월호, 76쪽.

그러면 김수영은 맹목성에 끝내 머물고 거기서 벗어나지 못했는가? 그 스스로 끊임없는 창조생활을 최고의 것으로 생각했듯이 그는 어느 한자리에 오래 머물지 못하는 체질이었다. 그는 또 다시 변신을 꾀한다. 앞에서 언급하였듯이 그는 풍자를 택하여 자신의 모습에 대한 정직한 인식을 보여 주었다. 이 자기 확인이 외부와의 관계를 맺는다면 그것은 세계와 자아, 사회와 인간과의 관계를 일러준다는 점에서 의의 있는 일이다. 그러한 양항 사이의 관계가 어떤 예측할 수 없는 순간에 문득 맺어지는 것이라면 그 희유한 순간의 한 극점에 그가 남긴 가장 아름다운 시의 하나인 「눈」이 자리 잡고 있다고 판단된다. 그리고 자신의 모습에 대한 성찰이 세계와 화해롭게 연결되지 못할 때 「꽃잎」의 절망이 잉태되는 것이다. 그리고 한 시인의 절망이 고도의 상상력을 동반하여 생명의 신비와 결합한 것이 바로 「풀」이었다고 생각한다.[62]

이승원의 기대지평은 김수영 시의 서정성과 관련되어 있으며 자연을 소재로 한 작품에 기대지평을 보인다.

김수영 시에 대한 다양한 기대지평은 모더니즘의 시각에서 일어나고 있으며 기대환멸은 리얼리즘의 시각에서 일어나고 있다. 그러나 김수영의 시를 올바르게 수용하려면 지평변동이 가능한 열린 시 읽기가 필요하며 모더니즘과 리얼리즘의 회통의 자리에서 그의 시를 읽을 수 있어야 한다.

---

62) 이승원, 위의 책, 77쪽.

Ⅲ. 지평변동이 가능한 시세계

김수영 시의 수용 양상은 기대지평과 기대환멸로 나타난다. 김수영 시에 대한 기대지평은 모더니즘을 옹호하는 평론가들에게서 보이며 기대환멸은 리얼리즘을 옹호하는 평론가들에게서 보인다. 그러나 이러한 시각은 선행 학습에 따른 것으로 김수영의 시를 읽기 전에 이미 그의 시에 대한 학습의 효과로 이해해야 할 것이다. 김수영 시에 대한 기대지평과 기대환멸은 그의 시세계를 어느 한쪽의 시각으로 보고 있다는 반증이며 이는 곧 모더니즘과 리얼리즘의 이분법적 시 읽기에 다름 아닐 것이다. 김수영의 시는 열린 시각으로 읽어야 지평변동이 가능할 것이며 그의 시세계가 온전히 보일 것이다.

김수영은 자신의 시세계를 모더니즘과 리얼리즘을 극복한 곳에 자리하게 하고 싶었던 시인이다. 그의 여러 편의 시편들은 이러한 꿈이 실현된 자리에 놓여 우리들을 감동하게 하고 있다.

참고문헌

자료

『김수영 전집』 1 · 시, 민음사, 1990.

『김수영 전집』 2 · 산문, 민음사, 1990.

『김수영 전집』 별권, 황동규 편, 민음사, 1990.

『작가연구』, 1998, 5월호.

『창작과비평』, 1999 가을호.

『창작과비평』, 2000 겨울호.

『창작과비평』, 2001 여름호.

저서

김기림, 『김기림 전집』 2, 심설당, 1998.

김동욱, 『모더니즘과 포스트모더니즘』, 현암사, 2001.

김명인, 『김수영, 근대를 향한 모험』, 소명출판사, 2002.

김병민, 『조선문학사』, 연변출판사, 1999.

김상환, 『해체론 시대의 철학』, 문학과지성사, 1997.

김상환 · 홍준기 엮음, 『라깡의 재탄생』, 창작과비평사, 2002.

김상환, 『풍자와 해탈 혹은 사랑과 죽음』, 민음사, 2000.

김수영, 『거대한 뿌리』, 민음사, 2001.

김수영, 『사랑의 변주곡』, 창작과비평사, 2000.

김승희 편, 『김수영 다시 읽기』, 프레스21, 2000.

김열규 외, 『한국문학사의 현실과 이상』, 새문사, 1996.

김영건, 『철학과 비평 그 비판적 대화』, 책세상, 2000.
김용성, 『한국소설과 시간 의식』, 인하대출판부, 1992.
김용직 · 박철화, 『한국현대시 작품론』, 문장, 1989.
김용직, 『김기림』, 건국대출판부, 1997.
김유중, 『한국모더니즘 문학의 세계관과 역사의식』, 태학사, 1996.
김윤식, 『한국문학의 근대성 비판』, 문학과지성사, 1995.
김윤식, 『임화전집』, 문학사상사, 2000.
김윤식, 『한국문학의 근대성 비판』, 문예출판사, 1993.
김진국 엮음, 『문학현상과 해체론적 비평론』, 예림기획, 1999.
김　현 편, 『미셸푸코의 문학비평』, 문학과지성사, 1995.
김혜순, 『김수영』, 단대출판부, 1995.
나병철, 『모더니즘과 포스트모더니즘을 넘어서』, 소명출판사, 2001.
문홍술, 『모더니즘문학과 욕망의 언어』, 동인, 1999.
박민수, 『한국 현대시의 리얼리즘과 모더니즘』, 국학자료원, 1996.
박인기, 『한국 현대시의 모더니즘 연구』, 단대출판부, 1998.
박인환, 『목마와 숙녀』, 근역서재, 1981.
백낙청, 『문학과 행동』, 태극출판사, 1978.
백낙청, 『민족문학의 새단계』, 창작과비평사, 1990.
백낙청 편, 『리얼리즘과 모더니즘』, 창작과비평사, 1984.
서경석, 『한국 근대 리얼리즘 문학사 연구』, 1998.
심명호 편, 『영미 모더니즘 문학의 전개』, 서울대출판부, 2000.
여홍상 엮음, 『바흐친과 문학 이론』, 문학과지성사, 1997.
염무웅, 『모래위의 시간』, 작가, 2002.
염무웅, 『민중시대의 문학』, 창작과비평사, 1984.
오생근 · 이성원 · 홍정선 엮음, 『문예사조의 새로운 이해』, 문학과지성사, 1996.

유종호, 『시란 무엇인가』, 민음사, 1996.
윤여탁 · 이은봉 편, 『시와 리얼리즘』, 소명출판사, 2001.
윤영천, 『서정적 진실과 시의 힘』, 창자과비평사, 2002.
윤지관, 『리얼리즘의 옹호』, 실천문학사, 1996.
윤평준, 『푸코와 하버마스를 넘어서』, 교보문고, 1990.
이광호, 『미적 근대성과 한국문학사』, 민음사, 2001.
이상기, 『하이데거의 실존 언어』, 문예출판사, 1993.
이선영 엮음, 『문예사조사』, 민음사, 2001.
이승훈, 『한국 모더니즘 시사』, 문예출판사, 2000.
임　화, 『현해탄』, 풀빛, 1988.
진창영, 『한국 현대시의 리얼리즘과 모더니즘적 탐색』, 새미, 1998.
차봉희, 『루카치의 유물변증론적 문학이론』, 한마당, 1987.
채광석, 『민족문학의 흐름』, 한마당, 1987.
최두석, 『리얼리즘의 시정신』, 실천문학사, 1996.
최두석, 『시와 리얼리즘』, 창작과비평사, 1996.
최원식, 『민족문학의 논리』, 창작과비평사, 1991.
최원식, 『문학의 귀환』, 창작과비평사, 2001.
최원식 · 임규찬 엮음, 『4월혁명과 한국문학』, 창작과비평사, 2002.
최하림, 『시와 부정의 정신』, 문학과지성사, 1984.
최하림, 『김수영』, 문학세계사, 1993.
최하림, 『김수영 평전』, 실천문학사, 2001.
한계전 · 홍정선 · 윤여탁, 『한국 현대시론사』, 문학과지성사, 1998.
한명희, 『김수영 정신분석으로 읽기』, 월인, 2002.
한상진, 『현대성의 새로운 지평』, 나남출판사, 1996.
홍정선, 『역사적 삶과 비평』, 문학과지성사, 1986.
황현산, 『말과 시간의 깊이』, 문학과지성사, 2002.

문학이론연구회 엮음, 『담론분석의 이론과 실제』, 문학과지성사, 2002.
민족문화연구소 엮음, 『민족문학사 강좌』, 창작과비평사, 1999.
민족문화연구소, 『민족문학과 근대성』, 문학과지성사, 1995.

역서

가스통 바슐라르, 곽광수 옮김, 『공간의 시학』, 민음사, 1990.
가스통 바슐라르, 김 현 옮김, 『몽상의 시학』, 기린원, 1989.
끌리오, 문지영 · 박재환 옮김, 『시간의 종말』, 문예출판사, 1999.
니체 · 하이데거 외, 정준일 · 조형준 엮음, 『극단의 예언자들』, 새물결, 1996.
데이비드 하비, 구동회 · 박영민 엮음, 『포스트모더니티의 조건』, 한울, 2002.
도미니크 외, 이성훈 편역, 『유물론 반영론 리얼리즘』, 백의, 1995.
들뢰즈 · 카타리, 조한경 옮김, 『소수집단의 문학을 위하여』, 문학과지성사, 2000.
로만 야콥슨, 박인기 엮음, 『현대시 이론』, 지식산업사, 1989.
로만 야콥슨, 신문수 편역, 『문학속의 언어학』, 문학과지성사, 2001.
로버트 홀럽, 최상규 옮김, 『수용미학 이론』, 문원출판사, 2000.
롤랑 바르트, 유기환 옮김, 『문학은 어디로 가고 있는가』, 강, 1998.
롤랑 바르트, 이상빈 엮음, 『롤랑바르트가 쓴 롤랑바르트』, 강, 1999.
루카치, 이춘길 편역, 『리얼리즘 미학의 기초이론』, 한길사, 1986.
루카치, 임홍배 옮김, 『루카치 미학』 1 · 2 · 3 · 4, 미술문화, 2000.
루카치, 반성환 엮음, 『소설의 이론』, 심설당, 1998.
리샤르, 윤영애 엮음, 『시와 깊이』, 민음사, 1986.
막스 빌레르, 이규현 옮김, 『프로이트와 문학의 세계』, 문학과지성사, 1997.
마샬 버만, 윤호병 · 이만석 옮김, 『현대성의 경험』, 현대미학사, 1998.
박스 피카르트, 최승자 옮김, 『침묵의 세계』, 까치, 1996.
빅토르 어얼리치, 박거웅 엮음, 『러시아 형식주의』, 문학과지성사, 2001.

스테판 코널, 여동균 편, 『리얼리즘의 역사와 이론』, 문학과지성사, 1986.
아도르노, 호르크 하이머, 김유동 엮음, 『계몽의 변증법』, 문학과지성사, 2002.
아도르노, 김주연 엮음, 『아더르노의 문학이론』, 민음사, 1985.
아도르노, 홍승용 엮음, 『미학이론』, 2001.
알렝 투렌, 정수복 · 이기현, 『현대성 비판』, 문예출판사, 1996.
야우스, 장영태 엮음, 『도전으로서의 문학사』, 문학과지성사, 1998.
옥타비오 빠스, 김홍근 · 김은중 옮김, 『활과 리라』, 솔, 1998.
웨렌, 이경수 엮음, 『문학의 이론』, 문예출판사, 2002.
위르겐 하버마스, 이진우 옮김, 『현대성의 철학적 담론』, 문예출판사, 2002.
유진런, 김병익 엮음, 『마르크시즘과 모더니즘』, 문학과지성사, 1996.
이글턴 · 제임슨, 유희석 옮김, 『비평의 기능』, 1988.
장폴 싸르트르, 김봉구 엮음, 『문학이란 무엇인가』, 문예출판사, 1985.
잭스 펙터, 신문수 엮음, 『프로이트 예술미학』, 풀빛, 1981.
조지아 워커, 이한의 옮김, 『가다머』, 민음사, 1999.
칼러니스쿠, 이영욱 옮김, 『모더니티의 다섯 얼굴』, 시간과언어, 1998.
페터 지마, 허창운 엮음, 『문예미학』, 을유문화사, 1997.
페테 뷔르거, 김경연 엮음, 『미학 이론과 문예학 방법론』, 문학과지성사, 1993.
포케마 · 쿠네 · 입쉬, 정종화 엮음, 『20세기의 문학이론』, 을유문화사, 1995.
프로이트, 박찬부 옮김, 『쾌락주의 원칙을 넘어서』, 열린책들, 1997.
프리들레제르, 이항재 옮김, 『러시아 리얼리즘의 시학』, 문원출판사, 2001.
피에르 지마, 이건우 엮음, 『문학텍스트의 사회학을 위하여』, 문학과지성사, 1994.
하우저, 황지우 엮음, 『예술사의 철학』, 돌베개, 1983.
하이데거, 소광희 엮음, 『시와 철학』, 박영사, 1988.
하이데거, 오병남 · 민형원 엮음, 『예술작품의 근원』, 예전사, 1985.
하이데거, 이기상 · 강태성 옮김, 『하이데거의 예술철학』, 문예출판사, 1997.

하이데거, 이기상 · 강태성 옮김, 『형이상학의 근본개념들』, 까치, 2001.
하이데거, 이기상 옮김, 『존재와 시간』, 까치, 2001.
하이데거, 전광진 엮음, 『시론과 시문』, 1978.
한스 게오르크 가다머, 이길우 옮김, 『진리와 방법론』, 문학동네, 2000.
한스 로베르트 야우스, 김경식 옮김, 『미적 현대와 그 이후』, 문학동네, 1999.

논문

● 박사학위논문

강연호, 「김수영 시연구」, 고려대학교대학원 박사학위논문, 1995.
강웅석, 「김수영 시의식 연구」, 고려대학교대대학원 박사학위논문, 1997.
김광화, 「한국현대시의 공간구조 연구」, 서강대학교대학원 박사학위논문, 1993.
김종윤, 「김수영 시연구」, 연세대학교대학원 박사학위논문, 1993.
김혜순, 「김수영 시연구」, 건국대학교대학원 박사학위논문, 1993.
노용무, 「김수영 시연구」, 전북대학교대학원 박사학위논문, 2001.
박수연, 「김수영 시연구」, 충남대학교대학원 박사학위논문, 1999.
이은정, 「김춘수와 김수영 시학의 비교적 연구」, 이화여자대학교대학원 박사학위논문, 1992.
이 중, 「김수영 시연구」, 경원대학교대학원 박사학위논문, 1995.
이종대, 「김수영 시의 모더니즘 연구」, 동국대학교대학원 박사학위논문, 1993.
조명재, 「김수영 시연구」, 우석대학교대학원 박사학위논문, 1994.
최미숙, 「한국모더니즘 시의 글쓰기 방식에 관한 연구」, 서울대학교대학원 박사학위논문, 1997.
황혜경, 「김수영 시의 아이러니 연구」, 이화여자대학교대학원 박사학위논문, 1998.

● 석사학위논문

강덕화, 「김수영 시연구」, 동국대학교대학원 석사학위논문, 1996.

고창환, 「김수영 시연구」, 인하대학교대학원 석사학위논문, 2000.

김명인, 「김수영의 현대성 인식에 관한 연구」, 인하대학교대학원 석사학위논문, 1994.

김종윤, 「김수영론」, 연세대학교대학원 석사학위논문, 1982.

성지연, 「김수영 시연구」, 연세대학교대학원 석사학위논문, 1992.

안병훈, 「4 · 19학생운동의 정치사적 고찰」, 연세대학교대학원 석사학위논문, 1993.

양영민, 「4 · 19와 5 · 16혁명의 비교연구」, 고려대학교대학원 석사학위논문, 1983.

이건재, 「김수영 시의 변모양상 연구」, 고려대학교대학원 석사학위논문, 1990.

이홍자, 「김수영 시연구」, 서울대학교대학원 석사학위논문, 1995.

전미경, 「김수영의 현실인식과 시적 형상화」, 부산대학교대학원 석사학위논문, 1994.

하인철, 「김수영 시연구」, 서강대학교대학원 석사학위논문, 1996.

한광구, 「한국현대시에 나타난 6 · 25전쟁 체험의 수용」, 경희대학교대학원 석사학위논문, 1990.

홍기표, 「김수영 시연구」, 중앙대학교대학원 석사학위논문, 1996.

작가의 생애와 작품 연보

■ 1921년 : 1세

11월 27일(음력 10월 28일) 서울 종로구 종로 2가 158번지에서 부 김해 김씨 泰旭과 모 순흥 안씨 亨順 사이의 8남매 중 장남으로 태어나다. 본적은 종로구 묘동 171번지이다.

조부 喜鍾은 正三品通政大夫中樞議官을 지냈다. 희종은 경기도 김포 평야 일대와 강원도 홍천 등지에서 500여 석의 추수를 하는 지주였다.

형제로는 아우 洙星(24년생), 洙彊 (27년생), 洙庚(31년생), 여동생 洙鳴(34년생), 洙蓮(36년생), 아우 洙煥(38년생), 여동생 松子(41년생) 등이 있다. 같은 해 종로 6가 116번지로 이사를 했으며 이때부터 가세가 기울기 시작하다.

■ 1924년 : 4세

조양유치원에 들어가다.

■ 1926년 : 6세

계명서당에 다니며 한문 공부를 하다.

■ 1928년년 : 8세

어의동 공립보통학교(현재 효제초등학교)에 입학하다.

■ 1931년 : 11세

조부 喜鍾, 70세로 타계하다.

■ 1934년 : 14세

어의동 공립보통학교 졸업, 6년 내내 성적이 뛰어나 반장을 하다. 선천적으로 병약한 편으로 잔병치레가 많았으며 6학년 9월경, 운동회를 끝내고 장티푸스에 걸린 후로 잇달아 폐렴, 뇌막염으로 앓아눕다. 이로 인해 졸업식에도 참석하지 못하고 1년여를 요양하다. 같은 해 말, 종로 6가의 집을 팔고 용두동으로 이사하다.

■ 1935년 : 15세

1년여의 휴학과 쇠약한 신체적 조건 때문에 1차 경기도립상업학교에 응시했으나 낙방하고 2차로 선린상고 주간부에도 낙방하였으나 동교 전수과(야간부)에 합격하였다. 상업학교 진학은 유산에만 의지한 채 독자적 생활기틀을 잡지 못한 것이 한이 된 부친의 일방적인 선택에 따른 것이다.

■ 1938년 : 18세

선린상고 야간부 3년을 졸업하고 본과 주간 2년을 진학하다.

李鍾求, 朴商弼 등과 교우하다.

■ 1940년 : 20세

가세가 더욱 기울어 서울 현저동으로 이사하다.

■ 1941년 : 21세

12월 선린상업학교를 졸업하다. 학교 성적이 우수하였으며 특히 주산과 상업 미술에 재질을 보이다.

유학을 위해 일본에 건너가 동경 성북 고등예비학교에 들어갔으나 곧 포기하고 미지시나 하루키(水品春樹)연극연구소에 다니다. 미즈시나 하루키는 쓰키지(築地)소극장의 창립멤버로 쓰키지가 폐쇄되자 연극 연구소를 개설하였으며 수영이 이 연구소의 멤버가 되다.

■ 1943년 : 23세

태평양 전쟁이 막바지로 치닫게 되자 12월, 가족들이 만주 길림성으로 소개가다. 조선학병 징집을 피해 겨울에 귀국한 수영은 安英一, 沈影 등과 연극을 하다.

■ 1944년 : 24세

봄에 만주에서 귀국한 어머니를 따라 길림성으로 가서 임헌태 등의 조선 청년들과 독일 번역극 <春水와 같이>를 무대에 올리다.

동생 수성 일군에 징집되다.

■ 1945년 : 25세

8월 15일 일본 항복으로 해방되다.

9월, 길림성의 가족들 개천, 평양을 거쳐 서울로 돌아와 종로 6가 고모댁에 머물다가 충무로 4가에 집을 마련하고 옮기다.

성북중학교 자리에 이종구와 성북 영어 학원을 개설하고 반년 동안 영어를 가르치다.

이 해에 연극에서 문학으로 전향하여 초현실주의적인 시를 쓰다.

부친 병환으로 모친에 의해 가계를 꾸리다.

■ 1946년 : 26세

4월, 연희전문 영문과에 편입했으나 곧 그만두다.

박인환이 경영하는 고서점 <마리서사>에서 김기림, 김광균, 등을 만났으며 김병욱, 양병식, 박일영 등과 교우하다. 박일영과는 간판그리기, E.C.A 통역 등의 일을 잠깐씩 하기도 하다.

이 시기에 임화에 매료되다.

시「廟廷의 노래」(예술부락 창간호),「공자의 生活難」(새로운 도시와 시민들의 합창, 1949) 등을 쓰다.

■ 1947년 : 27세

김윤성, 박태진, 이봉구 등과 교우하다.

시「아메리카 타임誌」(새로운 都市와 市民들의 合唱, 1949』,「가까이 할 수 없는 書籍」(民聲, 49.11),「이」(민성, 49.1),「아침의 誘惑」(자유 신문, 49.4.1),「거리」(민성),「꽃」(민생보) 등을 쓰다.

■ 1948년 : 28세

박인환, 임호권, 김병욱, 양병석, 김경린 등과 동인 <新詩論>을 결성하다. 문학적인 견해의 차이로 김병욱이 곧 탈퇴하다.

8월 15일 대한민국 정부가 수립되고, 9월 9일 조선민주주의인민공화국 정권이 북한에 수립되다.

시「웃음」(신천지, 50.1)을 쓰다.

■ 1949년 : 29세

1월, 부친이 49세를 일기로 타계하다.

김경린, 임호권, 박인환, 양병식 등과 묶은 동인 신시론시집『새로운

都市와 市民들의 合唱』에 「아메리카 타임誌」, 「孔子의 生活難」을 발표하다.

시 「토끼」(신경향, 50.9), 「아버지의 사진」 등을 쓰다.

■ 1950년 : 30세

김현경과 결혼, 동숭동에 살림을 차리다.

서울대 의대 부설, 간호학교에 영어강사로 출강하다.

6월 25일 한국전쟁 발발하다. 8월, 종로 2가 소재 한청빌딩에 있었던 <조선문학가동맹> 사무실에서 박계주, 박영준, 김용호 등과 의용군에 강제 징집되어 북으로 끌려가다.

평남 개천의 양영훈련소(북원훈련소)에서 1개월간 훈련을 받은 뒤에 순천군 중서면 부근 전선에 배치되었으나 유엔군의 평양 탈환으로 자유인이 되어 남하하다. 서울에 도착하여 충무로 입구까지 왔으나 경찰에 체포, 포로 신분이 되다. 인천에서 LST에 실려 거제도 포로수용소에 수용되다.

10월 25일, 중공군 한국전에 개입, 서울 다시 함락되고, 수강, 수경 두 아우도 의용군으로 강제 징집되다.

12월 26일 가족들 경기도 화성군 발안면 조암리로 피난하다.

12월 28일 조암리에서 장남 준(寯)이 태어나다.

■ 1951년 : 31세

부산의 거제도 포로수용소 제14야전병원으로 이송, 외과과장의 통역으로 일하다.

간호원 노봉실과 친밀하게 지내다.

■ 1952년 : 32세

12월 포로수용소에서 석방되다.

■ 1953년 : 33세

대구에서 미8군 수송관 통역으로 취업하다.

부산으로 옮겨 선린상고의 영어 교사로 일하다.

안수길, 김중희, 박연희, 임긍재 등과 교우하다.

겨울에 서울로 올라와 주간 『태평양』지 기자로 일하다.

시 「달나라의 장난」(자유세계 4월), 「愛情遲鈍」, 「풍뎅이」, 「付託」, 「祖國에 돌아온 傷病捕虜 同志들에게」, 「너를 잃고」, 「미숙한 盜賊」 등을 쓰다.

산문 「歸棒」(문화세계, 9)을 쓰다.

■ 1954년 : 34세

신당동에서 동생들과 기거하다 피난지에서 돌아온 김현경과 재결합하여 성북동에 안착하다.

시 「서울 선물」, 「九羅重花」, 「陶醉의 彼岸」, 「방안에서 익어가는 설움」, 「나의 가족」(시와비평, 56.8), 「거미」, 「더러운 香爐」, 「PLASTER」, 「구슬픈 肉體」 등을 쓰다.

■ 1955년 : 35세

평화신문 문화부 차장으로 입사, 1년 가까이 근무하다.

6월, 마포 구수동 41번지로 이사하여 양계를 하며 시작과 번역작업에 전념하다.

김이석, 유정과 교우하다.

이 해에 『현대문학』과 『문학예술』이 창간되다.

시 「나비의 무덤」(1.5), 「肯志의 날」(문예, 53.9), 「映寫板」, 「書册」, 「헬리콥터」, 「休息」, 「水煖爐」(문학예술, 7), 「거리(1)」(사상계, 9), 「너는 언제부터 세상과 배를 대고 서기 시작했느냐」, 「國立圖書館」, 「거리(2)」, 「煙氣」, 「레이팜彈」, 「일」(현대문학, 7) 등을 쓰다.

■ 1956년 : 36세

양계를 하며 힘들게 살아가다.

시 「바뀌어진 地平線」(지성, 56.8), 「記者의 熱情」, 「구름의 파수병」, 「事務室」, 「여름뜰」(현대공론, 8), 「여름 아침」, 「白蟻」, 「屛風」(현대문학, 2), 「눈」, 「地球儀」(문학예술, 7), 「꽃(2)」(문학예술, 7), 「자(針尺)」(문학예술, 11) 등을 쓰다.

산문 「眩氣症」(현대문학, 6)을 쓰다.

■ 1957년 : 37세

김종문, 김인석, 김춘수, 이상노, 임지수, 김경린, 김규동, 이홍우 등과 묶은 앤솔로지 『平和에의 證言』에 「瀑布」 등 5편을 수록하다.

시 「玲瓏한 目標」, 「눈」(문학예술, 4), 「瀑布」, 「봄밤」, 「채소밭 가에서」(현대문학, 12), 「叡智」(현대문학, 1), 「하루살이」(신태양, 10), 「序詩」(사상계, 8), 「曠野」(현대문학, 12), 「靈交日」 등을 쓰다.

■ 1958년 : 38세

6월 12일 차남 우(瑀) 태어나다.

11월 1일 제1회 한국시인협회상을 수상하다.

시 「초봄의 뜰에서」, 「비」(현대문학, 6), 「말」, 「비」(현대문학, 6), 「奢

修」(사조, 11), 「밤」, 「冬麥」(사상계 59.2) 등을 쓰다.

■ 1959년 : 39세

1948~59년 사이에 잡지 신문 등에 발표했던 시를 모아 첫 시집 『달나라의 장난』을 春朝社에서 <오늘의 시인선> 제1권으로 간행, 「死靈」 등 40편을 수록하다.

시 「자장가」(현대문학, 3), 「謀利輩」(신천지, 5), 「生活」(현대문학, 8), 「달밤」(현대문학, 8), 「死靈」(신문예, 8, 9 합병호), 「조그마한 세상의 智慧」(시와비평, 56, 8), 「家屋讚歌」(자유문학, 10), 「末伏」, 「伴奏曲」(사상계, 58, 8), 「파밭 가에서」(자유문학, 60, 5), 「싸리꽃 핀 벌판」(9, 1), 「冬夜」(현대문학, 60, 3), 「미스터 리에게」 등을 쓰다.

■ 1960년 : 40세

4월 19일 학생의거 일어나다.

이후 죽기까지 현실과 정치를 직시하고 적극적인 태도로 시와 시론 시편 등을 잡지 신문 등에 발표, 왕성한 집필활동을 하다.

서라벌예대, 서울대, 연세대, 이대 등에서 강연하다.

시 「파리와 더불어」(사상계, 3), 「하…… 그림자가 없다」(민족일보, 4), 「우선 그놈의 사진을 떼어서 밑씻개로 하자」(4, 26/새벽 5), 「祈禱」(5, 18), 「六法全書와 革命」(5, 25/자유문학, 61, 1), 「푸른 하늘을」(6, 15), 「晩時之歎은 있지만」(7, 3/현대문학, 61, 1), 「나는 아리조나 카보이야」(7, 15), 「거미잡이」 7, 28/현대문학, 9), 「가다오 나가다오」(8, 4/현대문학, 61, 1), 「中庸에 대하여」(9, 9/현대문학, 61, 1), 「허튼소리」(9, 25), 「피곤한 하루의 나머지 시간」(7, 29), 「그 방을 생각하며」(10, 30/사상계, 61, 1), 「永田絃次郎」(12, 9/연세문학, 61, 2호), 「자유런 생명과 더불어」(새벽, 60, 5)

등을 쓰다.

산문 「讀者의 不信任」(8월)을 쓰다.

■ 1961년 : 41세

5월 16일 군사 구테타 일어나다.

김이석의 집으로 피신하다.

시 「눈」(1, 3), 「사랑」, 「쌀난리」(1, 28), 「黃昏」(3, 23), 「4 · 19詩」(4, 14), 「여편네의 방에 와서」(6, 3/현대문학, 12), 「檄文」(6, 12/사상계, 67, 2), 「등나무」(6, 27/현대문학, 12), 「술과 어린 고양이」(6, 23), 「모르지?」(7, 13), 「伏中」(7, 22), 「누이야 장하고나!」(8, 5), 「누이의 방」(8, 17), 「이 놈이 무엇이지」(8, 25), 「먼 곳으로부터」(9, 30), 「아픈몸이」, 「詩」, 「旅愁」(현대문학, 62, 7) 등을 쓰다.

산문 「슈뻬르비엘과 비어레크」(사상계, 11), 「시의 뉴프런티어」(사상계, 3), 「아직도 안심하긴 빠르다－4 · 19 1주년」, 「양키들아 들어라」(사상계, 6) 등을 쓰다.

■ 1962년 : 42세

시 「白紙에서부터」, 「敵」(5, 5/신사조, 7), 「마아케팅」(5, 30), 「絶望」(7, 23), 「파자마 바람으로」(한영, 10), 「滿洲의 여자」(사상계, 12), 「長詩(1)」(9, 26/자유문학, 63, 2), 「長詩(2)」(10, 13/자유문학, 63, 2), 「轉向記」(자유문학, 5), 「만용에게」(10, 25) 등을 쓰다.

산문 「생명의 두 근원 와트키즈」(자유문학, 7, 8호)를 쓰다.

■ 1963년 : 43세

시 「피아노」(3, 1/현대문학, 4), 「깨꽃」(4, 6), 「후란넬 저고리」(4, 29/

세대, 7), 「여자」(6, 2/사상계, 12), 「돈」(7, 10/지성계, 64, 8, 1호), 「반달」(9, 10/현대문학, 64, 4), 「罪와 罰」(현대문학, 10), 「우리들의 웃음」(10, 11/문학춘추, 64, 4), 「참음은」(12, 21) 등을 쓰다.

산문 「요즈음 느끼는 일」(현대문학, 4), 「세대교체의 延手票」(사상계, 2), 「詩의 完成」(2), 「詩作 노우트」(세대, 7)를 쓰다.

■ 1964년 : 44세

시 「巨大한 뿌리」(2, 3/사상계, 5), 「詩」(현대문학, 65, 7), 「거위 소리」(3월), 「강가에서」(6, 7/현대문학, 8), 「X에서 Y로」(8, 16/사상계, 65, 3), 「移舍」(9, 10/신동아, 12), 「말」(11, 16/문학춘추, 65, 2), 「現代式 橋梁」(11, 22/현대문학, 65, 7) 등을 쓰다.

산문 「養鷄業의 辯」(현대문학, 5), 「모더니티의 問題」(사상계 5), 「金利錫의 죽음을 슬퍼하며」(현대문학, 12), 「詩의 精神은 未知」(현대문학, 9), 「難解의 帳幕」(사상계, 12), 「動搖하는 포즈들」(사상계, 8), 「卽物詩의 試驗 등」(사상계, 6), 「現代性에의 逃避」(사상계, 7), 「히프레스 文學論」(사상계, 10) 등을 쓰다.

■ 1965년 : 45세

시 「65년의 새해」(조선일보 연두시), 「제임스 띵」(1, 14/문학춘추, 4), 「미역국」(6, 2), 「敵(1)」 9(문학춘추, 12), 「敵(2)」(문학춘추, 12), 「絶望」(문학춘추, 12), 「잔인의 초」(문학춘추, 12), 「어느날 古宮을 나오면서」(문학춘추, 12), 「이 韓國文學史」 등을 쓰다.

산문 「文脈을 모르는 시인들」(세대, 3), 「진정한 現代性의 지향」(세대, 2), 「演劇을 하다가 詩로 轉向」(세대, 9), 「사기론」(세대, 2?) 등을 쓰다.

■ 1966년 : 46세

시 「H」(1, 3/한국문학, 6), 「離婚取消」(1, 19), 「눈」(한국문학, 6), 「식모」(2, 11), 「풀의 影像」(한국일보, 10, 9), 「엔카운터誌」(4, 5/한국문학, 9), 「電話 이야기」(한국문학, 9), 「설사의 알리바이」(8, 23/문학, 10, 6호), 「金星라디오」(9, 15/신동아 11), 「도적」(10, 8/현대문학 12), 「네 얼굴은」(12, 12) 등을 쓰다.

산문 「作品 속에 담은 祖國의 試鍊－폴란드의 作家 센케에비치」(사상계, 1), 「안드레이 시냡스키와 文學에 대하여」(자유공론, 5), 「體臭와 信賴感」(세대, 8), 「포오즈의 弊害」(세대, 7), 「海外文壇－영국 새로운 倫理」(문학, 7), 「변한 것과 변하지 않은 것」(문학, 12), 「民族主義의 ABC」(문학춘추, 9), 「모기와 개미」(청맥, 3), 「재주」(현대문학, 2), 「生活의 克服－담배갑의 메모」(자유공론, 4), 「제 정신을 갖고 사는 사람은 없는가」(청맥, 5), 「現代詩의 進退」(세대, 2), 「進度 없는 旣成들」(세대, 5), 「젊은 世代의 結實」(세대, 3), 「知性의 가능성」(세대, 4), 「젊고 소박한 작품들」(세대, 11), 「朴寅煥」(8월), 「詩壇의 整地 作業－柳宗鎬 評論集」 등을 쓰다.

■ 1967년 : 47세

시 「VOGUE야」(2월), 「사랑의 變奏曲」(2, 15/현대문학, 68, 8), 「거짓말의 여운 속에서」(3월), 「꽃잎(1)」(5, 2/현대문학, 7), 「꽃잎(2)」(5, 7), 「꽃잎(3)」(5, 30), 「여름밤」(7, 27/세대, 9), 「美濃印札紙」(8, 15), 「世界一周」(9, 26/현대문학, 68, 4), 「라디오界」(12, 1), 「美人」, 「먼지」(12, 25) 등을 쓰다.

산문 「이 거룩한 俗物들」(동서춘추, 5), 「로터리의 꽃의 노이로제」(사상계, 7), 「實利 없는 勞苦」, 「文壇推薦制 廢止論」(세대, 2), 「새로운 포어멀리스트들」(현대문학, 3), 「詩的 認識과 새로움」(현대문학, 2), 「5편의 명백」(현대문학, 1), 「參與詩의 整理」(창작과비평 겨울호), 「'洗鍊의 次元' 發見」(현대문학, 7), 「새삼 問題된 '讀者 없는 詩'」(현대문학, 8), 「'문예영화' 붐에 대하여」(현대문학, 5), 「速斷 어려운 朗讀性의 成敗」(현대문학, 9), 「文學 活動과 團體 活動: 좌담회」(현대문학, 5), 「죽음과 사랑의 對極은 詩의 本髓」(현대문학, 10), 「中堅 불성실엔 憤怒마저」(현대문학, 11), 「詩壇 緊急事」(현대문학, 12), 「壁」(현대문학, 1) 등을 쓰다.

■ 1968년 : 48세

6월 15일 밤 11시 10분경 귀가길에 구수동집 근처에서 버스에 치어 머리를 다치다. 의식을 잃은 채 적십자병원에서 응급치료를 받았으나 끝내 의식을 회복치 못한 채 16일 아침 8시 50분에 숨을 거두다.

6월 18일 예총회관 광장에서 문인장으로 장례를 치르다.

서울 도봉동 선영에 묻히다.

시 「性」(1. 19/창작과바평, 가을호), 「元曉大師」(3, 1/창작과비평, 가을호), 「의자가 많아서 걸린다」(4, 23/사상계, 7), 「풀」 등을 쓰다.

산문 「反詩論」(세대, 3), 「일기:1954~1955.2, 1960~1961.5」(창작과비평, 가을호), 「生活現實과 詩」(창작과비평, 가을호), 「시여 침을 뱉어라」(창작과비평, 가을호), 「멋」(현대문학, 1), 「知識人의 社會參 與」(사상계, 1) 등을 쓰다.

■ 1969년

6월 1주기를 맞아 문우와 친지들에 의해 묘 앞에 시비가 세워지다.

시비에는 그의 마지막 작품인 「풀」의 일부가 그의 글씨로 새겨지다.

산문 「돈과 문학」(현대문학, 12)이 사후에 발표되다.

■ 1974년

9월, 시선집 『거대한 뿌리』가 민음사에서 간행되다.

■ 1975년

6월, 산문선집 『시여, 침을 뱉어라』가 민음사에서 간행되다.

■ 1976년

8월, 시선집 『달의 행로를 밟을 지라도』가 민음사에서 간행되다.

산문선집 『퓨리턴의 肖像』이 민음사에서 간행되다.

■ 1981년

6월, 『金洙暎 選集』이 지식산업사에서 간행되다.

■ 1982년

『金洙暎 全集 1, 2』가 (1권 시, 2권 산문)이 민음사에서 간행되다.

■ 1983년

『金洙暎 全集 別卷 : 김수영의 문학』이 황동규 편으로 민음사에서 간행되다.

■ 1984년

『시인이여 기침을 하자』가 열음사에서 간행되다.

■ 1988년

시선집 『사랑의 變奏曲』이 창작과비평사에서 간행되다.

■ 1993년

『김수영 평전』이 최하림에 의해 문학세계사에서 간행되다.

■ 2000년

『김수영 다시 읽기』가 김승희 편으로 프레스에서 간행되다.

■ 2001년

『김수영 평전』이 최하림에 의해 실천문학사에서 재출간되다.

❑ 미상

토끼/韓國人의 哀愁/가장 아름다운 우리말 열개/駱駝過飮/美人/나의 戀愛詩/評論의 權威에 대한 短見/飜譯者의 孤獨/나의 信仰은 '자유의 회복'/民樂記/小鹿島 謝罪記/이일 저일/解凍/無許可 이발소/흰옷/臥禪/世代와 對話/三冬有感/原罪/治癒될 기세도 없이/敎會 美觀에 대하여/물부리/無題/밀물

찾아보기

인명

ㄱ

가다머 212
고드프리드 벤 30
고리키 240
골드만 212
권오만 223, 224, 225
金光均 12, 29
金起林 12, 29
金秉旭 12
기파랑 70
김경린 220
김광균 265
김기림 46, 76, 77, 78, 265
김명인 76, 104, 141, 240, 249, 250
김병욱 68, 111, 112, 265
김상환 91, 92, 172, 187, 191, 192
김소월 244
김수영 11, 12, 13, 14, 15, 16, 17, 18, 19, 20, 21, 22, 23, 24, 27, 28, 29, 246, 247, 248, 249, 250, 251, 252, 253, 254
김승희 99
김영랑 244
김종철 163, 227
김주연 96, 238, 239
김지하 243, 247
김현 40, 41, 225, 227, 232
김현경 96, 120
김현승 18, 21, 181, 182, 227, 228, 229, 230, 232
김혜순 175, 225, 226

ㄹ

라이오넬 트릴링 85
루카치 26, 32, 33, 34, 35, 36, 37, 38, 212, 223, 240
리처드 엘만 78
린드버그 66

ㅁ

막스 베버 75

ㅂ

박수연 93, 155, 156
朴寅煥 12
朴一英 12
박태진 238
백낙청 18, 240, 241, 242, 243
白石 29
베르자에프 87
보들레르 74, 86
보브왈 188

ㅅ

서정주 244
申庚林 29
신동엽 247

ㅇ

아도르노 26, 32, 33, 34, 35, 38, 39, 223
아렌트 47
아리스토텔레스 87
알바트 아놀드 숄 30
야우스 86, 211, 212, 213, 214, 215, 216, 217, 218
어빙 하우 79
엘뤼아르 40
엘리어트 199
염무웅 43, 44, 221, 225, 232, 240, 243, 244, 246
吳章煥 29
옥타비오 빠스 55, 86
유재천 222, 223
유종호 17, 141, 225, 227, 232, 233, 234, 235
李箱 29
이숭원 240, 251, 252, 253
이승만 46, 47, 48, 106, 107, 108, 110
李庸岳 29
林虎權 12
林和 12, 29

ㅈ

張一宇 27
쟈코메티 189
鄭芝溶 29
지그문트 노이만 112

ㅊ

찰스 피들슨 78
최하림 195, 196, 240, 246, 247, 248

ㅋ

칸트 75

ㅍ

푸코　75
프로이트　85

ㅎ

하버마스　74, 75, 212
하이데거　31, 32, 85, 199
하인리히 만　240
헌팅톤　112
헤겔　213
황동규　169, 195, 227, 232, 236, 237
훗설　31, 32
흄　45, 46

작품명

ㄱ

「가다오 나가다오」　103, 114, 269
「강가에서」　145, 147, 148, 271
「巨大한 뿌리」　44, 50, 66, 67, 68, 185, 251, 252, 271
「거리(1)」　158, 268
「거리(2)」　164, 268
「거미잡이」　119, 269
「거위소리」　164
「檄文」　128, 129, 130, 270
「孔子의 生活難」　12, 84, 155, 220, 221, 222, 223, 224, 225, 226, 238, 252, 266
「구슬픈 肉體」　158, 267
「國立圖書館」　17, 39, 232, 233, 268
「그 방을 생각하며」　103, 122, 123, 269
「祈禱」　36, 103, 112, 113, 269
「記者의 熱情」　44, 268
「김수영의 시세계」　240
「김수영의 시적 위치」　18
「꽃」　164
「꽃잎(3)」　50, 159, 272

ㄴ

「나의 가족」　131, 132, 267
「너는 언제부터 세상과 배를 대고 서기 시작했느냐」　39, 268
「누이야 장하고나!」　155, 164, 171, 175, 270
「누이의 방」　234, 270
「눈」　119, 120, 155, 164, 185, 186, 187, 189, 203, 227, 228, 252, 268, 270, 272

ㄷ

「달나라의 장난」　39, 44, 233, 238, 267

「더러운 香爐」 39, 267
「도적」 145, 150, 152, 272
「讀者의 不信任」 123, 270
「돈」 145, 159, 271

ㄹ

「레이팜彈」 92, 98, 99, 268

ㅁ

「晩時之歎은 있지만」 36, 103, 269
「만용에게」 145, 159, 270
「만주의 여자」 132
「말」 159, 164, 165, 167, 170, 185, 268, 271
「먼 곳에서부터」 185, 190, 191, 192, 193, 203
「먼지」 50, 164, 175, 177, 272
「謀利輩」 242, 269
「廟廷의 노래」 79, 80, 81, 83, 84, 85, 265
「문예학의 도전으로서의 문학사」 213
「美人」 180, 272

ㅂ

「바뀌어진 地平線」 92, 94, 95, 96, 97, 268
「반시론」 200
「방안에서 익어가는 설움」 90, 267
「屛風」 85, 164, 167, 168, 170, 203, 268
「봄밤」 158, 268
「비」 156, 162, 233, 268

ㅅ

「사랑」 132, 133, 134, 203, 270
「사랑의 變奏曲」 44, 50, 132, 139, 141, 142, 143, 185, 203, 272
「死靈」 44, 164, 269
「事務室」 161, 233, 268
「4월혁명」 115
「生活」 159, 269
「生活現實과 詩」 27, 273
「序詩」 161, 268
「설사의 알리바이」 50, 155, 185, 197, 198, 199, 200, 272
「性」 50, 273
「시골 선물」 92
「詩여, 침을 뱉어라」 185
「詩의 自由와 관습의 굴레」 232
「식모」 50, 145, 149, 150, 272
「新歸去來」 12, 125, 126, 128

ㅇ

「아메리카 타임誌」 220, 266
「아직도 안심하긴 빠르다」 124, 270

「愛情遲鈍」 131, 132, 267
「養鷄 辨明」 96
「어느날 古宮을 나오면서」 145, 271
「H」 145, 272
「X에서 Y로」 92, 271
「엔카운터誌」 92, 272
「여름뜰」 44, 268
「여편네의 방에 와서」 126, 127, 270
「演劇을 하다가 詩로 전향」 83, 168
「연기」 164
「映寫板」 158, 268
「臥仙」 191
「우선 그놈의 사진을 떼어서 밑씻개로 하자」 36, 103, 108, 110, 112, 269
「六法典書와 革命」 103
「六法全書와 革命」 112, 113, 269
「義勇軍」 48
「의자가 많아서 걸린다」 50, 185, 273
「이 韓國文學史」 145, 159, 271

ㅈ

「잔인의 초」 50, 51, 271
「長詩(1)」 145, 159, 270
「敵(1)」 50, 145, 271
「敵」 145, 270
「絶望」 50, 92, 270, 271
「제임스 띵」 50, 271
「祖國에 돌아오신 傷病捕虜 同志들에게」 55, 58, 61
「罪와 罰」 159, 271
「中庸에 대하여」 103, 116, 117, 118, 269

ㅊ

「讚耆婆郎歌」 70
「參與詩의 整理」 26, 83, 273
「참음은」 228, 229, 271
「創作自由의 조건」 125

ㅋ

「쾌락 원칙을 넘어서」 85

ㅌ

「他人의 피」 188

ㅍ

「파자마바람으로」 145, 146
「瀑布」 44, 70, 71, 72, 73, 92, 168, 242, 268
「푸른 하늘을」 44, 45, 46, 47, 103, 203, 269
「풀」 22, 141, 185, 193, 194, 196, 203, 237, 252, 273
「풍뎅이」 92, 93, 94, 267

ㅎ

「하…… 그림자가 없다」 104, 105, 106
「하루살이」 159, 268
「허튼소리」 116, 118, 269
「헬리콥터」 44, 62, 63, 65, 66, 268
「現代式 橋梁」 50, 92, 132, 135, 136, 138, 139, 185, 230, 271
「현실 참여의 시–수영, 봉건, 동문의 시」 17
「후란넬 저고리」 159, 162, 270
「休息」 158, 160, 268

도서명

ㄱ

『거대한 뿌리』 19, 274
『김수영 다시 읽기』 20
『김수영 시선』 19
『김수영 전집』1 19
『김수영 전집』2 19
『김수영 평전』(1982) 19
『김수영 평전』 20
『김수영의 문학』 19

ㄷ

『달나라의 장난』 18
『달의 행로를 밟을지라도』 19

ㅅ

『새로운 都市와 市民들의 合唱』 12, 18, 220
『시여, 침을 뱉어라』 19

ㅈ

『작가연구』5호 19

ㅍ

『풍자와 해탈, 혹은 사랑과 죽음』 20
『퓨리턴의 초상』 19

ㅎ

『한국과 그 이웃나라들』 67

용어

ㄱ

가난 49
가상 34
가상의 공간 34
가상의 구제 39
가상의 체험 130

가장 가까운 미래 87
가장 먼 과거 87
가족 간의 갈등 152
가족적 온정주의 152
가치에 대한 혼란 3, 44, 204
가치중립적인 태도 60
間斷 127, 140, 143
奸惡 97
갈등 상황 128
갈등 22
갈등의 공간 137
감수자 149
감정의 편중—정의와 지성의 종합 46
강력한 메시지 115, 206
강력한 문명 비판의 기치 238
강인한 고독 46, 47
강인한 참여의식 103
개똥문학 183
개별성 35, 37
개인의 노예화 37
개인의 자유 42, 43
개인주의 성향 14
개진 32, 47, 112, 199
객관적 상관물 69, 71, 120, 138, 160
객체 32, 33, 37, 38, 39, 150
객체적 경험 88
거대 담론 74, 75
거대한 역사 70
거부 85, 100, 236, 250
巨濟島 59, 61
거친 말투 219
격려의 의미 47
견인차 86
결벽증 76
輕薄性 94, 95, 96
경원의 공간 127
경원의 대상 4, 100, 205
驚異 136, 138
경이로움 138
경험지평 214, 215
계급문학 183
계몽 이성의 자율성 부정 45
계몽적 이성 74
고뇌 85
고독 46, 85, 236, 237
고립된 사실과 추상적 법칙 37
고매한 인격 70
고매한 정신 71, 72
고백투 223, 224
고용주 149
고전적 핵심 76
고절 85
고초 85
공격적 자기 풍자 141, 250
공격적인 태도 172
공동체적 사랑 4, 206
공동체적 죽음 156, 207
公利的인 人間 97

공리주의 53
공유 공간 127
공포 148, 149
과학적 세계관 31
관념적 무한 세계 32
광목천왕 200
괴로움 85
교량술 137
교양주의의 시 238
구조 22
구체적 총체성 37
구한말의 풍경 68
국가 중심적 행정제도 75
국부적-전체적 46
권위 14
권위주의 체제 48
규제적 죽음 155
극우 61
극한적인 좌절 173
근대 극복 73, 74, 75, 79
근대 한국사 134
근대사에 대한 재인식 135
근대성 13, 21, 22, 74, 91, 92, 169, 219, 249
근대성의 인식과 속도 219
근대성의 정조 74
근대의 경험 22
근대의 노래 93, 94
근대의 사랑 94
근원적 모티프 90, 91
근원적인 불복종성 216
금기의 성애 65
긍정적 172
矜持 63, 160
기교주의 78
기대변환 222
기대지평 141, 182, 187, 194, 203, 213, 215, 222, 223, 224, 225, 226, 227, 228, 229, 230, 231, 232, 233, 234, 235, 236, 237, 238, 239
기대환멸 222, 225, 226, 227, 230, 236, 237, 238, 239
기성세대 137
기술자적 발언 28, 30, 127
기획된 근대성 73
기획이자 태도 73, 74
김기림의 모더니즘 76, 77
김수영 문학의 재인식 20
김수영 시의 근대성 21, 22
김수영 텍스트 14
꿈과 희망 150

ㄴ

懶惰 71, 72, 73, 119
낙관적인 전망 104
난해한 시 175
낭만적 의식 과잉 141

낭만적 초월 155
낭만적인 근대 부정 13
낯설게 하기 193
내면의 풍경 92, 175, 224
내면적 주체성 15
내면적 진실 64
내면적 흐름 90
내면적인 변혁 124
내발적 13
내재적 리듬 77
내적 자아 4, 101
냉전 이데올로기 107
노고지리 45, 47
노기 85
노동자 149
노예성에 대한 투쟁 88
누적성 89
눈물 85
뉴푸론티어 183
능동적인 수용 214

ㄷ

다다이스트 74
다채로운 레퍼토리 수영 17
다층적 해석 211
닫힌 예술 39
담배 98
대결의식 22
대극 70, 156, 160, 173, 200
대비 46, 70, 85, 99
대한민국의 노래 61
대한민국의 하늘 59
대화적 생산성 213
도덕률 97
도벽 149, 150
도취적 141, 142, 235
독기 85
독단적—비판적 46
독법의 스펙트럼 217
독자 217, 218, 219, 221, 226, 234, 242
독점자본의 모순 107
동방청제 200
동부새 196
동양의 풍자 64
동학혁명 103

ㄹ

러시아 형식주의 212
레드컴플렉스 12, 110
로맨티시즘 46, 76
루카치의 예술관 36
리얼리스트 181, 240
리얼리즘 12, 13, 14, 15, 16, 17, 21, 22, 23, 24, 26, 28, 29, 39, 52, 143, 181, 182, 190, 192, 193, 200, 208,

216, 239, 240
리얼리즘 시의 미학이론 24
리얼리즘 시정신 47
리얼리즘 시학 38
리얼리즘 예술 38
리얼리즘의 벼리 33
리얼리즘적 경향 16
리얼리티 4, 5, 23, 24, 26, 96, 97, 139, 205, 207
리얼리티 지향 102

ㅁ

마르크스주의의 생산미학 213
마르크시즘 37, 212
萬能의 말 167
만주 길림 11
말과 죽음 3, 43, 44, 204
말라르메 229
茉莉書舍 12, 49
말의 무의미성 166
말의 이중성 133
망각 175, 180
매개항 45, 64
매명 49, 50
맹목적인 근대 추종 13
메시지 52, 88, 115, 134, 152
모더니스트 12, 13, 14, 15, 45, 46, 73, 79, 84, 86, 181, 227, 240, 251
모더니즘 13, 14, 15, 16, 17, 18, 20, 21, 22, 23, 24, 26, 28, 45, 73, 75, 76, 78
모더니즘 시의 미학이론 24
모더니즘과 리얼리즘의 회통 16, 24, 173, 219, 230, 253
모더니즘의 도량기 16, 102
모더니즘의 벼리 33
모더니즘의 실천과 극복 185
모더니즘적 경향 15
모더니티와 리얼리티의 회통과 초월 5, 97, 219
모독 85
모든 것을 제압하는 생활 233
모멸의 대상 81
모욕 85
모티프 64, 90, 91, 131, 200
冒險 97
모험적 199
모호성 187
몸하는 몸 192
무궁화의 노래 61
無言의 말 166, 167
무한과 유한의 병치 175
문맥의소 225
문명 비평 84
문예학의 패러다임 교체 213
문학 진화의 추동력 212
문학의 법칙 38

문학의 탈 이념화 13
문학적 간접 경험 153
문학적 공간 15, 35, 36, 95
문학적 구호 45
문학적 망명 192
문학적 시간 89
문학적 염결성 81
문학적 자유 101, 204
문학적 참여 26, 27
문학적 체험 130, 204
문학적 총체성 24
문학적 폭발 101
문학텍스트 216, 218
문화 43, 68, 185
문화권 90
문화적 맥락 218
문화적 영역 75
물질적 범주 74
물질적 빈곤 160
물활론 66
뮤우즈 96
미메시스 32, 33, 34, 35, 38, 102, 130
미메시스의 경험 34, 204
미메시스적 화해 34
미적 가상의 경험 24, 34
미적 근대성 91
미적 완성 97
미즈시나하루키 연극연구소 11
미지에의 탐구 74
미학의 중요한 개념 28
미학적 근대성 74
미학적 윤리적 휴머니즘 37
미학적 형식 38
민족 68, 124, 135, 142, 185
민족공동체 64
민족문학론 13
민족의 이념 124
민족의 자주와 자립 142
민족의 주체성 135
민족적 자존 135
민족주체성의 회복 115
민주 134, 142, 143
민주당 정부 118, 119
민주당의 수구적 집권 116
민중 142, 144, 145
민중문학 14, 246
민중의 생활 77
민중의 해방 142
민중의식 247, 248
민중적 삶의 진지성 219
민중적 해탈 155
민중정권 103

ㅂ

바늘구녕만한 예지를 바라면서 233
바람직한 창작적 실천 47

바로 보마 84
반공주의자 107
반공포로 59, 60, 61
反動 70
반복 효과 69, 237
반복 236
반복과 속도 22
반속정신 17
반어와 풍자 22
반역 85
반영론 34, 35, 36
반영론의 시 36
반영론적 미학 34
반항 85
발레리 229
방황 85
배반 85
벅찬 영혼의 호소 124
변증법 34, 37, 212
변증법적 노력 74
변증법적 배반 215
변증법적인 융합 226
변화성 14, 43, 44
병든 시간 88
보들레르적 의미 76
보수 수구 70
보수적인 전통 70
복본 47
본질에 대한 탐구 219
본질적 연관관계 33, 34
볼테르 카페 74
봉건적 부패 정권 134
봉건적 전통 169
부권의 포기 52
부끄러움 85
부르주아 14, 37, 78
부르주아 사회 37, 78, 184
부적응 행위 149
부정적 172
부정적 경험의 생산적 의미 248
부정적 인식 34, 39
부정적 일상성 153, 206
부정정신 36, 73
부활의 메시지 88
분개 85
분노와 경멸 110
분단 상황 107
분단론자 107
분열된 자아 127
불가역성 89
불결한 현실 234
불신 105, 149, 150, 152, 234
불신과 죄의식 150
불온 시론 14
불쾌감 150
불쾌의 정서 85, 86
비관미 47
비극적인 긴장미 59

비상식적 131
비쇼 67, 68
비애 32, 85
비애와 우수 185
비애와의 결합 14, 43
비애의 수직선 64
비웃음 85
비월 16
비이성적 131
비인간적 131
비전통의 전통 78
비참 85
비천 153
비판적 이해 214
빅토리아조의 물렁한 시 46
빅토리아조의 수사 46
뼈아픈 자기반성 53

ㅅ

사고와 감정 128
사과 98
사랑 21, 26, 131
사랑과 혁명 41, 43, 204
사랑의 공동체적 체험 219
사랑의 기술 173, 207
사물들과의 거리 31
사물의 평면적 형체 130
사상성 15, 18, 181, 182, 229
사상이 죽음을 통해서 생명을 획득하는 기술 103
사상적 정체성의 혼돈 61
사소함의 확대 219
사유의 끝 92
사유의 시작 92
사이비 난해시 28
4 · 18 시국선언문 107
4 · 19 12
4 · 19정신 124
4 · 19정신의 계승 134
4 · 19혁명 41
4 · 19혁명의 정신 124
사회 경제적 불평등 37
사회 권력 39
사회 완성 20
사회 의식 39
사회사적 체험 75
사회성 35, 36, 78, 183
사회에 대한 풍자 84
사회와의 싸움 106
사회적 결손 149
사회적 공동체 131, 206
사회적 냉대 150
사회적 모순 4, 101, 150
사회적 윤리 30
사회적 인간관계 149
사회적 적대성 106, 250
사회적 포용 행위 179

사회적인 변혁 124
사회적인 억압 73
사회주의 12, 13
社會主義者 69
사회현실의 핍진한 형상화 47
산다는 것의 공포 149
산문성 199
산술적 언어 46
살아 있는 시간 92
살아 있음의 근거 3, 14, 43, 44, 204
살육의 현장 59
삶과 죽음의 순환의 고리 175
삶에 대한 뒤돌아봄 157
삶에서의 과격성 178
삶의 곤고함 158
삶의 본질 33, 149, 150
삶의 지향성 178
삶의 핍진함 169
삼차원공간 130
상보적인 역할 29
상상의 공간 187
상상적-구성적 46
상승의 이미지 70, 71
상승의 정신 70
상징공간 239
상호 순화 88
상호작용 39, 211
새로움 183, 218, 219, 246
새로움과 젊음 14, 43
새로움은 자유 42, 43, 183
샛바람 196
생명 52, 53
생산과 수용의 변증법 211
생산미학 213, 214
생성과 소멸 193
생성의 동력 4, 155, 156, 207
생활 세계 31
생활의 고통 97
생활의 변화 77
서구적 관념어 248
서구적 합리주의 75
서글픔 85
서방백제 200
서사구조 152
서술미학 213, 214
서정적 자아 47
서정적 태도 224
선린상업학교 11
선망의 대상 81
선의지에 대한 포기 52
설운 동물 64
설움 21, 62, 64, 85, 91
설움과 비애 41, 43, 44, 204
성화 87
세계 긍정 131
세계-내-존재 32
세계의 개진 226
세계적 발언을 할 줄 아는 지성 103

세대 간의 간극 137
세대와 계층 간의 단절 136
세대의 전환 86
세상에 대한 진실된 마음 47
세속주의 174
센티멘탈 · 로맨티시즘 76
소격효과 221, 222
소시민의 왜소함 235
소시민적 고백 54
소시민적 삶 131, 206, 250
소외된 주체 39
소외자 149
소유개념 150
소유물 149
소유욕 150
소음의 땅 190
속도 26, 73
속도가 갖는 변화의 힘 138
속도는 선 92, 205
속도에 대한 애정 100
속도의 망령 163
속도의 의미 92
속물화 97
수용미학 211, 213, 214, 215, 216, 217, 219, 226
수용미학적 패러다임 213
수용의 대상 4, 100, 205
수용적 태도 94
수직선의 슬픈 비행 65
수첩 98
수치 85
수치심 48, 205
수탈의 속도 137
수탈의 역사 137
숙명적 수용 100
순간의 몰입 86
순간적-경과적 46
순교 183
순백의 세계 187
순수 고독 30, 31
순수 진리 세계 188
순수 29
순수문학 15
순수문학론 13
순수시 15, 23, 144, 145, 173, 181, 184, 229
순수시의 한계 184
순수파 18, 229
純粹한 痴情 64
순환론적 우주관 165, 166, 197
숭고한 희생 61
슈르 229
슐리얼리즘 229, 230
승전의 노래 61
시간과 속도 138
시간은 속도의 태반 92
시간의 부재 88
시간의 언어 77

시간의 역전 87
시간의 종말 88
시는 '고독하고 장엄한 것' 42, 199
시대조건의 극복 76
시론과 시의 관계 21, 23
시론과 시의 관련성 23
시민 민주 혁명 47
시민들의 봉기 104
시민들의 저항의지 134
시의 고통 97
시의 낙후성 173
시의 불온성 23
시의 새로움 42, 156, 219
시의 스승은 현실 32
시의 예술성 181
시의 완성 20, 154, 185, 251
시의 현실 참여 182
시의 효용성 181
시인의 정신 165
시적 경제를 할 줄 아는 기술 103
시적 모험 4, 102
시적 미메시스 4, 39, 47, 65, 92, 102, 127, 130
시적 사랑 173
시적 상황 90
시적 완결성 115, 206
시적 자아 165, 239
시적 전략 76
시적 죽음 173
시적 질서 71, 234
시편들의 시간 89
신뢰와 지지 150
신세대 137
新詩論 12
신음 85
신의 은총 55
실망 85
실의 85
실제적 체험 65
실존 31
실존의 공간 86
실존적 시간 87, 88, 89
실존적 자각 222
실존적 죽음 170
실존적인 현상 85
실천문학사 20
실패한 프로레타리아 시 28
실패한 혁명 131
실험 정신 185
심리적 갈등 95
심리적 기제 149
심리적 원인 150
심미적 거리 230
심미적 경험 215, 216, 218, 219, 230
심미적 인식 213
심층적 의미 178
쏘비에트 사회주의 혁명 116
쏘비에트 118, 119

ㅇ

아도르노의 미적 가상 34
아방가르드 74
아이러니 45, 51, 128, 145, 147, 152
아직 답사되지 않은 미래의 정복 74
암시와 폭로 22
암시의 불명료성 238
암흑 48
애정 결핍 150
애정 100
앵그리문학 183
야만적인 권력 70
양계 96, 158
양심 21
양심의 비애 32
언어 46
언어의 마술 30
언어의 변화 77
언어의 서술 26, 27, 28, 29, 30, 66, 92, 95, 102, 130, 139, 147, 152, 165, 173, 180, 181, 182, 183, 185, 199, 203, 204, 206, 207, 216
언어의 순수성 30
언어의 예술 76
언어의 윤리 30, 31
언어의 작용 26, 27, 28, 29, 30, 66, 92, 95, 130, 165, 181
언어의 주권 77
언어의 형식 실험 15
언어학적 접근 21, 22
엉뚱한 비약 221, 222
에토스 155
에피그람 17
엑스타시 197
여유 148
여유로운 역사의 모습 137
역사 형성의 원동력 214
역사성 26, 78, 214, 216
역사에 대한 외경 219
역사와 이념 136
역사의 공간 137
역사의 힘찬 수레바퀴 138
역사의식 21
역사적 개방성 173, 207
역사적 객관주의 213, 214
역사적 비극 64
역사적 사건 4, 103, 131, 201, 242
역사적 순간 201
역사적 시간 87, 88, 89, 172
역사적 인식 213, 247
역사적 지평 218
역사적 폐쇄성 173, 207
역사적 현실 64, 136, 137, 201
역사적 후진성 173
역사적인 죽음 155
연기적 죽음 155
연민 85

연민과 탄식 41
연속 45
연합군 58
열등감 150
열등과 불쾌 150
열려진 변증법 213
열린 사회 73
열어 밝혀져 있음 31
영미 모더니즘 시론 45
영생하는 언어 202
영속하는 특성 240
영원의 순간 88
영원의 행동 177, 178
영원한 비상 64
영원한 비애 64
영원한 시작 87
영원한 예술혼 170
영원한 자유 64
영원한 젊음 64
영탄 85
영향미학 213
예기치 않은 만남에의 대망 74
예단 61, 152, 230
藝術部落 81
예술성 15, 18, 181, 182, 215, 216, 217, 229, 230
예술의 진리 내용 34
예술적 범주 74
예술적 형식화 38
예술파 시인 16, 18, 181
예언자가 나지 않는 거리 233
오독의 공간 194, 218
오욕 85
오욕의 역사 137, 138
5 · 16 12
5 · 16군사 쿠데타 4, 12, 125, 128, 131, 173, 175
온몸에 의한 온몸의 이행 184
온몸의 시학 14, 15, 184, 185, 199, 204, 205, 208
옹졸 85
완성 150
완성된 시간 89
왜소 146, 153
외경 85
외경과 숭배 174
외래 문물 146
외래어의 과감한 사용 238
욕망과 결핍 150
용서와 포용 150
우경 61
우경화의 전형 62
우둔한 소행 77
우연성 86
우울 85
우울한 시대 69
우월의식 148
우익 48, 49, 61, 205

우주론적 시각 54
우주적 기원 177
우주적 깨달음 55
우주적 시간 87, 88, 89, 193
우주적 시간의 운행 193
우화의 전개 17
운동성 14, 43, 195, 196, 204
原鑛 234
원모티프 90
원형적 실재 87
위악 52, 250
위악에 대한 반성 53
위악적인 변신 97
유심적-유물적 46
유아기 149
유인력 99
유토피아 지향 39
유혈 106
6 · 25 12
6 · 25전쟁 12, 62
육체적인 설사 201
육화 87, 185, 189
윤리적 고통 97
윤리적 성찰 76
은유와 상징 110
은유와 환유 22
의고적 84
의미론적 분석 22
의미의 혼란과 단절 221, 222
의미화 189
의사소통 기능 166
의사소통 131, 166, 167
의식의 흐름 175, 181
의용군 도망병 58
의인화된 시간 92
이념의 갈등 205
이념의 충돌 61
이념의 혼돈 48
이데올로기 13, 37, 43, 212, 216
이미지 71
이미지의 원형 85
이승만 정권 106, 107
이유 없는 풍성함 123
이질적 전통 간의 부조화 136
이차원공간 130
이해의 생산적 기능 227
이행 47
인간관계 52, 80, 149, 152
인간관계의 극심한 단절 178
인간관계의 포기 52
인간들의 황폐한 모습 190
인간의 발달 단계 149
인간의 본성 72
인간의 자유 의지 71
인간의 회복 42, 143, 144
인간적 윤리 30
인간적인 허위 150
인공기 60

인내심 174
인류 185
인류애 142
인문주의적 허위 45
일상성 98, 154, 251
일상성에의 매몰 154
일상성으로의 회귀 180
일상성의 존재 98
일상의 피로 152
일시성 86
일제 강점기 137
임화 12, 49, 115, 206

ㅈ

자기고양 76, 249
자기긍정 26, 153
자기만족 150
자기부정 26, 36, 39, 91, 116, 119, 121, 205, 206
자기분석 235
자기비판 235
自己卑下 160
자기심화 73
자기중심적-객관적 46
자기폭로 153, 206, 235
자기해명 75
자기현시 150
자기확장 73
자본주의 13, 14, 37, 76, 180
자본주의적 경제체제 75
자신과의 싸움 106
자아 완성 20
자아적 도정 172, 207
자유 21, 26, 40, 41, 42, 43, 45, 46, 55, 65, 73, 129, 142
자유는 고독한 것 199
자유는 새로움 42, 43, 183
자유를 위한 길항 204
자유와 속도 3, 204, 238
자유와 숙명 55
자유와 평등 59
자유와 혼돈 199
자유의 아름다움과 환희로움 65
자유의 포기 65
자유의 회복 41
자유의지 44, 76, 222
자유정신 65, 72, 73
자유정신의 아름다운 원형 65
'자유의 회복'의 신앙 41
자의식의 표현 238
자조적 분노 17
자책 153
자책과 자의식 185
작가 211
작용미학 214
작품 211
잔인 52, 85

잠언적 시 141
잠정적인 과오 77, 78
저주 85
저항과 지향의 목표 104
저항과 참여의 시 18
적나라한 인간의 모습 150
전근대의 핵심 91
전근대적인 정신질서 73
전망 38
전위성 185
전쟁은 자유에 대한 억압 76
전진적 탐구 74
전체성 37
전통 14
전통과 역사의 거대함 70
전통문물 70
전통에 대한 재인식 68, 69
전통에 대한 지향 84
전통의 극복의지 84
전통의 부정 45
전통의 소중함 68
절규 41
절대 가치 부여 14
절망 85
젊은 생리의 역설 64
접대부 134, 135
정3품 통정대부 중추원의관 11
정신적 빈곤 160
정신적인 설사 201
정의 77, 142
정직 21, 237
정직한 고백 53, 235
정체성 13
정체성의 혼란 49, 52
정치적 민주주의의 실현 104
정치적 자유 14, 42, 43, 47, 204
정치적 자유의지 14, 43, 44
정화적 제의 177
第61收容所 59
第62赤色收容所 59
제국주의 68
제의 54
조용한 봄 193
조우의 공간 137
조직성 236
존재의 설움 91
존재의 순수성 31
존재의 절대성 31
졸열 85
좌경 61
좌익 48, 49, 61, 205
좌절감 150
죄악감 150
주술 236
주술적 상황 200
주술적 열광 141
주저 85
주체 32, 33, 34, 37

주체와 객체 37, 39
주체의 윤리적 각성 75
주체적 경험 88
주체적 세계의 시간 88
주체적 자신감 104
죽음 21, 26, 51, 54, 85, 154, 157
죽음과 사랑 4, 131, 156, 237
죽음에 대한 거부 100
죽음에 이르는 도정 4, 207
죽음에의 초월 3, 204
죽음의 공간 179, 180
죽음의 기술 173, 207
죽음의 시 71
죽음의 완성 154
중립 48
중인 11
즉흥성 86
증오 41, 85
지국천왕 200
지독한 치욕의 시대 48
지배 담론 14, 201
지사적 발언 28, 30, 102
지상적인 세계 222
지평변동 215, 230, 231, 253, 254
지평융해 215
직관적 언어 46
직선의 시간 89
직접화법 110
진리의 세계 187
진보적 이념 69
進步主義者 69
진정한 근대 극복 73
진정한 참여시 81, 103
진정한 포멀리스트의 절대시 29
진혼가 174
질문과 대답 213
질서 창조적 172
질서 파괴적 172

ㅊ

찬가 107, 108, 110
참다운 민주주의의 실현 142
참여 24
참여문학 13, 15
참여시 16, 30, 102, 103, 184
참여시의 한계 184
참여파 시인 16, 181
참여파 16, 18
참회록 50
참회와 반성의 시편 50
창조의 공간 179
창조의 원동력 46
창조적 개성 38
창조적 지평 29
처녀작 48, 83
처녀지 74
처절한 투쟁 59

천민 자본주의 179
철권통치 131, 206
철학적 사유 94
첨예한 대립 152
청소년 149, 150
체면 146
체제의 변화 106
초월 71
초월론적 사유 173
초월시 29, 30
초월적인 세계 222
초조 85
초조감 76
초현실주의 103, 229
총체성 32
총체성의 회복 33
최고의 상상력 77
최대공약수 28
최량의 작품 16
축제 89
치명적 도약 54, 55
치명적 통정 65
치욕 85
치정의 대상 64
치환 44
친공포로 59, 60, 61
친화적 태도 224
침묵 85, 188

ㅋ

카테고리 47
코드 64, 146, 193
쾌 또는 불쾌의 감정 85
쾌락 184

ㅌ

타기되어야 할 미몽 91
타락한 오늘 234
타락한 일상 98
타부 102
타아적 도정 172, 207
탄생과 죽음 88, 193
탄식 85
태평양 전쟁 11
테마 90
텐더 포인트 48
통사론적 분석 22
통일의 실현 142
퇴행의 길 127, 128
퇴행적 피신 127
투신적 죽음 155
투쟁과 출혈 55
특권적 정서 91

ㅍ

파자마 146

파출소 58
패배주의 104
편견 149, 219
평등 72
평화신문 158
폐쇄공간 92
폐허 188
폐허의 침묵 190
포기의 공간 127
捕虜들의 英靈 59
포로수용소 59, 110
폭력 100, 106
폴리호태풍 120
표층적 구조 90
풍자 153, 172, 173
풍자적 상황 155
프랑스 혁명 75
피로 85
피상적 죽음 155
피안 54, 55
피안의 경험 54
피의 냄새 46
필연적인 공간 137

ㅎ

하강의 이미지 70, 71
하강의 정신 70
하버마스적 의미 73
한국전쟁 104
해석의 스펙트럼 211
해탈 170
해탈적 죽음 155
행동 양식 128
행동의 도구 18
행동의 시 18, 241
허위의식 160, 163
헌정의 중단 106
헬리콥터의 운명 64
혁명 정신 73
혁명 20, 26, 45, 46, 73, 101
혁명공약 125
혁명과 사랑 3, 4, 43, 44, 205
혁명의 개진 47
혁명의 기술 142
혁명의 완성 20
혁명의 이념 124
혁명의 지속성 115
혁명의 퇴색 116
혁명적 좌절 141
현대성 73, 91, 162, 163, 250
현대성에 대한 연모 100
현대의 병리 현상 189
현대의 폭력 100
현대적 도시 감각 84
현대적 조형물 136
현대적 총체성 36
현대주의 73

현상과 본질의 변증법 34
현실 인식의 정당성 여부 47
현실 지향적 173
현실과의 절대적 대립관계 64
현실과의 화해 34
현실로부터의 일탈 172, 207
현실에 대한 비판 172
현실에로의 복귀 172
현실의 곤핍 64
현실의 질곡 136
현실의 체험 32
현실인식 21, 35
현실적 공간 15, 95
현실적 참여 26, 27
현실적 체험 130
현실적 후진성 173
현존재 31
형상화 34
형식 21, 34
형식주의의 서술미학 213
형태의 우위 30
혼란 14
혼란스러운 삶과 형태 36
화두 90, 128
화폐 가치 152
화폐 179
화해 불가능 38, 150, 180
화해의 경험 33
화해의 열망 34
화해적인 교감 130
환상적 141
환원 불가능 187
회고 정서 69
회고주의자 137
회의 85
휴식 26, 154, 157

김수영 시학

초판 1쇄 인쇄일 | 2014년 2월 21일
초판 1쇄 발행일 | 2014년 2월 24일

지은이 | 김윤배
펴낸이 | 정구형
책임편집 | 윤지영
편집/디자인 | 심소영 신수빈 이가람
마케팅 | 정찬용 권준기
영업관리 | 김소연 차용원 현승민
컨텐츠 사업팀 | 진병도 박성훈
인쇄처 | 월드문화사
펴낸곳 | **국학자료원**
등록일 2006 11 02 제2007-12호
서울시 강동구 성내동 447-11 현영빌딩 2층
Tel 442-4623 Fax 442-4625
www.kookhak.co.kr
kookhak2001@hanmail.net

ISBN | 978-89-279-0822-7 *93800
가격 | 20,000원